Les fantômes armés

Dans la collection Roman des Libertés :

Elsa Triolet, *Personne ne m'aime, Anne-Marie* (I)

Viktor Chklovski & Vsevolod Ivanov, *Gaz Moutarde*

Henri Barbusse, *Nouvelles du matin (1903-1914)*

Francis Combes, *La Romance de Marc et Leïla*

Luiz Antonio de Assis Brasil, *Bréviaire des terres du Brésil*

Luiz Antonio de Assis Brasil, *Musique perdue*

Robert Desnos, *Les Jours de noces*

Maxime Gorki, *La Mère*

Maxime Gorki, *Un premier amour et autres histoires*

Jean Métellus, *Toussaint Louverture, le Précurseur*

Paul Nizan, *Essais à la troisième personne*

Nicolas Ostrovski, *Et l'acier fut trempé*

Anthony Phelps, *Des fleurs pour les héros*

Jacques Roumain, *Gouverneurs de la rosée*

Jacques Roumain, *La Montagne ensorcelée*

Anton Tchekhov, *Contes humoristiques*

Claude Tillier, *Mon oncle Benjamin*

Atahualpa Yupanqui, *Horizons de pierre*

47, avenue Mathurin Moreau
75019 Paris
www.letempsdescerises.net

Elsa Triolet

Les fantômes armés

Anne-Marie II

le Temps des Cerises

Préface

Elsa Triolet met le point final aux *Fantômes armés* en inscrivant la date de décembre 1946 à la dernière ligne quand *Personne ne m'aime* était daté de 1945. Écrit dans le même élan, *Les fantômes armés* poursuit la saga d'une époque, celle de la Résistance étroitement liée à la période qui précède et à celle qui suit. Anne-Marie est l'héroïne de ce nouveau roman, entourée des protagonistes que le lecteur avait déjà rencontrés. Ces deux romans, qui au final n'en faisaient qu'un, furent rassemblés en deux tomes et prirent logiquement le titre d'*Anne-Marie* dans la réédition de 1952.

La transition de l'un à l'autre est faite par un bref récit d'Anne-Marie qui raconte sa vie entre la fin de la guerre et l'hiver 1945 où elle se retrouve à Paris, plus seule que jamais. La narration à la première personne cède alors la place à une narration à la troisième personne. Modification significative puisque l'auteur a désormais plus de latitude pour insérer un point de vue divergent de celui de l'héroïne, pour mettre en perspective son comportement et faire comprendre aux lecteurs la portée des événements. La romancière peut désormais faire évoluer des personnages hors du regard d'Anne-Marie et donner ainsi plus d'ampleur au panorama social et politique qu'elle met en place. Elsa Triolet, en effet, rappelle que son nouveau livre veut cette fois-ci dire les choses « en clair » : « Je pensais qu'il fallait dire, comme pendant la Résistance, ce qui se tramait ici et là, faire entendre le pas des fantômes qui rôdaient à travers le pays, s'armaient, tuaient ». De ce projet, ouvertement politique, Elsa Triolet réalise une œuvre très différente des romans politiques tels ceux de Sartre, Beauvoir, Vailland ou Courtade écrits durant cette période, pour ne citer que les noms les plus reconnus dans ce domaine. Cela tient à plusieurs aspects : au type d'héroïne, au réalisme en permanence bousculé et à la façon d'aborder le contexte historique et la politique.

Anne-Marie, est un personnage difficilement interprétable dans la galerie des personnages réalistes car il est conçu à partir d'éléments les plus contradictoires. Romanesque par sa beauté, son mystère, la fascination qu'elle exerce, elle est aussi définie comme « une petite-bourgeoise » par ses origines, son individualisme, son goût du luxe. Elle est devenue, sans l'avoir vraiment choisi, une femme sans mari, dépossédée de ses enfants et de ses biens de famille, en opposition avec son milieu d'origine. Elle en a rejeté les valeurs et choisi la Résistance sans que cela ait pour autant été un projet qui orienterait définitivement sa vie et son avenir. Elle est donc plongée dans une solitude « inimaginable ». Pour la supporter, Anne-Marie s'entoure de relations hétéroclites, de parasites qu'elle chasse de temps en temps mais dont elle ne peut se passer. Si, pendant la Résistance, elle avait appartenu à un groupe forgé par des idéaux communs, une lutte commune, aujourd'hui, tout en demeurant une amie pour ses camarades du maquis, elle est surtout la Demoiselle, l'héroïne admirée et respectée que l'on fête mais que l'on ne saisit pas très bien, jamais vraiment de plain-pied avec les autres. Être mise sur un piédestal, c'est aussi être exclue. Oscillant entre le rêve de fraternité, de solidarité et l'évidence de sa solitude, Anne-Marie reste marginale et ne trouve sa place nulle part.

Définie par cette déliaison au monde, sa solitude et l'angoisse devant ce qu'elle ressent de haine et de fracture derrière l'apparente unité de la Libération, elle très éloignée des héros qui prennent en main leur destin. Ce ne sera qu'au travers d'un long cheminement, face à la répression qui frappe ses anciens compagnons de lutte, qu'elle réagira.

La marginalité d'Anne-Marie est mise en perspective et rendue plus aiguë par la peinture précise de la vie quotidienne dans le Paris de 1945.

Dans la beauté « ineffable » de la capitale, les familles attendent les prisonniers et les déportés. La corruption règne en maître dans les milieux de la bourgeoisie où tout se vend et tout s'achète, où le marché noir est la règle dans la pénurie générale : pas de nourriture, pas d'électricité, pas de chauffage, pas de logement. Dans l'aigreur, les haines latentes, les accommodements hypocrites avec les nouveaux vainqueurs, les manœuvres et complots s'organisent. Elsa Triolet dresse une galerie de portraits pittoresques de la bourgeoisie ou de l'aristocratie dans sa diversité. La véracité des personnages est renforcée par celle des descriptions de lieux ou d'événements tirés de la réalité. Ainsi, Elsa Triolet utilise ce qu'elle appelle des collages « faits avec, par exemple, les prisons de Fresnes et d'Avignon que j'ai véritablement visitées à cette époque, les collaborateurs que j'ai vus à Fresnes et les résistants emprisonnés à Avignon » ou encore les lettres authentiques d'un prêtre publiées avec son autorisation. Et ce qui n'est pas « collage » est inspiré de faits réels dont rendent compte les journaux de l'époque comme l'arrestation de résistants pour de simples vols commis au profit du maquis.

Les voyages de l'héroïne, qui jouent un rôle essentiel dans son évolution, sont étroitement liés à ceux que fit la romancière et qui suscitèrent les passions, les angoisses ou les dégoûts qu'elle transfère sur son héroïne.

Ainsi Avignon, « ville d'Elsa », selon Aragon, et sa région, objets de belles et enthousiastes descriptions, témoignent de l'amour de l'écrivain pour cette ville, pour ce pays où elle séjourna durant la guerre. Mais le long épisode où Anne-Marie visite la ville est aussi le rappel obsédant d'un autre récit, la réécriture intertextuelle des *Amants d'Avignon* qui permet de réévaluer le passé à l'aune du présent et le présent à l'aune du passé.

Quant à l'Allemagne de la défaite, elle fut visitée par Elsa et Aragon dans l'été 1945 où le général de Lattre de Tassigny invita le couple à son QG sur le lac de Constance : « Nous avons visité ce pays éventré, montrant ses tripes, avec la haine et la peur tapies dans les décombres, ses habitants blêmes et décharnés », écrira-t-elle, « nous avons couché dans l'intimité et le confort hygiénique des villas et des châteaux réquisitionnés [...] Nous avons vu dans les forêts profondes des régiments allemands en uniforme, bivouaquant comme lors des manœuvres ». Tout ce qui paraît extravagant, incroyable est donc le pur témoignage d'une réalité ignorée des contemporains et occultée aujourd'hui encore. En outre, durant l'écriture du roman, Elsa Triolet assista au Procès de Nuremberg en tant que correspondante des *Lettres françaises*. Son reportage publié en 1946, *La Valse des juges*, campe le paysage des *Fantômes armés*. Il éclaire, dit-elle, « comment la réalité, lorsqu'elle est bouleversante pour l'auteur, passe ensuite dans son écriture romanesque, comment elle nourrit et porte le roman ».

Le témoignage de ce qui a été vécu échappe au simple pittoresque par l'art de la romancière qui le teinte de symbolisme. Deux mondes s'opposent : l'Allemagne et l'Autriche, Avignon et la garrigue, l'ombre et la lumière. D'un côté, de sombres et labyrinthiques châteaux caractérisent ces pays aux idéologies meurtrières. De l'autre, Avignon et ses environs, terre d'élection d'Anne-Marie dont l'air limpide et le ciel lumineux « rincent la tête et le cœur » et lavent de toutes les angoisses et les peurs.

Les lieux décrits ne sont donc jamais simplement ce qu'ils sont, non seulement par leur valeur symbolique, mais parce qu'à chaque instant ils échappent à la réalité et glissent dans l'insolite ou le fantastique. La place d'un village allemand plongé dans le silence de la nuit surgit dans le halo de la lumière blanche de la lune, et devient décor de théâtre, troublant, spectaculaire et angoissant : « Francis regardait cet opéra muet, allumé pour lui seul [...] Ces maisons embrasées n'étaient pas en carton, des hommes et des femmes y veillaient peut-être, l'ombre n'était que dans leurs cerveaux gris, pleins de songes stupéfaits, de morceaux de brouillard ». Cette métaphore du théâtre, recréant un monde fantastique, revient constamment sous la plume d'Elsa Triolet pour souligner à la fois l'instabilité de l'espace et l'illusion de ce qui apparaît comme la réalité. Derrière la beauté d'une scène, la fascination qu'elle exerce, une réalité sombre peut se cacher, telle la chambre du château de Célestin, éclairée par la ravissante et lumineuse scène que dessine la fenêtre, mais qui possède une porte dérobée descendant vers des souterrains où s'entassent des armes et où se préparent des complots meurtriers. Ces glissements constants dans un univers instable et trompeur font trébucher la raison. S'ils manifestent le désarroi de l'héroïne qui ne parvient pas plus à maîtriser l'espace qu'elle ne domine sa vie, ils sont, au-delà, l'image d'un monde qui vit dans la duplicité. En Allemagne, la splendeur étrange des forêts cache des nazis, les visages souriants jusqu'à la servilité des Allemands masquent la haine, la rancœur et le désir de revanche. Anne-Marie, revenue de toute illusion, démasque ce pays et regarde en face le problème posé aux vainqueurs : « Que va-t-on faire de cette énorme baleine échouée au milieu de l'Europe et qui pourrit, et empeste, et empoisonne tout autour d'elle ? »

À la lucidité immédiate de l'héroïne vis-à-vis du pays vaincu, s'oppose un cheminement politique plus complexe quand il s'agit de la France, le pays résistant et libéré. *Les fantômes armés*, à la différence de *Personne ne m'aime* qui ne soulevait ces questions qu'indirectement introduit d'emblée par le biais de conversations les différents enjeux politiques. Derrière la façade de la Victoire et d'un peuple uni, la violence couve. Les héros d'hier qui combattaient ensemble se retrouvent ennemis. Pour le comprendre, Anne-Marie, comme le lecteur, a besoin d'explications.

Dans ce roman où il ne se passe presque rien pendant la plus longue partie du récit, les rencontres de la jeune femme avec les personnages les plus divers sont les principales sources d'interrogation et d'apprentissage. Un véritable contenu politique se glisse au cours de bavardages et de brèves discussions et donne peu à peu une vue d'ensemble. Si des explications sont données, justifiées par l'ignorance d'Anne-Marie, l'auteur se garde de tout didactisme. La réalité politique se fait jour au fur et à mesure des rencontres d'Anne-Marie, des liens qu'elle entretient avec les gens les plus divers et les plus opposés depuis ceux d'une « bonne » société qu'elle a connue avant-guerre auprès de Jenny jusqu'à ses anciens camarades du maquis, ouvriers et paysans pauvres, simples et « sans arrière-pensées ».

Le centre du propos est énoncé dès le début par Jacquot, cadre communiste de la Résistance : « la guerre n'est pas terminée », dit-il à Anne-Marie qui réplique : « je sais, mais je ne veux pas savoir ». En fait, sa connaissance est de l'ordre de l'intuition et son ignorance politique la cantonne dans le domaine de la sensibilité et non pas du vrai savoir qui supposerait de connaître les faits et leurs causes. Elle découvrira avec effroi que les gaullistes haïssent les FTP et prolongent la lutte interne qui avait déchiré la Résistance. Cette fracture dans les idées va de pair avec une fracture entre les hommes. Ceux qui furent les amis d'Anne-Marie dans la Résistance sont des petites gens qui luttent pour une vie meilleure, ou des intellectuels qui se battent pour « défendre l'avenir du monde ». Leurs ennemis se révèlent être des aventuriers, que ce soit Yves de Fonterolles, jeune aristocrate, veule et dévoyé, le lieutenant Laurent, brute vulgaire, le commandant Lebeau, sinistre et inquiétant profiteur, ou Célestin qui, malgré sa noblesse, dont témoigne sa déception : « Nous avons donné le meilleur de nous-mêmes pour rien », n'est plus qu'un conquérant qui s'ennuie et devient dangereux.

La référence à la Cagoule, aux nouveaux complots, à l'anticommunisme qui resurgit plus fort que jamais, au fascisme toujours présent et à ses menaces sont au cœur du roman. En 1945, d'anciens résistants manifestent d'une façon pondérée quelques inquiétudes devant une épuration insuffisante mais ces idées ne feront véritablement leur chemin que plus tard, quand la conjoncture politique changera. La menace fasciste n'est pas alors une véritable préoccupation. Elsa Triolet, avec sa lucidité extrême, sentait plus que d'autres les graves problèmes politiques qui allaient se poser et annoncer la guerre froide.

Même si l'héroïne à la fin du roman décide de se joindre au combat, *Les fantômes armés* est teinté d'un pessimisme bien éloigné de l'état d'esprit des écrivains progressistes de cette période, ne serait-ce que par le doute jeté sur le résultat de cette lutte : « il fallait une autre victoire, qui ne serait peut-être à nouveau pas la bonne [...] Parce que rien n'est jamais gagné ni tout à fait, ni pour toujours ». La position et le regard très personnels d'Elsa Triolet produisent un livre prémonitoire, « un livre de Cassandre » dira Aragon.

Roman provocateur, *Les fantômes armés* occupent une place marginale dans la littérature de l'époque. À l'opposé du héros classique, son héroïne s'inscrit dans une lignée de personnages, déchirés, solitaires et hantés par un sentiment de marginalité. La souffrance engendrée par les discordances intimes possède des vertus de perturbation qui provoquent et suscitent en dernier ressort une métamorphose. Elsa Triolet croit, comme Aragon, « au pouvoir de la douleur, de la blessure et du désespoir », plus créateur que la satisfaction béate.

Au moment où les communistes tentent de maintenir l'unité de la Résistance, où de nombreux livres portent témoignage de ce passé héroïque, Elsa Triolet lance un pavé dans la mare. Ce roman, écrira la romancière, « prématuré peut-être, n'a pas atteint son but, puisqu'on ne lui a pas fait confiance, et il est devenu historique sans avoir été lu comme un roman contemporain à sa parution ». S'il est bien aujourd'hui un témoignage historique, il est beaucoup plus que cela, il est la preuve éclatante du talent romanesque original d'Elsa Triolet.

Marie-Thérèse Eychart

I

Je ne peux pas parler d'autre chose, je ne peux pas écrire autre chose, je ne peux penser à rien d'autre. Je ne me fais pas entendre, puisque personne ne me répond; je fais de grands gestes que personne ne semble voir. Il n'y a de l'épouvante sur le visage de personne, c'est donc que personne ne voit, ni n'entend. Il s'agit de l'absence de tout le monde. Personne. Une folle écrit une lettre d'amour, quatre pages de: « Je vous aime », calligraphiées. Suis-je folle, pour avoir l'envie de couvrir des pages du mot: personne! Chacun s'agite dans son coin. Pour qui s'agite-t-on? Pour personne. Pour qui est-ce que je m'agite? Qui sont ceux que je veux forcer d'être heureux? Est-ce utile de verser le bonheur de force, comme de l'huile de ricin dans la bouche d'un enfant? À quoi arrive-t-on ainsi? À son malheur.

J'ai retrouvé ma famille après cinq ans de séparation: moi en France, eux aux colonies. J'ai retrouvé mes enfants, mon mari, mon foyer, pour mieux les perdre. Mon mari, François, sort de prison. Notre maison dans l'île est vide. On m'assure que tous les meubles ont été enlevés il y a deux mois, au moment de l'arrestation de François; on me raconte qu'ils ont été vendus il y a quatre ans pour dettes; la vieille bonne indigène me dit qu'ils sont chez Michèle, la maîtresse de François. En sortant de prison, il est allé directement chez Michèle; je n'ai eu avec lui qu'une seule entrevue.

Assise dans la véranda, je regarde par-dessus le jardin et à travers les immenses cocotiers, au-delà du jardin, le satin bleu bien tendu de la baie, le collier d'écume blanche posé à l'entrée de la baie, là où les vagues se brisent sur les récifs de corail. La maison est vide, tandis que le jardin abandonné déborde de fleurs, de feuilles. D'épaisses vagues de parfums viennent sur moi, me culbutent. Je pense à l'Europe poussiéreuse et desséchée, et pâle à côté de ce jardin. Sur la route, entre le jardin et les cocotiers, passent des indigènes, très grands, très droits, sans regarder du côté de la maison, de mon côté. Ils savent tout sur moi, sur François, les meubles, les robes, sur ce que nous pensons, sur nos intentions, sur nos maladies et nos rêves…

Derrière moi, il y a une grande pièce meublée d'un phono posé sur un tabouret. Une mélodie vieille de cinq ans, vieille comme le monde, m'arrive avec de petits cris, des exclamations, un piétinement… Le disque s'arrête et j'entends la voix de ma fille : « C'est une femme très bien, elle n'a jamais fait de la Résistance, et pendant toute l'Occupation, elle a couché avec un Allemand, pas avec un Autrichien, avec un vrai Allemand… » La musique et le piétinement reprennent : Lilette, ma fille, et Georges, mon fils, dansent le swing.

Lilette a dix-huit ans, une femme. On mûrit vite au soleil des îles. Elle va se marier avec un planteur anglais, ami de son père. Quarante ans, immense fortune. Le planteur, la belle indigène… Car, par une sorte de mimétisme, Lilette, née à Paris, a la peau presque aussi foncée que les indigènes ; elle est bâtie comme elles : les épaules développées par la nage, les flancs étroits, et, dans son visage immobile, ses yeux sont sans éclat, passés au soleil. Seulement elle les a bleus, et c'est insensé, comme si elle portait une étoile au front. Ma fille est belle et ne me ressemble en rien. Pas plus qu'à François.

Georges boit du rhum et court les filles. À quinze ans. Lui, il me ressemble, avec les cheveux plus blonds que les miens, décolorés qu'ils sont par le soleil, à moins que ce ne soit sa peau bronzée qui les fasse paraître si clairs. Il a mes yeux gris.

Quand, en 1939, je me suis décidée à retourner en France, je savais qu'il était temps de les enlever de l'île… François semblait y consentir, ou peut-être avait-il décidé de nous laisser partir seuls ? J'avais précédé ma famille, pour préparer leur arrivée, chercher un appartement, un collège… La guerre a éclaté et je me suis trouvée coupée d'eux pendant cinq ans…

Revoir atroce. Il y aura en France des dizaines de milliers de divorces d'après-guerre.

Me voilà à Paris, avec dans les oreilles la voix de ma fille : « C'est une femme très bien, elle n'a jamais fait de la Résistance, et elle a couché avec un Allemand… » De qui parlait-elle ? Il n'y a jamais eu d'Allemands dans l'île. Elle n'a pas besoin de moi. Elle va se marier avec le planteur anglais, ami de son père. Je suis arrivée trop tard. Georges, lui… Le jour de mon départ, il est entré dans cette pièce vide qui autrefois était ma chambre et où, assise sur un tabouret, je me coiffais devant une petite glace pendue à l'espagnolette. Il a enfoui son visage dans mes cheveux et s'est mis à sangloter : « Maman ! » Quand il était petit, il passait son doigt dans mes cheveux et disait : « Regarde, je me marie avec toi, j'ai une alliance… » Maintenant il pleurait dans mes cheveux, mon grand garçon, comme un petit qu'il est toujours, un pauvre petit, déchiré, qui a honte de sa mère parce qu'elle a fait de la Résistance et qui se croirait un traître s'il se détachait de sa sœur, de son père, des vauriens que sont ses amis… Il me parlait comme un amoureux : « Maman, tu es si jolie, et tu vas t'en aller, tu vas me laisser… » Depuis que j'avais retrouvé les miens, je vivais dans un état de désespoir aigu, mais là j'ai atteint un comble… L'emmener !

Mais je savais que François ne me le donnerait pas. François est capable de tout. Il sait que j'ai refusé de faire des démarches pour le faire sortir de prison. Un collaborateur est un collaborateur. François est capable de tout. Il faut se représenter ce que c'est que d'être capable de tout. Si j'avais essayé d'emmener Georges, il l'aurait kidnappé, il aurait trouvé quelque invention diabolique, il l'aurait peut-être torturé pour me punir. Garder mon enfant, affronter n'importe quoi… Je l'aurais fait, s'il n'y avait eu ces cinq ans de séparation. Les événements qu'on a vécus pendant ces cinq ans ont construit entre nous une barricade. À vouloir passer de leur côté, je n'ai fait que me déchirer, je ne peux plus atteindre ceux que j'aimais. Me voilà privée de tout ce qui a été le sens de ma vie, de celle de tant de femmes, de tant de mères : les enfants, leur bien-être, leurs études, le ménage, les chaussettes, la cuisine…

J'ai quitté l'île. J'ai tout quitté, le satin des eaux, les fleurs flamboyantes, la voix de ma fille qui me nargue, les larmes de Georges, le regard de mon mari, vert et laiteux comme le Pernod dont il est imbibé… Ce n'est pas à cause de lui que je suis partie, lui c'est comme s'il n'avait jamais existé. Mais, si j'étais restée, il m'aurait probablement tuée, car, dans son esprit alcoolisé, une idée domine : tous les malheurs qui lui sont arrivés, sa vie de médecin colonial, amolli, abruti, vautré, sa médiocre vie ratée, tout vient de moi. La prison l'a achevé : il a eu trop peur, il a trop haï… Aujourd'hui, c'est un dément. J'ai su qu'il battait Michèle, une fois on a dû la lui arracher à moitié assommée… Mais qu'il la batte donc ! C'est le lot des Michèle… Une femme de passage pour officiers de marine, une demi-sang pourrie de tous les vices des Blancs et des Noirs. M'a-t-elle assez fait pleurer dans le temps ! Le jour où j'ai appris à Paris qu'après mon départ François avait déménagé chez elle avec les enfants… Michèle n'est pas méchante, elle aime mes enfants, mais elle les a façonnés à son image. Lilette, avec son sens pratique, a su devenir autre chose qu'une femme qu'on ramasse sur la plage… Mais mon pauvre Georges, mon cher petit voyou, que va-t-il advenir de lui ?

Je suis à Paris. Dans ce même hôtel près de la gare où Jenny, ma Jenny que j'ai vue naître, est venue me chercher en 1939. Je l'aimais*

* Voir *Personne ne m'aime.*

autant que mes enfants, Je n'avais abandonné Jenny qu'à cause de François, qui me menaçait de divorcer si je refusais de le suivre aux colonies, avec les deux enfants… Il y avait dix ans que nous ne nous étions pas vues ; la petite élève du Conservatoire était devenue la plus étincelante des gloires. Jenny était venue me chercher à l'hôtel, il avait fallu habiter chez elle ; comme autrefois elle habitait chez moi, il fallait que nous fussions à nouveau ensemble. J'étais timide, silencieuse, effacée, je portais des robes de coton, faites aux colonies, je résistais tant que je pouvais à Jenny, qui me traînait derrière elle… Je ne pensais qu'aux petits, à leur trouver un appartement, à m'occuper du collège… Puis il y a eu l'irréparable : le suicide de Jenny. Puis il y a eu la guerre.

Si Jenny me voyait aujourd'hui, elle ne m'aurait pas reconnue. La guerre, l'Occupation m'ont jetée dans une vie pour laquelle j'étais probablement plus faite que je n'en avais l'air. Une vie comme je n'en avais jamais imaginé une. Il doit y avoir beaucoup d'hommes et de femmes qui ne vivent pas leur destin. La famille, le milieu les ont mis sur des rails, et, si un accident ne provoque pas le déraillement, ils continuent à rouler devant eux, sans se douter qu'on peut vivre à travers champs. Mais, une fois qu'on l'a compris, on n'a peut-être plus les roues pour rouler sur des rails polis par des générations. Avant mon départ aux colonies, j'habitais avec mon mari, les petits et Jenny, rue de Rennes, un appartement comme tous les appartements dans cette rue. François avait sa clientèle de médecin de quartier, on n'était pas riches, je m'occupais des enfants, de François, j'étais contente de voir la jeunesse qui venait à cause de Jenny… La vie aux colonies était la même vie, sans Jenny, sans Paris, une petite vie de province, étouffante, même pour moi qui ne demandais pas beaucoup d'air. Quand je suis rentrée à Paris, j'étais une vraie provinciale.

Puis vint la guerre, l'Occupation, et j'ai déraillé.

II

En 1945, personne n'est venu chercher Ammamie, Anne-Marie, Mme François Bellanger, à l'hôtel près de la gare. Quand, en 1939, elle était arrivée à Paris après dix ans d'absence, elle n'y connaissait plus personne, mais Jenny l'avait aussitôt prise sous son aile d'oiseau de paradis… Cette fois-ci, en 1944-1945, elle n'avait fait qu'un aller et retour aux colonies, un simple voyage, et ses amis devaient être toujours là… Mais elle n'avait prévenu personne. Tous ces gens, c'était personne. Et cette première nuit parisienne, Anne-Marie l'avait passée à arpenter la chambre d'hôtel. Elle allait et venait en chemise de nuit, ne s'apercevant pas des lumières de la gare et des phares de camions et de jeeps qui balayaient la pièce, avec une arrière-pensée, un arrière-goût des projecteurs de guerre, comme les klaxons et les trompes avaient des départs de sirène… Et puis il y avait cet incessant bruit d'avions, qui ne s'expliquait plus. Les rideaux n'étaient pas tirés, l'électricité éteinte. Anne-Marie déambulait, les cheveux sur les reins, la tête dans les mains. Mais elle ne faisait aucun bruit, ses pieds nus glissaient sur le tapis lépreux, ses lèvres remuaient, véhémentes et muettes.

Elle ne faisait pas plus de bruit que le brouillard au-dessus d'un marécage avec les feux follets des jeeps et les immenses grillons dans les airs…

En 1945, il n'y eut pas de printemps à Paris : l'hiver, d'un seul coup, se transforma en été. Du jour au lendemain, tous les arbres furent verts, les jambes des filles bronzées, les nuits tièdes… L'hiver 1944-1945. Tout autour de Paris, le désert des routes enneigées, les trains expirants, avançant au pas, la glace de la Seine encadrant des péniches immobiles… Rien pour chauffer, rien à manger. À l'intérieur des maisons, les murs ruisselants, le linge lavé qui gèle au lieu de sécher ; dans les administrations, la plume tombait des doigts raides comme ceux d'un cadavre ; dans les grands magasins, vendeurs et vendeuses, bonshommes de neige, ne craignaient pas de fondre dans l'air glacial des bouches de chaleur ; dans les théâtres, le froid faisait perdre la mémoire aux acteurs, et les spectateurs, en tenue de sports d'hiver, pour se réchauffer applaudissaient des pieds et des mains ; dans les rares cafés à brasero, on se tassait autour du feu ; les arbres n'étaient plus que du bois mort, leur sève se glaçait comme le sang dans les veines des gens. Leurs carcasses grises, le long des quais, des avenues, des squares, du Bois, des Tuileries, du Palais-Royal, avaient la rigidité définitive des cadavres… Et puis, du jour au lendemain, le bois mort se mit à fleurir comme le bâton de Perceval. Il y eut des lilas sur les charrettes, des ombres obliques sous les arcades de la rue de Rivoli, du soleil sur la tribune de la place de la Concorde, qui était restée là depuis le dernier défilé des troupes, du soleil sur les béquilles qui remplacent les quatrième et cinquième colonnes de l'hôtel Crillon, sur la chair arrachée au coin du ministère de la Marine, juste en face de la bouche du métro, sur les fleurs posées sur le trottoir au-dessous des plaques en marbre pour ceux qui sont tombés ici à la Libération.

Ce printemps-été éclata pour le retour d'Anne-Marie, et à peine était-elle sortie dans la rue près de la gare que Paris la happa. L'air résonnait de vols d'avions, il y avait dans le ciel comme une migration d'oiseaux et tellement de monde dans les rues qu'Anne-Marie s'arrêta, cherchant la raison d'une pareille agitation : c'était Paris qui dégelait ! Un Paris plein jusqu'aux bords, de toute la France en train de refluer vers Paris, des Américains, de leurs jeeps et leurs gros camions, dont le bruit était lié au bonheur qui s'approche, du temps où on les entendait passer sur la route, avec ce bruit spécial, nouveau, qu'on ne pouvait confondre. Anne-Marie s'en allait par les rues de Paris. Les femmes n'étaient plus coiffées de ces tours qu'elles avaient inventé de porter face aux Allemands… Comme elles étaient bien habillées ! Des Parisiennes… Comme tout était beau à Paris !… Il y a toujours des bijoux, rue de la Paix… Elle pensa aussitôt à Jacquot, parce que c'était justement pour Cartier qu'il avait fait des bijoux : Jacquot, le colonel Jacques Voiron. On n'ose pas déranger un homme quand on sait combien il est occupé. Il aurait été content de la voir, bien sûr… D'ailleurs, il n'était certainement pas à Paris, il devait être quelque part en Allemagne, finissant la guerre… Personne… La place Vendôme était plus belle que jamais. Il y avait des écharpes mauves dans une devanture, des boas en plumes d'autruche dans une autre, on avait donc déjà droit à des folies d'élégance ! Devant la porte de Guerlain, des soldats américains faisaient la queue. Personne d'autre dans cette queue que des soldats américains… Anne-Marie s'arrêta : peut-être avaient-ils réquisitionné le magasin de Guerlain pour en faire un bureau ou un restaurant ? Non, c'était bien Guerlain, le parfumeur, avec les flacons dans les devantures…

Un homme s'était arrêté près d'Anne-Marie et regardait les Américains comme le faisait Anne-Marie. Il avait une drôle de dégaine : une culotte kaki, trop grande, bouffait autour de lui, ses bottes allemandes aussi visiblement trop grandes, mais le petit veston était beaucoup, beaucoup trop petit… L'homme était hérissé de bagages : un sac sur le dos, une valise en carton au bout d'un bras et, sous ce bras, un baluchon rond, ficelé, et un autre à la main. Sa tête, tondue, aurait été sans cela blonde comme les blés, puisqu'elle faisait penser aux champs, cette tête paysanne, et il avait une bonne bouille, ronde malgré la maigreur, et des yeux bleus, perdus et attentifs, comme ceux d'un nourrisson. Il s'arracha enfin à la contemplation des Américains et continua son chemin, s'arrêtant aux devantures, se retournant sur passants et passantes. Anne-Marie marchait derrière lui. Tout comme lui, elle s'arrêtait pour regarder les devantures, elle aussi se retournait sur les gens. Ils étaient tous les deux des rapatriés. Un coiffeur pour dames retint longuement leur attention, les belles nattes, les boucles blondes posées à plat et la dame en cire rose avec une coiffure en volutes comme la fumée... Anne-Marie pensait qu'avec ses tresses sur la tête, elle était, sans y penser, à la mode... Le petit rapatrié regardait les cheveux, il passa une main sur ses épis fauchés. Il n'était pas à la mode! Anne-Marie le regarda avec attendrissement. Puis ce furent un charcutier et ses boîtes de foie gras qui les occupèrent un instant. Les prix étaient si gros qu'ils ressemblaient à des numéros. Le petit rapatrié traversa, avec Anne-Marie derrière lui, pour regarder des valises. Il se retourna deux fois sur une jolie fille... et sur un militaire, un cavalier au képi bleu ciel, impeccable... Il allait retraverser, attiré par quelque chose, quand survint une femme: elle venait à leur rencontre, lentement, d'un pas fatigué, sur ses jambes déformées de vieille femme. De la soie noire, un visage ridé, d'une grande lassitude. Si elle n'avait pas fait la guerre, d'autres l'avaient faite, un fils, un petit-fils, une fille... Elle était sans chapeau, le vent remuait ses cheveux blancs, des cheveux blancs passés à un violet violent. Et, cette fois-ci, la coupe devait être pleine, car le prisonnier ou le déporté, enfin le rapatrié, lâcha d'un seul coup ses bagages sur le trottoir:

– Eh bien! fit-il, très fort.

Et, comme Anne-Marie se trouvait derrière lui, c'est à elle qu'il se confia:

– J'en suis bleu! cria-t-il.

La vieille dame continuait son chemin. Une vieille dame triste et respectable, avec des cheveux blancs passés au violet. Anne-Marie sourit au petit. Dans huit jours, elle ne comprendrait plus pourquoi il en était bleu ! Elle ne remarquerait plus ce que cela avait d'étrange de se teindre les cheveux en violet, quand on était une vieille dame et qu'on avait certainement beaucoup de peine… Le petit rapatrié continua son chemin d'étonnement. Anne-Marie tourna dans la rue Saint-Roch, traversa les Tuileries… Paris était ineffable ! Il y avait des fleurs aux Tuileries, le ciel était d'un bleu tenace. À Paris, on ne se laisse pas aller, on se farde sur son lit de mort… Anne-Marie se sentit poussiéreuse. Il suffit de s'absenter de Paris trois mois pour ne plus être à sa hauteur. Elle atteignit le quai, voici la Seine… Quand Anne-Marie pensait à Paris, c'était toujours d'ici qu'elle le voyait : comme on pense à quelqu'un dans une même robe, au même endroit… Le long, long mur du Louvre, de ce gris-de-Paris, au-dessus de la Seine grise… Mais elle oubliait d'imaginer les éclaboussures blanches faites par les balles sur le gris du mur. Tandis que les arbres des quais magiques, la Seine, comment elle tourne, le Grand Palais, la tour Eiffel, elle savait imaginer tout ça…

Mais quelle est cette foule de l'autre côté de la Seine, devant la gare d'Orsay, les files d'autobus, de cars, de camions ? Il en vient, il en vient ! Tous ces véhicules ! On dirait les colonnes allemandes fuyant sur les routes de France en août 1944. Anne-Marie traversa et suivit la foule jusqu'à la gare d'Orsay.

Toute la journée, Anne-Marie la passa devant la gare d'Orsay. Elle y retourna le lendemain et le surlendemain. Ces véhicules, cette foule, c'était le retour des prisonniers, c'était cette chose rêvée : le retour des prisonniers. Rien ne pouvait dépasser cela : la réalisation d'un rêve, un miracle, comme un paralytique qui se mettrait à marcher, un aveugle qui retrouverait la lumière, un cadavre qui ressusciterait. Plus tard, le paralytique se dirait peut-être qu'il n'avait pas où aller, que le chef du bureau lui rendait la vie invivable ; l'aveugle aurait à mendier les yeux ouverts et ça lui serait plus dur que de mendier sans voir, quant au cadavre… Les prisonniers descendaient des camions avec leurs petites valises de carton et leurs baluchons. Ils rentrent au hasard des libérations, ils n'ont pu prévenir personne, et chacun de ces hommes va être pour quelqu'un une surprise merveilleuse, un miracle. En attendant, c'est la foule anonyme de Paris qui les reçoit, silencieuse, attentive, endimanchée, remplaçant famille et amis, et avec elle, attendant le printemps précoce, les drapeaux et des milliers de mains qui s'agitent pour les saluer… C'est comme ils l'avaient imaginé pendant cinq ans ! Étrangement sages et patients, ils attendent leur tour pour descendre des véhicules, ils ne disent rien mais ils sont prêts à serrer chaque main qui se tend, à répondre à toutes les questions et à raconter, raconter, raconter… Anne-Marie, toute seule dans la foule, se gave de leur bonheur. Elle ne pense pas au monde désert, elle ne se donne pas de démenti, elle est là, avec la foule, elle se saoule du bonheur de ces hommes.

Elle rentre à l'hôtel avec la nuit. Les rues se vident. Il s'allume quelques rares lumières, car peu à peu on rend à Paris ses lumières, avec prudence, comme de la nourriture à un homme longuement affamé. La constellation de la Concorde est presque entièrement visible, comme si le ciel était sans nuages. Anne-Marie se retourne : là-bas, sur la rive gauche, brille avec violence la gare d'Orsay, illuminée. Devant la gare, au milieu de la nuit et de la ville endormie, le va-et-vient des véhicules qui amènent les hommes, continue… Il y a toujours assez de monde devant le grand portail décoré de drapeaux pour faire penser à une large délégation du peuple de Paris.

Anne-Marie dormait, bercée par le ronron énorme des avions qui rasent les toits de Paris, ramenant des hommes, et encore, et encore des hommes pour les déposer sur le sol français…

III

Ce n'était pas facile de se loger, c'était même simplement impossible. Mais Anne-Marie avait de l'argent. La rente que Jenny lui avait laissée n'était plus grand-chose dans ce Paris du marché noir, mais elle avait aussi hérité des bijoux de Jenny, des bijoux de mille et une nuits, exécutés par les mains magiques de Jacquot. Anne-Marie vendit une bague qu'elle n'avait jamais vue au doigt de Jenny, elle s'en sépara donc sans regret : ce n'étaient que des billets de banque. Elle quitta les bruits de la gare, qui n'étaient pas les bruits de la gare d'Orsay, mais des vulgaires bruits de gare, pour le VIe arrondissement, pour une vieille maison qui avait un œil sur le quai et l'autre sur une rue étroite. Car il avait suffi à Anne-Marie, qui n'avait rien d'une provinciale, de huit jours de Paris pour comprendre que, dans ce Paris blessé, démuni de tout, l'argent sonnait, non, il ne sonnait pas, il bruissait comme des feuilles sèches, que tout s'y vendait, que tout s'y achetait, à condition d'y mettre le prix exorbitant et de trouver la porte derrière laquelle cela se passait. On trouvait appartements, livres, bijoux, jambon, vin, tissus, cigarettes, savon, bas… Paris bruissait, ronflait, ronronnait, gueulait, chuchotait, une mauvaise rougeur aux joues ; les prisonniers rentraient, les déportés rentraient, les exilés rentraient ; l'air était imbibé d'horreurs dévoilées, squelettes et morts lentes hantaient le monde entier. La nuit, il arrivait que des cris montent jusqu'au troisième d'Anne-Marie : « Au secours ! Au voleur ! » C'était le Moyen Âge, traversé du bruit des jeeps, de jurons…

L'appartement qu'elle avait trouvé était un de ces appartements aménagés par les Américains d'avant cette guerre, à cheval sur Montparnasse et Montmartre, le café-crème du Dôme et le champagne des boîtes de nuit. Anne-Marie le louait meublé ; l'Américaine à laquelle il appartenait avait dû filer en Amérique, l'appartement avait traversé la guerre inaperçu, et, si elle le voulait, Anne-Marie pourrait y traverser la vie sans être aperçue. C'était une des rares maisons de Paris où l'on ne passait pas devant la concierge, installée côté quai, tandis qu'Anne-Marie entrait par la rue. La porte restait ouverte toute la nuit. Les autres appartements de l'escalier avaient également été habités par des citoyens américains maintenant en Amérique ; ils leur appartenaient et restaient vides.

L'amour maladroit de l'Américaine pour Paris et les siècles d'avant le nouveau monde était resté bouché entre ses murs pendant quatre ans ; cela sentait le renfermé. La mode des opalines, des bouquets de mariée, des petits bateaux en bouteille et des vases de couleurs en forme de main, y régnait avec des armoires normandes trop grandes, des tables rustiques, des étoffes anciennes et des statues de saints enlevées à quelque porche d'église encombraient définitivement le petit salon… Dans la cuisine, il y avait des casseroles cabossées et de la vaisselle de faïence, jaune, artistique et ébréchée. Les boiseries de la salle à manger, du petit salon et de la chambre, qui constituait l'appartement, étaient peintes d'un jaune et d'un vert-pistache écaillés.

On aurait pu croire qu'Anne-Marie se préparait pour l'arrivée de quelqu'un : elle nettoyait l'appartement, se commandait des robes… Elle n'avait encore vu personne des gens qu'elle connaissait, si ce n'est le patron de la maison de couture où Jenny l'avait menée autrefois. Cinq ans qui bouleversèrent le monde n'avaient pas réussi à changer la maison, seulement tout y était plus neuf, plus pimpant… les tentures, les tapis… et même le couturier, qu'Anne-Marie ne reconnut pas tout d'abord : il avait beaucoup engraissé. Il tint à s'occuper personnellement de Mme Bellanger en souvenir de Jenny Borghèze.

– C'est triste que Jenny Borghèze n'ait pas pu voir ma dernière collection ! dit-il.

Jenny aurait ri aux larmes si elle l'avait entendu. Mais sans Jenny ce n'était pas drôle.

On repassait *Jeanne d'Arc*, avec Jenny Borghèze, dans les cinémas de quartier. Anne-Marie y allait. Le film prophétique, qui avait été la cause de tant d'accidents dans la vie de Jenny, qui avait été défendu par la censure, puis acclamé, passait maintenant tranquillement dans les cinémas de quartier. Le film n'avait pas vieilli, et Jenny était jeune, admirable, vivante…

Anne-Marie se préparait, mais elle n'attendait personne. La concierge, une personne fort sale et accablée d'enfants dans une loge exiguë, s'occupait des cartes d'alimentation parce qu'Anne-Marie les lui abandonnait : elle mangeait au restaurant ou pas du tout. Pour le reste : café, thé, sucre, tout sauf le pain, c'était une femme envoyée par le couturier qui les lui fournissait. Elle était arrivée sous prétexte de lingerie.

– J'ai une lingère, avait dit le couturier, qui vous enlèvera tous les soucis, elle est un peu chère, mais elle a l'avantage de vous procurer n'importe quoi…

Cela ennuyait Anne-Marie de recevoir quelqu'un chez elle, il lui semblait qu'elle allait briser les scellés posés par elle-même sur les portes et les fenêtres de cet appartement, qui ne lui appartenait même pas.

Si bien que, quand elle entendit la voix chevrotante de la clochette (car il n'y avait pas de sonnette électrique, l'Américaine avait installé à la porte d'entrée un long ruban brodé au petit point qu'il fallait tirer, à l'ancienne mode), elle hésita à ouvrir, angoissée.

L'appartement paralysé allait être livré à quelque chose d'inconnu… Il lui faudrait rester en tête à tête avec l'intruse, les portes fermées… La clochette retentit encore une fois. Anne-Marie se leva : qu'allait-elle trouver derrière la porte ? Quelle imprudence !

La lingère était charmante. On s'occupa d'abord de la lingerie. Ces mains maniaient avec compétence mousselines, dentelles et satins. Quand elle se mit à cropeton pour aider Anne-Marie à passer une combinaison, elle montra ses genoux et ses cuisses jusqu'à la petite culotte rose. Une peau de bébé. Son visage était sévère et tendre, clair sous des cheveux noirs, lisses. Et elle avait ce qu'on appelle de beaux yeux. Elle s'extasia sur les bras, les jambes, les seins d'Anne-Marie, si bien qu'Anne-Marie en était gênée, mais il n'y a pas à dire, les compliments, ça porte toujours. Puis on s'occupa d'un jambon qu'Anne-Marie n'acheta pas, d'un kilo de chocolat qu'Anne-Marie garda, ainsi que le savon. Elle acheta aussi des bas de soie et commanda thé et café. C'était en effet très cher, et Anne-Marie en éprouva une honte comme d'un vice caché. La lingère rangea sa lingerie dans un carton, et Anne-Marie ferma la porte derrière elle, à double tour. Elle se retourna vivement : il lui sembla avoir vu dans la haute glace avec son cadre de peluche verte, frottée, une ombre qui n'était pas la sienne. Elle se dit que cela ne pouvait pas continuer ainsi et décida d'en finir avec la solitude.

IV

– Vous filez un mauvais coton, disait Jacquot, le colonel Voiron. Voyons ! Vous n'allez pas rester dans cet appartement moisi, à ne rien faire et à vous intoxiquer de souvenirs ! Voyons, voyons, Ammamie, vous aviez du courage…

Ils étaient encore à table, assis sur des bancs étroits et rustiques, devant les assiettes jaunes posées sur des carrés de raphia. C'était bon d'avoir devant soi le visage ami de Jacquot, sa grosse tête blonde, aux yeux bleus, déplacés dans son visage d'homme lourd, un peu bouffi, la peau épaisse, à toute épreuve, des rides solides. Jacquot se tenait comme un sac, il avait encore épaissi depuis la dernière fois ; la vareuse américaine, au lieu de se tendre sur lui, faisait des plis. On ne se serait jamais douté que Jacquot était d'une force herculéenne.

– J'avais du courage, dit Anne-Marie, quand c'était simple. Et puis je n'ai plus personne.

– Alors il faut vous remarier.

– C'est une bonne idée.

– Et pourquoi pas ? Qu'est-ce qu'il y a de si drôle ? Vous êtes jeune et belle…

– Vous me connaissez depuis assez longtemps, Jacquot, pour savoir que je ne suis pas jeune…

Jacquot regarda attentivement la petite tête entourée de boucles et de nattes lisses et brillantes, les yeux candides et sérieux… C'était vrai, elle était l'aînée de Jenny de dix ans, cela lui faisait… non, il aimait mieux ne pas savoir… elle n'était peut-être pas jeune, mais elle était certainement belle. Il n'y avait jamais pensé. Autrefois, il était trop amoureux de Jenny pour remarquer Anne-Marie. Puis il n'avait pensé à elle que comme à quelqu'un de très sûr, à qui on pouvait confier n'importe quelle mission. Dans le lit d'hôpital où l'on avait ramené Ammamie de chez ces cochons de paysans qui l'avaient laissée dans le fumier, blessée à la jambe, et la gangrène s'y était mise, elle ne tremblait pas, ne se plaignait pas… Cette expédition avait été idiote, mais il n'avait eu à punir personne. Raoul, qui était responsable, s'était fait tuer… Maintenant qu'il était assis en face d'Anne-Marie, à dîner tranquillement, Jacquot s'aperçut qu'il ne l'avait jamais regardée. Ou peut-être avait-elle beaucoup changé ? Oui, ce devait être cela : elle avait changé.

– Vous avez beaucoup changé, Ammamie, dit-il.

– Tout le monde a changé. Vous aussi. Je ne peux pas m'habituer à vous voir en colonel ! J'ai beaucoup changé, et, si c'était à refaire, j'aurais couché avec Raoul. Peut-être, si j'avais couché avec lui, les gendarmes ne l'auraient-ils pas tué…

– Si cela ne venait pas de vous, je croirais à une très mauvaise plaisanterie…

Mais Jacquot eut aussitôt honte : Anne-Marie ne plaisantait pas…

– Vous êtes malade de souvenirs, Ammamie, je ne dis pas que je ne vous comprends pas, mais je vous conseille, comme je me le conseille à moi-même : ne vous y adonnez pas. Trouvez-vous une occupation…

– Je prendrai un amant, dit Anne-Marie, d'un ton posé.

Jacquot se leva :

– Je m'excuse, je ne peux plus les supporter, vos bancs rustiques. Soyons sérieux… Écoutez, Ammamie, je n'ai pas besoin de vous dire combien sont rares dans le pays les hommes et les femmes authentiques. La guerre n'est pas terminée, le nazisme…

– Je vous en prie, Jacquot, je lis les journaux… Nous n'avons pas gagné la guerre, je le sais, mais je ne veux rien en savoir… Le pays est dans un état… j'ai vu hier une lingère… Mais je ne veux pas me lancer là-dedans. Je veux m'amuser. Je vais prendre un amant.

– Pour vous amuser ?

Jacquot s'assit sur le divan, déplaçant les carrés de brocart ancien qui le recouvraient et mettant des cendres autour de lui.

– Je vais prendre un amant, répéta Anne-Marie butée, pour me donner une contenance, comme on met des poches à une robe. Mes lieux communs sur les hommes sont : vaniteux comme un homme, intéressé comme un homme, illusionniste comme un homme, traître comme un homme…

– Qu'est-ce qu'ils vous ont fait ?

– À moi ? Rien. Ils ont fait tout le mal qui est sur terre, et ils s'en vantent.

Jacquot fumait. Il avait, malgré l'uniforme, un air profondément civil. On allait dans quelques jours voir Paris en liesse. La victoire. Lui, il allait partir pour Berlin et laisser Anne-Marie s'amuser toute seule.

Anne-Marie aurait pu téléphoner ou aller voir celui-ci ou celle-là, maintenant que sa solitude était rompue. Mais elle n'en fit rien. Elle avait repris sa vie comme avant le dîner avec Jacquot et semblait attendre quelqu'un qui ne venait pas. Les casseroles brillaient, elle courait à des essayages, l'armoire normande se remplissait, des cartons de chapeaux grimpaient les uns sur les autres. Anne-Marie s'achetait toute une garde-robe, tout un trousseau…

On la voyait souvent dans les salons d'une grande maison de modes. Mlle Germaine, un peu lasse, un peu empâtée, avec les grands yeux des Parisiennes pas jeunes, beaux, experts, indulgents, chagrins et gourmands, l'avait prise en affection. Mme Bellanger l'attirait, Mlle Germaine était à la tête d'une maison célèbre dans le monde entier, mais elle était romanesque comme une midinette, et Anne-Marie lui semblait merveilleusement mystérieuse. Ici, où l'on pouvait dire *who is who* de presque tout le monde, personne ne la connaissait ; elle semblait avoir beaucoup d'argent, achetait sans discernement ni économie, ni même intérêt pour ce qu'elle achetait. Quand Mme Bellanger se regarde dans la glace, est-ce qu'elle s'y voit seulement ? Mlle Germaine vivait parmi ce qui est joli, elle aimait voir les chapeaux créés par elle sur des têtes qui les rendent encore plus jolis, qui leur donnent tout leur sens… Tous les chapeaux vont à Mme Bellanger.

– Mademoiselle Germaine, souffle une vendeuse pendant que Mlle Germaine surveille l'essayage de Mme Bellanger, la comtesse de R… vous demande…

– Non, dit Mlle Germaine, je n'irai pas, elle me rend malade, elle me gâche mes chapeaux.

– Mais, mademoiselle, elle vous a déjà demandée trois fois…

– Je n'irai pas ! Na ! Je ne suis pas obligée…

– Cht-t-t… fait la vendeuse, épouvantée – et elle se retourne pour voir si la comtesse ne les a pas entendues.

Mais la comtesse essaye ses chapeaux sans se sourire dans la glace ; elle a un profil pendant, le nez, le menton, la peau sous le menton… Tout autour de la grande pièce carrée, des femmes assises regardaient leurs reflets ; autour d'elles voltigeaient des femmes, avec paille, rubans, voilettes, oiseaux, fleurs… L'air était saturé de séduction. Ici fleurissait un art dont les racines se cachaient sous les pavés de Paris, cette chose étrange, la tradition de la mode, habitait ces lieux. Les visages des femmes dans les glaces ne se démodent pas plus que des fleurs fraîches, que la vie secrète et mondaine des femmes…

– Il est très bien, ton chapeau, dit Mlle Germaine à la première, et elle se lève pour descendre l'aile de l'oiseau sur la tempe délicate de Mme Bellanger. Les premières sont les vedettes dans un atelier de mode, elles en ont les caprices et les sautes d'humeur, même

Mlle Germaine est obligée de les flatter… Mme Bellanger regarde ailleurs, elle reconnaît, un peu plus loin, dans la rangée des reflets, des yeux noirs, ce qu'on appelle de beaux yeux : ceux de la lingère. La lingère porte un tailleur voyant à force d'être strict, et on lui essaye un canotier dur et sec, qui l'enlaidit. Anne-Marie se renverse pour mieux la voir derrière une grande fille qui essaye un chapeau avec un oiseau jaune, ouvrant les ailes sur son front… Le marché noir doit rapporter gros à la lingère pour qu'elle vienne ici. Avec ce canotier, elle ressemble à une gouvernante qui emporte l'argenterie, donne aux enfants de mauvaises habitudes, reçoit son amant dans le lit des parents pendant que ceux-là sont au théâtre, ou fait le trottoir, ce dont on s'aperçoit au bout de vingt ans d'un service impeccable… La lingère sourit à Anne-Marie. Mlle Germaine intercepta le sourire :

– Vous la connaissez ?

– Pas vraiment…

– Ici, nous n'avons jamais collaboré, fit Mlle Germaine. Quand les Allemandes venaient, on ne leur montrait que des horreurs. Personne de mes ouvrières n'est partie en Allemagne. Qu'est-ce qu'on n'a pas imaginé pour les garder ! Il y en a qui restaient chez elles, on leur portait à manger… Celle-là – elle montra des yeux la lingère – je l'ai payée pour qu'elle m'arrange des cartes de travail… Elle était au mieux avec la Gestapo…

– C'est comme ça, fit Anne-Marie, et elle serra au passage la main baguée de Mlle Germaine. Sans trop savoir pourquoi, Mlle Germaine en fut émue aux larmes.

Anne-Marie rentra à pied. Quand est-ce qu'il reviendrait le temps des taxis, la longueur des promenades se faisant sur mesure, s'interrompant au moment même où la fatigue prenait le dessus. Maintenant, en toute chose, il fallait aller au bout de sa peine…

L'appartement l'accueillit tant bien que mal. Rien à faire, elle n'arrivait pas à se sentir chez elle entre ces murs écaillés, pistache et jaune. Elle s'assit sur le divan avec ces stupides carrés de brocart ancien, qui glissaient tout le temps… « Somme toute, pensait Anne-Marie, ce pays est entièrement miné. Les clientes de Mlle Germaine, les lingères du marché noir et les dames du grand monde… Et les hommes ? Les hommes sont pires parce qu'ils ont plus peur encore, parce qu'ils risquent plus… » Il ne faisait pas très clair dans le petit salon, elle alluma la lampe posée sur la table, mais l'ampoule se mit aussitôt à rougir et s'éteignit : panne. Anne-Marie ne bougea pas, il fallait attendre que la lumière revînt. Elle s'imagina les joues douces et les yeux durs de la lingère. Gestapo… Si maintenant on sonnait à la porte et qu'elle voyait apparaître la lingère avec ses dentelles et satins, son jambon et son chocolat… Pourquoi n'est-elle pas arrêtée ? La lumière ne revenait pas. Peu à peu, Anne-Marie s'assoupit et elle était en train de rêver que la clochette tintait à la porte, et que c'était la lingère qui lui disait : « Madame, je vous en supplie, suivez-moi !… » À l'intérieur de l'auto, un petit coupé archaïque, l'étoffe des sièges pend en lambeaux ; au volant un chauffeur râblé, la tête directement sur les épaules… C'est là le danger… Le château, comme une noix creuse, meubles renversés, potiches brisées, douilles vides roulant sous les pieds… Mais la clochette retentit encore, pourquoi, puisqu'elle a ouvert ? Anne-Marie se réveille tout à fait, la clochette continue à chevroter… L'ampoule se met justement à rougir… Fallait-il ouvrir ? Mais bien sûr !

Derrière la porte, il y avait la lingère ! En tailleur noir, sans chapeau. Anne-Marie la regardait, saisie. L'autre dit, toute souriante :

– J'ai oublié, ce matin, chez vous, un petit paquet. Je m'excuse de déranger.

– Je ne sais pas, peut-être, je vais voir…

Anne-Marie retourna dans le petit salon : en effet, il y avait aux pieds d'une statue de sainte posée sur un socle, dans le coin, un petit paquet. Comment ne l'avait-elle pas vu avant ?

– Excusez-moi de vous avoir dérangée, répéta la lingère, son sourire éteint : Anne-Marie devait avoir l'air égaré. Elle l'entendit descendre l'escalier en courant ; avoir fait peur à la Gestapo, c'était plaisant à penser. Elle alla à la cuisine, cela lui ferait du bien de prendre une tasse de café.

Anne-Marie mit l'eau à bouillir, sortit une tasse jaune. Ce fut pendant qu'elle versait l'eau sur le café que l'idée lui vint brusquement : avait-on vraiment sonné à la porte ? La lingère était-elle vraiment venue ? La solitude ne lui valait plus rien. Jacquot avait raison, il fallait faire quelque chose. Mais c'était aussi difficile de reprendre les liens avec le monde que de rétablir une liaison pendant la clandestinité. Elle n'avait aucun rendez-vous de repêchage. Le café de la lingère était bon.

V

Jacquot revint assez vite. Il était plein d'histoires sur Berlin, la ville et les habitants démolis. Il rapportait à Anne-Marie un Leica… Merci, mais qu'est-ce que je vais en faire ? Eh bien ! de la photo, par exemple, la vérité est que l'appareil m'est tombé sous la main, et comme il est magnifique… Vous êtes gentil quand même ! Le marché noir de Berlin est une foire, un marché aux puces ; les gens y vendent leur âme, des instruments techniques, des montres, des souliers, des diamants… et Paris ? On a fêté la victoire… et puis il y a eu un orage formidable, on se serait cru sous un bombardement… non, pas le jour de la victoire, bien plus tard… Il a plu pour la Pentecôte, comme il se doit… Ça a été très beau… il y avait tant de jeunesse dans les rues, des cris, des chants, des Américains, que c'était à se demander où donc étaient passés ceux qui n'étaient pas jeunes… Aux Champs-Élysées, il y avait une femme pas jeune qui regardait les camions français et américains recouverts de gens qui chantaient et hurlaient, comme une coque de bateau est recouverte de coquillages… La femme pas jeune pleurait, ce n'est pas difficile de comprendre pourquoi : il y avait des absents. Le soir, il y a eu quelque chose de changé dans le monde ! dans le ciel, un de ces V majuscules, un signe des dieux qu'on pouvait rallumer toutes les lumières… Si vous aviez vu Notre-Dame embrasée… et simplement les fenêtres des maisons, on aurait dit des jaunes d'œufs, et la

Seine était comme avant-guerre, on voyait sa courbe, des arbres, des lumières, il y avait à nouveau des ponts visibles, ça faisait en bas des reflets et des ombres, et pas un gouffre noir, j'en ai presque retrouvé des sentiments d'avant-guerre... La Concorde, un champ de lumière, un champ de coquelicots... La colonne sur la place de la Bastille était une torche dans la nuit, et, si j'avais déjà eu le Leica, j'aurais pris la colombe qui est tombée dans le projecteur comme une fusée lumineuse, aux pieds du génie, tout en haut... Il y avait évidemment les avions, vous les entendez, personne ne peut plus dormir à Paris à cause d'eux... ils volaient de plus en plus bas, ils doivent s'ennuyer tout seuls, en haut... C'était à se demander s'ils n'allaient pas se mêler à la foule qui danse, que voulez-vous que fasse une foule de vingt ans, le jour de la victoire, si ce n'est de danser sur les cadavres ?... pour qu'on ne les oublie pas, comme si on pouvait les oublier avec le bruit qu'ils faisaient là-haut, les avions envoyaient de temps en temps des groseilles rouges et jaunes qui tombaient du ciel sur les lumières de Paris... Vous entendez ce roucoulement monstre ! Je n'essaye même plus de dormir, si ça continue. Je vais me fiche à l'eau... Alors, vous n'avez pas encore pris un amant ? Vous vous êtes promenée toute seule, un jour pareil ? Oh ! il y avait beaucoup de monde... bon, bon...

On ne peut pas dire qu'elle était animée, elle racontait les choses d'une voix tranquille, mais Jacquot voyait sur elle les reflets de la fête...

– Puisque vous ne pouvez pas dormir de toute façon, Ammamie, voulez-vous que nous allions dans un endroit où il y a de la musique et des gens qui dansent ? Ça me ferait plaisir, après Berlin. Vous voulez ?

Ils sortirent : le ciel de Paris avait repris sa teinte d'avant-guerre, de noctambule... Les jambages immenses du V traversaient ce ciel tourmenté par l'absence de sommeil. On le voyait encore mieux des profondeurs obscures de la cour du Louvre : d'ici il apparaissait couvrant le ciel, symétrique, appuyé sur l'Arc de Triomphe... Anne-Marie avait tenu à passer par là pour le montrer à Jacquot. Tout le long de la rue de Rivoli, des boules gonflées de lumière se suivaient en rangs serrés comme un sautoir de perles. Puis c'était le déluge lumineux de la place de la Concorde...

– On n'a plus rien à cacher, dit Anne-Marie, c'est un bonheur, cette lumière, mais je n'y suis pas encore habituée, je me sens toute nue et inquiète... On ne peut plus se perdre nulle part.

Ils étaient pris dans les lumières des Champs-Élysées, jusqu'à ce club pour officiers alliés où il y avait de la musique et de la danse.

Malgré les maîtres d'hôtel impeccables et les femmes élégantes, le club avec tous ses militaires vous ramenait à la guerre. Il y avait surtout des Américains et l'orchestre était excellent, pour faire danser des Américains il faut avoir un orchestre excellent. Jacquot avait eu à peine le temps de commander le champagne qu'un Américain venait inviter Anne-Marie. Elle se leva. Elle s'était à peine assise qu'il en vint un autre. Et ainsi de suite, toute la soirée. Jacquot buvait et regardait danser Anne-Marie, ce qu'elle avait la taille fine ! Dans sa vie, il n'avait jamais eu qu'un seul amour : Jenny.

Anne-Marie revenait sagement s'asseoir près de lui, un peu de rose sur ses joues lisses, mais voici l'Américain qui revient... C'est surtout avec celui-là qu'elle danse. Jacquot boit, sa large main encercle la coupe. Il est trois heures du matin.

VI

– Ils en avaient de belles choses en Allemagne, disait Anne-Marie qui, penchée par la fenêtre regardait la voiture. Elle marche bien ? Vous devriez m'apprendre à conduire. Si je veux devenir un reporter-photographe, il faut que je sache tout faire.

Jacquot n'avait pas revu Anne-Marie depuis la soirée passée au club, il y avait de cela deux semaines. Il revenait à Paris et la trouvait passionnée pour la photographie. Quelle bonne idée il avait eue avec ce Leica qui semblait stupide ! La courroie de l'appareil se logeait entre les deux seins.

– Vous connaissez un endroit à la campagne où l'on pourrait déjeuner ? dit-il, quand ils furent installés dans la voiture.

– Attendez… je ne pense à rien, je suis tout émue de me trouver dans une voiture ! Depuis le temps… La dernière voiture que j'ai prise était une ambulance ! l'hiver 1944… Vous savez conduire, au moins ?… J'ai très peur !

– Je sais conduire une voiture, même quand tout y est en ordre. Bien que je n'en aie pas l'habitude, mes gars m'esquintaient une voiture en quelques nuits…

– Je meurs de peur, dit Anne-Marie, pendant qu'ils tournaient autour de l'Arc de Triomphe.

Ils prirent l'avenue du Bois.

– Ce n'est pas la peine de chercher un restaurant au Bois, c'est encore plein de ferrailles, et d'hommes en militaire… Traversons le pont, autrefois il y avait de petits restaurants le long de la Seine.

Tout y semblait recouvert d'une poussière que personne ne déplaçait, sauf le vent. On aurait dit un endroit abandonné à l'approche des Allemands. Mortes semblaient ces maisons pas hautes, les pieds dans la poussière de la route, face à la Seine et à une magnifique rangée d'arbres qui étaient là pour personne. Garage… usine… un trou tout frais où il devait y avoir une maison, et déjà l'herbe pousse entre les pierres éboulées, guinguette avec une terrasse effondrée… hôtel… Qui donc vient habiter en hôtel par ici?… Un chaland chargé avançait, pas plus vite que ne pousse l'herbe. Des barges, immobiles le long de la berge… Un parc derrière un long mur… De petites villas aux murs couverts d'un crépi, et encore des éboulis de pierres… petits cafés, petits hôtels, garage, guinguette, murs… Hôtel-restaurant… Il y avait de la verdure derrière le mur de l'hôtel-restaurant. Si on essayait? Jacquot tournait… il eut juste le temps de redresser la voiture: un bolide passait! Le camion américain était très loin qu'ils étaient encore là à souffler en se représentant l'accident, le camion rentrant à toute vitesse dans leur voiture, en travers de la route… Cette route semblait si vide, ils y étaient si seuls que Jacquot ne s'était même pas retourné pour voir s'il y avait quelqu'un derrière; ils avaient été sauvés par une fraction de seconde… ils se seraient fait tuer ici par peut-être la seule voiture de la journée.

Jacquot finit tout de même par tourner dans la cour, et ils étaient de bonne humeur et respiraient largement. Une cour avec des bosquets à gauche, une maison à étage à droite. Une femme en sortit aussitôt. « On peut manger? » demanda Jacquot.

Un véritable labyrinthe! Ils s'y promenaient parmi les bosquets pour choisir une table. Pour s'y promener, il fallait tourner en rond, parce que c'était tout de suite le mur d'un côté, de l'autre un poulailler et puis les cabinets, une petite cabane. Les bosquets broussailleux étaient fermés ou à ciel ouvert, entourés d'une haie, d'un treillis. Il y en avait pour tous les goûts, mais il n'y avait personne. Les tables de bois sur un pied-poteau enterré, solide, étaient sans nappe, couvertes de feuilles, de sable, de gravier, comme si une tempête avait passé par là. Jacquot et Anne-Marie, embarrassés par le choix, s'assirent au hasard, mais se levèrent aussitôt à cause de cette crotte desséchée dans un coin. La femme arrivait avec une nappe à carreaux sur le bras et un plateau : « C'est par là que vous serez le mieux », dit-elle, et ils la suivirent dans le bosquet le plus clos, le plus ombré. « Il y a, dit la femme, mettant le couvert, un sourire entendu, complaisant, aux lèvres, il y a pour commencer des sardines, de la charcuterie, des salades, foie gras... Puis du steak ou côtes de porc... Pommes frites ou sautées... Puis, si vous voulez, une petite omelette flambée ou de la tarte aux pommes... »

– C'est un scandale ! dit Jacquot quand ils eurent commandé. J'ai envie d'arrêter toute la maison !

Le bosquet s'illumina brusquement, les feuilles se mirent à verdoyer, et il y eut des taches d'or sur la nappe, la transformant en panthère, les verres captèrent la lumière, le soleil recouvrait la poussière si bien qu'on ne la voyait plus... « Qu'est-ce que je vous sers à boire ? » dit la femme, qui revenait avec les hors-d'œuvre, parmi lesquels il y avait, dans un vase, une rose blanche, épanouie.

– On nous traite comme des amoureux, dit Anne-Marie quand la femme s'éloigna. Nous ne sommes pas seulement des clients à estamper. Elle nous aime.

Des poules caquetaient éperdument. Un chien aboya. On entendit une voix d'homme : « Madame Antoine, c'est l'eau de Vichy, il n'y en a pas, c'est de la Badoit... »

– Qui va la boire, cette Badoit ? dit Jacquot. C'est inquiétant. Mais on est bien quand même. Avez-vous revu l'Américain de l'autre soir ?

Jacquot préparait cette question depuis le moment où il était monté chez Anne-Marie.

– Quel Américain ?

Les radis roses ressemblaient à la bouche et aux dents d'Anne-Marie.

– L'Américain avec lequel vous avez dansé toute la nuit au club…

– Mais ça ne se fait pas !

– Quelle chance pour vos amis que vos parents vous aient si bien élevée, fit Jacquot, il faut leur en avoir de la reconnaissance.

– Oh ! regardez le coq sur la table ! Une girouette !

Anne-Marie se leva et se précipita avec son appareil. Le coq, immobile au milieu de la table ronde, l'attendait, de profil.

– On m'envoie en Allemagne faire de l'occupation, dit Jacquot quand elle se rassit. Voulez-vous venir vous exercer là-bas ? On dira que vous êtes un reporter…

– Pour quel journal ?

– N'importe…

– On dira : pour une agence.

– Si vous voulez.

Jacquot souriait : elle avait dit ça comme les petites filles qui jouent à la visite ou au médecin…

– Je vais dans le Sud, où la guerre n'a pas passé. Vous verrez, vous y serez très bien. Je vous avoue que je suis heureux de ne plus être à Berlin. Les ruines, c'est intolérable à la longue, l'homme ne supporte pas ce continuel désordre.

– Les ruines, ça se mange chaud…

Jacquot la regardait : cette jeune fille qui se rappelait les enseignements de sa famille était cynique. Dieu sait ce qu'il y avait dans sa tête !

VII

– Anne-Marie n'est pas reconnaissable, disait le colonel Voiron. Tu l'as connue comme moi, du temps où Jenny habitait chez elle, rue de Rennes… Déjà ce départ aux colonies directement de la rue de Rennes ne rimait à rien…

– La bile travaillait assez son mari pour en faire un colonial… Ammamie était une gentille petite femme, je l'ai toujours beaucoup plainte… Il faut que je me pince pour croire à la réalité : Jacquot colonel, Ammamie qui a fait le coup de feu, et moi, l'éternel jeune premier de l'éternelle Comédie-Française, le bras encore raide… À ce propos, je vais te dire quelque chose qui est encore tout à fait secret : je quitte la maison. Je vais faire du cinéma. C'est très joli la grandeur de la tradition, mais c'est très mal payé. Et je ne serai pas toujours un jeune premier…

– Tu es toujours beau…

– Ça va… Jenny était une des plus grandes actrices de ce siècle, et c'était une actrice de cinéma…

– On lui avait proposé d'entrer au Français…

– Oui, c'est vrai… Mais elle n'y est pas entrée, tu vois !

– Je vois que tu n'es pas encore tout à fait décidé… Tu as le temps, Francis… Je te fais des compliments comme à une femme, mais un acteur, c'est presque une femme… Tu as le temps, les barricades de la Libération t'ont réussi, t'es un homme…

Une belle nuit. Le colonel et le jeune premier étaient sur la terrasse à boire de l'alcool. Il y avait de l'alcool français dans la villa : un industriel qui est resté quelque part sur le front de l'Est l'avait pris en France, et les Français l'ont repris avec la villa de l'industriel. Dans la journée, il faisait trop chaud pour s'asseoir sur cette terrasse, malgré les parasols orange ; il faisait aussi trop chaud dans le jardin sans ombre. L'industriel venait de construire la villa et de planter des arbres qui n'étaient même pas encore des arbustes. Alors le colonel avait fait mettre des fleurs orange devant la terrasse, puisque de toute façon le jardin n'était que soleil. Plus loin poussaient des pommes de terre et des salades. Mais, dans la nuit, on ne voyait pas que les fleurs étaient orange. On voyait le grand ciel noir et mousseux de nuages devant la lune toute ronde. Elle se promenait, éclairant de façon spectaculaire un château fort sur le haut d'une montagne.

– Qu'est-ce qu'elle fait ici, Anne-Marie ?

– Elle est venue sous prétexte de photographie… À peine arrivée ce matin, elle m'a demandé une voiture, elle veut tout voir… Mais tu ne trouves pas qu'elle a beaucoup changé !

– La dernière fois que je l'ai vue, c'était tout de suite après la Libération, à Paris. J'avais encore le bras en écharpe. Je n'ai rien remarqué de particulier. Quand on connaît quelqu'un depuis toujours… C'est dommage qu'elle ne soit pas là, ça m'aurait bien fait plaisir de la revoir, cette brave Ammamie. Dis donc, à quelle heure rentrent-ils, tes pensionnaires : il est onze heures ! la discipline se relâche ! Je pars demain à six heures, je vais te souhaiter une bonne nuit… Les réjouissances à Lindau m'ont tué, tu connais de Lattre.

Ils passèrent par les grandes portes-fenêtres de la villa, blanche sous la lune. Les grandes pièces, elles aussi étaient pleines de lune. « Lotte ! cria le colonel dans le hall éclairé, je ne sais pas où elle a fourré ton imperméable. Lotte ! » La bonne apparut en haut de l'escalier et le descendit en courant. « Vous vous mettez bien », dit le jeune premier un peu étonné, regardant la bonne en déshabillé transparent et déboutonné, les cuisses nues. « Une maison de célibataires... », fit le colonel, indifférent. Lotte apporta l'imperméable et ouvrit la porte avec de petits soupirs ensommeillés. Le sable crissa sous les pieds, deux gardiens de nuit civils, des Allemands, se mirent au garde-à-vous. La grande auto du colonel attendait devant le porche, un chauffeur militaire au volant.

– Le ciel est tout rose, dit le colonel, on n'a pas encore éteint les illuminations. Descends jusqu'à la rivière, tu verras, c'est très beau. Histoire de montrer aux Boches que, quand nous nous y mettons, nous pouvons faire mieux qu'eux...

– Vous n'avez pas de couvre-feu ici? Je n'ai pas envie que tes zèbres me tirent dessus!

– Ne crains rien, c'est un couvre-feu élastique... D'ailleurs le petit a ce qu'il faut. Au revoir, Francis... Je suis sûr qu'Anne-Marie regrettera d'être partie quand elle saura que tu es venu...

– Bonsoir, Jacquot, salue-la bien de ma part...

L'auto roulait. La route crissait sous les roues comme sous des pas dans un jardin. Elle descendait, montait, tournait souvent. Il y avait des réverbères qui éclairaient suffisamment les villas, des cubes blancs comme la villa du colonel, moins grands pourtant. D'un côté, tout de suite derrière les villas et leurs jardins, on voyait les champs, des collines boisées, presque des montagnes. Puis les villas se resserrèrent, cela devint des rues sans jardins, elles étaient pavées, de plus en plus étroites. Et voici le cœur moyenâgeux de la ville, la place que Francis avait admirée dans la journée. Toutes les fenêtres étaient noires comme s'il y avait encore le black-out, ou comme dans une ville où l'ennemi est déjà annoncé et les habitants sont partis ou se sont tapis... Les rares réverbères ne dérangeaient pas la lune, elle était partout. Francis arrêta la voiture, il allait faire les quelques pas jusqu'à l'hôtel, à pied. La voiture disparut derrière la courbe d'une rue, et Francis l'entendit longtemps dans le silence tapi dans la ville. Il traversa la place, descendit des marches, tourna deux ou trois fois, descendant toujours... Voici le pont...

Il fallait aller jusqu'au milieu du pont et se retourner pour que tout d'un coup apparaisse, au-dessus du lit profond et noir de la rivière, la haute rive flamboyante. Les murs et tourelles du château, les toits triangulaires des maisons, montées sur le dos les unes des autres, jouant à la courte échelle, tout était blanc, clair, net, avec des ombres qui pendaient comme des rideaux de velours noir, cachant des profondeurs, coupant des pans de murs... Francis traversa le pont, descendit sur la rive opposée au château. Elle était en contrebas et profondément noire. Une large allée centenaire longeait la rivière, des arbres immenses... ou est-ce l'obscurité qui les faisait si grands ? Un bruissement, une fuite d'ombres... Il n'avait rencontré âme qui vive depuis la villa du colonel.

Perdu dans l'ombre, assis au-dessus de la rivière, sur un mur de pierre, très bas, Francis regardait cet opéra muet, allumé pour lui tout seul. La clarté intense, immobile, le troublait, comme s'il était le seul convive d'un banquet servi pour des milliers de personnes. Ces maisons embrasées n'étaient pas en carton, elles avaient quatre murs, et des hommes et des femmes y veillaient peut-être... L'ombre n'était que dans leurs cerveaux gris, pleins de songes stupéfaits, de morceaux de brouillard... Et, dans la tour spectaculaire du château fort qui se dressait lumineuse comme une ampoule de cent mille bougies, il y avait des prisonniers, il le savait, Jacquot lui en avait longuement parlé... Les cellules devaient être illuminées par ce grand embrasement, les rides du Herr Professor, spécialiste des questions racistes, et le dos gras du boucher de Belgrade, et la main exsangue du Herr Doktor, théologue, et tous les autres qui n'ont jamais entendu parler du charnier découvert à un kilomètre de la petite ville, chaque recoin des cellules, et les murs peints à la chaux, bien blancs, bien propres, les livres sur la table, les miettes de pain, la cruche en aluminium, le dessous des couchettes, les couvertures grises, la souris assise sur la table, les plaintes, les soupirs, et les ronflements, et les insomnies, devaient être mis à nu par la lumière formidable.

– Je vous ai trouvé dans la nuit…

La mousse sous les arbres centenaires avait étouffé le pas d'Anne-Marie, à moins qu'elle ne se fût approchée sans toucher terre. Au point où il en était, dans cette nuit, tout lui semblait possible. Elle était habillée de clair, de brouillard. Ils s'embrassèrent. « Vous veniez de partir quand je suis rentrée à la villa. Je vous ai couru après dans la nuit… tout droit ici, j'étais sûre que la lumière vous attirerait. C'est un grand gala que notre rencontre… » Francis l'embrassa encore une fois. Dans les arbres bruissaient des légendes. De l'autre côté du lit profond et noir de la rivière, l'opéra muet brillait. Francis serra Anne-Marie contre lui. Il était stupéfait de ce qu'il faisait, cela ne ressemblait à rien ! C'était Ammamie, cette brave Ammamie. Il ne pouvait presque pas la voir. Elle avait des cheveux doux comme de l'eau de pluie. Anne-Marie, à laquelle il n'avait jamais pensé… Le temps passait… « Rentrons, dit-il, viens avec moi… » Anne-Marie lui glissa entre les bras : « La voiture m'attend… »

Elle disparut.

Ce n'était pas vrai, la voiture ne l'attendait pas ; elle l'avait dit pour pouvoir partir. Anne-Marie marchait devant elle. La lune traversait une enseigne de fer forgé, relevant la silhouette d'un cheval en dentelles… Des poutres soutenaient les premiers étages qui avançaient sur la rue étroite. Brusquement Anne-Marie pensa qu'elle ne savait pas où elle était… Personne… Tant mieux, l'idée de se trouver brusquement en face d'un Allemand, seul à seule, lui donna une angoisse qui lui fit presser le pas : ils ont beau être vaincus… La rue fit une courbe : ah ! c'est la place. D'ici elle trouvera aisément son chemin. L'horloge du Rathaus sonna un coup, et les bonshommes qui sortaient pour sonner, devant l'horloge, là-haut, ne firent qu'un seul tour. Anne-Marie était fatiguée, fatiguée… Elle s'assit sur le bord de la fontaine qui battait en bouquet, au milieu de la ville vide. Quelques gouttes s'en détachèrent, et c'était comme si on lui avait jeté de l'eau à la figure, pour la faire revenir à elle. Elle se leva... La lune glissait sur les lettres gothiques qui entouraient le Rathaus d'un bandeau et ne formaient dans la lumière blanche aucun mot intelligible. Toute seule, sur cette place, dans la gueule du loup, dans un pays fantastique... Anne-Marie pensa à Jenny, elle imagina sa voix : « Bonnes gens, réveillez-vous, l'heure de la rédemption a sonné ! » Si elle se mettait à crier maintenant ? Elle en eut cette envie qu'on a de tirer la sonnette d'alarme dans un train... Les bonnes gens ouvriraient les fenêtres et ne comprendraient rien. Personne ne comprend jamais rien.

Anne-Marie arriva à la villa très tard. Le colonel l'attendait devant le portillon, sur la route ; il vint au-devant d'elle. Les deux gardiens de nuit parlaient doucement, assis devant le garage, des voix allemandes dans une nuit allemande...

– J'allais partir à votre recherche ! dit Jacquot.

Il lui prit le bras, sa main était brûlante, il avait dû être très inquiet.

– J'ai rencontré Francis, nous avons regardé l'illumination. Puis je me suis perdue.

– Quand je pense que vous avez rôdé toute seule dans ces rues... si vous avez vraiment été toute seule... Qu'est-ce qui vous a pris plus de temps : l'illumination ou le chemin de retour ?

Anne-Marie retira son bras et poussa la porte. La bonne, Lotte, dans son déshabillé transparent, apparut en haut de l'escalier. Elle escorta la *Gnädige Frau* dans la chambre que le colonel lui avait cédée, la belle chambre de l'industriel et de l'industrielle.

– Madame dormira bien, dit-elle, en caressant l'oreiller, je sais que le lit est bon. Et la nuit est belle...

Elle vint frôler Anne-Marie de ses cuisses nues.

– Bonne nuit ! dit Anne-Marie.

La bonne se retira.

Anne-Marie alluma le plafonnier, en plus de la petite lampe à abat-jour de couleur : une grande pièce… Sur les murs un papier satiné aux dessins géométriques argentés, des meubles de bois clair et satiné, lits jumeaux, toilette, l'étoffe des sièges en satin aux dessins géométriques comme ceux des murs et des grands rideaux… Les portes de communication et des grands placards qui occupaient entièrement deux murs étaient du même bois clair et satiné que les meubles. Anne-Marie alla ouvrir une porte du placard : il était joliment doublé de bois à l'intérieur, profond et ingénieusement conçu, tiroirs et penderie… Digne d'un excellent hôtel. Anne-Marie se déshabilla, éteignit les lampes et alla ouvrir rideaux et fenêtres : la lune était à droite, le lointain château se devinait à peine. Pas de bruit… Des larmes ? Même pas…

La villa blanche se prêtait aux nouveaux propriétaires avec toutes ses commodités : ses frigidaires, cuisine électrique, rangées de casseroles et perfectionnements domestiques et ménagers, ses livres dans de belles reliures dorées rangés comme des casseroles sur les rayons du *Wohnzimmer*, les mêmes livres dans toutes les villas qu'il a jusqu'ici été donné au colonel de réquisitionner, les mêmes fauteuils recouverts d'une étoffe rugueuse à grands dessins de préférence géométriques, des tables à dessus de verre, des œuvres d'art, tableaux et sculptures, du même contenu que les livres, les meubles neufs d'un bon hôtel, d'un sanatorium, le confort moderne, faïence, carrelage blanc, hygiène, soleil, santé…

Ces messieurs prenaient leur petit déjeuner en bas, dans la salle à manger. Anne-Marie déjeuna au lit, le valet de chambre lui monta le plateau. Le colonel avait réquisitionné ce valet de chambre avec la villa ; il connaissait les lieux, savait où se trouvaient les choses, comment fonctionnaient les appareils de chauffage et autres… Le plateau qu'il monta pour Anne-Marie était très perfectionné : autour d'un plateau sous-verre un cadre d'osier, joliment tressé, peint en jaune, faisait table, enjambant les genoux. Anne-Marie admira le plateau, l'œuf à la coque, le jambon, le café, la cafetière, la tasse de porcelaine fine avec des fleurettes et la jolie argenterie... Les toasts étaient à l'intérieur de la serviette pliée, tout chauds. Le valet s'affairait. Il semblait éprouver une satisfaction à répéter les gestes qu'il avait l'habitude de faire au temps heureux... Peut-être tenait-il à montrer à cette dame, qui était une vraie dame et non une de ces personnes que les officiers ramenaient parfois avec eux, qu'on savait servir en Allemagne aussi bien qu'à Paris. Il avait, avant de rentrer chez l'industriel, servi chez des gens très haut placés, chez le Herr Oberst von... et chez le Herr Direktor... Anne-Marie le regardait aller et venir, rêvait. Peut-être était-ce la Frau Direktor qui était si difficile pour les toasts, il les lui fallait brûlants?... Est-ce la femme de l'industriel qui avait appris au valet à fermer les rideaux de mousseline, après avoir ouvert les rideaux de satin aux dessins géométriques... et à rapprocher du lit une petite table de bois clair... et à réunir les mules qui gisaient chacune de son côté, les talons en l'air?... Maintenant, le valet de chambre faisait couler le bain à côté, sans rien lui avoir demandé: il avait, visiblement, des habitudes. Elle l'entendit qui fermait une porte: il avait dû sortir sans passer par la chambre, pour ne plus la déranger. Anne-Marie posa le plateau sur la petite table et mit ses pieds dans les mules: tout était merveilleusement prévu. Allons prendre notre bain...

Par une porte ouverte sur une véranda, le soleil entrait en plein dans la salle et semblait chauffer l'eau toute bleue dans de la faïence bleue. Des appareils de gymnastique... une balance... une douche derrière un rideau de toile cirée, bleue... Sur une table, un verre de citronnade et des biscuits. Elle était dans l'intimité de l'ex-maîtresse de cette maison, c'en était gênant. Anne-Marie plongea dans la baignoire et soupira dans un involontaire bonheur physique. À quoi correspondait l'importance des salles de bains en Allemagne? Seraient-elles dangereuses pour l'âme? Les serviettes, le peignoir épais qui pendaient sur de gros tuyaux nickelés étaient chauds. Anne-Marie ne descendit qu'à l'heure du déjeuner.

Les officiers se trouvaient dans le salon, au complet, sauf le colonel. Ils se levèrent comme un seul homme. Le commandant fit les présentations. Anne-Marie avait l'air de les passer en revue comme un général de mauvais poil. Si bien que l'aspirant, qu'on n'invitait à la popote des officiers que parce qu'il était si gentil garçon et fils d'un gros soyeux de Lyon, le petit aspirant, pas timide pourtant, devint pourpre sous son duvet de pêche. On n'aurait pas su dire pourquoi Anne-Marie était si intimidante. Elle était habillée comme les AFAT, mais en blanc, les cheveux coiffés avec le souci de trouver aux nattes assez de place sur sa petite tête. Heureusement que le colonel arriva pendant les présentations, et on passa aussitôt à table.

Anne-Marie, assise entre le colonel et le commandant, regardait devant elle la terrasse torride avec ses parasols orange, les fleurs orange autour de la terrasse, les tourniquets d'eau, infatigables, et la chaîne de petites montagnes boisées, le château sur une hauteur…

– Rudolph, tirez un peu les rideaux, le soleil gêne madame…

Le valet se précipita et la toile à fleurs s'interposa. Rudolph faisait le service avec Lotte, en robe de dentelles collante et petit tablier. Un immense plateau à hors-d'œuvre fit son entrée, garni, au milieu, d'un temple de beurre et de radis…

Le commandant était, dans le civil, propriétaire de chevaux de course et de châteaux historiques. Les châteaux historiques ne lui venaient pas de ses aïeux, simplement de ses parents. Les chevaux de course avaient été acquis par lui et broutaient peu à peu les châteaux. Il avait une grande habitude des femmes. Un des deux capitaines était médecin de campagne, l'autre cafetier à Paris. Le médecin était hors de lui à l'idée d'avoir à supporter cette Mme Bellanger pendant tout le déjeuner. Pourvu qu'elle ne s'incruste pas… elle avait l'air d'être très amie avec le colonel. Le cafetier était un homme tout rond, habitué à des clients de toutes sortes, son café se trouvait boulevard Haussmann. La guerre et l'Occupation lui avaient un peu fait perdre l'habitude des femmes devant lesquelles il fallait se tenir, mais il prenait son mal en patience, surtout que celle-ci était rudement bien. Les deux lieutenants, un professeur et un étudiant, étaient tout yeux. Ça les changeait des Lotte. Sans parler du petit aspirant. Il y avait trois places vides à table : le commandant et les deux lieutenants annoncés, de passage à D…, étaient en retard, mais on se mit à table sans les attendre, le colonel étant convoqué chez le général cantonné au château de S…, tout de suite après déjeuner. Les invités arrivèrent d'ailleurs en même temps que le plateau à hors-d'œuvre. Tout le monde se leva, et il se passa un petit temps avant que le remous ne se calmât comme après le passage d'un gros bateau. Puis les chaises s'alignèrent, les serviettes reprirent leur place sur les genoux…

– … L'archiduchesse T… nous a reçus dans son château où elle a organisé une battue en notre honneur, disait le commandant invité, se servant des hors-d'œuvre, et le temple de beurre s'effondra enfin. Cela avait une allure, une classe ! Les meutes dans la cour seigneuriale, les piqueurs en habits rouges… Chez nous, nous ne savons plus vivre… Pauvre France !

Il était assis en face du colonel et parlait en regardant surtout Anne-Marie. Il y eut un petit silence.

– Un ange qui passe, dit Anne-Marie ; et il était difficile de dire si elle se payait la tête du commandant ou si c'était une sotte.

– En ce moment, mon commandant, dit le capitaine-médecin, la France a d'autres chats à fouetter… Je ne sais pas ce que pensent les archiduchesses en Autriche, mais, chez nous, les princesses et les duchesses, on pourrait sans se tromper leur raser la tête à toutes…

– Épuration, épuration, fit l'un des jeunes lieutenants amenés par le commandant.

– Les chemises de l'archiduchesse, elles sont sèches, sèches, sèches… chantonna timidement le lieutenant-étudiant.

Tout le monde rit. Le lieutenant était comique.

– Il faut leur donner des fêtes à ces gens-là, leur en mettre plein la vue, dit le cafetier. Nous avons fait illuminer la ville hier, ils en étaient estomaqués… C'était beau, n'est-ce pas, madame ?

Tout le monde se mit à parler de la fête et des illuminations.

– Où est Francis ? demanda Anne-Marie à Jacquot, il ne déjeune pas avec vous ?

– Francis est parti ce matin très tôt pour Paris.

– Si vous aimez la chasse, mon commandant, disait le commandant de la maison au commandant invité, faites-moi donc le plaisir de venir chez moi. J'ai un chalet dans les Alpes, on y chasse le sanglier, sans meutes, ni piqueurs, mais pour ceux qui aiment vraiment la chasse…

Anne-Marie entendait la voix du colonel qui disait que la France républicaine ne soutiendrait pas les Habsbourg… Elle se sentait toute faible après le choc qu'elle venait de recevoir : Francis était parti, sans un mot ! Elle barbotait dans la vase de l'humiliation. En une seconde, les rapports entre elle et le monde avaient changé : elle se sentait maintenant inférieure à n'importe qui, laide, vieille, sans intérêt… Une ou deux fois, elle eut l'impression que, sans la voix tranquille de Jacquot, cela allait tourner mal entre les invités et les hôtes. « La France, disait la voix de Jacquot, ferait bien de coordonner ses efforts et d'avoir une politique en Allemagne et en Autriche… »

Il fallait en avoir une, tout le monde était d'accord qu'il fallait en avoir une, bien sûr… Personne ne disait laquelle.

– Je vais vous servir un autre chou à la crème, chuchotait à l'oreille d'Anne-Marie le valet de chambre Rudolph. Le chef les a faits spécialement pour vous…

Anne-Marie prit un chou à la crème. Ce valet de chambre était tout ce qu'il lui restait de gentillesse dans le monde ; il ne s'était pas encore aperçu qu'on pouvait lui cracher dessus. La rage la mordit au cœur.

– Nous ennuyons Mme Bellanger, dit le commandant propriétaire d'écuries de course… Je crois que vous avez fait une excursion hier, madame ? Les environs sont ravissants, n'est-ce pas ?

– Oui… dit Anne-Marie, ravissants… J'ai vu des choses qui m'ont intéressée… Je n'ai pas pris tout à fait la route que le colonel m'a indiquée… Le chauffeur a un peu protesté, mais après il a dû convenir que les routes dans la forêt étaient moins défoncées…

– De quel côté êtes-vous allée, alors ? Qu'est-ce que vous avez vu ? Le colonel souriait, tout le monde mangeait des choux à la crème et écoutait, une accalmie après cette conversation politique qui devait ennuyer une femme.

– J'ai vu, dit Anne-Marie, des arbres comme ceux qui font les coulisses, au théâtre… Très, très hauts, avec les feuillages qui se rejoignent en dentelles, au-dessus de la route… Des arbres immenses, avec de la mousse verte sur les troncs et par terre… J'ai vu sur la route, venant à notre rencontre, une voiture avec des officiers allemands… Le chauffeur a eu le même réflexe que moi, je n'ai pas eu le temps de dire : stop ! qu'il stoppait et tirait son revolver. La voiture passa, ça a été très rapide.

– Vous rêvez, Anne-Marie, dit le colonel gêné.

– Attendez, dit Anne-Marie, une mauvaise joie au cœur. J'ai changé de place pour me mettre à côté du chauffeur. On roulait et on n'arrêtait pas de parler de la voiture, nous avions hâte d'arriver quelque part pour la signaler… Elle n'avait rien d'un fantôme, nous avons bel et bien vu les officiers, armés, casqués, décorés… La route était bonne, la forêt de plus en plus magnifique… Mais je voyais bien que le petit chauffeur n'était pas tranquille : on roulait depuis longtemps sans arriver nulle part, nous n'avions pourtant pas pu nous tromper ; depuis que nous avions quitté la grande route, il n'y avait pas eu un seul tournant… Enfin, après une courbe, nous eûmes le soleil dans les yeux : c'était devant nous la lisière de la forêt… Du moins, nous le croyions…

Anne-Marie s'arrêta. Tout le monde la regardait…

– Continuez, madame, je vous en supplie, dit le commandant invité, plein de compliments souriants dans la voix... C'est passionnant ! Qu'avez-vous vu, le loup-garou ? La Belle au bois dormant ?

– Ce n'était pas la lisière, continua Anne-Marie, c'était une clairière. Des tentes y étaient dressées. Des soldats allemands, torses nus, allaient et venaient, sciaient du bois, jouaient au ballon… Il y avait une roulante, des soldats allemands faisaient la queue devant, mangeaient. Il y avait quelques pièces d'artillerie. Nous ne nous sommes pas arrêtés. Je n'ai pas pris de photos. Ils semblaient ne pas nous avoir vus.

Le commandant invité toussa :

– Ce que vous nous racontez là, madame, fit-il, avec, je dois dire, un grand talent de conteuse… vous l'avez réellement vu ?…

– Très certainement, commandant. Nous pouvons, le chauffeur et moi, le certifier et retrouver le chemin…

– Ce n'est pas chez nous ?… Le capitaine-médecin regarda Anne-Marie pour la première fois de tout le déjeuner.

– Non, ce n'est pas chez nous…

Anne-Marie jeta un regard autour d'elle : elle était satisfaite, elle n'était plus seule à songer aux forces occultes et à l'inutilité d'être vertueuse, généreuse…

On se levait, on passait par les grandes portes vitrées de la salle à manger, dans le *Wohnzimmer*. Il y avait les fauteuils en question et les rayons avec les livres… Malgré les roses dans les vases et le parquet astiqué, c'était quand même une maison habitée par des hommes seuls : les meubles étaient poussés contre le mur, sans imagination, les chaises et les fauteuils en rangs… Lotte, avec sa robe de dentelles collante, servait le café, aidée par le petit aspirant.

– Je ne sais pas si vous avez remarqué la tenue exemplaire de Lotte, dit le capitaine-cafetier.

Et tout le monde rit à cause de l'aspirant qui faillit renverser la cafetière… Les deux commandants parlaient de l'université allemande. Anne-Marie s'imaginait Francis disant : « Rentre avec moi… » Il serait tout aussi bien parti sans un mot, si elle était rentrée avec lui…

– Je vous prie de m'excuser, dit le colonel, le général m'attend. Vous ne voulez pas rester avec nous jusqu'à demain, Anne-Marie ?

– On m'attend pour dîner, vous savez bien, Jacquot, c'est vous-même qui avez tout organisé…

– C'était une telle joie pour nous de vous avoir ici… Essayez de passer ici au retour… Messieurs, vous m'excuserez auprès du bourgmestre et de ses collègues, vous leur direz que je suis appelé auprès du général, question service ; faites ce qu'il faut, je ne tiens pas à les vexer. Restez là au grand complet, tant pis pour le travail, ceci est aussi du travail. Ça tombe vraiment mal, je suis obligé d'abandonner mes invités…

– Nous partons avec vous, mon colonel, je voudrais arriver à Lindau avant la nuit.

Le salon se vida, Anne-Marie monta dans sa chambre, ne restaient là que les officiers qui attendaient les Allemands.

– J'aime mieux scier du bois que de recevoir messieurs les notables, bougonna le petit aspirant.

– Scier du bois ou accompagner Mme Bellanger, un peu de tenue, Lulu ! dit le lieutenant-professeur.

– Tu ne la trouves pas belle ? explosa Lulu.

– Elle a de la grâce, convint le lieutenant-professeur. Pas assez jeune à mon goût.

– Mais qu'est-ce que c'est que cette femme ? D'où sort-elle ? Le capitaine-médecin était curieux.

On parla d'Anne-Marie : c'était la meilleure amie de Jenny Borghèze, vous savez l'actrice, oui, une très grande actrice qui s'est tuée juste avant la guerre… On n'a jamais su pourquoi elle s'est tuée !

Il y a plusieurs versions… Un amour malheureux? Cette femme magnifique! J'ai entendu dire que c'était à cause d'un rôle manqué… Ce n'est toujours pas Jeanne d'Arc! Vous avez vu ce film? Il a été interdit par le gouvernement Daladier… Jeanne d'Arc interdite par Daladier! Ça ne manque pas de saveur. Bien sûr, c'est comme ça qu'on a perdu la guerre. C'est Mme Bellanger qui a trouvé le corps de Jenny Borghèze… Alors elle est du monde du cinéma? Bien sûr que non… Vous avez des idées sur les actrices qui datent d'un autre siècle! On peut être une femme du monde et une actrice en même temps… Mais elle n'est pas actrice… Je ne crois pas… Les actrices sont peut-être des femmes du monde mais, actrice ou pas, elle me glace… Elle est sans sourire… Ça dépend… En tout cas, je vous trouve difficile, elle est rudement bien fichue, des seins… Ne t'excite pas, mon petit… Je trouve ça irrésistible, la minceur de sa taille sous les seins pleins et ronds…

Le lieutenant-étudiant avait l'air si triste en parlant des seins d'Anne-Marie que tout le monde éclata de rire…

– Ce n'est pas drôle, dit le lieutenant-étudiant, ça me porte à la tête…

Sa mèche noire pendait tristement au milieu du front. On rit encore. Ce n'était pas ce qu'il disait qui faisait rire, c'était cette manière qu'il avait de dire les choses.

– Elle est charmante – le commandant était rêveur – ça m'étonnerait beaucoup qu'elle fût du monde du cinéma. Elle ressemble trop aux amies de ma mère et de mes sœurs, malheureusement… Une honnête femme dans toute son horreur et dans toute sa splendeur. Il doit y avoir un mari quelque part… J'aimerais vraiment la revoir, elle a quelque chose…

– Des perlouses, fit le capitaine-cafetier, c'est du vrai, vous pouvez me croire sur parole, ça vaut une fortune…

– Et, avec ça, elle est photographe-reporter?… Le colonel m'a dit de préparer sa chambre pour une dame de ses amies qui est photographe-reporter et vient pour une agence. Puisque je suis maîtresse de maison… On rit encore ; il était impayable, le lieutenant-étudiant. Le colonel a couché sous les toits à cause du photographe-reporter. Il m'a tenu tout un discours sur les femmes, à son sujet… Vous trouvez, vous aussi, que les femmes, c'est si formidable que ça ? Il paraît que Mme Bellanger, telle que vous la voyez, a fait des prodiges pendant la Résistance. Je ne sais pas si c'est une conduite pour les amies de votre mère, mon commandant…

– Alors, c'est peut-être sérieux, cette histoire qu'elle a racontée pendant le déjeuner ?… D'ailleurs, même si c'est faux, elle a tellement embêté nos invités que c'est pain béni ! Ceux-là alors !… Le capitaine-médecin donna un grand coup de poing sur la table…

Quand Anne-Marie entra, le Leica en bandoulière, avec la courroie qui se plaçait entre les deux seins, ils étaient en train de parler de la guerre civile. Le petit aspirant se précipita pour lui avancer un fauteuil.

– Un peu de café froid, madame ? Non ? Lotte, voulez-vous enlever le plateau… Enlever… plateau… Elle ne comprendra jamais le français, cette fille ! Le lieutenant-étudiant se leva pour aller coller entre les bras de Lotte le plateau. Lotte minaudait.

Quand le bourgmestre et ses collègues arrivèrent, le lieutenant-étudiant, la mèche au front, était debout et aboyait avec ressemblance : il était remarquable en Hitler.

Les notables portaient des redingotes de différentes époques, des cols durs, des cravates qui s'étalaient sur des plastrons empesés, des souliers à tiges, cirés comme des bottes. Ils sortaient de la naphtaline, de la Bierstube, du Turnverein, du Männer Singverein, et ils faisaient penser à une noce, à un enterrement, à la sueur du dimanche qui n'a pas la même odeur que la sueur du front… Ils étaient larges, lourds, les uns avaient des moustaches, d'autres des lunettes… Rudolph entra derrière eux, les bras largement écartés par le plateau sur lequel d'étroites bouteilles s'élançaient comme des cous de cigognes, et brillaient des verres hauts perchés sur un mince pied.

– C'est Rudolph qui m'a conseillé de leur offrir du vin blanc, dit le lieutenant-étudiant à Anne-Marie. Tout le monde s'était assis. Sans entrer dans le détail, c'est la nouvelle municipalité, continua-t-il à expliquer à Anne-Marie.

Rudolph, avec ses bras largement écartés par le plateau, faisait le tour de l'assistance. Un jour, il racontera à ses petits-enfants comment il a servi à boire aux notables de la ville, nouvellement élus après la chute d'Hitler et invités par les militaires français, les maîtres. Rudolph n'était ni antinazi ni philosophe, il respectait les hommes au pouvoir. « Il y avait, dira-t-il, une grande dame française qui, à un moment donné, saisit son appareil photographique et prit quelques photos pour fixer ces moments inoubliables. »

– Ça fera une très jolie photo 1900, disait Anne-Marie au lieutenant-étudiant. Et elle remercia les notables qui avaient bien voulu se grouper pour elle.

– Pour reprendre notre conversation de tout à l'heure, disait le représentant du parti agraire à Anne-Marie, assis à côté d'elle, un verre délicat et scintillant dans sa poigne paysanne, je vous disais que les nazis Weiber, les bonnes femmes nazies, ne sont pas toutes en prison, il s'en faut… Il y en a constamment qui viennent nous présenter des mandats pour la réquisition de logements… Je comprends qu'une pauvre fille couche avec un soldat français pour du chocolat, mais qu'une actrice obtienne la réquisition du plus bel appartement de la ville parce qu'elle est avec un des officiers !… Et vous devez savoir comme moi que ce sont toutes des espionnes ! Quand nous manquons tellement d'appartements… Vous devriez en dire un mot au colonel, madame, parfois quelques mots d'une jolie femme font plus qu'un rapport de la municipalité…

Anne-Marie l'écoutait, sérieuse : il lui semblait que, si elle perdait un tant soit peu de sa rigidité, le représentant du parti agraire, avec sa large face à moustaches et les rides de ceux qui travaillent sous la pluie et le soleil, au grand air, que le représentant du parti agraire deviendrait galant. Elle avait aussi quelque difficulté à suivre une conversation en allemand.

– Les communistes n'ont aucune chance dans cette ville, disait un autre notable, une chevalière au doigt, pas bien plus fin que les doigts du représentant du parti agraire, personnellement, je m'entendrais si nécessaire avec les monarchistes, mais certes pas avec les communistes…

Il n'y avait que le socialiste qui parlait assez bien le français. Il évoquait des souvenirs de Paris :

– Ah ! Paris, je voudrais tant y retourner… *Le Mercure de France* paraît toujours, n'est-ce pas ! Il n'y a pas un livre français en Allemagne ! Si vous y pensiez, ça m'aurait fait tant plaisir de lire un livre de Claude Farrère, par exemple…

Lotte entra avec sa robe de dentelles, se glissa jusqu'à Anne-Marie : la voiture que la *Gnädige Frau* attendait, était là…

La voiture prit la chaude route ensoleillée, entre les cubes blancs des villas. La chaîne des petites montagnes et le château à l'horizon étaient à peine visibles dans la brume de chaleur. À l'approche de la ville, les villas devenaient des maisons quelconques formant des rues étroites. Vers le centre, la voiture pouvait juste passer, sans accrocher, cahotant sur des pavés inégaux à travers un Moyen Âge à pignons triangulaires. Des femmes font la queue devant une épicerie, elles regardent passer la voiture. Des gosses plus blonds que la paille courent de-ci de-là, ils sont bien nourris, bien propres. Les Français sont tous des militaires, il y en a beaucoup. Les hommes allemands aussi sont des militaires, mais en civil, avec de petits vestons trop courts, verdâtres ; ils saluent la voiture avec ses étoiles de général, ils ont un mauvais teint, *feldgrau*. Un, deux, trois hommes sur des béquilles… Voici la place avec sa fontaine au milieu, les lettres gothiques du

Rathaus haut en couleur. Tout paraît étrange à Anne-Marie, elle songe un instant à en accuser le vin blanc, puis y renonce.

La voiture roule parmi les champs de blé où coquelicots et bleuets font un joli ravage. La route est défoncée à casser les ressorts de la belle voiture : des chars ont passé par ici plus d'une fois. Pendant que le chauffeur change une roue, dans un village ravissant, Anne-Marie prend une photo des gosses qui ont entouré la voiture et s'affairent, sérieux et enchantés : l'un roule la roue de secours, l'autre passe au chauffeur les outils, ils cherchent des cales… Ils sont propres, bien nourris et pourtant on dirait que personne ne s'intéresse à eux, il n'y a personne dans les rues du village… Anne-Marie leur donne du chocolat, et la voiture roule à nouveau à travers une Allemagne ravissante, proprette, paisible… Il n'y a pas de bon Dieu !

Puis les villages deviennent plus rares, la forêt vallonnée s'étend, envahit le pays, les collines sont plus hautes, se transforment en montagnes. La route tourne, tourne, tourne.

VIII

La baïonnette et le turban de la sentinelle passaient devant la terrasse, traçant un demi-cercle dans le ciel bleu foncé.

On ne peut impunément mettre un homme noir dans un paysage de blonds, avec des toits de tuiles rouges et des vaches. Les légendes de filles à cheveux d'or se retirent au fond des forêts obscures. Il y a là un décalage qui met tout sens dessus dessous.

Ce n'était pas le général de Chamfort qui aurait pu aider ses invités à dissiper l'étrangeté de l'atmosphère, avec son œil de pur-sang frémissant, qui louche sur un bout de papier, tout prêt à se cabrer. Il semblait avoir le goût du monologue. L'orchestre, installé sur la véranda, l'accompagnait, jouant une valse de Strauss, et la jolie dame toute blanche chantonnait : *Wiener Blut, wiener Blut…*

– Aujourd'hui, disait le général à Anne-Marie, le sang viennois est du sang rouge sur les pavés de Vienne… Mais regardez ce paysage, madame, il est tellement beau qu'il en est consolant. Regardez comme la vallée est intime et douce entre les montagnes qui se sont placées de façon à ne laisser passer aucun courant d'air… On ne peut pas être tout à fait désespéré devant le profil de ces montagnes dans le ciel, et la forêt verte et sombre. Regardez la blondeur du jour et la gentillesse des maisons… Et cette sentinelle noire qui les garde, qui nous garde d'eux, baïonnette au canon…

Le soldat marocain qui versait le café avait des mains énormes à cause des gants blancs…

– Voulez-vous faire quelques pas avant la nuit ?

Le général et Anne-Marie descendirent la colline et prirent le chemin de la forêt. Le général parlait. Il était grand et très brun, un sarrasin, et son œil oblique et fixe avait des sauts brusques du côté d'Anne-Marie.

– Vous rappelez-vous, madame, la vague d'allégresse qui a déferlé sur le pays, bousculant tout ce qu'elle rencontrait sur son chemin ? Même quand elle se fut retirée, il restait encore des rigoles de joie où se reflétait le soleil… Depuis la Résurrection, le monde n'avait pas connu de joie mieux partagée ! Il n'y avait plus sur terre que des frères, la grande famille humaine s'était reconnue… Vous rappelez-vous comme la vie quotidienne s'était effacée devant ce grand bonheur : un rhume ou la mort, le gain, le soleil, l'éternité, le sous-chef, la plume qui grince, l'augmentation, la cherté de la vie, rien ne pouvait obstruer l'horizon… Un pour tous, tous pour un ! Un monde comme on le rêve, l'ordure balayée pour toujours !

Le soleil, sans rayons, une simple boule rouge, plongeait à pic derrière une montagne, des ombres de plus en plus obliques, de plus en plus fragiles, s'étiraient à travers le paysage. Le général et Anne-Marie prirent un sentier parmi de jeunes sapins vert clair, si jeunes que leurs premières branches s'étalaient encore au ras du sol, comme une large jupe verte. Puis ils entrèrent sous les arbres de la grande forêt, feuilles et aiguilles, où il faisait déjà presque noir, et l'air était épais de parfum chauffé par le soleil, de l'essence de pin.

– Nous sommes seuls ici, dit le général. Il n'y a pas encore de maquis en Allemagne. Je suis sûr que vous savez comme moi ce que c'est qu'une forêt hantée, le silence prêt à éclater, ce que c'est que l'attente dans ce silence… J'ai entendu parler de vous, madame, du temps où l'on vous appelait « la Demoiselle ». Nous parlons la même langue, vous êtes une compatriote, madame. Ici, je suis entouré de gens venant d'Alger et de Londres. Si vous saviez ce que c'est que la contrainte quotidienne ! Il me semble parfois que je suis à nouveau dans une France occupée… J'ai envie d'être libre ! Si vous les entendiez parler de *notre* Résistance… Vous me comprenez, vous. Et vous-même vous êtes comme les mots d'une langue maternelle…

Le général prit le bras d'Anne-Marie, il faisait nuit, et elle glissait sur les aiguilles…

– Et même… Je voudrais que vous soyez incompréhensible pour tous les autres ! dit-il avec une chaleur subite… Nous sommes sur le chemin du retour, continua-t-il, voici la lisière. Je ne voudrais pas interrompre cette conversation…

Anne-Marie songea qu'il aurait dû dire : je ne veux pas m'interrompre… Mais, après tout, c'était peut-être quand même une conversation ? Cette éloquence ne lui déplaisait pas.

– Si vous permettez, disait le général, je monterai tout à l'heure dans votre chambre…

– Je vous laisse juge, dit Anne-Marie, sèche.

Ils marchèrent un moment en silence. Le grand hôtel qui abritait le Quartier Général était devant eux, tout blanc, avec ses terrasses, les pentes vertes des gazons, les fleurs. La sentinelle marchait toujours devant la maison, l'air avait pris la couleur de la peau marocaine, et un sang viennois coulait toujours de la terrasse.

– Je vais vous accompagner ce soir jusqu'au château de N…, dit le général quand ils arrivèrent au bas de l'escalier menant à la terrasse, ici, il n'y a plus de chambre confortable… Et ainsi personne ne saura à quelle heure je suis rentré.

Ils montèrent sur la grande terrasse où les officiers et les invités du général jouaient aux cartes, parlaient par petits groupes… Les képis entassés sur une table avaient retenu le bleu du ciel de tout à l'heure, les femmes avaient des robes claires. L'orchestre était intarissable. Anne-Marie monta dans la chambre pour prendre sa petite valise, le Leica. Une très jolie chambre d'hôtel de luxe. C'était par une petite curiosité et une grande nonchalance qu'elle n'avait pas discuté avec le général. Maintenant il fallait partir. Elle descendit l'escalier qui sentait le propre, sortit par la porte de derrière pour ne pas avoir à faire des adieux à tout ce monde. Le général l'attendait près de la voiture, devant la terrasse. Cela ressemblait à une fuite, à un enlèvement. L'aide de camp ouvrit la portière, le général monta à côté d'Anne-Marie, l'ordonnance se mit près du chauffeur. La voiture descendait lentement la pente, tournait dans des virages aigus…

– Vous laissez vos invités, dit Anne-Marie, toutes ces jolies femmes, ces très jolies femmes…

– Oui, fit le général, elles sont toutes belles et sages. J'ai connu des femmes trop bien pour supporter les femmes légères… Chaque chose à sa place…

Anne-Marie, dans le noir, avait cessé de se composer un visage… Rien n'était à sa place… Ni le général avec ses idées sur les femmes légères, ni la taille des étoiles, ni la baïonnette qui se promenait dans le ciel, ni le sang viennois, ni elle-même…

La voiture marchait maintenant follement, le vent sifflait aux oreilles, les cheveux d'Anne-Marie volaient… On traversa une nappe de brouillard, puis un petit bourg… ils se taisaient. La voiture grimpait à toute allure un chemin qui faisait des S… Anne-Marie avait le vertige, c'était de la démence que cette course dans le noir… Ils roulaient depuis longtemps quand brusquement un énorme mur se dressa devant eux. Avec un ronflement d'avion qui remplit toute la nuit, la voiture entrait dans la cour d'honneur d'un château… Des tours en pagaille, des murs…

– On a bien marché, dit le général de Chamfort en descendant, deux cents kilomètres en moins de deux heures, la nuit, avec les virages…

Une sentinelle au garde-à-vous. Quelques officiers. Ils entrèrent dans un grand hall qui ressemblait à une salle de mairie, avec, sur de nombreuses portes, des carrés blancs épinglés à l'aide de punaises…

– Cette personne s'occupera de vous, madame, dit un lieutenant tout miel tout sucre, elle est à vos ordres.

Anne-Marie suivit la vieille femme en noir, un trousseau de clefs à la ceinture. Un large escalier en pierre, un de ces escaliers d'administration, de préfecture… Puis la vieille obliqua dans un couloir mal éclairé, ouvrit une porte avec une clef de son trousseau : c'était une large galerie où des chevaliers en armure faisaient une double haie. La vieille glissait devant, allumant les lumières. C'était maintenant de vastes salles de château où luisaient des parquets précieux, des glaces, les cadres dorés, la dorure de sièges… Les plafonds peints se perdaient dans les pénombres, les fenêtres se cachaient derrière de lourds rideaux. L'odeur d'encens se tenait immobile dans un silence absolu. La vieille ouvrait maintenant une porte cloutée, avec une clef qu'elle avait longuement choisie dans son trousseau : Anne-Marie la suivit dans un passage étroit et voûté qui déboucha sur une pièce toute ronde, avec des nuages peints sur le plafond en coupole. Une porte à filets d'or et c'était maintenant une vaste pièce, la première dans ces enfilades, qui aurait pu être habitée : un cabinet de travail en chêne foncé, avec un grand bureau, des bronzes foncés comme le bois, de grandes bibliothèques et, aux murs, des bois de cerfs et des armes.

– C'est ici que Sa Majesté se tenait, quand elle venait au château, dit la vieille, qui avait été muette tout le long du chemin comme si on lui avait arraché la langue.

– Je n'ai encore jamais habité un musée d'antiquités, répondit Anne-Marie dans la nuque de la vieille, qui ouvrait encore une porte, la grande porte en chêne foncé du cabinet de travail, puis une deuxième, petite et blanche :

– C'est la chambre où l'on m'a donné l'ordre de vous conduire, dit la vieille.

Une véritable chambre à coucher de château… Immense, les murs tendus d'une soie blanche finement froncée à la manière des stores d'autrefois. Des meubles blancs, satin et peluche, avec des franges. Le lavabo de marbre blanc, à deux places, avec de profondes cuvettes rondes et la robinetterie en cuivre, semblait être une nouveauté 1900, ainsi que la table de toilette enjuponnée et drapée comme les lampes dans leurs abat-jour. Les Majestés du siècle dernier, ou du début de ce siècle-ci, avaient bien mauvais goût.

– C'est la chambre de la princesse, fit la vieille, nous la tenons toujours prête, comme vous pouvez voir. Jusqu'ici, personne d'autre que les membres de la famille n'y a couché…

Anne-Marie posa sa petite valise. Elle pensa que la vieille la ferait sauter avec le château si elle savait comment s'y prendre, plutôt que de la laisser souiller ce lit majestueux !

– Où mènent ces portes ? demanda-t-elle prudemment.

– La salle de bains, de ce côté… Ici, c'est la garde-robe, toutes les robes y sont encore… Et là, c'est le petit salon où la princesse prenait son petit-déjeuner et recevait ses intimes. Je dois prévenir madame que les sonnettes ne marchent pas. Vos soldats ont saccagé l'installation. Tout le premier étage est pillé… Un soldat noir a violé une fille de cuisine. Vous autres, vous l'avez fusillé… On nous avait bien dit que, si on perdait la guerre, on aurait les Noirs. Eh bien ! nous les avons.

– Quand les soldats allemands violaient des femmes de chez nous, vous ne les fusilliez pas, vous les décoriez. Je prends mon petit déjeuner à neuf heures. Vous pouvez aller.

La vieille fit un semblant de révérence et se retira à reculons, comme au théâtre.

« Pourvu qu'elle ne me mette pas du poison dans mon petit déjeuner ! » se dit Anne-Marie. Pour la première fois depuis longtemps, elle ressentit quelque chose qui ressemblait à de l'intérêt pour ce qui l'entourait, pour ce qui se passait dans le monde. Elle ouvrit la porte de la salle de bains ; c'était une véritable salle et qui n'était pas faite pour être mouillée, avec son parquet, ses rideaux de soie et ses murs tapissés… Le petit salon était en satin bleu ciel, frangé et pomponné comme la chambre ; mais il y avait des saxes ravissants, un secrétaire en bois de rose de toute beauté… Dans le silence de mort qui régnait dans le petit salon, une sonnerie retentit, quelque part, loin, derrière les murs… Allons, les soldats français n'avaient pas démoli toutes les sonnettes. Il était près de minuit. Est-ce que le général allait vraiment venir ? Pour continuer la conversation ? Anne-Marie sentit un petit choc au cœur. Elle alla rapidement dans la salle de bains, essaya de faire couler l'eau, mais réussit juste à se mouiller dans de l'eau à peine tiède au fond d'une baignoire trop grande. Anne-Marie épingla ses cheveux tant bien que mal, passa une chemise de nuit… Il était minuit, le général ne viendrait pas. Elle se rappela l'existence de la petite porte cachée dans les tentures, derrière laquelle il devait y avoir une garde-robe.

C'était une pièce de dimension respectable, entourée de hautes armoires ou placards, en acajou presque noir, vernis, montant jusqu'au plafond. Une porte sur deux était remplacée par une glace épaisse, biseautée, et la pièce en était rayée noir et blanc. Anne-Marie ouvrit un placard : les robes pendaient sur leurs cintres, en rangs serrés ; au-dessus s'étageaient cartons et bottes ; en bas, sur un plan incliné, se tenaient, comme sur la pointe des pieds, les chaussures. Il en était de même pour tous les placards. Des robes de cour, des robes d'intérieur, des vêtements de chasse, des robes de bal, dentelles, draps, velours, brocarts, plumes, des souliers montants à lacets, à boutons, et des petits souliers décolletés et des bottes : il y avait ici des centaines de robes et de paires de chaussures.

– Excusez-moi, j'ai frappé plusieurs fois, je commençais à me demander ce qui vous arrivait, dit la voix du général dans la porte…

– C'est affreux, fit Anne-Marie, qui n'avait que sa chemise, et elle entra dans une armoire. Quand elle en ressortit, elle avait sur le dos quelque chose qu'elle avait attrapé dans l'obscurité, à tâtons : un vaste vêtement rose avec des cordelières et des pans qui pendaient de tous les côtés. C'était tellement grand qu'on n'aurait pas pu dire à quoi et surtout à qui cela avait pu servir…

– Je me suis amusée à regarder ces robes et je n'ai plus pensé à rien, dit Anne-Marie. Mais venez, je vais vous conduire à mon petit salon !

– Surtout n'enlevez pas cette chose ! Ce fouillis rose vous va incroyablement bien…

Anne-Marie laissa le général dans le petit salon bleu ciel et essaya de boutonner la robe rose, car c'était une robe : de tous les côtés, ce n'était que crochets et œillets, mais elle n'arrivait pas à les réunir, cela n'allait pas ensemble : la dame de la robe ne pouvait pas avoir une pareille ampleur. Anne-Marie laissa tomber la robe, l'enjamba, mit sa robe de chambre et, une tresse dans le dos suivant la courbe de ses reins d'une grâce particulière, alla retrouver le général.

Il était là, dans le petit salon, l'oreille collée au mur…

– Incompréhensible, dit-il, sans se déranger, vous entendez cette sonnerie ? Mes hommes ont fouillé le château, on a suivi les fils, impossible de trouver d'où elle vient. C'est une sonnerie de téléphone, sûrement.

La sonnerie qu'Anne-Marie avait entendue tout à l'heure résonnait quelque part, faiblement et distinctement… Le général abandonna son poste et sortit de sa poche une bouteille plate :

– Du whisky, dit-il, mais je n'ai qu'un verre… Tant pis ?

– Tant pis… Par où êtes-vous venu ? Vous n'avez pas traversé le cabinet de travail de « Sa Majesté », j'ai fermé la porte à clef…

– Non, j'ai débouché directement dans votre chambre ! Un petit couloir dérobé, une petite porte dérobée, comme il se doit, et qui mène directement dans la chambre du prince ou de Sa Majesté, je n'en sais rien. Je ne sais pas si vous avez pu apprécier, la nuit, combien ce château est hideux. Du Moyen Âge construit au XIXe siècle, une imitation inénarrable… Juste quelques beaux meubles de-ci, de-là, et des armures splendides.

La sonnerie retentit à nouveau. Ils se turent, l'oreille tendue. Le petit salon était doucement éclairé par une lampe à peine visible sous ses jupons de dentelles.

– Il m'arrive une chose étrange, dit le général, depuis que je vous connais… J'ai vécu, en 1942, un Noël qui était et restera le plus beau jour de ma vie… Cela se passait en Avignon, qui est ma ville, et la femme s'appelait Juliette*. Depuis que je vous connais, je pense tout le temps à elle. Ce n'est pas que vous lui ressembliez… C'était une toute jeune fille, et vous êtes une femme. Juliette était claire et simple, malgré toute sa beauté, elle attendrissait tous les hommes… Vous, vous attirez comme le vide, on s'arrête devant vous comme au bord d'un précipice… Mais vous avez quelque chose en commun : le sens du devoir, sans emphase, qui vous est si naturel que vous l'avez sans vous en rendre compte.

– Qu'est-ce que vous en savez ? fit Anne-Marie.

– Je connais un peu votre histoire, l'histoire de la Demoiselle.

Il y eut un silence profond comme l'océan. Même la sonnerie du téléphone caché se taisait. Le général remplit le verre, vissa le bouchon sur la bouteille plate et tendit le verre à Anne-Marie :

– J'ai perdu jusqu'aux traces de Juliette, dit-il, je n'ai pas de chance… Peut-être a-t-elle été prise par les Allemands, peut-être a-t-elle péri quelque part ici, dans un camp, ou l'ont-ils simplement tuée…

Le général se leva et se mit à déambuler dans le petit salon bleu ciel à peine éclairé. Il semblait qu'il allait renverser les meubles, tant ses mouvements étaient rapides et brusques, mais il était comme un pur-sang qui passe les obstacles sans les renverser. Derrière les rideaux gonflés d'air, l'on voyait un ciel noir clouté d'étoiles…

– Elle était trop jolie pour passer inaperçue… Elle leur a échappé une première foi, parce que c'était une fille faite de courage et de

* Voir *Les Amants d'Avignon*.

féminité… Comme vous, madame, exactement comme vous… Je ne sais pas si vous connaissez Lyon… Juliette leur a glissé entre les doigts et s'est enfoncée comme une aiguille dans les traboules noires de Lyon… Quelles traboules la tiennent maintenant, où est-elle? – Le général s'assit brusquement aux pieds d'Anne-Marie, sur un petit escabeau. – Un soir de Noël, Juliette avait apparu chez moi, dans les vieilles pierres d'Avignon… On l'avait envoyée en mission. Elle était là, avec cette confiance des tout-petits qui mettent leur main dans la vôtre, sans vous connaître… Mais elle avait l'adresse et la ruse d'un petit chat, d'un Sioux, et elle pouvait passer sans dommage, là où personne ne serait passé… Elle était pure comme la neige de Noël, et tentante comme… comme vous…

Le général, mince, brun, aquilin comme un méhariste, coulait vers elle son œil oblique. Le téléphone sonna longuement dans le silence mortel. Anne-Marie avait écouté l'éloge de l'inconnue fait par un homme assis à ses pieds, au milieu d'un stupéfiant petit salon bleu ciel. La nuit allemande… Elle ressentit brusquement avec violence l'existence de millions d'hommes et de femmes dans l'abîme de la défaite. Le guerrier à ses pieds, elle-même, ils étaient les conquérants. Dans le grand château allemand, dans le grand château boche, un homme, une femme, fragiles, vulnérables… Le général lui avait pris les mains, les baisait. Tenir compte des idées ordinaires, dans ce monde de folie… Elle essaya de dégager ses mains. « Il ne faut pas lutter », dit le général, comme on donne un ordre.

Anne-Marie ne lutta pas, c'était plus simple. C'était très simple de prendre un amant.

La joue contre la peluche d'un coussin, elle entendit le général déplacer une chaise, tirer le rideau… L'air frais coula dans la pièce avec la lune. Anne-Marie bougea un peu la tête et vit devant la fenêtre la silhouette du général, du guerrier, du conquérant. Elle avait peur de remuer, comme sur un bateau, par grosse mer, quand on est couché et qu'on se dit que le moindre mouvement déclencherait le mal de mer… Elle avait décidé de prendre un amant, elle l'avait fait, alors de quoi se plaignait-elle ? D'ailleurs elle ne se plaignait pas, elle avait seulement peur de provoquer quelque chose qui préciserait les sentiments qu'elle sentait grouiller dans elle.

– Le ciel, elle entendait la voix du général, le ciel au-dessus d'Avignon…

Aussitôt cela devint lumineux… lumineux que les sentiments qui grouillaient au fond d'elle étaient de la haine pour cet homme. Elle se leva, alluma le petit lustre au milieu de la pièce… La lumière tomba droit sur sa tête, sur la longue tresse blonde qui suivait la ligne des reins, d'une grâce particulière. Elle ne ramena pas les pans de sa robe de chambre sur ses seins nus, avec une indifférence hautaine :

– Je ne sais pas ce que je vous ai fait, dit-elle, pour que vous m'insultiez…

Le général se retourna, mais ne s'approcha pas :

– Je t'insulte ? Faisant quoi ?

– Le ciel d'Avignon ! C'est comme si, faisant l'amour avec moi, vous m'aviez appelée Juliette ! Non, c'est pire… parce que vous l'avez fait exprès…

– Je n'ai jamais fait l'amour avec Juliette. Je l'ai simplement aimée…

– Allez-vous-en, dit Anne-Marie, et la porte de la chambre se ferma derrière elle.

Pendant un long moment, le général resta immobile, le dos à la fenêtre, l'œil fixe et vide… Il n'aurait pas dû faire ça, ce n'était pas de sa faute, à elle, s'il avait perdu Juliette. Il démolissait toujours tout… Elle avait des seins absolument parfaits. Non, l'amour ne tenait pas la première place dans sa vie. Non, la guerre n'était jamais finie… Le général était là, immobile, frappé comme d'une subite lucidité… Qu'est-ce qu'il allait devenir sans guerre ? Il n'allait plus pouvoir s'accommoder d'une vie stupide de garnison, comme avant… La sonnerie du téléphone le nargua de loin. Le maquis allemand n'existait pas encore et pourtant… Ce téléphone… Le général revint à lui : comment allait-il regagner sa chambre ? Il serait obligé de traverser celle de Mme Bellanger, autrement il se perdrait dans les centaines de salles, dans les couloirs, les escaliers… Le général de Chamfort ne tenait pas à faire savoir au monde entier qu'il avait passé la nuit chez elle… Le général traversa le petit salon et entra dans la chambre, sans frapper.

Anne-Marie était couchée. Une petite veilleuse brûlait près du lit immense, blanc dans les pénombres. La chambre, ridicule aux lumières, était maintenant enveloppante et douce comme un édredon de satin et de duvet. Au lieu de traverser la chambre et de prendre la petite porte dérobée, le général s'approcha de ce lit.

– Écoutez-moi, Anne-Marie… il prononçait son nom timidement, je vois vos grands yeux durs, mais écoutez-moi tout de même… Vous savez aussi bien que moi que le spectacle est terminé. Rien de ce que nous avons rêvé ne sera… Nous avons donné le meilleur de nous-mêmes pour rien. La vie continue, plus infâme que jamais. Je ne sais pas si vous avez la foi, pour ce qui est de moi, je suis sûr de finir ma vie dans les ordres. Je m'ennuie, Anne-Marie, je m'ennuie. Voulez-vous me comprendre ?… Laissez-moi passer cette nuit près de vous, ce qui en reste, le soleil va se lever bientôt…

Le général s'assit sur le lit et passa son bras autour d'Anne-Marie. Il avait peur d'écorcher cette chose soyeuse et douce avec la grosse manche de sa vareuse, les étoiles, les boutons… Anne-Marie se poussa un peu pour lui faire de la place :

– Vaut mieux me parler d'ennui que d'amour, dit-elle. De nos jours, même l'amour est en ruines.

Ils se parlaient tout bas, plaintifs… Pour Anne-Marie, c'était un jeune général, jeune pour un général, un conquérant légal dans un pays plat comme une galette, et c'était tout ce qu'elle en savait. Pour le général, c'était une femme encore jeune, qui se promène avec un appareil photographique, bien trop élégante pour son métier… Le général était d'un naturel méfiant. C'était le colonel Voiron qui l'avait envoyée, un colonel FTP, il semble s'intéresser à elle, c'était tout ce qu'on avait comme renseignements, en dehors de la légende de la Résistance : il avait en effet entendu parler d'Anne-Marie à un moment où elle était à Grenoble et lui en Avignon. Ils étaient dans les bras l'un de l'autre, le soleil se levait… Le général prit la petite porte dérobée. Tout ce qu'elle avait appris de lui, c'était que son prénom en clandestinité, comme on dit en religion, était Célestin.

Anne-Marie se réveilla dans une chambre de satin blanc. Elle rassembla ses esprits, sauta du lit, avec le sentiment qu'on l'avait oubliée… Dix heures. Elle s'habilla rapidement. Une aventure, c'est comme ça que cela s'appelle. C'était fou, comme tout le reste… Elle jetait ses affaires dans sa petite valise, n'importe comment, le savon mouillé sur la chemise de nuit, la chemisette propre sur les pantoufles… Une aventure. Comment allait-elle s'en sortir, de ce château ?… On ne lui avait pas apporté le petit déjeuner à neuf heures, comme elle l'avait demandé à la vieille. Elle eut l'impression de s'être introduite dans cette maison subrepticement, des gens allaient entrer et, stupéfaits, lui demanderaient ce qu'elle faisait là… Ou alors tout le monde était peut-être au courant de ce que le général Célestin avait passé la nuit chez elle… Célestin… C'était drôle d'appeler ainsi le général ! Elle était libre, bien sûr, mais cela ne regardait personne avec qui elle couchait. Ça n'avait pas été drôle après ses noces avec François… Ça se perdait dans la nuit des temps, mais l'horreur des regards le lendemain lui en était restée. Anne-Marie prit sa valise, la porte du sombre cabinet de travail était par là… Si elle allait trouver quelqu'un installé devant le bureau ?

Il n'y avait personne, le soleil s'entortillait autour des bois de cerfs, accrochés aux murs tendus de cuir repoussé, les tapis étaient hauts comme de l'herbe. La pièce ronde derrière le cabinet de travail, avec son plafond en coupole, ses nuages peints, était inondée de soleil… Un homme assis sur une banquette se leva. Il était visiblement là pour l'attendre. Un garçon blond, en civil, costume clair, cravate papillon…

– Le général m'a dit de me mettre à votre disposition, madame, si vous vouliez visiter le château… La voiture vous attend pour vous mener au Quartier Général quand il vous plaira. Permettez-moi de porter votre valise.

C'était un Allemand parlant français. À quoi pouvait-il penser en guidant Anne-Marie à travers le château hideux : « Salle à manger, où le prince von Hohenzollern reçut le roi de… Ce meuble est un cadeau du Shah de Perse, à l'occasion de… Sa Majesté la reine d'Espagne a envoyé ce portrait en souvenir de sa visite… » Anne-Marie suivait la cravate papillon à petits pois. L'homme était calme, avec un petit sourire désabusé.

– Où est le prince maintenant ? demanda-t-elle,

– En résidence forcée, madame, dans son château de N… On m'a fait rester ici à cause de ma connaissance de la langue. J'étais le secrétaire particulier du prince…

Ils continuaient la visite… L'immense château d'un faux gothique était hideux, comme l'avait dit le général.

– Est-ce que le château a toujours été ouvert aux visiteurs ? dit Anne-Marie, tout à fait scandalisée par des abat-jour en parchemin, comme on en vend aux Galeries Lafayette.

– Quand le prince n'était pas là, il permettait les visites, sauf des appartements privés… Nous allons maintenant passer par les souterrains qui restent de l'ancien château du XVe siècle. Vous verrez tout à l'heure, dans la cour, un pan de mur et une tour qui appartiennent à la même époque.

Ils traversèrent les souterrains, une partie aménagée en cave, avec des tonneaux et des bouteilles couchées…

– Il n'en reste pas beaucoup, dit le guide avec son petit sourire désabusé, vos soldats en ont bu pas mal…

– Pas tout? Je trouve ça bien méritoire pour une armée en marche.

Le guide ne dit rien. Ils montèrent un escalier tournant en fer, qui débouchait dans un couloir.

– Ici, les cuisines, je suppose qu'elles ne vous intéressent pas?...

Ils laissèrent les cuisines à leur gauche, tournèrent dans un autre couloir, large, lambrissé.

– Ces suites sont habitées actuellement par les membres de la famille du prince, dit le guide, quand ils croisèrent une femme habillée de noir portant un cabas dont sortaient les queues vertes de carottes. Des sinistrés, ajouta-t-il, avec son petit sourire.

Une des portes donnant sur le couloir s'entrouvrit et une tête de garçonnet blond parut:

– Kurt! cria une voix.

La tête disparut. Le guide dit:

– Faites attention, madame...

Le couloir était encombré de valises, de paniers, de sacs. Cela sentait fortement la cuisine, les choux...

– Je vous ai fait passer par ici pour vous éviter de monter des étages.

Le guide ouvrait la porte d'un ascenseur. Ce château était tout un monde! L'ascenseur, un véritable petit salon, montait lentement, lentement... Il ramena Anne-Marie dans le hall qu'elle avait vu la veille au soir, avec ses portes garnies de petits carrés blancs attachés avec des punaises... Derrière une table se tenait un sous-officier français, quelques Allemands faisaient la queue devant la table.

Dans la cour pavée, il y avait un va-et-vient de soldats français, des voix françaises s'interpellaient... un ténor invisible chantait: ... *La liberté guide nos pas... Et, du Nord au Midi, la trompette guerrière...*

– La voiture attend plus bas, dit le guide blond.

Ils passèrent sous un passage voûté, puissant, qui réunissait deux parties du château. Plus loin, en bas de la pente assez raide, pavée, il y avait des garages, des écuries. Deux soldats lavaient une voiture, à grande eau. Un petit homme en costume tyrolien usé, la culotte de peau brillante de crasse, les genoux cagneux, dépassa Anne-Marie et le guide et se dirigea vers les communs.

– Le baron de H…, résidant actuellement au château avec sa femme et ses enfants, dit le guide blond. Anne-Marie l'avait pris pour un domestique.

La voiture attendait près du pont-levis, il fallait traverser toute la cour. Les soldats regardaient passer avec curiosité et avec des sourires la petite dame, la belle poule qui montait dans la voiture du général : « Qu'est-ce que c'est que celle-là ? » Le guide se cassa en deux pour saluer la voiture qui démarrait. Elle traversa lentement le pont-levis, contourna au pas le château… Anne-Marie revit le guide : il marchait rapidement sur le sentier longeant le mur. Son visage était fermé, préoccupé, sans sourire, il était à peine reconnaissable.

C'était presque l'heure du déjeuner quand Anne-Marie arriva au Quartier Général. Deux soldats marocains mettaient le couvert dans la véranda où l'on avait dîné la veille. Ce n'était pas la peine de leur demander quelque chose, ils ne comprenaient pas un mot de français, et il n'y avait personne de visible en dehors d'eux. Le piano était fermé, et une contrebasse était appuyée contre une chaise, en équilibre instable, seule en chair parmi les squelettes légers des pupitres. Les Marocains disposaient sur la longue table blanche des roses rouges. Anne-Marie entra dans la maison. Personne dans les blancs couloirs à tapis clairs. Les cuisines devaient être par là. Elle poussa une porte derrière laquelle il y avait des voix de femmes. Oui, c'était bien la cuisine. Une grande cuisine modèle, blanche, luisante, des tas de légumes épluchés, de mottes de beurre, une vapeur blanche au-dessus des fourneaux électriques… Les voix criardes s'étaient tues, les femmes regardaient Anne-Marie avec une curiosité dévorante. Des filles bien portantes, avec des épaules qui supporteraient le poids d'une maison, des cous de vaches, des jambes comme des balustres…

– Je voudrais une tasse de café ou de thé, dit Anne-Marie dans son mauvais allemand de l'école.

– *Jawohl...* fit la cuisinière en robe rayée bleu et blanc.

On lui apporta le café dans la véranda, d'où Anne-Marie, appuyée à la balustrade, regardait la douce vallée verte, une vallée pour blonds, la baïonnette et le turban de la sentinelle qui faisaient leur tracé dans le ciel bleu, inlassablement. Anne-Marie avala le café d'un trait, elle voulait partir sans être vue et avait pris sur elle de retenir la voiture. Si le général avait été là, elle l'aurait remercié de son hospitalité et lui aurait demandé l'autorisation de prendre la voiture pour rentrer chez le colonel Voiron. Mais le général n'était pas là. Elle laissa sur le plateau quelques marks pour la serveuse et alla se mettre de la poudre et du rouge devant la grande glace. La serveuse, une des filles monumentales entrevues dans la cuisine, ramassa le pourboire, et elle l'entendit grommeler :

– *Verdammt!* Le salaire d'une semaine comme pourboire... Ignoble !

Anne-Marie ne se retourna pas. Tant pis. Elle ne connaissait pas la valeur du mark dans le pays : pour les Français, il ne valait presque rien. Tant pis pour la haine de cette fille.

La voiture attendait derrière la maison. Le chauffeur ne devait pas être content de partir à l'heure du déjeuner, tant pis pour lui, tant pis pour tout le monde. La voiture prenait les virages à cent à l'heure. Tant pis. Si le chauffeur croyait lui faire peur... Le grand soleil de midi... Bien ou mal ? Le général, cette nuit, le pourboire à la fille, le départ... « Elles me détestent, pensait Anne-Marie, parce que je suis une conquérante. Elles n'en veulent pas aux hommes, au contraire, elles aiment les conquérants ; elles se vengent sur les femmes, elles détestent mes robes, ma taille fine, mes petits pieds, les saluts des officiers, la voiture du général... Elles admettent l'espèce supérieure pour les hommes, mais, vis-à-vis des femmes, elles semblent retrouver brusquement le sentiment de la dignité, quand ce n'est que de la jalousie sordide. Ce sont des chiennes… Et le petit sourire du guide des Hohenzollern ! Il l'avait perdu, son petit sourire, quand je l'ai vu marchant seul le long du mur. Ce que cela cache de pensées, de jugements sur nous. *La victoire en chantant nous ouvre la barrière…* La victoire… Je ne suis pourtant pas seule à me rendre compte qu'il n'y a pas de victoire. Mais il n'y a de l'épouvante sur le visage de personne, personne ne voit ni entend… Que va-t-on faire de cette énorme baleine échouée au milicu de l'Europe et qui pourrit, et empeste, et empoisonne tout autour d'elle ? »

– Ammamie ! cria Jacquot, la serviette à la main, comme tout le monde sera ravi de vous revoir !… Venez vite, nous sommes à table, il reste encore un bifteck ! Alors vous avez vu des choses intéressantes, vous avez fait de belles photos ?

– J'ai photographié une sentinelle avec un turban…

– Vous n'avez pas usé beaucoup de pellicules !

Le colonel riait, heureux :

– Messieurs, dit-il d'une voix énorme, entrant avec Anne-Marie dans la salle à manger, voici Mme Bellanger ! Il ne lui est rien arrivé d'extraordinaire chez le général de Chamfort. Elle a photographié une sentinelle avec un turban…

IX

Le général de Chamfort aima la façon dont cette femme avait disparu. Anne-Marie était encore loin du compte avec lui. Ce qu'une femme pouvait être dans la vie de Philippe de Chamfort était pour elle inimaginable. Il pensa à Anne-Marie avec complaisance, au lieu de l'avoir vexé, elle avait provoqué chez lui de l'admiration, il trouva de l'élégance à sa disparition, qu'il prit pour de la discrétion. Pas un instant il ne songea qu'Anne-Marie pouvait vouloir en rester là, non, pour lui, elle le laissait maître de la situation. La retrouver était bien plus facile que de retrouver Juliette : le général fit écrire par son aide de camp au colonel Voiron, le priant de communiquer l'adresse de Mme Bellanger, afin de lui donner quelques renseignements qu'elle avait demandés. Le colonel Voiron communiqua l'adresse, à Paris, ajoutant que Mme Bellanger n'y serait que dans quelque temps, car elle continuait sa tournée en Allemagne.

Mais le général n'était pas pressé, il attendait son prochain voyage à Paris pour lui donner signe de vie.

C'était l'automne. Il y avait à tout bout de champ des coupures d'électricité, parce qu'il n'y avait pas de charbon dans le pays. Pour la même raison, le chauffage central ne marchait nulle part. Le chauffage était un mythe comme les taxis, comme les magasins où il y avait de la marchandise, comme les cafés où l'on rentre quand il fait froid, pour prendre un café-crème bien chaud avec un croissant ou un sandwich au jambon, comme les restaurants accessibles à toutes les bourses. Il n'y avait toujours ni jambon, ni charbon… Anne-Marie vivait entre des radiateurs électriques, écrasée d'amendes et inquiétée par les avertissements d'interruption de courant. Elle ne se décidait pas à avoir froid, elle était devenue désespérément frileuse. S'il fallait avoir faim, tant pis, mais pas froid ! Si bien que l'entrée était encombrée par des bûches de bois, et il y avait un sac de charbon dans un coin de la salle à manger. Ce maudit appartement n'avait aucun débarras, ni cave, ni grenier ; il était fait pour les temps heureux où les réserves restaient chez les marchands.

Les vieilles habitudes d'une maison à tenir quand on a deux enfants et un mari médecin, qui exige que tout soit impeccable à cause des clients, et qu'on a pour toute aide une femme de ménage, revinrent à Anne-Marie avec facilité, malgré les cinq ans de vie solitaire à l'hôtel, en chambre meublée, cachée chez des gens pendant la clandestinité… Anne-Marie allumait ses feux, faisait sa cuisine, épluchait les pommes de terre, lavait par terre comme une bonne femme de ménage, rapide et propre. Elle allait tous les jours chez une femme photographe très connue, pour apprendre la photo, sérieusement. La photographe s'appelait Mme Metz, en 1939, elle avait été soupçonnée d'espionnage, arrêtée, mais relâchée aussitôt. On disait que, pendant l'Occupation, elle avait fréquenté les Allemands, mais après tout, pas plus que d'autres ne l'avaient fait. Ses très belles photos étaient souvent reproduites dans des revues de grand luxe et dans des magazines. C'était une femme hommasse, intelligente et connaissant à fond son métier. Elle avait une autre élève, une jeune fille qui s'appelait Janine et était la fille d'un armurier détenu à Fresnes pour intelligence avec l'ennemi. Une jeune fille avec de grands yeux marron et des seins provoquants que

Mme Metz regardait amoureusement… Anne-Marie enjambait tout ça et prenait ses leçons de photo avec application. « Toujours ça de pris sur l'ennemi », se disait-elle, quand la gentille Janine parlait avec indignation des horreurs de Fresnes, ou quand Mme Metz ironisait sur la Résistance. Tenacement, Anne-Marie se construisait une vie, puisque l'ancienne était démolie… Elle avait fait rétablir le téléphone, et il arrivait qu'on lui téléphonât, bien que ce fussent surtout des erreurs, de faux numéros. Le facteur apportait quelques lettres, des notes, un mot de Jacquot…

Le jour où arriva la lettre des îles, il faisait particulièrement froid et humide. Une lettre par avion, postée de New York par quelqu'un qui avait dû s'en charger ; elle avait fait des tours et des détours pour arriver des îles à Paris ! C'était comme ça le courrier maintenant. Anne-Marie n'avait pas reconnu l'écriture, il lui fallut regarder la signature :

Maman, écrivait Lilette, comme on écrit madame, *papa a eu une attaque et ne peut plus pratiquer. Bill n'a pas l'intention d'entretenir la famille, alors il faut que tu envoies de l'argent pour Georges. Michèle s'occupe de papa. Georges aurait voulu aller en Europe, mais papa a fait une crise, et Michèle a dit qu'il valait mieux attendre qu'il soit mort. Georges a dit : c'est bien, mais il ne veut plus travailler. On lui a pourtant offert une place de vendeur au Comptoir, malgré son jeune âge. Alors il est obligé de chaparder à droite et à gauche, et j'ai peur qu'il s'attaque à Bill, ce qui ferait rater mon mariage prévu pour le mois de mai, quand j'aurai dix-neuf ans. Envoie l'argent à mon nom, sinon papa ou Michèle le prendront.*

Lilette.

La peine longuement maintenue brisa toutes les amarres. Anne-Marie était là, avec sa lettre à la main, stupide, sans bouger. Quand la clochette de la porte tinta, elle mit un moment à comprendre ce que c'était, elle ne savait même plus où elle se trouvait, tant cet appartement lui tenait peu au corps. Et, comme elle avait mis un moment à comprendre que ce bruit était la clochette de la porte et qu'il fallait aller ouvrir, elle regarda la jeune fille derrière la porte avec son paquet de papier glacé et les roses qui en sortaient, sans comprendre ce qu'elle lui voulait. La jeune fille, de son côté, regardait cette femme, éberluée: on en voyait de toutes sortes... Mais Anne-Marie fit ce qu'il faut, donna un pourboire à la jeune fille, ferma la porte derrière elle, défit le papier glacé... Les tiges étaient trop longues pour tous les vases de la maison, elle les coupa, se déchirant les doigts aux épines très dures, mit les roses, petites et rouges comme des framboises, dans un vase... Elle faillit jeter la carte épinglée au papier glacé dans la boîte à ordures: *Philippe de Chamfort*... Qu'est-ce que c'est que ça: Philippe de Chamfort?... Elle laissa la carte sur la table.

Ce fut l'excès même de son chagrin qui lui vint en aide: elle s'assoupit brusquement dans un fauteuil, comme terrassée, et dormit jusqu'au soir d'un lourd sommeil accablant. Il était dix heures quand elle se réveilla. Qu'est-ce qui lui était arrivé? Ah! oui! la lettre... et aussitôt elle fut prise de panique devant la nuit qui l'attendait, elle ne pourrait pas recommencer à dormir, le temps s'arrêterait, ne passerait plus... Anne-Marie attendit une éternité, sans bouger de son fauteuil... Quand elle leva les yeux sur la pendule, il n'y avait jamais que cinq minutes de passées. Elle alla dans la chambre et se mit à démêler ses cheveux, fébrilement, sans raison. Envoyer de l'argent... Mais comment? Il n'y avait probablement aucun moyen d'envoyer de l'argent aux colonies. Demain, à la première heure, elle irait à la banque, pour s'informer... Georges qui chaparde à droite à gauche... Lilette ce petit monstre... Si seulement François pouvait mourir tout de suite... Mais une attaque, ça ne veut rien dire, il peut vivre encore vingt ans... Anne-Marie remit du charbon dans la salamandre qui tirait trop fort pour le peu de charbon qu'on vous donnait, mais il fallait qu'elle eût chaud cette nuit. Que c'était donc bête de s'endormir assise dans un fauteuil! Qu'allait-elle faire cette nuit? Elle alla se laver les mains, revint à la coiffeuse, se farda comme pour sortir... Philippe de Chamfort... Bon, c'était le général, son amant. Il y avait de quoi mourir de rire. Elle avait dit à Jacquot qu'elle allait prendre un amant pour s'amuser... Elle aimait encore mieux la photographie. Anne-Marie reprit la carte de visite. Il y avait quelque chose d'écrit là-dessus: *Je n'ose pas forcer votre porte dérobée. Voici mon numéro de téléphone, je suis à Paris pour deux nuits...* Anne-Marie regarda l'heure: dix heures et demie. Elle décrocha le téléphone. Il ne serait pas là de toute façon...

– Allô...

C'était sa voix. « Je suis heureux, disait la voix de Philippe, je n'espérais rien... Si vous voulez... Dans un quart d'heure, je serai devant votre porte... »

C'était probablement le hasard qui voulait qu'avec Philippe de Chamfort tout prît un air de mystère, d'étrangeté. Ce rez-de-chaussée où il emmena Anne-Marie ressemblait à une cachette. Elle n'avait pas remarqué le chemin, parce qu'elle pensait à autre chose. Quelle était cette avenue avec des arbres?... Le général ouvrait la grille d'un jardinet, juste quelques arbres devant un immeuble, puis la porte d'un rez-de-chaussée donnant sur le petit jardin. Une odeur de fumée et d'eau de Cologne, la chaleur d'une pièce surchauffée... Le général alluma. Une faible lumière rougeâtre, diffuse, dans laquelle apparurent une alcôve aux sombres rideaux, de grands fauteuils de cuir fatigué, une moquette par terre...

Anne-Marie alla au lit, dans l'alcôve, et commença à se déshabiller... Ils ne s'étaient pas dit un mot dans la voiture...

Si elle avait pu prévoir que François aurait une attaque, elle ne serait pas partie... Elle imagina Georges avec deux gendarmes et appuya ses lèvres sur les lèvres de Célestin, qui disait quelque chose.

Le lendemain était un dimanche. Anne-Marie n'y avait pas pensé… Il fallait donc attendre encore un jour pour savoir s'il serait possible d'envoyer cet argent. Elle ne se leva que quand Célestin sortit, vers midi ; elle sentit sous ses pieds nus le tapis tiède et poussiéreux, les lamelles de bois du petit cabinet de toilette où il y avait un réchaud à gaz, des biscuits ramollis dans une boîte en fer, un paquet de thé entamé, qui devait être là depuis avant la guerre. Dans le même petit placard, il y avait une théière et deux tasses à déjeuner en porcelaine fine, avec des couronnes. Une robe de chambre d'homme, en soie, une couronne brodée sur la poche, pendait à un clou ; étroite comme une peau de serpent, elle semblait être devenue comme ça à force de pendre… Tout dans ce rez-de-chaussée avait l'air d'être resté intouché depuis des années, il n'y avait que la vareuse de Célestin, sur le dossier d'une chaise, et ses bottes crottées, qui réveillaient cet endroit abandonné derrière les volets fermés. Au-dessus de la cheminée, remplaçant la glace, pendait une photographie grandeur nature : une femme assise très droite, les mains croisées sur la table devant elle, fixait sévèrement Anne-Marie. Un petit secrétaire de dame, poussiéreux mais tout neuf, détonnait dans cette habitation d'homme seul. Un revolver trônait sur le sous-main à couronne dorée. Anne-Marie alla se recoucher. Le lit était d'une largeur inhabituelle, il occupait l'alcôve entièrement. Ce rez-de-chaussée aux volets fermés, aux rideaux tirés, avait quelque chose de clandestin. Autrefois on l'eût appelé une garçonnière, on aurait pensé aux rendez-vous d'amour, à l'adultère ; aujourd'hui on se disait que cela aurait fait une bonne cachette pour une autre sorte de clandestinité. Dimanche… La pendule de bronze sur la cheminée était arrêtée, par chance, pour ne pas démontrer à Anne-Marie que le temps ne passait pas. Si François mourrait, elle pourrait prendre Georges chez elle. Mais il était capable de vivre encore longtemps. Si on ne pouvait pas envoyer l'argent par la banque, qu'allait-elle faire ? Retourner dans l'île? François vivant, cela ne l'avancerait à rien… Derrière les volets fermés, dans le petit jardin séparant la maison de l'avenue, il y avait un jour pluvieux. Des voitures passaient, rares, et on ne pouvait entendre d'ici ni les pas, ni les voix des passants. La femme sur la photo grandeur nature, au-dessus de la cheminée, regardait fixement Anne-Marie comme une intruse. Qui est-ce que cela pouvait être? La femme de Célestin?… S'il était impossible d'envoyer de l'argent par la banque, il faudrait qu'elle allât voir Mme de Fonterolles, qui avait des relations… Oui, Mme de Fonterolles l'aiderait sûrement. Anne-Marie ferma les yeux et s'endormit.

Elle se réveilla et se rendormit plusieurs fois dans la faible lumière rougeâtre du petit lustre à bougies électriques. Célestin ne revenait pas… Les fentes des volets de fer s'étaient éteintes, il devait faire nuit au dehors.

Quand Célestin rentra, il était près de minuit:

– Ne te lève surtout pas… Excuse-moi, je dois sentir le chien mouillé et l'alcool…

Ils se séparèrent le lendemain matin, sans avoir pris rendez-vous.

X

Pendant l'Occupation, Mme de Fonterolles cachait dans les combles de son hôtel particulier des Anglais de l'Intelligence Service. Ceci jusqu'à ce que la Gestapo eût fait chez elle une rafle le jour d'une réception, en fait le jour de son jour, le jeudi. C'était comique parce que presque tous les gens qu'on avait emmenés étaient des collaborateurs ; Mme de Fonterolles recevait ceux de son monde, une bonne couverture pour les agents de l'Intelligence Service.

Après la Libération, Mme de Fonterolles continuait à recevoir le jeudi et à peu près les mêmes gens, sauf ceux qui étaient à Fresnes. Elle n'y pouvait rien, c'était son milieu naturel, depuis toujours. À part son fils, Yves, qui avait été chez de Gaulle et qui était le principal souci de Mme de Fonterolles, elle s'intéressait aux œuvres sociales et aux arts, donnait parfois des sommes pas très fortes à l'Institut de recherche contre le cancer, et invitait volontiers des hommes et des femmes à la mode, nullement par snobisme, mais par une curiosité légitime pour des gens que Paris, qui s'y connaît, avait mis en avant.

Yves, le fils de Mme de Fonterolles, était rentré dans ses foyers, comme tout le monde. Il habitait ce bureau-bibliothèque au deuxième étage de l'hôtel, qui avait été le bureau de son père, et d'où, en passant par une porte encastrée dans les livres, on pouvait atteindre les combles et le toit. C'est par là que s'était sauvé l'Anglais qui, justement, se trouvait chez Mme de Fonterolles quand la Gestapo était venue et avait arrêté tous ses invités innocents. C'est par là aussi qu'était passé Yves lui-même quand il avait été parachuté en France, et qu'il n'avait pas résisté au désir de venir à Paris, traversant la ligne de démarcation, une folie inutile.

Yves couchait sur le divan encastré dans les rayons avec des livres, qui tapissaient entièrement la grande pièce. C'était quand même un endroit plus supportable que son ex-chambre, en bas, avec son lit de cuivre, et ses souvenirs détestables du lycée, et le voisinage immédiat de sa mère.

À vingt-quatre ans, Yves avait derrière lui quatre ans de guerre. Voilà six mois qu'il était de retour, qu'il était en civil, dormant toutes les nuits dans des draps et prenant son petit déjeuner au lit. Dans les oreillers blancs, sa tête ébouriffée, le visage hâlé d'un hâle tenace de quatre ans, et le corps nu et bondissant sous les couvertures moelleuses étaient déplacés, comme le serait au lit, entre les draps, un homme tout habillé. Yves bâillait. Il était midi. Le petit déjeuner depuis longtemps froid languissait sur une chaise où Olga, la bonne, l'avait déposé à huit heures. Une manie, tous les jours la même chose, depuis son retour, il n'avait jamais pu prendre un petit déjeuner autrement que froid, ignoble. Le petit déjeuner se prenait à huit heures. Il serait joli s'il se levait à huit heures ! La journée était suffisamment longue comme ça… Le seul avantage de cette histoire de petit déjeuner, c'était qu'Olga allumait le poêle, alors Yves ne criait pas trop. Il s'assit sur le lit : br-r-r… quel froid dans cette baraque, il faisait même glacial là-dedans… En l'honneur de quoi aurait-il froid ? La guerre était finie, on n'avait qu'à s'arranger pour que les combattants aient chaud, leurs maisons ne devaient pas ressembler à des champs de parachutage en hiver, ou aux fermes ruinées où campait le maquis. Et encore, on avait plus chaud dans ces fermes… En vérité, Yves n'en savait rien, il avait été parachuté en France l'été 1944, pour la constitution d'un réseau, qui était d'ailleurs parfaitement bien constitué sans lui. « Bande de salauds!... », pensa Yves ne s'adressant à personne en particulier.

Il mit une robe de chambre chaude et alla se chauffer près du poêle. On ne pouvait pas partir de cette vache de ville, ni bagnole ni essence, et il ne fallait pas compter sur les trains. Yves aurait bien fait un saut jusqu'à la propriété pour surprendre les fermiers, de fieffés voleurs. Le vieux prétendait que les maquisards avaient emmené les cochons et les moutons et qu'ils avaient emporté toutes les couvertures et les draps. Sous ce prétexte, il envoyait des colis dérisoires, il leur pleurait le beurre, et ce n'est qu'à force de le menacer qu'on avait obtenu un jambon et quelques saucissons.

Il était près d'une heure. Sa mère l'avait fait prévenir par Olga qu'il y aurait à déjeuner Mrs Franck – une Américaine amie de sa mère qu'il connaissait depuis avant la guerre et qui était maintenant attachée à l'armée, pour l'Information – et une autre dame. Ça allait être gai. Mais Yves calcula que ses fonds étaient trop bas pour aller déjeuner au restaurant et alla mettre son pantalon. Il fallait se laver, se raser, s'habiller. Yves s'assit sur le divan près du feu, découragé... Son gentil visage, modelé avec simplicité, était figé d'exaspération. Il allait foutre le camp de ce pays de vaches! C'était une vie pour les civils, c'étaient les civils qui avaient gagné la guerre... Lui, n'avait même pas les souliers qui lui faisaient envie... Les collaborateurs sortaient des prisons par tous les bouts, et ils valaient encore mieux que tous les communistes qui se promènent en liberté... Dire que de Gaulle trafique avec les communistes! Une honte. On n'avait pas de ronds à cause des prix et ils continuaient à monter tous les jours... Et surtout, surtout, on n'avait rien à faire! À s'emmerder comme ça, on n'avait même plus le goût à l'amour. On a goût à l'amour quand la vie en vaut la peine, mais pas dans cette chienlit... Yves se leva: il fallait aller à la cuisine chercher de l'eau chaude pour se raser et affronter en même temps le discours d'Olga, qui, sous prétexte qu'elle était depuis vingt ans dans la maison, le traitait comme s'il avait trois ans et l'engueulait parce qu'il se levait tard.

Il entra dans la salle à manger quand les autres étaient déjà à table.

– Mon fils, présenta Mme de Fonterolles.

Yves baisa la main des dames, dit : « Comment allez-vous ? » à Mrs Franck en uniforme américain, s'assit, déplia sa serviette. Cette maison avait tout de la pension de famille. « Olga, voulez-vous me donner une serviette propre ? », dit-il à mi-voix à Olga. Sur quoi Olga commença un long discours à propos du manque de savon et des prix de la blanchisseuse ! Yves, au comble de l'irritation, dit avec un sourire :

– Excusez-moi, je ne me doutais pas que j'allais déclencher un prêche.

– Ne vous plaignez pas, monsieur, dit l'amie inconnue de sa mère, c'est une chance que d'avoir à côté de soi quelqu'un qui a le droit de vous faire la morale…

– Et en quoi est-ce une chance ?

Yves regarda la dame et ne la trouva pas mal du tout. Il aimait les femmes beaucoup plus âgées que lui ; elles vous soignent et font l'amour mieux que les jeunes.

– Il n'y a que des gens très proches qui vous connaissent depuis l'enfance, qui ont le droit… Ça veut dire qu'on a encore des proches…

– Sais-tu que Mme Bellanger a été arrêtée dans ma maison le jour de la rafle ?… dit Mme de Fonterolles.

– Ah ! oui, fit Yves qui avait entendu parler de cette rafle à plus soif… Je crois que cette rafle n'a pas eu de conséquences très graves…

– Non, mais Mme Bellanger a tout de même fait dix-sept jours de prison…

– Vous vous y êtes plu, madame ? Cela doit être rageant de se sentir enfermée, surtout quand on n'a rien à se reprocher…

Yves était légèrement sarcastique…

– Tu tombes mal, mon enfant, Mme Bellanger est une héroïne de la Résistance ! fit Mme de Fonterolles, très fière.

– Je vous en prie, madame ! Anne-Marie ne pouvait absolument pas s'habituer à être ainsi montée en épingle. En fait, c'était de la prison préventive au vrai sens du mot : quand on m'y a mise, on n'avait aucune raison de m'y mettre, mais, puisqu'on m'y avait mise, on aurait mieux fait de me garder, parce qu'une fois sortie il y avait toutes les raisons du monde de m'y remettre !

Elle avait un sourire charmant, enfantin, la tête un peu penchée semblait emportée par le poids des cheveux, splendides… Yves apprécia la valeur du bijou sur la robe noire…

– Mme Bellanger persiste à considérer sa prison comme une école, comme un bienfait… Et je t'assure que l'école devait être bonne parce qu'elle en a fait des choses, dans le maquis ! Mme de Fonterolles continuait de vanter son invitée, c'était dans la tradition de la maison, on était fier de ses invités.

Assez drôle, l'idée de cette femme avec ses bijoux et ses parfums, ses cheveux brillants et sa taille fine, faisant « des choses » dans le maquis… Bien que, si sa mère en avait fait…

– Dans le maquis de Paris ? demanda Yves.

– Non, j'ai été presque tout le temps en zone libre, à Grenoble, sur la Côte et puis à la campagne…

– Mme Bellanger a travaillé avec le colonel Voiron…

Ah ! vous m'en direz tant ! Avec un colonel FTP ! Yves était scandalisé : cette charmante femme… Une sotte… Sait-elle seulement ce que c'est que les FTP ? On a dû lui demander de cacher un type, ou des documents, un point c'est tout… Mais ça vous fait quand même un sale effet quand on vous dit de quelqu'un qu'il a été avec les FTP, fût-ce une charmante femme…

– Et vous avez participé à des actions, madame ? fit-il avec un sérieux ironique.

– Quelquefois, dit Anne-Marie… Votre mère me disait que vous avez été parachuté en France en 1944, et je crois même que c'était dans la région où je me trouvais. Vous vous appeliez bien le capitaine Gérard ?

– Oui, c'est ça… Votre région était d'ailleurs une région FTP, pour mon malheur… Mais je vous laisse mourir de soif…

Il versa à boire à Anne-Marie.

– Pourquoi pour votre malheur ?

– J'ai été parachuté pour organiser le réseau… Il y avait déjà des groupes armés un peu partout, je me suis efforcé de les coordonner, pour le jour où on devait passer à l'action… Dans le premier maquis où je monte, les gars me disent qu'ils ne me laissent pas repartir si je ne leur donne pas cinquante fusils mitrailleurs et des grenades ! C'étaient des FTP. Ils m'ont simplement kidnappé ! Et ils m'ont mené chercher leurs fusils mitrailleurs sous bonne garde, je vous prie de croire, et ils les ont eus !… Ça vous fait rire, madame ?

– Bien oui ! Anne-Marie riait de bon cœur. Je crois me rappeler cette histoire du capitaine Gérard. Nous étions vraiment très voisins.

Yves était crispé :

– Vous vous rappelez peut-être aussi que c'est moi qui ai reçu quarante parachutages dans la région…

– Mon Dieu, ce que tout ça est passionnant ! – L'Américaine n'y tenait plus – c'est fantastique ! Qu'est-ce que c'est que les FTP ?

– C'est l'aile ouest des FFI, je veux dire les plus à gauche, dit Mme de Fonterolles, ravie de couper court à cette conversation entre son fils et Anne-Marie. – Elle avait le sentiment que cela allait se gâcher, sans qu'elle pût en démêler les raisons… – Vous savez ce que c'est que les FFI ? Les Forces Françaises de l'Intérieur ?…

Ça, Mrs Franck le savait…

– Vous avez travaillé pour les Anglais, Yves ? demanda-t-elle très excitée.

– Oui, dit Mme de Fonterolles pour Yves. C'est même comme ça que j'ai été amenée à cacher des Anglais chez moi.

Elle avait l'impression qu'il fallait qu'elle défende son fils contre une accusation imprécise.

– Vous savez, disait Anne-Marie à Yves, les officiers parachutés souvent se perdaient dans les histoires des FTP et de l'AS... Aujourd'hui, vous trouverez probablement beaucoup plus naturel que les FTP, qui n'avaient pas d'armes, se les soient procurées par tous les moyens... Je dois dire que c'était parfois horrible de voir tous ces gars sans défense, dans la nature... Pour prendre les armes aux Boches, il fallait commencer par en avoir...

– Peut-être, dit Yves, poli. Les FTP que j'ai connus étaient de francs bandits, gonflés à bloc et remarquablement dirigés. Ils avaient mis à côté de moi un type qui m'extorquait pour eux des armes d'une façon magistrale...

– Mais pourquoi fallait-il vous « extorquer » des armes pour se battre contre les Boches !

Anne-Marie n'était pas agressive mais Mme de Fonterolles sentait bien que ça n'allait pas du tout. Elle interrompit à nouveau la conversation :

– Vous m'avez dit au téléphone, Anne-Marie, que vous aviez quelque chose à me demander...

– Tout à l'heure, dit Anne-Marie à mi-voix, mais elle avait compris et changea de conversation. Et comment est-ce l'Amérique, maintenant, madame ?

On parla de l'Amérique, de l'armée américaine, des Américains à Paris... Après déjeuner, on monta dans le bureau d'Yves.

– Des souvenirs, fit Anne-Marie en s'asseyant devant la cheminée, sur le canapé qui tournait le dos à la pièce tapissée de livres...

– Oui. Mme de Fonterolles soupira. En sortant de la prison de Fresnes, Mme Bellanger est venue chez moi, expliqua-t-elle pour Mrs Franck, on s'était assis ici...

– Je ne sais pas si vous vous rendez compte combien tout ce que vous dites est extraordinaire! Mrs Franck était à nouveau très excitée: « En sortant de prison... » Entendre dire ça très simplement, dans le salon de Germaine! En Amérique, on n'a aucune représentation de ces choses!... *You must tell me about it!...*

– Il faut que je me sauve, dit Yves en se levant, je suis attendu...

– Quel charmant garçon, s'exclama Mrs Franck, un garçon splendide! La guerre, c'est horrible, mais elle a fait du bien à nos fils, elle en a fait des hommes!...

– Vous en êtes sûre, Gladys?... Mme de Fonterolles n'en semblait pas convaincue.

Elle avait bien vieilli depuis le jour où Anne-Marie, sortie de Fresnes, s'était assise près d'elle sur ce canapé, et, si elle avait toujours ce regard d'inquiétude perpétuelle qu'ont les mères, et qui, alors, avait fait du bien à Anne-Marie, elle ne l'avait maintenant que pour Yves. Les sentiments universels avaient fait long feu, les sentiments avaient repris leur forme habituelle: la famille, un ami, une maîtresse... Anne-Marie se demandait si elle pouvait parler devant l'Américaine à propos de cet argent à envoyer aux colonies, ou s'il valait mieux attendre...

– Qu'est-ce que c'est que cette femme que tu reçois chez toi? s'informa Yves, le soir.

Il venait de rentrer après avoir dîné avec le général de Chamfort. Le général prenait le train et avait quitté Yves aussitôt après dîner. Yves avait traîné sur le boulevard Saint-Germain, jeté un coup d'œil à l'intérieur des Deux-Magots et du Flore: Jeannette, qu'il avait vaguement idée de rencontrer, n'y était pas. Il songea aller au cinéma, mais, malgré l'heure tardive, on faisait la queue, partout. Grand bien leur fasse, avec ce temps ignoble, il y avait de quoi attraper la crève. Yves descendit dans le métro et faillit se prendre de querelle avec un Américain saoul qui était là comme un pilier et ne laissait passer personne. Ceux-là alors! ces brutes, quand est-ce qu'on en sera débarrassé! Il ne regarda même pas les femmes et rentra d'une humeur de chien; il n'était pas dix heures.

Sa mère était en haut dans le bureau; elle était bien gentille mais il aurait bien aimé avoir une pièce pour lui tout seul. Sa mère était constamment fourrée chez lui, sous prétexte qu'il y faisait plus chaud. Je t'en fiche, en été, c'était parce qu'il y faisait plus frais… Il demanda avec irritation:

– Qu'est-ce que c'est que cette femme que tu reçois chez toi?

– Mme Bellanger? Tu ne la trouves pas charmante?

Mme de Fonterolles posa le journal: elle était heureuse que le petit fût rentré. Londres, l'armée, les avions, les parachutistes, Paris… C'était la même chose, c'était le danger.

– Je n'aime ni les amazones, ni les aventurières…

– Qu'est-ce qu'elle a d'une amazone ou d'une aventurière? C'est la femme la plus femme qui soit, une femme d'intérieur rangée, posée… Le colonel Voiron la connaît très bien. D'ailleurs, elle avait rendez-vous avec Charlie quand elle est venue ici pour la première fois, juste pour se faire prendre… Le pauvre Charlie en était malade!

– Il avait du temps à perdre…

– Mais enfin, tu es ridicule, qu'est-ce qu'elle t'a fait! C'est une femme délicieuse! J'ai bien vu que ça n'allait pas entre vous à déjeuner… Sais-tu que c'était la meilleure amie de Jenny Borghèze, tu te rappelles, l'actrice qui s'est tuée juste avant la guerre…

– Des hystériques tout ça… Yves fourra une bûche dans le poêle. Oh! je t'en prie, ne fais pas cette tête pour une bûche!… J'ai dîné avec le général de Chamfort… Quel type magnifique! Une race! Je lui ai demandé de venir un jeudi, quand il sera de passage à Paris, il retourne maintenant en Allemagne. Eh bien! imagine-toi qu'il m'a incidemment parlé de ta madame Bellanger… Il paraît qu'elle fait du reportage photographique et qu'elle est venue chez lui, en Allemagne. Pour moi, c'est une espionne…

– Tu déraillles, dit Mme de Fonterolles tranquillement. Elle mit ses lunettes dans son étui, plia son journal et se leva. Anne-Marie est une femme digne de toute estime, moi je l'ai vue pendant l'Occupation, je sais ce qu'elle vaut ! Une espionne ! Mais qu'est-ce que tu veux qu'elle espionne, mon pauvre ami, en Allemagne occupée ? Pour qui veux-tu qu'elle espionne ?

– Pour les communistes, pardi !

Mme de Fonterolles se rassit.

– Tu sais, Yves, il faudrait absolument que tu trouves une situation. Tu deviens amer, je dirai même que tu deviens aigre…

Yves enlevait ses souliers mouillés et son veston. En pantoufles et robe de chambre chaude, il vint s'asseoir près de sa mère. En réalité, sa mère lui en imposait beaucoup, c'était une femme de tête, un homme ne se serait pas mieux débrouillé dans les affaires de la succession après la mort de son père, dans les impôts et les partages. Si on n'était pas sur la paille aujourd'hui, c'était grâce à elle.

– On me propose d'entrer dans une affaire de cinéma, dit-il. Il faut que ça gaze, sinon pourquoi veux-tu que je travaille ? Je ne vais pas me mettre scribouilleur dans un ministère pour dix mille francs par mois… Moi, je comprends les affaires comme ça : on achète une chose vingt mille, on la revend cent, c'est comme ça que nous faisions nous autres… On réquisitionnait un camion, ou on le payait disons vingt mille, et, une demi-heure après, on l'avait revendu cent ou deux cent mille, s'il avait un chargement intéressant… Qu'est-ce que tu veux, il fallait se débrouiller pour faire vivre les gars. Yves s'était un peu animé à ces souvenirs… Dans le cinéma, ça peut rapporter.

– Mais qu'est-ce que tu y ferais ?

– L'intermédiaire. D'autre part, le général m'a proposé de partir dans mon ancien secteur, pour le liquider. Tu comprends, je le connais, moi, le secteur… Il faudra aller de l'un à l'autre, prendre les noms, les adresses, les faits exacts pendant l'Occupation, les coups de main, les attaques, blessures, sinistres, dire de bonnes paroles, qu'on n'oublie pas, qu'on sera proposé pour les décorations... Tu comprends, ça peut être utile un jour... Yves se tut longuement. Ça ne fait rien, on était mieux pendant la guerre, dit-il, les yeux absents.

– Entendre dire ça ! Mme de Fonterolles pleurait, il y avait longtemps qu'elle avait envie de pleurer, depuis des jours et des nuits, mais ce n'était pas une femme à larmes, il fallait qu'elle en eût gros sur le cœur. Je ne sais pas ce qui se passe. Je ne vois pas comment on peut s'en sortir...

– Maman... Yves alla se mettre près d'elle, embrassa ses joues mouillées, ses mains avec les bagues qu'il connaissait depuis toujours... Ne pleure pas, maman... C'est bien ça, la chose : moi non plus, je n'ai pas idée comment ça peut s'arranger. En attendant, tout a un goût fade, la vie, les femmes. Ne pleure pas, maman...

– Ça doit être la réaction, dit Mme de Fonterolles reprenant le dessus. Trop de morts, trop de sang... Mais ça s'arrangera, il n'y a pas de raison pour que cela ne s'arrange pas... Je vais me coucher, mon petit Yvetou, je suis fatiguée...

– Moi aussi, je vais me coucher avec les poules... Ah zut ! voilà la panne !...

La lumière diminuait lentement, les lampes rougirent et s'éteignirent.

– Enfin, tu ne crois pas qu'on pourrait faire les pannes à heures fixes, disait la voix rageuse d'Yves dans le noir. Non, il faut, pour nous faire bien râler, nous organiser une petite vie rayée, blanc et noir...

– C'est à croire parfois, disait la voix de Mme de Fonterolles, qu'il y a quelqu'un quelque part qui s'amuse à tout embrouiller, pour que tout aille de mal en pis, et bien rire à nous regarder nous débattre. Tu sais, je n'aime pas plus pour toi la proposition du général que tes entreprises cinématographiques. Tu as des allumettes ? Je vais aller me coucher dans le noir, tant pis, je tombe de fatigue.

Il fallait qu'elle fût vraiment fatiguée pour l'avouer. Elle n'aimait pas se laisser aller.

XI

– Est-ce qu'Anne-Marie est à Paris ? Je ne sais pas où la chercher et, comme elle ne m'a jamais donné signe de vie… Je ne suis pourtant pas difficile à trouver, au Français.

– Alors, finalement, tu y es toujours ? Tu veux le numéro de téléphone d'Anne-Marie ? Tu ne l'as jamais revue après l'Allemagne ?

Le colonel Voiron, Jacquot, était assis en blouse blanche devant une petite table dans son atelier, qui se trouvait tout en haut d'un immeuble commercial près du boulevard Barbès : un ancien atelier de photographe, avec verrière et stores noirs qu'on pouvait régler avec un bâton. Jacquot était redevenu civil et avait repris son travail de bijoutier. Francis, toujours jeune premier, gandin et beau, regardait avec admiration les pierres précieuses sur la table, et les gros doigts de Jacquot qui les maniaient.

– Ça vaut combien, un diamant comme ça ?

– Je ne sais pas au juste. Ce sont les bijoux de Jenny… Je diminue cette bague pour Anne-Marie, elle veut la porter au petit doigt. Et des bricoles à réparer. Anne-Marie manque d'argent, sa famille lui pompe tout ce qu'elle a, mais elle ne veut pas vendre les bijoux de Jenny…

– Elle va bien, à part ça ?

Francis suivait avec intérêt les mouvements des doigts de Jacquot, et Jacquot se dit qu'il n'y avait peut-être rien eu entre lui et Anne-Marie pendant la nuit de l'illumination en Allemagne.

– Elle va bien si on veut… Elle fait de très jolies photos, elle va devenir une photographe de premier ordre.

– Toujours seule ?

– Qu'est-ce que tu veux savoir, si elle a un ami, ou des amis ?

– Mettons les deux.

– Je crois qu'elle voit pas mal de monde… Pour ce qui est du reste, elle ne me confie pas ses affaires de cœur.

Jacquot tripotait les pierres… Il y avait peut-être tout de même eu quelque chose entre eux, la nuit de l'illumination.

– Tu ne veux pas qu'on déjeune ensemble un jour, toi, Anne-Marie et moi ? Ça nous rappellerait le bon vieux temps, dit Francis. Si on lui téléphonait, maintenant ?

– Pourquoi pas ?…

Jacquot prit le téléphone à son coude :

– Bonjour, Ammamie, comment allez-vous ? Elle sera prête demain… Il y a Francis qui propose un déjeuner à trois… Elle préfère dîner, dit-il à Francis, dans la journée, elle est prise par son travail…

– C'est qu'en ce moment, je joue tous les soirs… Si ce n'est pas trop tard pour elle, on pourrait se voir après le théâtre ?

Ils prirent rendez-vous pour le soir même, pourquoi remettre ?…

– Votre concierge pourrait bien gratter le bleu de l'ampoule, on se casse la figure dans l'escalier ! dit Jacquot, bourru, se débarrassant de sa canadienne. Il ressemblait à un gros chien mouillé, sauf pour les yeux bleus, comme les chiens n'en n'ont pas.

– Il ne faut surtout rien demander à ma concierge, il ne faut surtout pas la remuer ! C'est un nid de poussière, ma concierge. Anne-Marie prit à Francis son manteau beige, poil de chameau. Entrez, vous aurez chaud. Cet appartement me faisait pleurer d'énervement, au début, maintenant je m'y suis faite…

Deux radiateurs électriques marchaient dans le petit salon, et il y avait un feu de bois, de la chambre venait la chaleur du poêle à charbon, et, malgré ça, Anne-Marie portait un long vêtement doublé de fourrure avec des manches traînantes. Une table était poussée près du feu, le couvert mis.

– J'ai fait une soupe à l'oignon… Francis, venez m'aider à porter la soupière. On parlera une fois installés…

Jacquot s'assit, entraînant comme toujours ces stupides bouts de brocart ancien dont l'Américaine avait garni les meubles. La lumière se mit à baisser, s'éteignit… la panne ; mais le feu éclairait suffisamment pour ne pas se trouver plongé dans le noir.

– Vous avez des allumettes ? cria Anne-Marie de la cuisine.

– Ça va ! répondit Jacquot.

Il regardait le feu et pensait qu'il y avait eu quelque chose entre Francis et Anne-Marie la nuit de l'illumination, c'était à Francis qu'elle avait demandé de l'aider à apporter la soupe, pas à lui : elle voulait être un moment seule avec Francis…

– Imaginez-vous que j'ai dans la cuisine un bec à gaz, je me demande pourquoi on y a laissé un bec à gaz…

Anne-Marie arrivait avec le pain et du fromage râpé, Francis portait la soupière…

– Je vous préviens que je sais très bien faire la soupe à l'oignon, et la lingère m'a apporté le fromage. Voulez-vous que j'allume des bougies ou est-ce qu'on y voit assez clair comme ça ?

– Ce n'est pas la peine, la lumière va revenir.

– Bon, alors venez, Francis, vous allez déboucher le vin.

Jacquot fumait sa pipe et regardait le feu : il y a eu quelque chose entre eux la nuit de l'illumination. Ils ne revenaient plus…

Dans la cuisine, Francis se battait avec le bouchon qui ne voulait pas sortir :

– Ce n'est pas bien à vous de ne pas m'avoir donné signe de vie, dit-il, la bouteille entre les genoux, et tout rouge à force de tirer sur ce sacré bouchon qui ne venait pas.

– Vous êtes parti si rapidement que je n'ai pas eu le temps de vous demander votre adresse…

– Mon adresse ! C'est le Théâtre-Français, vous le savez bien. Je suis parti alors à la première heure car je jouais le même soir. J'ai fait un voyage odieux, je me suis fait une bile noire parce que je craignais d'être en retard, et parce que je ne vous avais pas revue… Il ne vient pas ce bouchon !

– Jacquot ! cria Anne-Marie, venez aider Francis.

Jacquot arriva, encombra toute la petite cuisine, prit la bouteille des mains de Francis, et le bouchon vint immédiatement et sans difficulté.

– Vous savez, moi et la mécanique, dit Francis, penaud.

– Jacquot sait tout faire, dit Anne-Marie d'un ton convaincu. On peut se mettre à table, je crois que tout y est. Voilà la lumière…

– Ça ne peut pas être meilleur, on se croirait avant-guerre, dit Francis. Où avez-vous disparu tout de suite après la Libération, Anne-Marie ? Je vous ai juste vue une fois, et puis vous vous êtes évanouie. À l'hôtel, on m'a dit : partie sans laisser d'adresse…

– Je suis allée retrouver ma famille, dans les îles… Mais voyez-vous, je suis revenue…

– Dommage que tu n'aies pas été avec nous à la libération de Paris, Jacquot, ce sont les plus beaux jours de ma vie ! Francis était animé, charmant à voir.

– Ce n'était pas mal de mon côté, non plus…

– Oui, mais ce n'était pas Paris ! La libération du centre du monde, c'est quelque chose !

Ils parlèrent des barricades, des gens de Paris, comme ils rappliquaient de tous les côtés, dès le premier banc renversé, les boutiquiers et les femmes qui descendaient des étages, et les gosses et les passants ; comment la barricade poussait…

– Ça n'a pas été mal sur les routes non plus, on les faisait filer !

– Moi, j'ai vu les deux, dit Anne-Marie. Je les ai vus, filer sur les routes, transformés en buissons, un véritable ballet ! J'ai failli me faire prendre entre Dijon et Paris. Heureusement qu'ils étaient déjà comme des mouches d'automne, sans beaucoup de réaction : on aurait pu les avoir à mains nues. J'avais encore mal à la jambe, je pouvais à peine marcher… Mais l'idée que ça allait se passer sans moi, à Paris… Ça s'est tout de même passé sans moi, parce que j'ai dû garder la chambre… Mais enfin, j'étais à Paris, on n'a pas libéré la rue de Rennes en mon absence ! Je dois vous dire que je trouve ça reposant de parler avec des gens qui ne me demandent pas ce que c'est que les FTP !

– Vous avez de mauvaises fréquentations, Ammamie. Jacquot était très sérieux. Ses yeux bleus, si déplacés dans son visage d'homme, avaient une expression d'enfant attentif. Je ne sais pas, Francis, si tu as entendu parler des faits d'armes d'Ammamie, de la « Demoiselle », on l'appelait la Demoiselle dans la clandestinité. Elle a organisé l'évasion de P…, un chef-d'œuvre d'ingéniosité et de prévoyance…

Francis regardait Anne-Marie avec enthousiasme :

– C'est magnifique, dit-il, elle a l'air d'une femme du Moyen Âge ; je l'imagine au-dessus d'une quenouille à filer le lin, et elle se conduit comme un franc-tireur !

– Oui, seulement maintenant elle est retournée à la quenouille… La guerre finie, il n'y a plus personne ! Le Moyen Âge, comme tu dis ! Écoutez, Ammamie…

– Non, attendez, je fais l'omelette et je reviens, n'oubliez pas ce que vous vouliez me dire…

– Ce n'est pas un cas isolé, disait Jacquot à Francis, pendant qu'ils étaient seuls. Je ne veux pas dire par là qu'il y a eu beaucoup de femmes et d'hommes aussi remarquables que l'était Anne-Marie pendant la Résistance, ce que je veux dire, c'est que, à côté de gens qui ne peuvent plus du tout s'adapter à la vie dans la paix, une paix approximative, entendons-nous, il y a des Ammamie, des « Demoiselles » qui retournent à l'avant-guerre si profondément que personne ne peut plus les soupçonner d'être autre chose que des Français très moyens…

– Eh bien ! je me demande si c'est si vrai que ça pour Anne-Marie. Elle n'est plus du tout la même qu'avant-guerre…

– Ça n'a rien à voir… Elle a beaucoup changé, je te l'ai dit, mais c'est sûrement à cause de ses histoires personnelles, avec son mari, ses enfants… C'est une mère poule… Les Boches ne sont plus là, un point, c'est tout, elle ne voit pas plus loin que le bout de son nez, elle ne se rend pas compte de l'état du pays. Toi, par exemple, tu n'es pas spécialement porté à t'occuper de politique, tu es pourtant un jeune premier sympathisant du parti… elle, zéro ! Et pourtant, elle dit parfois des choses d'une lucidité… Tu as peut-être raison… Je t'avoue que pour moi le mystère de la Demoiselle reste complet.

– Vous l'aimez baveuse ? cria Anne-Marie de la cuisine.

– Je vais aller l'aider… Francis laissa Jacquot à nouveau seul.

Ce n'est pas long à faire, une omelette. Jacquot trouva qu'ils tardaient… Les voilà, enfin.

– Elle est au lard de ma lingère, annonça Anne-Marie. Jacquot, servez-vous… Ça va ?

– Exactement comme je les aime… Mais j'en ai assez de vous voir aller et venir, asseyez-vous et mangez.

Anne-Marie s'installa entre Francis et Jacquot :

– Ça manque de sel, mais tant pis, je ne veux pas agacer Jacquot… J'ai oublié de vous dire, Jacquot : j'ai fait la connaissance du fils de Mme de Fonterolles, il y a quelque temps… Mais vous ne m'aviez jamais dit que c'était le capitaine Gérard !

– Je croyais que vous le saviez…

– Vous ne le croyiez pas du tout. Ça vous ennuyait de le dire, à cause de Mme de Fonterolles. Quand il a eu des histoires là-haut, je me suis demandé si les petits n'avaient pas exagéré, mais maintenant que je l'ai vu… Une charmante petite gueule, veule, je me demande ce qu'il va faire dans la vie. Il ne sait évidemment rien faire, il n'a rien appris, il est pourri… Vous voulez du café de la lingère ? Ça ne vous empêchera pas de dormir ?

– Moi, je veux bien du café, dit Francis, tant pis, j'ai trop envie de bon café… Mais donnez-moi donc l'adresse de votre lingère ! De qui parlez-vous, du petit Yves de Fonterolles ? Je l'ai justement rencontré ce soir au Café de l'Univers, il était avec le général de Chamfort…

– Tiens, tiens, fit Jacquot, c'est intéressant, je ne savais pas qu'ils se connaissaient. Le général est un homme assez surprenant, lui aussi se trouve en chômage, maintenant que la guerre est finie… Je n'aime pas beaucoup ce rapprochement, mauvaise fréquentation, pour l'un et pour l'autre…

Anne-Marie ne dit rien. Elle ne savait pas que Célestin était à Paris. Elle n'en avait pas entendu parler depuis les deux nuits passées dans son rez-de-chaussée, il y avait près de trois mois. C'était drôle d'entendre prononcer par des lèvres indifférentes le nom d'un secret, c'était comme si on mettait la main sur un couvercle sans le soulever, sans se douter que c'en était un.

– Oui, reprit Jacquot, je n'aime pas ce rapprochement… Le capitaine Gérard est un de ces jeunes gens que la Résistance a complètement dévoyés. À vingt ans, on ne croit pas à la mort, c'est un jeu formidable que de risquer sa vie sans croire à la mort… Ils n'avaient pas de peine à être héroïques, et tout leur était permis pour la bonne cause. Maintenant la cause n'est plus, et ils continuent de croire que tout leur est permis ! C'est que ça ne va plus du tout !… Je les plains, ces gosses, ce n'est presque pas de leur faute s'ils cherchent une autre cause qui leur donnerait autant d'avantages : l'argent, beaucoup d'argent ! Vous vous imaginez l'argent qui leur passait entre les mains, que personne ne contrôlait, on se servait… Le risque, l'aventure… Des gens qui ont de la suite dans les idées vont les canaliser, n'ayez crainte !

– Quand est-ce qu'on aura la paix ! Francis soupira du fond du cœur. Ce qu'on peut en avoir marre, mes pauvres amis ! Avec cette vieille boîte où l'on gagne de quoi mourir… Je ne suis ni un jeune parachutiste, ni un fasciste, mais je vous assure que ça me dégoûte ce qui se passe dans ce pays ! Marché noir, Américains saouls, les collaborateurs qui sortent de partout comme des punaises… Alors quoi ! Je vous assure que parfois je me dis que Jenny a eu raison, pas pour nous, mais pour elle…

Ils se turent. Tous les trois. Ils avaient aimé et aimaient encore Jenny passionnément. Quel atout aurait été cette femme géniale dans leur jeu commun, le jeu français ! Ils ne se rendaient même pas compte eux-mêmes à quel point leur jeu était un jeu commun, et croyaient que le bien-être qu'ils éprouvaient à se trouver ensemble provenait des longues années de connaissance mutuelle, de l'ombre de Jenny qui planait constamment au-dessus d'eux.

Anne-Marie se leva, rompit le silence qui commençait à les gagner, plein de peine, sinon de désespoir.

– Je vais aller faire du café…

– Je vais vous le moudre…

Francis la suivit dans la cuisine. Jacquot fumait la pipe et pensait : « Il y a eu quelque chose entre eux la nuit de l'illumination, c'est incontestable… »

Le bruit du moulin à café couvrait la voix de Francis :

– J'aurais voulu vous revoir, Anne-Marie, disait-il.

– Mais nous voilà, répondit Anne-Marie.

Et elle avait l'air si surprise qu'il se demanda s'il y avait vraiment eu quelque chose entre eux la nuit de l'illumination.

XII

Mme de Fonterolles avait repris ses jeudis. Bien qu'Yves préférât les mannequins et qu'il fût assez joli pour que cela ne lui coûte pas trop cher, le « pas trop cher » l'était encore trop pour lui, il y avait toujours un minimum de frais, ne fût-ce qu'un dîner, et un dîner modeste à deux, avec une bouteille de vin, c'était tout de suite mille francs, quand ce n'était pas quinze cents, et donc, bien qu'Yves préférât les mannequins, il faisait la cour aux femmes du monde qu'il rencontrait aux jeudis de sa mère ou ailleurs. Elles étaient parfois fort jolies et avaient cet avantage de posséder des salles à manger et des cuisinières. L'âge ne jouait pas un grand rôle pour Yves ; au contraire, comme déjà dit, il avait même une préférence pour les femmes plus âgées que lui, un peu maternelles.

– Elle sera là, la grande bringue de l'autre fois ? demanda-t-il à sa mère, qui mettait des fleurs un peu partout dans le grand salon.

Olga, à genoux devant la cheminée, allumait un feu de bois pour l'agrément, le jeudi : on allumait le chauffage central.

– Tu m'as encore défait mon plateau de sandwichs ! Yves tenait dans chaque main un minuscule sandwich et en avalait un autre. Tu es pire qu'un enfant.

– Je n'ai rien défait, ça ne se remarque pas dans le tas… Elle sera là ?

– De qui parles-tu ? C'est la comtesse Edmonde Mastre que tu appelles la grande bringue ? Elle sera là, je crois. Je te préviens que son mari est en prison…

– Tant mieux. C'est un très vilain monsieur ?

Yves parlait la bouche pleine.

– Très.

– Elle le pleure ?

– Hum !…

– Le général de Chamfort a dit qu'il viendrait sûrement, je crois que tu as fait sa conquête, maman…

– Heureusement que je suis vieille ! Je le trouve extraordinairement attirant…

Le grand salon de Mme de Fonterolles, avec les murs lambrissés, les tableaux dans de profonds cadres dorés, peut-être des portraits de famille, mais si foncés qu'on ne pouvait en être sûr, des meubles satinés Louis XVI, inimitablement à leur place, et cette odeur d'orange qui, toute sa vie, avait rappelé à Yves les réceptions de sa mère… Mme de Fonterolles finissait de disposer les vases, Olga balayait devant la cheminée, le feu avait bien pris. Tout était prêt, les grands rideaux tirés, les bouteilles en place, les petits fours, les gâteaux…

– Veux-tu monter chez toi ! dit Mme de Fonterolles, très fâchée. Il ne restera plus rien, on dirait une nuée de sauterelles…

Elle mit son fils à la porte.

Quand Yves descendit, le salon était plein de monde. Des chapeaux de femmes fleurissaient au niveau de la fumée de cigarettes, mêlée à l'odeur d'orange, des parfums… On semblait apprécier les sandwichs et les petits fours, il y avait un peu partout des assiettes et des verres vides. Le général de Chamfort, en battle-dress, debout, parlait à une femme cachée par un fauteuil, on n'en voyait que les longues jambes croisées. L'œil oblique et fixe du général était baissé vers la dame ; il se tenait très droit et, un pied posé sur un siège, appuyait un verre sur son genou plié. Il semblait si absorbé qu'Yves n'osa pas le déranger. Bertrand était là, avec sa femme, plus jolie que jamais. Dommage que ce fût la femme de Bertrand, d'un copain, ami de lycée ! La vieille Laplatte était là… Yves passa derrière son dos pour ne pas se laisser raccrocher par elle. Il serra et baisa des mains, fit le tour du salon et alla enfin saluer le général. La dame dans le fauteuil était justement la comtesse Edmonde.

– Je disais à Mme Mastre, le général continuait la conversation qu'Yves avait interrompue, que la langue d'oc, la langue de mon pays, était la langue de l'amour et que, pour l'apprendre, il fallait y vivre… Apprendre l'amour, avec le ciel, les siècles abandonnés dans la pierre, le vent dans les arbres échevelés, dans le désert de la garrigue, le soleil, les ronces, la lavande et l'air… À s'y noyer, s'y rouler, se laisser porter…

La comtesse Mastre, ses longues jambes croisées, fumait attentivement. Une grande belle fille avec une peau fraîche et claire, et des cheveux qui faisaient de grandes vagues à reflets un peu roux. Que le général lui plaisait, cela ne faisait pas de doute… Mais le général s'interrompit brusquement et la quitta avec un rapide : « Vous m'excusez, il faut que je salue une amie… » Yves s'assit près d'Edmonde.

Le général louvoya parmi les invités :

– Mme de Fonterolles m'a dit que vous seriez là.

Anne-Marie lui tendit la main distraitement et se tourna en souriant vers quelqu'un qui se levait d'un bond pour lui serrer la main longuement, il ne la lâchait plus…

– Bonjour, Charlie…

– Anne-Marie, je suis heureux ! C'est notre rendez-vous manqué d'il y a trois ans ! C'est bien trois ans ? Savez-vous, mon général, que c'est à cause de moi que Mme Bellanger a fait de la prison ? Je la rencontre dans la rue et je lui donne rendez-vous à un jeudi de Mme de Fonterolles… je suis impardonnable ! Ça semblait être tellement sans danger, tout Paris y venait, tout comme aujourd'hui… Et c'était juste le jour où la Gestapo a fait une descente ici… J'ai eu le temps de filer par la petite porte dans le bureau d'Yves, sans avoir vu ni la Gestapo, ni Anne-Marie… On a emmené tout le monde, et pourtant, Dieu sait qu'il y avait de bons collaborateurs là-dedans! Charlie riait d'un rire sonore. Il parlait admirablement bien le français, avec à peine un accent anglais… J'ai eu des remords épouvantables à cause d'Anne-Marie! À cause de ma légèreté, il aurait pu lui arriver n'importe quoi…

– Je vous suis, au contraire, très reconnaissante, fit Anne-Marie. C'est arrivé quand je ne savais vraiment plus que devenir dans la vie. On en a décidé pour moi, c'était parfait, ça m'a fait le plus grand bien.

– Vous êtes merveilleuse, Anne-Marie! Charlie riait de plus en plus fort. Et comme vous avez embelli! Simplement merveilleuse! Je vous demande pardon une fois pour toutes d'avoir été si inconsidéré.

Les yeux fixes du général eurent ce saut brusque qu'Anne-Marie aimait chez lui, cet œil du pur-sang qui louche en frémissant sur un bout de papier, prêt à faire un bond.

– Les Anglais sont rarement inconsidérés, dit-il. Voyez, par exemple, Miss Donald, la jeune dame à côté de Mme de Fonterolles… Elle a été parachutée dans ma région, elle nous a rendu des services inestimables… Entre autres, de dévoiler les agissements d'un personnage sinistre avec lequel nous avons maille à partir jusqu'à aujourd'hui. Le réseau de l'IS en France a bien mérité de la patrie…

– De laquelle? demanda Anne-Marie.

Charlie rit très fort et le général eut un sourire:

– La patrie des Alliés, chère amie, est une et indivisible. D'ailleurs, l'IS en France était composée à soixante pour cent d'officiers français. Yves, par exemple, faisait partie de l'IS.

– Quelle chose étrange!… Anne-Marie était rêveuse, comment va se faire le passage du bien au mal? Je veux dire: à quel moment être au service d'une puissance étrangère pour le bien de la patrie devient-il un mal pour la patrie ?

– Vous faites de la politique ? demanda Charlie.

– Moi ? dit Anne-Marie, étonnée, mais pas du tout !

Mme de Fonterolles, qui s'approcha d'eux, mit fin à la conversation :

– Ça doit être étrange pour vous deux de vous retrouver ici ? dit-elle. Vous revenez de loin, l'un et l'autre... Elle posa une main amicale sur l'épaule d'Anne-Marie. Je n'oublierai jamais le pauvre petit visage d'Anne-Marie à la sortie de Fresnes, la pauvre enfant ; elle avait l'air égarée...

– Mon général, appela Yves, Mme Mastre voudrait vous dire au revoir...

Charlie et Anne-Marie s'installèrent dans un coin. Yves se promit de demander des renseignements sur cette femme à Charlie. Il resta un moment avec eux, mais ils parlaient de Jenny Borghèze. Yves l'avait vue comme tout le monde, à l'écran, mais il ne l'avait pas connue, – comment aurait-il connu cette star internationale ? – et il s'ennuya rapidement. Mme Bellanger avait des cheveux extraordinaires et une grâce des reins toute particulière... Jamais il n'avait vu une taille aussi fine ! Il se promit de demander des renseignements sur elle à Charlie ; cette femme était incontestablement douteuse... Une aventurière dangereuse. Et Charlie et le général avaient avec elle cet air qu'ont les hommes devant une femme avec laquelle le jeu est gros, si toutefois le jeu est possible... Yves était impressionné et agacé : ces deux hommes, qu'il admirait, admiraient cette Mme Bellanger. Il faudrait mettre bon ordre à tout ça... Et que dire de la comtesse Mastre qui avait traversé tout le salon pour faire la connaissance de Mme Bellanger !

– J'ai tant entendu parler de vous, disait-elle, gardant la main d'Anne-Marie dans la sienne, tout le monde vous admire tant !

Anne-Marie avait l'air d'une victime et ne disait rien.

– Il faut absolument nous revoir, n'est-ce pas ? Vous aurez bien un moment de libre pour venir déjeuner ou dîner ?

– Je travaille, dit Anne-Marie avec un petit air malheureux, mais je serais très heureuse de vous voir…

– Alors c'est promis ? Je vous écrirai…

La comtesse Edmonde, penchée vers Anne-Marie comme si elle allait l'embrasser, lui serra encore une fois la main. Le général l'attendait à la porte, elle lui avait demandé de l'accompagner, il pleuvait à torrent et elle n'avait pas de voiture.

XIII

C'était la première fois qu'Anne-Marie revoyait Célestin après les deux nuits passées dans son rez-de-chaussée, il y avait bien quatre ou cinq mois. Entre-temps, elle s'était presque mise à rêver à lui. Il lui avait écrit une fois, d'Allemagne, et une autre fois d'Avignon, où il était en garnison. Il disait qu'il n'avait pas pu s'arrêter le temps voulu à Paris pour la voir, que c'était toujours une course... Dommage qu'il ne lui eût pas fait signe, qu'elle l'ait rencontré ainsi par hasard chez Mme de Fonterolles. Il lui avait dit qu'il y était venu parce qu'il savait qu'elle y serait, mais ceci n'arrangeait rien... Elle n'allait pas avoir un amour malheureux quand ça lui était si facile de ne pas l'avoir, de ne jamais y penser...

Anne-Marie avait beaucoup de travail, elle faisait de la photo avec zèle, elle s'appliquait à vivre, à se reconstruire une autre vie qui n'était jamais qu'une prothèse, de fausses dents ; mais si elle voulait vivre du tout... Bien sûr, la photographie n'était pas quelque chose de bien solide à opposer à ce vide, à ces vides... Les enfants, Jenny, Raoul... Elle se promenait à travers Paris avec son appareil et essayait de regarder Paris comme un livre d'images ; elle allait à des expositions, au théâtre, au cinéma, seule ou accompagnée de gens qu'elle essayait de supporter, de se rendre familiers. Il y avait autour d'elle beaucoup de monde, mais elle n'avait tout de même pas de milieu. Les gens qu'elle connaissait ne se connaissaient pour la plupart pas entre eux, n'avaient pas de point de contact, vivant chacun dans son milieu de par leur profession, la famille, la naissance... Anne-Marie était très bien avec Mme de Fonterolles, mais pourquoi aurait-elle été du milieu du faubourg Saint-Germain auquel appartenait Mme de Fonterolles? Elle voyait assez souvent Gladys Frank, qu'elle avait rencontrée chez Mme de Fonterolles, elle allait voir Gladys à l'hôtel Scribe; à l'hôtel Scribe, elle avait rencontré pas mal d'Américains, des journalistes, mais elle n'était pas de leur milieu, bien sûr. Pas plus que de celui de Mme Doyen, une amie de Jenny qu'elle avait, un jour, en 1941, rencontrée par hasard place de la Concorde sous un drapeau à croix gammée, et, bien qu'elle la connût juste pour l'avoir vue une ou deux fois chez Jenny, Mme Doyen lui avait spontanément proposé l'hospitalité dans son château, « en souvenir de Jenny et de femme à femme »... C'était alors une femme genre dame patronnesse avec un manteau d'astrakan et un chapeau comme un échafaudage sur une coiffure élaborée... Mme Doyen ne soupçonnait pas que son château était déjà occupé par la Gestapo. Anne-Marie n'avait donc pas pu profiter de son invitation et avait dû louer une chambre dans le pays. Après la Libération, elle avait été voir Mme Doyen pour la remercier: le magnifique château avait flambé, les Allemands l'ayant incendié avant de partir. Mme Doyen avait beaucoup changé, c'était maintenant une femme assez forte, les cheveux presque blancs, vêtue n'importe comment, un peu désordre... Avait-elle toujours eu ce tempérament formidable? Elle était remplie d'une fureur, d'une rage concentrée qui ne descendait pas d'un degré avec le temps, et elle maudissait les Boches et les collaborateurs sans discontinuer... Anne-Marie la voyait assez souvent. Il se trouva que Mme Doyen était une amie de pension de Germaine, comme elle appelait Mme de Fonterolles, bien qu'elles ne fussent pas tout à fait du même milieu: Mme Doyen appartenait plutôt à la grande bourgeoisie d'industrie rurale, et son mari était un savant en chambre, qui haïssait le monde et ne sortait jamais. Anne-Marie évitait d'aller chez elle : son mari était un meuble, ses enfants encombrants à ne pas pouvoir se dire un mot ; mais le pire encore était la température de ce grand appartement où erraient de nombreuses femmes qui le hantaient, de vieilles parentes, des bonnes, tout ce monde couvert d'engelures et de lainages de couleurs sombres. Mais Mme Doyen passait souvent chez Anne-Marie, en courant, sans prévenir… « Ça me fait du bien, disait-elle, ça me fait du bien, ce calme, cette chaleur… » Il y avait loin de cette personne plantureuse, avec la blouse qui se déboutonnait constamment sur sa poitrine volumineuse et le chapeau de travers sur la tête mal coiffée, à la dame en manteau d'astrakan qu'Anne-Marie avait rencontrée place de la Concorde en 1941. Il n'y avait pas que le château qui avait brûlé dans la famille de Mme Doyen. Que de monde avait péri autour d'elle : deux frères, un neveu, une belle-sœur… Chère Mme Doyen ! ouverte et généreuse comme sa blouse !

Anne-Marie était née à Paris, son milieu était celui de sa famille, de son père médecin de quartier comme l'avait été son mari. Puis ça avait été les colonies, dix ans de colonies, qui lui avaient fait perdre le contact avec Paris, et elle en était revenue juste pour retrouver Jenny pendant quelques mois et son monde. La mort de Jenny, et, aussitôt, la guerre, la coupure avec les enfants… Sa solitude pendant les deux premières années de l'Occupation avait été inimaginable. Puis ça avait été la Résistance, la solidarité, l'amitié, la chaleur, l'amour… Maintenant, c'était fini tout ça. Raoul était tué, et, pour le reste, quand on en est sorti, la vie vous reprend, le milieu social, l'argent, la famille… et les souvenirs n'y peuvent rien.

Son plus vieil ami, le seul ami qu'elle avait, était Jacquot, le colonel Voiron. Il l'avait connue encore rue de Rennes, quand Jenny, toute jeune fille, au Conservatoire, habitait chez elle. Il avait connu François, son mari, et les enfants, et son père et sa mère. Il y avait bien Francis, le jeune premier qu'elle connaissait depuis le temps où il était au Conservatoire avec Jenny et venait aussi rue de Rennes, amoureux de Jenny comme les autres ; il y avait Marie Dupont, une autre amie de Jenny au Conservatoire et que, plus tard, quand elle avait abandonné la scène, Jenny avait prise comme secrétaire. Mais Francis n'était qu'un charmant garçon, et Marie Dupont s'était mariée après la mort de Jenny, et ni elle ni son mari n'étaient des gens bien recommandables... Il n'y avait que Jacquot. Jacquot qui avait vu le corps de Jenny, par terre... Jacquot, qui avait été son chef dans la Résistance, qui lui avait annoncé la mort de Raoul. Jacquot, fidèle, juste, réfléchi... qui savait tant de choses, qui savait tout faire, la cuisine, et réparer la radio, et conduire ses hommes à l'attaque... Et n'eût-il pas été ce qu'il était, il avait déjà pour lui le temps, car rien ne remplace le temps, les souvenirs en commun, on n'a pas besoin d'en parler, ils sont là. Pour Jacquot, la vie d'Anne-Marie était sans mystère, claire, il ne poserait jamais la question : « Mais, au fond, pourquoi s'est-elle suicidée, Jenny Borghèze ? » Il ne dirait pas : « On parle tout le temps de ces FTP. Qu'est-ce que c'est que les FTP ? » Mais il lui semblait parfois que Jacquot avait pour elle plus que de l'amitié, elle était sur ses gardes, craignant qu'il ne se croie amoureux, qu'il ne le devienne vraiment... Elle n'avait pas de repos, même dans ses rapports avec Jacquot.

Mais il y avait maintenant autour d'elle toute une équipe pour tuer son temps, pour lui éviter la peine de le tuer elle-même. Le téléphone sonnait, la clochette tintait, des gens venaient, parlaient, écrivaient... Et puis il y avait la photo, elle commençait à en vendre, elle travaillait toute la journée, développait la pellicule elle-même dans un cagibi noir, près de la cuisine, qu'elle avait aménagé pour ça. Extérieurement, sa vie avait toutes les apparences d'une vie.

Anne-Marie n'avait pas faim en rentrant de chez Mme de Fonterolles, après tous ces sandwichs et ces petits fours. Elle s'enferma dans le cagibi... Les photos étaient assez réussies, elle n'était pas mécontente. Anne-Marie commençait à aimer son métier et à gagner sa vie, heureusement. Mme de Fonterolles lui avait trouvé un moyen d'envoyer de l'argent pour Georges. Mais était-ce bien pour Georges ? Lilette lui demandait des sommes considérables : qu'est-ce que ce petit pouvait en faire ?

Il était près de dix heures quand Anne-Marie se coucha, et elle était contente d'être au lit. Toute la journée, il lui avait fallu courir à travers Paris avec son appareil, sans même avoir pris le temps de déjeuner, puis elle avait été chez Mme de Fonterolles, puis elle avait développé les photos… La série des gosses aux Tuileries n'était pas mal, celles où il n'y avait que leurs jambes, c'est touchant et drôle au possible, les jambes des tout-petits.

Anne-Marie avait déjà éteint quand le téléphone sonna. Qui ? Peut-être ?… Tout de même ?…

– Allô ! fit-elle.

C'était Colette, une jeune femme qu'Anne-Marie avait rencontrée chez la photographe, et qui lui avait demandé de faire des photos de sa petite fille. Et aussitôt Colette prit Anne-Marie pour confidente. Elle s'excusait de téléphoner si tard, elle ne l'avait pas réveillée au moins ? Un cafard simplement intolérable, monstre… Son mari était en voyage, elle était seule, tout à fait seule… Si Anne-Marie voulait lui permettre de venir passer une demi-heure avec elle ? « Mais je suis couchée ! » Anne-Marie tenta de se défendre… « Je ne resterai qu'une demi-heure, je vous en prie… Alors venez si vous voulez… Si ça ne vous fait rien, je resterai couchée… Mais bien sûr, bien sûr… »

Pauvre Colette !… Elle n'était pas heureuse, on se demande pourquoi, mais elle n'était pas heureuse. Son mari, un journaliste assez connu, qu'elle avait épousé pendant l'Occupation, en province, où il attendait que cela se passât, était un bien brave garçon ; la petite fille, qui avait deux ans, se portait bien, jolie comme un cœur. Colette avait des robes, un appartement agréable, pas de soucis d'argent, des amis, et pourtant elle n'était pas heureuse. Que n'avait-elle pas espéré de Paris, et maintenant qu'elle y était, rien n'était comme elle l'avait rêvé. Les gens étaient occupés, avaient des soucis, manquaient d'argent et de temps, n'étaient pas disponibles comme elle, qui n'avait autre chose à faire que de se distraire. Paris… le théâtre, les expositions, les chapeaux et les robes, et les milliers d'hommes extraordinaires, tout ceci était à peine plus accessible que cela n'avait été de sa province. Les hommes extraordinaires, dans la mesure où elle les rencontrait à la faveur d'une réception, d'une première, d'un vernissage, semblaient avoir à faire autre chose dans la vie que de s'occuper des femmes, et réceptions et vernissages faisaient à Colette plus de mal que de bien. Quand elle y arrivait, s'étant trouvée très en beauté avant de partir, elle y rencontrait des gens qui lui disaient en passant deux mots aimables et s'en allaient dire deux mots aimables à d'autres (c'était, du moins, ce que Colette s'efforçait de croire, car, au fond d'elle-même, elle était persuadée qu'au contraire, aux autres, on leur disait plus de deux mots…), et ces autres étaient tellement mieux habillées qu'elle ! Comment faisaient-elles, toutes, pour avoir toujours juste la robe qu'il faut, et le chapeau, et les gants, et les chaussures qui vont avec ? Colette avait beau faire, il lui manquait toujours quelque chose, et pourtant Gaston était généreux et gagnait beaucoup d'argent… Il ne fallait pas songer aller au cinéma, mal ou pas chauffé, et le théâtre, même chauffé, était d'habitude un coup de barbe… Colette vivait, fiévreuse, déçue, et dans le perpétuel espoir de quelque chose… Ce quelque chose se résumait en un homme, évidemment, celui-là ou celui-ci… Avec Gaston, ils s'aimaient bien, et même énormément, mais ce n'était pas le « grand frisson », ça ne l'avait jamais été, d'ailleurs ; en somme, Gaston était une erreur… Et Colette attendait le grand frisson, en frissonnant. Elle était pleine de projets, de rêves, d'illusions. Mais sa vie semblait être une série de choses qui commencent toutes admirablement bien et se défont aussitôt : les hommes, les appartements qu'on lui proposait et qui étaient plus beaux et plus grands que le sien, les voyages mirifiques… Anne-Marie était au courant de la dernière histoire avec un homme d'un certain âge, qui était éditeur ou quelque chose dans ce goût. Anne-Marie s'y perdait.

– Je me recouche, dit-elle, après avoir ouvert à Colette.

– Dieu, ce que vous êtes belle comme ça ! Colette était sincèrement émerveillée. Il faudrait que vous receviez toujours au lit ! Ces cheveux, ces nattes… Et pourquoi vous fardez-vous ? Vous êtes mille fois plus belle comme ça !…

– Je vous en prie, Colette !… Dites-moi plutôt ce qui ne va pas ?

– Vous êtes gentille… On est bien chez vous… Je sais que je vous dérange mais je n'en pouvais plus de rester seule et d'attendre. J'étais prête à me tuer, je vous assure… Il devait me téléphoner. C'est affreux d'attendre, d'attendre ce coup de téléphone qui ne vient pas !

Colette avait retiré ses souliers pour s'asseoir sur le lit, les jambes repliées, le buste un peu long, droit, la jupe tendue sur les fesses qu'elle avait très rondes et rebondies. Quelques rides sur son visage jeune, un peu desséché, un rouge très foncé dessinant la bouche au-delà de ses contours véritables, comme le font les actrices à l'écran, des yeux noirs dans des orbites profondes et des cheveux blonds artificiellement, ravissants à côté de ses yeux de brune. Elle était jeune, gentille, bien habillée, bien coiffée, bien fardée, et elle disait les lèvres tremblantes :

– Il fallait que j'en parle pour pouvoir le supporter !… C'est comme de crier quand on accouche… Il n'a pas téléphoné, Anne-Marie, je ne sais que penser, que devenir. J'ai l'impression que le soleil ne brille que pour me narguer. Je m'ennuie, je suis au fond d'un puits, j'ai des idées noires, la vie est insipide… Ça dure depuis des jours et des jours. Je suis là à regarder le téléphone, cet objet terrible ! Vous comprenez, je me dis que je pourrais le faire répondre, que je pourrais au moins savoir à quoi m'en tenir… Je sais que je ne devrais pas le faire, question de dignité, et même simplement de diplomatie… Je finis toujours par téléphoner, je ne peux absolument pas m'en empêcher. « Monsieur n'est pas là ! » Oh ! Colette poussa un véritable cri de douleur, et c'est encore une chance, parce que parfois il est là, et c'est bien le pire…

Anne-Marie l'écoutait les yeux fermés, ainsi les paroles semblaient plus importantes, lourdes de sens, encadrées, détachées de la personne de Colette. Anne-Marie l'écoutait comme on écoute la radio, ou comme on lit un livre, c'est-à-dire qu'elle n'y attachait pas grande importance, c'était une histoire, même pas un document humain. Qu'allait-elle faire après ça, Colette ? Se tuer, ou prendre une tasse de thé qu'Anne-Marie avait préparée pour elle. Anne-Marie n'attendait pas de coup de téléphone.

– Un homme, disait la voix de Colette, a tout ce qu'il veut. Je parle des hommes qui ont tout ce qu'ils veulent. Pensez aux femmes qui ont besoin d'eux pour une raison ou une autre, de l'argent, une place, ou une recommandation… Et quand c'est un homme connu, elles le veulent pour la gloire de se montrer avec lui… Qu'est-ce que ça peut bien faire à un homme qu'une femme ne lui ait pas téléphoné ? Il n'y pense même pas. Et nous, quand on attend un coup de téléphone qui ne vient pas… La longue journée… Des devoirs qu'on peut toujours déplacer… La terrible liberté, la tête libre, le temps libre, même quand il est pris !

Anne-Marie ouvrit les yeux, frappée par une sorte de désespoir dans la voix :

– Mais alors, Colette, vous l'aimez !

Elle vit Colette jeter les bras en l'air :

– Mais voulez-vous comprendre qu'il est interchangeable ! Voulez-vous le comprendre !

Anne-Marie referma les yeux.

– C'est pas qu'on y tienne à ce coup de téléphone ! Colette continuait ses explications, et cet *on* faisait supposer qu'elle ne parlait pas pour elle seulement. Parce que, quand on y tient, c'est encore autre chose. Mais, même quand on n'y tient pas, c'est le coup de téléphone qui donne du goût à la vie, le sel, le piment! Elle ne devrait pas être fade, la vie, et elle l'est, je me demande pourquoi... Vous ne pouvez pas me dire, Anne-Marie, pourquoi elle est si fade? Si vous saviez ce que la petite est mignonne! Et Gaston est très, très gentil pour moi... Il court un peu, mais c'est naturel après quatre ans de mariage, nous nous entendons très bien, vous savez. Il me gâte beaucoup, j'ai tout ce que je veux... Et à longueur de journée, j'attends ce coup de téléphone, comme une imbécile... Je ne peux même pas lui rendre la pareille, à ce monstre. Les hommes sont si occupés qu'il ne s'apercevrait même pas que je ne lui ai pas téléphoné. J'ai toujours cette impression que, sur leurs jours et sur leurs nuits, il y a l'inscription: *Entrée interdite*. Pour vous faire une petite place, un homme est obligé de faire des acrobaties, prendre sur son sommeil, être en retard à des rendez-vous... Alors, c'est si facile pour lui de vous exclure de sa vie! Si jamais la pensée d'une femme devenait obsédante, et qu'il veuille s'en débarrasser, il n'a pas besoin d'aller chercher l'ersatz, l'ersatz est là, toujours prêt. Mais je ne pense pas que, chez l'homme, l'obsession puisse atteindre un degré tel qu'il ait besoin d'ersatz...

– Enfin, dit Anne-Marie, sans ouvrir les yeux, vous n'allez pas prétendre que les hommes amoureux n'existent plus!

– Je n'en sais rien. Tout ce que je sais, c'est qu'il n'a pas téléphoné... Vous comprenez, un homme, il lui faut trouver un moment de libre pour vous téléphoner... Ils vous font téléphoner par leur secrétaire pour ne pas perdre de temps, pour ne venir au téléphone que quand votre voix y est déjà... À eux, il leur est facile de penser à autre chose... Ah! mon Dieu, ce que je suis malheureuse! Où est-ce que ça loge, la douleur, Anne-Marie? On dirait qu'elle est comme l'air, qu'elle est partout et non seulement dans le cœur...

Colette pleurait. Anne-Marie ne savait comment la consoler… Colette avait tout dit elle-même, elle avait si bien expliqué pourquoi « il » n'avait pas téléphoné, qu'Anne-Marie ne pouvait rien y ajouter. Elle passait une main compatissante dans les cheveux blonds de Colette, qui appuyait la tête contre sa cuisse. Elle sentait la chaleur de son front. Colette aurait-elle raison, peut-être était-ce devenu comme ça après la guerre ? Les hommes n'étaient peut-être plus jamais amoureux ? Elle pensa à l'époque où elle habitait chez Jenny, juste avant la guerre, à la multitude d'hommes autour de Jenny, fous d'elle… Elle pensa à Raoul, à la nuit dans le camion, quand ils revenaient tous les deux après avoir fait évader vingt hommes de la prison de P…, à l'amour découvert dans cette nuit de glace, dans la gueule de l'ennemi… Il était bien question d'un coup de téléphone… Elle-même, bien sûr, elle avait changé depuis, elle ne se sentait plus capable d'aimer comme alors, et ce n'est pas la pensée de Célestin qui viendrait démentir ça… Mais elle, elle n'était pas jeune, elle avait tant de soucis et de peine !… Mais peut-être les autres avaient-ils aussi des soucis et des peines, d'autres soucis et d'autres peines, et qui valaient les siens…

– Nous avons tous la gueule de bois, finit-elle par dire. Les temps ne sont plus des temps héroïques… Nous nous en sommes saoulés, et maintenant nous sommes déprimés, nous avons la gueule de bois… Il n'y a plus de quoi rêver, d'une façon immédiate au moins… Vous arrivez là-dedans, Colette, toute fraîche comme une voyageuse qui monte dans un train où les gens ont passé une nuit, assis ou debout, dans le couloir, et n'en peuvent plus… Vous arrivez, avec votre jolie robe bien repassée, et vous voulez faire la conversation, et vous entendez qu'on vous fasse la cour… Vous ne faites que commencer le voyage, tandis que nous, nous sommes épuisés et nous avons la tête ailleurs…

Colette se mouchait :

– Je ne sais pas ce que vous voulez dire…

– Enfin, dit Anne-Marie avec une brusque irritation, vous êtes là contente d'avoir échangé la province contre Paris, et d'avoir des robes, et de voir des pièces dont vous ne lisiez que le compte rendu dans les journaux ; vous avez tout ça, tout est fin prêt, il ne vous reste qu'à entrer dans le jeu... Et vous êtes douloureusement étonnée que personne ne veuille jouer avec vous, puisque la guerre est finie et qu'on a enfin le droit... Mais voulez-vous songer que la plupart des gens sont épuisés, usés... Et vous, les jeunes femmes qui ne pensez qu'à l'amour, toutes pomponnées, et toutes fraîches... Ma pauvre Colette, je me fiche des coups de téléphone, et pas seulement parce que j'ai le double de votre âge !

Ce fut le téléphone qui coupa la parole, avec violence. Anne-Marie et Colette en furent tellement saisies toutes les deux qu'elles regardaient le téléphone sans bouger. Le téléphone rageait. Anne-Marie finit par décrocher :

– Allô ! Oui... disait-elle, oui... Certainement. Je serai à l'heure. Je vous remercie de m'avoir prévenue.

Elle raccrocha.

Colette regardait Anne-Marie avec curiosité. Elle ne savait rien de sa vie privée :

– Vous ne l'attendez pas, mais il vient, dit-elle. Et il y avait quelque chose d'âpre dans sa voix, qui promettait à l'occasion un tonneau de fiel. Si on vous téléphone à minuit, ce n'est pas pour de la photo !

– C'est ce qui vous trompe, dit Anne-Marie calmement. On me téléphone d'un journal pour me demander si cela m'intéresse d'aller faire un reportage... À Fresnes, pour ne rien vous cacher... Je ne vous cacherai pas non plus que le camarade qui m'a téléphoné est un fort beau garçon. Croyez-moi, Colette, et Anne-Marie lui prit la main gentiment, aujourd'hui, pour ne plus attendre un coup de téléphone, il faut avoir avec un homme d'autres liens que l'amour. Alors il vous téléphonera. Ce qui ne veut pas dire qu'il y ait des liens quels qu'ils soient entre le beau garçon du journal et moi ! D'ailleurs il n'est pas beau, je l'ai dit pour vous taquiner... Là-dessus, je vais vous mettre à la porte, parce qu'il faut que je me lève à sept heures...

XIV

C'étaient sans doute ces autres liens qui manquaient entre Anne-Marie et le général de Chamfort. En tout cas, il y avait bien quatre mois qu'il ne lui avait pas téléphoné. Il est vrai que le général ne venait que rarement à Paris, juste pour régler quelques affaires. Cette dernière fois, c'était pour demander audience à un ministre. Quand le général vit entrer Anne-Marie chez Mme de Fonterolles, il regretta de ne pas lui avoir téléphoné plus tôt. Il n'en dit rien, l'audience qu'il avait sollicitée était fixée pour le lendemain matin et le préoccupait. Il souhaitait être entendu, on lui avait bien proposé l'Indochine, mais il n'y tenait pas, il y avait à faire en France. Il se promit de téléphoner à Anne-Marie aussitôt après. Les femmes n'occupaient pas la première place dans la vie du général, c'était un guerrier, un homme d'action. Il avait bien été marié dans le temps, mais sa très jeune femme était morte peu de temps après le mariage, et aucune femme ne supportait la comparaison avec son souvenir, sinon avec la femme, si elle avait vécu. Le général était sévère, et exigeant avec les femmes. Il y en avait eu quelques-unes dans sa vie – le général n'avait rien d'un ermite – dont il avait distingué avec un flair très sûr la qualité dans la foule de femmes sur son chemin, sans qu'il leur permît jamais d'encombrer son chemin et sa vie. Rêver d'une femme morte lui évitait d'aimer une femme vivante. Puis il y avait eu Juliette. Le seul et unique jour passé avec elle avait effacé les souvenirs de la morte. Tout son besoin de romance et de rêve était maintenant rempli par Juliette, disparue dans le chaos des années terribles. Et même Avignon lui-même, où Célestin avait vécu cette seule et unique journée, était à jamais sanctifié par l'ombre adorable de Juliette. Mais Anne-Marie, si elle y avait jamais songé, n'aurait pas eu à être jalouse d'une femme existante. La vie de Célestin, l'occupation en Allemagne, les déplacements fréquents, l'inconfort moral dans lequel il vivait, ce changement d'altitude intérieure lui enlevaient toute disponibilité d'esprit pour prêter attention à une femme. Et, quand il lui arrivait de penser à l'amour, il pensait à Anne-Marie. Il aimait sa grâce moyenâgeuse, qui s'accommoderait si bien de longues robes collantes marquant le ventre un peu en avant, la taille mince et les seins très ronds, le haut de la gorge caché par la gorgière blanche, transparente, les belles nattes cachées sous un hennin à cornes. Il imaginait le sein rond d'Anne-Marie sortant du corsage serré, comme celui de *La Vierge à l'Enfant*, de Jean Fouquet, et il avait un désir terrible de cette douceur blanche… Il se demandait alors ce qu'elle pensait, elle, de leurs rapports. Il lui était même venu l'idée que cette discrétion pouvait être de l'indifférence. Mais le général, qui avait toujours été le maître dans ses rapports avec les femmes, glissait sur cette hypothèse stupéfiante sans s'y arrêter. Anne-Marie semblait ne pas tenir à lui, et pourtant, pourtant, comme elle aimait l'amour ! Peut-être l'homme lui importait-il peu ? « Non, se disait Célestin, je ne peux pas me tromper à ce point… » Quand il l'avait vue entrer chez Mme de Fonterolles et sourire de son sourire enfantin à Charlie, le monde immense s'était déroulé subitement autour de cette femme, et le général avait senti une sorte de choc, quelque chose qui ressemblait à une courte douleur dans une dent, juste le temps de se dire : tiens, je vais avoir une rage de dents… et puis pas du tout… Ses seins… le sein blanc de la Vierge… Mais l'audience que le général avait sollicitée était fixée pour le lendemain matin, il ne voulait penser à rien d'autre. On verrait après.

Quand il téléphona à Anne-Marie, le lendemain, tout de suite après l'audience, d'un café, son téléphone ne répondit pas. Il aurait pourtant aimé la voir, c'était encore la seule chose qu'il pût imaginer. Le téléphone faisait inlassablement : tu-tu-tu… Personne. Il rentra dans son rez-de-chaussée obscur, et là le jeune et brillant général de Chamfort se saoula la gueule, tout seul, à rouler par terre. Plusieurs fois l'image d'Anne-Marie traversa sa nuit noire : « Comment va se faire le passage du bien au mal ? disait-elle. À partir de quel moment, par exemple, être au service d'une puissance étrangère, sera-t-il considéré comme mal ? À partir de quand tuer ne sera-t-il plus un acte héroïque, mais un crime ? » L'Allemagne, l'URSS, les Alliés, la politique, les communistes, la patrie à la dérive… L'esprit de la Résistance… Il n'y avait aucune raison pour le général de démissionner, sauf qu'il aimait voir clair et qu'il n'y voyait goutte. C'était le résultat de l'audience : il ne savait plus ce qu'on voulait, où on allait… Le général de Chamfort n'était pas un politicien, c'était un guerrier. Son désespoir, son indignation, sa révolte étaient aussi grands qu'au moment de la défaite, en 1940. Mais maintenant il ne savait pas à qui s'en prendre. Pas encore du moins. Oui, il n'y voyait goutte. Même s'il ne l'avouait à personne, lui, un général, un chef. Comme il supportait très bien l'alcool, il lui en avait fallu beaucoup pour rouler sous la table.

Anne-Marie était sortie à huit heures ; le rendez-vous pour la visite de Fresnes était fixé à huit heures et demie. Les journalistes s'entassèrent dans le car. Anne-Marie ne connaissait personne parmi eux, trop neuve dans le métier. Mais elle avait à faire avec ses souvenirs. Les fenêtres de la voiture qui l'avait alors amenée à Fresnes étant complètement noircies, elle se trouvait dans une sorte de compartiment, de placard pour une personne, dans lequel elle était enserrée corps à corps avec une autre femme. Un pauvre visage tuméfié, l'odeur d'un corps depuis longtemps pas lavé. Sa main sur l'épaule d'Anne-Marie, quand celle-ci sentit quelque chose qui ressemblait à ce vide dans le corps qu'on éprouve avant le mal de mer : le premier accès de la peur… « Méprise-les bien, avait dit la femme, ça aide… » La voiture cellulaire roulait peut-être par les mêmes rues qu'avait prises le car d'aujourd'hui. « Tu es Parisienne ? Tu ne peux pas te rendre compte où on est ? avait demandé la femme. – Je ne sais pas, avait-elle répondu, ce n'est pas le pavé de Paris… » Puis la voiture s'arrêta : « Fresnes… », dit la femme quand on avait ouvert la porte… « *Schnell… schnell…* », criaient des voix.

– Anne-Marie ! dit une voix.

Anne-Marie se retourna : Petit Poucet était debout derrière elle, accroché à un portant du car, qui faisait des bonds sur les cahots de la route. Petit Poucet, un journaliste qu'elle avait connu dans la maison de Jenny, où il était un des habitués… Elle ne l'avait pas revu depuis septembre 1944, après la Libération. Il semblait toujours aussi prospère, arborait une belle cravate et un veston à carreaux sous un pardessus rutilant.

– Qu'est-ce que vous faites là, Anne-Marie, dit-il, épanoui, vous êtes devenue journaliste ? Je vous croyais dans vos îles…

Anne-Marie était contente d'avoir trouvé quelqu'un qu'elle connaissait ; elle était très intimidée par tout ce monde, à l'aise dans le métier et entre eux. Et, en plus, émue par cette reconstitution d'un passé angoissant. Il est vrai que, depuis ce premier voyage à Fresnes, elle avait, à titre d'assistante sociale, vu des prisons à plus soif. C'était même comme ça qu'elle avait réussi l'évasion de vingt prisonniers. Elle n'avait pourtant jamais pu s'habituer à l'horreur qu'est la perte de la liberté. Au-delà des souffrances physiques, des privations, des mauvais traitements, il y avait le pire : la perte de la liberté. La porte sans poignée à l'intérieur, cette première chose que les prisonniers remarquent quand la porte se ferme sur eux…

– Vous avez bonne mine, disait Poucet. Alors c'est de la photo que vous faites ? C'est bien, ça… Il faudra nous en donner… Vous avez vraiment bonne mine… Où habitez-vous maintenant ?… On se demandait avec Marie (Marie, c'était Marie Dupont, la secrétaire de Jenny) ce que vous étiez devenue… On arrive. Tout le monde descend !

Tout le monde descendait.

Anne-Marie vécut des heures bouleversantes. Heureusement qu'il y avait les photos à prendre, ce qui la distrayait de ce lourd sentiment d'angoisse. La visite était surtout consacrée au grand bâtiment pour les hommes. Le directeur de tout le service pénitencier de France s'appelait Amor, sans *t*.

– Nous avons été obligés d'autoriser les colis, disait-il, nous ne pouvons pas nous permettre d'avoir des épidémies en prison. Et les cartes de rationnement sont insuffisantes pour une alimentation normale.

– Il en a de bonnes ! fit un journaliste à côté d'Anne-Marie. Et nous, au dehors, qui donc nous enverra des colis ? Je trouve ça assez savoureux que les prisonniers soient nourris au marché noir, grâce à leur famille.

Du temps d'Anne-Marie, les pauvres colis étaient dévalisés par les gardiennes.

Le troupeau des journalistes passa par la première grille, qui se referma derrière eux. Anne-Marie sentit tout le long de la colonne vertébrale le froid du fer… L'immense prison, la prison la plus moderne de France, le plus moderne des cauchemars. Anne-Marie photographia la perspective interminable des couloirs, larges comme des rues, avec, des deux côtés des rues-couloirs, les murs d'une hauteur de cinq étages avec un balcon à chaque étage sur toute la longueur des murs, et des centaines de portes, à la place des fenêtres qu'aurait eues un vrai immeuble dans une vraie rue… Anne-Marie photographia les hauts murs avec les galeries, et les rangées des portes, et les gardiens qui déambulaient le long des galeries, à tous les étages. De temps en temps, des voix résonnaient, grandioses, comme dans une église : on appelait un prisonnier pour l'avocat. Sur une photo, on ne verrait jamais qu'une galerie à la fois, mais il ne fallait pas oublier, en la regardant, toutes les autres, et, en voyant ces portes, il fallait penser aux centaines d'autres portes. Sur les photos, on ne voyait pas non plus les hommes derrière les portes… Il n'y en avait que quatre fois plus que la prison ne devait contenir, qu'est-ce que c'était en comparant avec ce qu'il y avait pendant l'Occupation !

Les journalistes faisaient la queue pour regarder par le judas les condamnés à mort.

– Je vous en prie, disait le directeur, qu'ils ne vous entendent pas ! Vous comprenez, ils s'attendent à chaque instant à ce qu'on vienne les chercher… Je vous en prie, il est inutile de les énerver…

Anne-Marie photographia les journalistes faisant la queue, et même, prudemment, M. Amor lui-même, sans rien lui demander, pour le cas où il ne se laisserait pas faire. Poucet allait de droite et de gauche, le nez au vent, la cigarette au bec, mais pas tellement rassuré, malgré son air d'être comme chez lui. Anne-Marie photographia Poucet, l'œil au judas d'une cellule.

Des préaux, on pouvait voir des centaines de visages collés aux vitres des second et troisième étages, et qui regardaient ces gens massés sur la galerie au-dessus des préaux… Des hommes jeunes, bien portants et goguenards.

– Ceux-là, quand ils sortiront, on n'aura qu'à se tenir ! dit quelqu'un.

Anne-Marie grelottait dans son manteau de fourrure par-dessus une chaude robe de laine, la température de la prison était intolérable. Mais elle n'allait pas s'attendrir sur ces hommes coupables de bien d'autres choses que d'avoir fait grelotter les gens. L'herbe des préaux, toute jaune, l'herbe entre les pierres, l'herbe classique de la prison… Il n'y avait pas d'oiseaux… La grande chapelle toute nue, avec des sortes de guérites en bois, ou plutôt d'armoires parce que fermées des quatre côtés avec juste une fente à la hauteur des yeux d'un homme debout, étaient disposées en rangs serrés, par gradins.

Au temps où Fresnes était une prison cellulaire, on amenait ici les prisonniers la tête cachée dans une cagoule. Maintenant la cagoule n'avait plus de sens et était remplacée par ces armoires où l'on mettait les prisonniers un par un. Anne-Marie photographia une porte d'armoire de l'intérieur, couverte d'inscriptions ; l'intérieur entier de toutes les armoires était ainsi tapissé d'inscriptions. Le trop-plein des cœurs tourmentés, messages pour l'inconnu qui viendrait après, la bouteille à la mer, le besoin de dire ce qu'on sent à d'autres, le remède désespéré à la solitude… On était loin des cœurs taillés dans l'écorce des arbres, même si cœurs il y avait, et des inscriptions gravées par les mains de touristes sur les murs des grottes…

Le troupeau des journalistes fut admis dans le bâtiment des femmes. Ils commençaient à en avoir assez.

« On veut surtout voir s'il y en a des gentilles », dit l'un des journalistes. Ce n'était pas du cynisme, c'était pire… Anne-Marie espéra, pour le journal que représentait ce journaliste, qu'il s'y occupait de la Bourse, par exemple… Elle eut envie de photographier son jeune visage un peu bouffi, pas laid avec les cheveux plats qui auraient eu sérieusement besoin d'une coupe et lui tombaient bas dans la nuque, sur le col sale d'un imperméable. Il ne devait pas avoir chaud avec ça, le pauvre, il allait et venait, les mains dans les poches, regardant par les judas… Était-elle *gentille*, cette condamnée à mort qui se mouvait lentement, seule dans sa cellule rangée comme avant un départ, comme si la femme allait prendre le train ? Une cellule déjà vide malgré la femme en noir, absente déjà, une ombre épouvantable, une femme qui avait donné son fils à la Gestapo, son fils qui avait été fusillé… Dans cette cellule, entassée avec d'autres femmes, Anne-Marie avait passé ses dix-sept petites journées. Le souvenir de Marguerite lui revint avec une acuité affreuse… Jamais elle n'avait rencontré chez les vivants, dans le monde des gens libres, une femme comme Marguerite. Le courage, la volonté, la bonté… Condamnée à mort, puis déportée en Allemagne. Anne-Marie avait vu son avocat, il y avait eu un moment d'espoir, mais il n'y a pas de miracle… Anne-Marie photographia la porte de sa cellule :

– C'était la mienne… dit-elle à Poucet, qui la regarda avec une crainte admirative et décida en lui-même de faire son article là-dessus. Les autres ne connaissaient pas Anne-Marie, ça tombait très bien. Il se mit à interviewer Anne-Marie sur sa vie en prison…

– Vous semblez tout chose, Poucet, dit-elle en souriant. Pourtant, pendant ces dernières années, on nous a tellement familiarisés avec la prison… Tout le monde jouait à cache-cache, il était normal de se faire prendre de temps en temps.

– Si on peut parler de familiarité avec la mort ou la lèpre… Ça me fait un effet ces grilles et ces portes fermées ! Il y a des gens qui s'évanouissent à la vue du sang ; moi, c'est ces trucs-là qui me tombent sur l'estomac. Poucet était tout pâle… Alors, vous dites qu'on vous levait à… Je ne veux pas sortir mon carnet, ils vous tomberaient tous dessus… Vous avez remarqué qu'au lieu d'aller là où il n'y a personne, pour trouver une petite chose que les autres n'auraient pas vue, ils se bousculent pour surtout ne pas rater ce que tout le monde a vu… Vous avez vu les fous, dans l'autre bâtiment ? En cellule, la même chose que les autres ! Il y en a un qui a peur du maquis, il a des yeux, ma chère, des yeux !… Ils sont devenus fous ici, je comprends ça… Et vous avez remarqué les portes démolies ? Ce sont les fous qui ont fait ça, c'est tout lézardé, ces murs, c'est du carton-pâte, du papier mâché, des petites portes de rien du tout ! Si tout le monde était devenu fou furieux là-dedans, tout le monde serait sorti. Ces serrures, c'est gros, mais c'est pas sérieux, du Moyen Âge…

– C'est pas comme ça, dit Anne-Marie. Et puis la mitraillette n'était pas pour les chiens, elle était pour nous…

– Oui… Poucet, contrarié dans ses plans d'évasion, se tut… Alors, vous disiez qu'on vous levait à quelle heure ? Je vais aller demander, après, comment cela se passe aujourd'hui.

– Cht-t-t, fit le directeur, pas de bruit devant les cellules des condamnées à mort…

Les journalistes en avaient visiblement assez de la visite.

– Il commence à faire faim, dit un vieux qui ressemblait à un journal froissé qui aurait traîné avec le charbon, pour allumer le feu…

Un groupe, à la porte, attendait. Ils avaient les mains dans les poches et leurs visages étaient crispés de froid. Il y eut discussion : était-ce vraiment utile d'aller vers les cuisines, la boulangerie ?… On s'y réchaufferait avant de partir.

Dans le car du retour, on attendait avec impatience Paris, le centre de la ville. Poucet, assis à côté d'Anne-Marie, rêvait d'un grand verre d'alcool. En somme, l'humanité se divisait en deux : les gens dans les cellules, les gens hors des cellules. On essaye de se mettre dedans, c'est le cas de le dire, on se garde les uns les autres.

– Tu parles de rapports humains, entre êtres humains…

Poucet semblait déprimé, Anne-Marie l'était très certainement. Poucet avait raison : « Tu parles de rapports humains… » Poucet avait peur. Et c'était vrai, on en avait tellement vu, tellement entendu qu'on avait maintenant ce poison dans le sang… Dans la rue, au regard venant de l'au-delà, en reconnaissant un revenant des bagnes allemands, et, quand l'ombre descendait sur la ville, un camion arrêté, un bouquet d'arbres prenait la forme d'un charnier, en plein Paris… Les hommes bien vivants, allant et venant à leurs affaires, apparaissaient subitement en cadavres, le torse bombé au-dessus du ventre creux, le sexe énorme, et les cuisses pas plus grosses qu'un manche à balai… On a beau faire de la photo, rester au chaud, s'intéresser à ses robes, faire l'amour, on n'y échappe pas…

Chez elle, les escaliers parurent à Anne-Marie interminables. La bonne chaleur de l'appartement, enfin ! Il était tout écaillé, d'un goût qui n'était certes pas le sien, mais Anne-Marie y était tout de même chez elle. C'est bon d'avoir un chez soi. Deux heures passées, et elle n'avait encore rien mangé. Anne-Marie ramassa le courrier glissé sous la porte et alla s'installer dans la petite cuisine. Le soleil était en train de faire fondre le gris glacé autour de lui, si bien que l'eau bleue du ciel apparut, juste en face de la fenêtre de la cuisine, et le soleil put traverser les rideaux à petits carreaux bleus et blancs. Le café passait dans la cafetière au bec cassé et sentait bon… Anne-Marie s'assit dans un vieux petit fauteuil d'osier et commença à ouvrir son courrier. Elle n'aimait pas les lettres, elle s'en méfiait, le courrier est une source, une mine d'ennuis. Chacune, d'où qu'elle vînt, pouvait contenir une mauvaise nouvelle des îles, une catastrophe. Cette fois encore, une des lettres lui apportait une grave contrariété : la personne par laquelle elle avait eu l'appartement lui faisait savoir que l'Américaine, sa propriétaire, allait arriver à Paris incessamment et voulait reprendre son logis. Anne-Marie regarda autour d'elle – les petits rideaux à carreaux, les assiettes jaunes, ébréchées, et les pots d'étain sur le rayon autour de la cuisine, les vieilles casseroles cabossées et le fourneau à gaz avec une hotte, comme si elle abritait un gros feu de bois… Elle s'y était habituée… Et déjà l'appartement se retirait, lui tournait le dos comme à une étrangère. Quel droit avait-elle de juger ceci ou cela laid, ridicule, elle était chez les autres, elle violait leur intimité, elle n'avait qu'à ne pas regarder par le trou de la serrure et laisser chacun être heureux à sa façon, chez soi. Il faudrait aller à l'hôtel… Ça serait difficile, à l'hôtel, d'aménager un endroit pour développer et tirer les photos. Il y avait des années et des années qu'elle n'avait plus un endroit à elle. Son vrai chez elle avait été rue de Rennes. Le salon d'attente de François était en tubes métalliques et bandes de cuir, c'était comme ça qu'il l'avait voulu, mais le reste de l'appartement était meublé avec de vieux meubles de famille qui venaient à Anne-Marie de ses grands-parents. Son grand-père avait été médecin de campagne, en Dordogne, où il possédait dans un village une petite maison verte de lierre, entourée d'un jardin potager. Les meubles de la rue de Rennes avaient été vendus très chers à un antiquaire du Faubourg Saint-Honoré, au moment du départ pour les colonies. Et, quand les grands-parents et les parents d'Anne-Marie étaient morts – il s'en passe des choses en dix ans ! – François avait insisté pour qu'on vendît la petite maison. Ce n'était pas la peine de la garder pour qu'elle pourrisse toute seule, inhabitée. Et Anne-Marie se disait que, pour ce qui était d'elle, elle aurait été seule même s'il n'y avait pas eu la guerre. Elle n'était pas veuve de guerre, juste une divorcée de guerre, pour ainsi dire, une veuve moralement ; elle n'était pas une sinistrée, elle n'avait pas été dans un camp, et, comme souvenir de guerre, elle avait juste ces vilaines cicatrices à la jambe gauche. De quoi se plaignait-elle ? Elle avait même gardé sa jambe, quand normalement elle aurait dû la perdre, avec la gangrène qui s'y était mise... Elle n'avait pas gardé Raoul, se chuchotait-elle à elle-même, mais Raoul vivant aurait-il continué à être quelque chose d'autre qu'un garçon qui plaît aux femmes ? C'étaient les circonstances qui l'avaient hissé au-dessus de lui-même... Anne-Marie restait dans son fauteuil comme si elle attendait quelque chose, quelqu'un ; elle n'attendait personne, elle se raisonnait, il ne fallait pas qu'elle sombrât, comme à son arrivée à Paris. Ça tombait mal, cette lettre qui la mettait à la porte, juste quand elle était en un état de moindre résistance, à cause de cette visite à Fresnes. Anne-Marie se leva pour téléphoner à Jacquot ; il n'y avait que lui à qui elle pouvait demander de l'aider.

Jacquot dit qu'il allait essayer de lui trouver quelque chose dans les appartements qui avaient été pris par les Boches ou leurs favoris. Ce n'était pas la peine qu'elle recommençât avec un appartement meublé, ça lui coûtait les yeux de la tête, et il lui fallait tout de même, au bout du compte, quelque chose de vraiment à elle. Il n'y avait pas de raison qu'elle continuât à vivre dans le provisoire. C'était même pour le mieux qu'on la mettait à la porte, elle n'aurait sans ça jamais eu le courage de chercher autre chose, elle devenait bohème ! Oui, oui, il chercherait pour elle dans les appartements réquisitionnés, pour qu'on ne lui fasse pas payer un pas-de-porte et des reprises scandaleuses… La voix tranquille et posée de Jacquot mettait du baume sur ses plaies. Avait-elle un peu de temps devant elle ? Un mois ? Mais c'était plus qu'il ne fallait !… Anne-Marie posa le récepteur, rassérénée, le cœur plein de reconnaissance pour l'ami qui était toujours là quand ça n'allait pas. Elle alla s'occuper de sa bobine. La photo était une magie à laquelle elle ne s'habituait pas : voir apparaître les fidèles images, une pleine volière de choses vues et qui ne peuvent plus s'évanouir, Fresnes ramené chez elle, entre ses mains… Elle passa toute la journée dans le cagibi noir sans plus penser à autre chose qu'à son travail.

XV

Après sa saoulographie, le général de Chamfort attendit quarante-huit heures avant de téléphoner à Anne-Marie. La veille, il lui avait envoyé un véritable buisson d'azalées. Il songea qu'elle pouvait ne pas être libre. Elle pouvait ne pas être libre plus gravement, qui sait ce qui s'était passé pendant ces quatre mois. Elle avait peut-être pris un amant ou dix... Elle n'allait pas l'attendre comme Pénélope, elle n'était pas sa femme... Mais Anne-Marie accepta de le voir sans faire de manières et le suivit très simplement dans son rez-de-chaussée :

– Pourquoi voulez-vous que je boude mon plaisir ? dit-elle, quand Célestin lui avoua ce qu'il avait craint. En fait, elle lui faisait savoir qu'elle venait pour son plaisir et rien d'autre.

Les seins, le sein blanc... Le radiateur à gaz sifflait, le petit lustre à bougies électriques, dont presque toutes les ampoules étaient grillées, donnait une faible lumière rougeâtre encore tamisée par les rideaux de faille tirés devant l'alcôve. Et, le lendemain matin, ce n'était même pas la peine d'ouvrir les volets sur le jardinet, où les squelettes d'arbres barraient la route à un jour sans force. Célestin s'était levé pour allumer l'électricité et le gaz :

– Je vous reçois bien mal, ma pauvre amie...

Anne-Marie sommeillait. Elle ne devait être chez elle qu'après le déjeuner, elle avait le temps. Les yeux mi-clos, elle voyait Célestin aller et venir, beau malgré l'accoutrement, les pantoufles, les lacets de la culotte de cheval pendant sur les mollets... Il s'était donné un coup de peigne, et ses cheveux noirs, à peine striés de quelques cheveux blancs, suivaient avec précision la forme de la tête. Son visage étroit était encore aminci par le bleu de la barbe. Il avait des lèvres minces et dures, un nez aquilin et des yeux obliques et fixes, au regard bondissant, qui étaient ce qui attirait en lui Anne-Marie, mystérieusement, comme sont toutes les raisons de l'attrait amoureux. C'était un homme, mais qui avait encore peut-être les ailes noires de l'ange déchu. Il était beau.

– Si vous vouliez me faire l'honneur de venir passer quelque temps dans la propriété de ma mère, dit-il, déjà botté, boutonnant sa vareuse, vous pourriez au moins y manger correctement. La demeure est vieille et assez délabrée... aucun confort... mais le pays est merveilleusement beau, et comme fait pour vous. Je vous y vois dans une longue robe sans ornements, un grand manteau tombant de vos épaules et, derrière vous, ce paysage vallonné, cette terre où la vigne et la terre inculte, avec un taillis clairsemé de chênes verts, se succèdent, sous un ciel d'un bleu fixe... Célestin s'approcha du lit et regarda de toute sa hauteur Anne-Marie: Votre visage effrayant de pureté... Venez... Ma vieille mère est paralysée, vous ne la verrez jamais... Il y a de vieux domestiques... Venez dès les beaux jours, je crains pour vous l'hiver, le mistral qui bouleverse même ceux qui y sont habitués, la neige qui parfois y tombe, une dérision dans ce pays de soleil. Mais quand les amandiers deviennent roses... Vous voulez? Célestin se pencha sur Anne-Marie : Vous voulez bien de moi?

– Les amandiers en fleurs sont encore loin, dit Anne-Marie, et elle tint ouverts ses grands yeux gris sous les siens. Moi aussi, je vous vois très bien dans la garrigue, avec le vent, le silence et personne... Anne-Marie ferma les yeux, et la fatigue se posa sur elle comme une couche de poussière: J'aime mieux qu'il n'y ait personne, quand vraiment il n'y a personne, que quand il y a plein de gens et qu'il n'y a personne tout de même.

– Nous sommes des solitaires, fit Célestin, et, au lieu de partir, il s'assit sur le lit.

Anne-Marie ne répondit pas. Si Célestin croit que la solitude est un état romanesque, ou une pose dans laquelle on se drape… La solitude est une infirmité, voilà ce que c'est, on devient seule comme on devient impotente. Aujourd'hui, les hommes se sentent seuls parce que, après la chaleur humaine de ces dernières années, le froid glacial de l'indifférence est arrivé comme un trop brusque changement de saison. Ils n'avaient pas cherché la solitude, ceux-là, au contraire, elle était venue comme un grand malheur. Doublement seuls étaient ceux qui ont doublement perdu les leurs : la famille humaine et la leur. Personne, il n'y avait personne… Anne-Marie sentit monter les larmes et fit un effort désespéré pour ne pas pleurer. Non, pas devant Célestin… Ah ! si elle avait eu la cruauté d'un homme, la cruauté de Célestin dans le château de cauchemar, en Allemagne, quand il avait dit : « Le ciel au-dessus d'Avignon… », comme on prononce le nom d'une femme, dans les bras d'une autre… Si elle avait eu sa cruauté inutile, elle lui aurait dit ce qu'elle pensait des nuits d'amour avec lui… Pauvre Célestin ! Non, elle n'allait pas pleurer devant cet étranger.

Célestin, prêt à partir, avec sa canadienne sur le dos, disait :

– Ne vous pressez surtout pas, prenez tout votre temps… Personne ne viendra ici avant demain, et encore… En partant, vous n'aurez qu'à tirer la porte. Mais n'oubliez rien, je prends le train tout à l'heure, et il y a juste la femme de ménage qui a la clef, et elle viendra n'importe quand…

Il s'approcha encore une fois du lit :

– Il ne faut pas que je vous embrasse, je ne partirais plus…

Il porta les doigts à son képi.

Anne-Marie entrevit le jour gris, derrière les persiennes en fer que Célestin pliait pour sortir. Il tira la porte derrière lui, repoussa les volets… Anne-Marie sauta du lit, donna un tour de clef et courut vite se recoucher. Comme elle était bien cachée ici d'un monde qui ne la cherchait nullement ! Le sentiment de sa parfaite inutilité lui remplit le corps. Cette vie qu'elle se fabriquait, et qu'elle espérait devenir plus forte qu'elle, s'imposer, commander, dicter… Il n'y avait pas à faire l'autruche, elle était libre, libre à n'importe quel moment d'arrêter le tout, ne pas se lever, ne pas aller au rendez-vous, ne plus faire de photos. Il n'y avait aucune nécessité intérieure ou extérieure qui la forcerait de continuer… Elle ne continuait que par un sens du devoir… Mais vis-à-vis de qui, de quoi ?… Pourquoi mettait-elle des ronds de liège sous la théière, pour ne pas abîmer la table de l'Américaine, pourquoi astiquait-elle les casseroles, pourquoi se lavait-elle même si l'eau gelait dans la cuvette, pourquoi était-elle à l'heure à ses rendez-vous, pourquoi faisait-elle de la photo avec une application exemplaire, se donnait-elle un tel mal ? Un sens du devoir, devant qui, devant quoi ? Elle savait bien pourtant qu'elle pouvait arrêter le tout, sans que cela dérangeât qui que ce fût. Mais que pouvait-elle faire d'autre que de continuer ? Se tuer ?… Comme Jenny. Il y avait six ans que Jenny était morte. Non, elle n'allait pas pleurer. Elle se rappela avec une netteté effrayante cette manifestation du 14 juillet où elle avait été avec Jenny, et c'était la première fois qu'elle allait à une manifestation. Les gens, au passage, criaient : « Vive Jenny Borghèze ! » Dans le groupe avec lequel elles étaient, on venait saluer Jenny avec déférence, et on allait rire et bavarder entre soi. Anne-Marie se rappelait si bien comme elle avait demandé à Jenny : « Il n'y a pas un groupe avec lequel nous pourrions marcher, un groupe que tu connaîtrais mieux ? » Jenny avait d'abord paru fâchée, et puis elle lui avait dit doucement : « Il n'y a pas d'autre groupe, il n'y a pas de groupe pour des gens comme moi, ma chérie… » Oh ! la voix de Jenny qui disait : « Ma chérie… » Il y avait six ans qu'elle était morte. Morte parce qu'elle n'avait pas de groupe. Non, il ne faut pas pleurer… Jenny !… Mais elle, elle n'était pas Jenny, elle n'était qu'un soldat de deuxième classe… Alors pourquoi n'existait-il pas de groupe pour elle? Jacquot pouvait dire ce qu'il voulait, elle savait ce qui l'attendait si elle allait à une réunion de femmes, par exemple... On dirait d'elle « notre amie », on serait très gentil, et elle serait plus seule que seule... « Que vous est-il arrivé, Ammamie, disait Jacquot, d'où vous viennent cette mollesse, cette indifférence? » D'où ça venait? Se battre contre les Boches était facile, normal, on ne risquait que sa vie... Mais déjà alors il ne fallait pas sortir du milieu des combattants, il suffisait d'approcher la grande masse inerte pour avoir bras et jambes coupés. Est-ce utile de verser aux gens le bonheur de force? Pourquoi ne veulent-ils pas de ce bonheur? Ça serait si simple s'ils le voulaient, l'ordure serait balayée rapidement, proprement. Mais le ménage du monde est comme celui d'un logement: il faut recommencer tous les jours. Et tous ceux qui l'habitent ne feraient pas tant que de se soulever de leur siège pour faciliter le nettoyage, c'est à peine s'ils permettent de balayer autour... Eh bien! s'ils veulent vivre dans la saleté... Inutile pour inutile, Anne-Marie aimait mieux ne pas affronter ce monde qui lui était étranger et dans lequel Jacquot essayait de l'entraîner. « Je ne vous comprends pas, disait Jacquot – et c'était vrai, il ne comprenait vraiment pas, – il n'y a rien de changé depuis la défaite de l'Allemagne. Nous sommes en guerre, enfin, Anne-Marie, c'est aussi visible qu'une armée, que des bombes! » À qui le disait-il, elle le savait, elle le voyait! C'était même exactement pour ça, devant l'immensité de l'échec, qu'elle n'en pouvait plus. Elle n'était pas comme ces femmes qui, à peine revenues des camps allemands, se jetaient dans le travail pour lequel elles y étaient allées... Mais elles, elles étaient un groupe... Anne-Marie n'avait pas de groupe, elle était seule.

Malgré le gaz qui continuait à siffler, Anne-Marie commençait à avoir froid. Allons, il faut se lever, il ne doit pas être loin de midi. Ça ne fait rien, les nuits d'amour ne lui réussissaient pas !

XVI

Jacquot avait tenu sa promesse, il tenait toujours ses promesses. Il n'y avait pas huit jours depuis la malheureuse lettre lui donnant congé que Jacquot venait chercher Anne-Marie pour visiter un appartement : un record, quand on pense à l'absence totale d'appartements libres à Paris. Jacquot avait revêtu son uniforme de colonel pour impressionner la concierge. Le locataire était un fieffé collaborateur ; il s'était arrangé avec la concierge, qui en était une autre. Mais, finalement, il avait eu peur de rentrer dans son quartier où on le connaissait trop bien. L'appartement était vide. C'était un vieil immeuble dans une de ces rues étroites, pas loin du Théâtre-Français, le quartier aristocratique de Paris au XVIIIe siècle. Les hôtels particuliers d'autrefois sont maintenant occupés par des commerces divers, bureaux et dépôts de marchandises. Les façades qui auraient besoin d'être ravalées font penser aux punaises, malgré leurs hautes fenêtres et les porches majestueux. Quand, parmi ces façades écaillées, poussiéreuses, il s'en trouve une qui est remise à neuf, elle a d'habitude tous ses volets clos, et c'est en effet une maison close ; par contre, quelques rez-de-chaussée revêtus de marbre, d'aluminium, de tubes lumineux, sont « ouverts la nuit » : cabarets, boîtes de nuit, tombés dans ce vieux quartier comme un paquet de Lucky Strike dans sa couverture brillante de cellophane. Et on se demande ce que font là-dedans la petite épicerie, la teinturerie, le bougnat d'un paisible quartier petit-bourgeois… Ces rues donnant sur l'avenue de l'Opéra ressemblent à une cachette à la façon de « la lettre volée », si évidente qu'on ne la voit plus.

La concierge, grosse et rouge de teint, souriait d'un air niais et n'était pas très pressée de donner la clef. Elle finit par s'exécuter, mais les suivit dans l'escalier, sans rien dire. Un large escalier de pierre, avec une fort belle rampe, le tout dans un état de saleté remarquable. Les murs étaient couverts de croix gammées à la craie et au charbon et de dessins obscènes avec légendes.

– Vous ne lavez *jamais* l'escalier, madame ? demanda le colonel Voiron.

– Oh ! non ! monsieur, pensez-vous, à moi seule, avec le monde qui y passe !…

L'appartement était au bel étage : quatre vastes pièces d'une hauteur majestueuse, vides, sauf pour les tapis cloués, des rayonnages, un coffre-fort, un immense buffet, un piano à queue…

– Trop lourd, hein ? dit le colonel Voiron à la concierge, pas pu les déménager, ces choses ?

La concierge souriait, niaise. Les vitres étaient sales comme le jour…

– C'est un très bel appartement, dit Jacquot, à condition évidemment de tout repeindre, de remettre à neuf… Ces cochons vivaient comme des cochons…

Anne-Marie était écrasée :

– Et les meubles, dit-elle, où vais-je prendre des meubles ?

– Vous vendrez un bijou et vous achèterez des meubles… Il y a des formalités avec le Domaine pour les meubles, mais j'espère pouvoir arranger ça…

Anne-Marie, le cœur serré, descendait le grand escalier sale, avec les murs ignobles. Il fallait trop d'enthousiasme pour se lancer dans cette installation, elle en avait le vertige, et le désir de tout laisser tomber, qu'elle n'exprimait pas à cause de Jacquot, du mal qu'il se donnait…

– Alors, madame la concierge, disait-il à la porte de la loge, d'où il venait une chaude vapeur de lessive. Alors? est-il enfin arrêté, le locataire de l'appartement? Vous avez été convoquée au commissariat, n'est-ce pas?

– Oui, mon colonel – elle savait compter les galons, celle-là, malgré son air niais… M. le commissaire m'a dit comme ça qu'il n'y avait pas de preuves écrites.

Jacquot ne dit rien… La concierge les accompagna jusqu'à la porte et les suivait du regard dans la rue.

– Quel fumier!… Jacquot était morose. Pas de preuves écrites! Si c'était un homme de lettres, je comprendrais qu'on demande des preuves écrites, mais pour un industriel!… Il y a dix témoignages qui prouvent son appartenance à la Cagoule, et d'un… Mais il paraît que la Cagoule est très bien portée maintenant, si j'ose dire, il y a des résistants-cagoulards… Mais ce salopard travaillait avec les Boches à plein rendement! Pas de preuves écrites!

– Qu'est-ce que c'est que la Cagoule?

– Vous voyez comment vous êtes, Ammamie! Vous êtes aussi sotte que la dame qui demande ce que c'est que les FTP!… Il y a eu une éclaircie pendant la guerre, mais tout ce qui est avant et après la guerre proprement dite, c'est pour vous de l'hébreu! La Cagoule, madame, c'est une organisation terroriste d'avant-guerre qu'on dit avoir été subventionnée par les Allemands. Leur but était le renversement de la République. Les cagoulards, qui sont pour la plupart de gros industriels, des polytechniciens, constituaient des dépôts d'armes, organisaient des attentats, des provocations… Si vous vous rappelez, avant la guerre, il y a eu l'attentat près de l'Étoile, une maison qui a sauté…

– Vous n'êtes pas juste, dit Anne-Marie, je n'ai pas été en France avant-guerre…

– Ce sont des circonstances atténuantes, c'est vrai… Pendant et après la guerre, c'est le BCRA qui est devenu le refuge des cagoulards…

– Vous pouvez me traiter de tous les noms, mais je voudrais savoir comment ça se déchiffre, le BCRA...

– Bureau de contre-espionnage, de renseignements et d'action militaire, installé à Londres pendant la guerre et comprenant les agents secrets de de Gaulle... Et vous en entendrez encore parler ! Là-dessus, je vous quitte, Ammamie... Vous allez voir, ça ira très bien, vous serez installée rapidement, et je viendrai vous ennuyer aussi souvent que possible. Au fond, je voudrais que vous soyez installée, d'un point de vue égoïste...

Jacquot descendit l'escalier du métro Palais-Royal, Anne-Marie continua à pied, traversa la cour du Louvre. Elle était pressée de rentrer, de trouver un peu de chaleur, d'oublier ces grandes pièces vides. Il en avait de bonnes, Jacquot... Mon Dieu, avec cette température, elle ne pouvait penser à rien d'autre qu'à ses membres gelés.

Elle sentit de la tendresse pour cet escalier désert que bientôt elle ne monterait plus. Elle ne mettrait plus la clef dans la serrure qui résiste un peu. C'était déjà du passé. En attendant, il fallait profiter de cette merveilleuse chaleur. Elle enleva dans la petite entrée son imperméable trempé, ses bottes en caoutchouc, et n'eut pas le temps d'aller plus loin que la clochette de la porte tinta... Si elle n'ouvrait pas ? Elle avait du travail, elle était fatiguée. Mais elle n'osa pas, il faut du courage pour ne pas ouvrir quand on sonne, Anne-Marie, résignée, ouvrit : c'était Mme Doyen, elle avait cette manière, dangereuse pour ses prochains, de venir sans s'annoncer.

– Je viens de rentrer moi-même, dit Anne-Marie, avec un sourire de bienvenue, on va se réchauffer avec une tasse de thé. Le temps que l'eau bouille, installez-vous, madame, vous connaissez le chemin...

Anne-Marie alla à la cuisine, mit l'eau à bouillir, prépara le plateau. Elle n'avait qu'une envie, c'était de se coucher, de dormir, d'oublier... Que voulait-elle oublier, au juste ?

– Madame Bellanger, criait Mme Doyen du salon, est-ce que je peux vous aider ? J'ai juste un moment, je me passerais bien du thé...

Elle disait ça, mais Anne-Marie la savait gourmande et pas très gâtée chez elle. Elle regretta de ne pas avoir à lui offrir mieux que des tartines au miel. La lingère exagérait, Anne-Marie était obligée de faire attention à ses dépenses.

– Mais c'est somptueux ! s'exclama Mme Doyen. Ma pauvre enfant, je suis montée chez vous pour ne pas éclater de rage. Je viens chez vous tout droit de chez Edmonde, vous savez, la comtesse Edmonde Mastre... Je sais bien que je ne devrais pas y aller, parce qu'à chaque fois j'attrape une crise de foie, c'est de ma faute, avec ma manière d'aller chez les gens sans les prévenir... J'ai l'air de vouloir les surprendre. Et, en effet, j'ai surpris chez cette coquine d'Edmonde – il faut vous dire que je la connais depuis le temps où on lui voyait encore sa culotte... – il y avait chez elle, tout à l'heure, M. X..., de *La Gerbe*, et le chirurgien de la Faculté de médecine, qui vient de sortir de prison, et un personnage dont on ne m'a pas dit le nom, à moins que je ne l'aie pas entendu, et qui sort tout droit d'un camp... Mais pas d'un camp de gens honnêtes, d'un camp pour les collaborateurs ! Il y a été envoyé à cause d'une regrettable erreur, paraît-il... Il en est sorti, et il racontait, racontait des histoires à vous faire dresser les cheveux sur la tête ! Des jeunes filles de bonne famille à côté de prostituées, sur la même paillasse... des hommes qu'on torture, qu'on met pendant des heures à genoux sur du gravier pour leur faire avouer. Pendant que se passent toutes ces choses, une rumeur circule dans le camp que les FTP qui les gardent vont fusiller tous les hommes valides ! En attendant, ils tiraient, paraît-il, dans les fenêtres des baraques. Heureusement qu'il y avait de braves gardiens, les mêmes qui étaient là avant, du temps des Boches – je ne sais pas si vous me comprenez bien, madame, les mêmes que du temps des Boches... Ces braves gardiens prévenaient les détenus à chaque fois que les

FTP s'apprêtaient à tirer ! Tout ça est, bien entendu, organisé par les communistes, au camp, tout le monde le savait. « Les gardiens *nous* prévenaient à chaque fois que les autres devaient tirer, ils *nous* prévenaient », disait ce personnage qui y est allé par erreur… Je lui ai dit : « Qui ça, *nous*, monsieur ? Si vous, vous y êtes allé par erreur, les autres y étaient bien pour collaboration, parce qu'ils ont donné ou torturé des patriotes, des Français français ? Et vous dites *nous* ? » Il était gêné et il me dit : « Quand on souffre ensemble, madame, il n'y a pas de collaborateur qui tienne… » Alors je lui ai demandé s'il dirait *nous*, s'étant trouvé avec des droits communs. Savez-vous ce qu'il m'a répondu ? « Non, madame, les droits communs ne sont pas de mon milieu, ils ne souffrent pas de la même façon… » Monstrueux, ne trouvez-vous pas ? – Mme Doyen était absolument hors d'elle. – Alors je lui ai dit : « Les FTP non plus ne sont pas de votre milieu, ni du mien, et pourtant je dis *nous* en parlant d'eux et de moi et je ne dis pas *nous* pour vous et pour moi ; pour vous, je dis *eux*. Ce n'était peut-être pas fameux dans votre camp, et c'est bien regrettable qu'on fasse garder des nazis par des nazis. Je ne sais pas si je vous ai bien compris, et laissez, je vous en prie, toutes ces histoires de communistes qui font fusiller les pauvres types ; les communistes je leur tire mon chapeau – celui de Mme Doyen dansait sur sa tête – mais tout ce qui peut s'y passer dans votre camp, c'est un jeu d'enfants, un petit jeu de société en comparaison avec Buchenwald ou Auschwitz !… » Il ne pipait plus, je vous promets. Mais le monsieur de *La Gerbe* a failli éclater de rage, il s'est mis à hurler que tout, tout était de la faute des communistes. Je croyais, tellement il avait perdu la boule, qu'il allait dire : « *Nous* avons perdu la guerre à cause des communistes », et encore une fois *nous*, c'étaient les Boches et lui, le gerbiste ! « Mais dites-le donc, monsieur, dites-le donc ! », ai-je hurlé plus fort que lui… Edmonde a essayé d'intervenir mais *La Gerbe* avait perdu les leviers de commande, il m'injuriait : on aurait le communisme en France, et c'était bien fait pour moi, c'est des irresponsables dans mon genre qu'il faudrait interner, qui facilitaient le jeu des communistes… En somme, c'étaient les irresponsables qui étaient responsables ! Un imbécile… Je lui ai dit au nez que les Boches m'avaient brûlé mon château, une merveille du XVIe siècle, et le pain de mes enfants, et que les FTP s'étaient battus comme des lions, pendant que lui était quelque part à l'abri. « Où avez-vous été, monsieur, pendant qu'on se battait ? Où, où ? » Il m'a répondu noblement qu'il faisait son devoir de Français. Je ne me connaissais plus : « De traître, monsieur, de traître ! Et si nous n'avions pas un gouvernement de nouilles, vous seriez en prison, et pas par erreur, je vous prie de croire, pas par erreur. » L'autre, celui du camp, était blême, de peur, pas de rage. Je suis sûre qu'il s'attend maintenant à être arrêté d'un moment à l'autre… Si je le pouvais, si je pouvais les y fourrer tous ! Vous n'allez pas chez ces gens, vous n'avez pas idée de ce qui s'y passe… Les pétainistes sont de la petite bière, ce sont des nazis bon teint ! Tous ces procès ! On se paye notre tête… Qu'est-ce qu'on va devenir ! Pauvre France !…

Ce n'était pas le château de Mme Doyen qui avait brûlé, c'était son cœur… Le jeune frère aviateur carbonisé dans son appareil en 1943, un autre frère déporté, pris au moment où il était descendu avec son parachute, et il n'était jamais revenu… Mais il n'y avait pas que la famille, il y avait l'immensité des camps, des prisons, des batailles… Mme Doyen, la dame patronnesse d'autrefois, qui l'aurait reconnue dans cette femme désordonnée et dont le tempérament jaillit comme une source sur laquelle on serait tombé en bouleversant la terre. La fin de la guerre, non seulement n'avait pas atténué cette passion, mais elle l'avait aggravée. Mme Doyen, elle, savait que la guerre n'était pas finie, et elle entendait ne pas laisser faire, se battre avec les dents, les ongles ; elle n'acceptait pas, de toute la générosité, de toute la pureté de son cœur…

Anne-Marie écoutait, et essayait tant qu'elle pouvait de mettre en déroute sa propre raison. La grande déception pesait lourdement sur le monde, elle le voyait, le savait, elle ne voyait même que ça, mais elle essayait de ne pas voir l'enchaînement des choses, elle ne voulait pas reconnaître l'ennemi qui, tous les jours, montrait le bout de l'oreille et, d'après ce bout, il était facile de le reconnaître... Non, elle ne voulait pas désespérer, voir partout le spectre nazi, systématiser... Elle ne voulait pas sombrer définitivement dans le pessimisme noir.

– J'ai rencontré l'autre jour la comtesse Mastre chez Mme de Fonterolles, dit-elle. Elle m'a dit sur tous les tons qu'elle avait tant envie de me voir chez elle, de me parler ! Je ne sais pas du tout pourquoi toute cette amabilité, elle ne me connaît pas.

– Anne-Marie, vous n'êtes pas une enfant ! Mais parce que vous avez la croix de la Libération, que vous êtes une héroïne de la Résistance, sans vous en rendre compte ! C'est pour se blanchir, c'est pour se blanchir qu'elle veut vous attirer chez elle !

Anne-Marie se sentait très bête :

– Elle voulait que je vienne dîner, mais il n'y a encore rien de fait. Elle m'a parlé de la semaine prochaine, un dîner juste avec Philippe de Chamfort et Yves de Fonterolles... J'ai pensé que si le général y allait...

– Elle a dû dire au général que vous y serez ! Je la connais, je vous défends d'y aller, madame Bellanger ! Ça serait un crime que de remettre cette femme en circulation. Elle est ambitieuse et sans morale aucune. Ne mettez pas les pieds chez elle. Ce miel est délicieux ! On est bien chez vous... Vous avez de la chance, seule, sans souci... Serez-vous jeudi prochain chez Germaine ? Si vous y allez, j'irai, ça sera une occasion de vous voir, et je n'ai pas besoin de m'occuper des autres gens... Les collaborateurs, cela avait un sens quand il fallait camoufler les parachutistes qu'elle cachait, mais à l'heure qu'il est, je ne comprends pas Germaine ! Elle n'est pas dégoûtée!... Elle ne peut pas se passer de son monde, du monde en général...

– Elle est très indulgente, dit Anne-Marie, réservée.

– Ça vous mène loin, l'indulgence, ça vous mène là où nous sommes. Les Russes, ils ont fusillé leur maréchal à temps, avant la guerre, nous... Ah! tenez, j'aime mieux ne pas en parler...

Elle embrassa Anne-Marie, la serra très fort contre sa large poitrine, essaya de mettre droit son chapeau sur ses cheveux maintenant presque blancs, et partit. Anne-Marie enleva le plateau. Mme Doyen l'avait beaucoup fatiguée, mais elle lui était reconnaissante d'exister. Il n'était que six heures... Anne-Marie alla s'étendre sur le lit, se releva pour chercher un livre dans la bibliothèque de l'Américaine; elle voulait un roman policier. Ils étaient cachés derrière les œuvres complètes des surréalistes, dont elle ne voulait pas. Les écrits surréalistes n'avaient aucun pouvoir sur le cafard. Ça aurait plu aux surréalistes d'avoir un pouvoir occulte, mais ils n'en avaient pas, et Anne-Marie voulait quelque chose qui fût plus fort que la lucidité de son esprit, quelque chose de fort, comme la poésie qui sait jouer sur les nerfs, directement, comme le café ou l'alcool... Mais, aujourd'hui, il lui fallait plutôt un calmant, un moyen mécanique d'oublier les murs aux croix gammées, une concierge sale, la comtesse Edmonde... Elle ne voulait pas permettre à la peur de gagner sur elle.

XVII

L'hiver se traînait, avec ses rhumes, ses pannes d'électricité, son absence de charbon, la course après le beurre et la viande, ses comités d'épuration qui n'épuraient rien, des exécutions lorsqu'on ne pouvait plus les refuser et qui faisaient déjà peur aux gens mêmes qui les avaient exigées. La justice, comme la vengeance, ne se mange pas froide. Le procès de Nuremberg semblait un symbole : dressé sur des ruines, morne, interminable, incertain, décevant…

Anne-Marie était toujours dans l'appartement de l'Américaine, qui avait eu des difficultés pour son passeport et ne rentrait pas encore. Elle avait même écrit à Anne-Marie directement une lettre où elle lui disait avec enthousiasme combien elle était heureuse et fière d'avoir dans son appartement une résistante, et qu'elle la priait de considérer ce modeste logis comme sien, et d'y faire ce que bon lui semblerait : transformation, aménagement… Pourvu qu'elle y fût bien, heureuse… Une gentillesse débordante, comme savent en témoigner les Américains quand ils s'y mettent. Il n'y avait guère que les étrangers qui fissent encore cas de la Résistance… « C'est une femme très bien, elle n'a jamais fait de la Résistance… » Et heureusement qu'elle avait pu garder cet appartement parce que celui que Jacquot avait espéré pour elle, elle ne l'avait toujours pas ; tous les jours, il surgissait des difficultés nouvelles. Jacquot fumait, agissait, mais n'était pas arrivé à régler l'affaire.

Anne-Marie faisait de la photo professionnellement, suivait tous les événements : premières, étrangers de marque, manifestations, quintuplés pour peu qu'il y en eût, incendies, bandits, accidents de chemin de fer… Elle était débrouillarde, savait forcer les consignes, monter dans un train en marche, ne craignait ni la pluie ni le froid quand il s'agissait de son travail. La signature *Anne Bellanger* commençait à faire prime.

Ce soir-là, Anne-Marie devait dîner chez elle avec Colette, encore dans les ennuis. Les restaurants étaient très chers, et, quand on essayait d'y aller, c'était régulièrement le jour de fermeture de celui qu'on avait choisi ; alors on se mettait à chercher, pour finalement échouer n'importe où et attraper le coup de bambou, dans une température de glace. Valait encore mieux manger chez soi. Les bienfaits de la lingère et ceux de la concierge étaient devenus bien trop coûteux, mais, grâce à l'Américaine de l'appartement qui lui envoyait des colis somptueux et fréquents, Anne-Marie arrivait à s'arranger. Pour elle toute seule, elle n'avait pas besoin de grand-chose, mais elle avait du monde à manger chez elle presque tous les jours : Jacquot pour dîner, Francis après le théâtre ; Mme Doyen qui arrivait sans crier gare pour prendre une tasse de thé moins bouillant qu'elle ; Mme Frank, la journaliste américaine qu'elle avait rencontrée chez Mme de Fonterolles, et qui amenait souvent avec elle une amie, un ami ; parfois, pas trop souvent, Mme Metz, la photographe, avec son élève Janine. Anne-Marie ne travaillait plus chez elle, l'apprentissage était fini… Les mains expertes et rapides d'Anne-Marie confectionnaient de bons petits plats dans une cuisine nette comme si on ne s'en fût pas servi pour faire la cuisine. Il faisait chaud, cela sentait la pâtisserie, et il y avait toujours sous la main une bonne lampe pour les pannes, si bien qu'on arrivait à les supporter sans trop d'ennui. Les amis d'Anne-Marie avaient tendance à abuser de son hospitalité.

Colette avait des malheurs, comme toujours, et, comme toujours, elle venait les raconter à Anne-Marie. Il y avait assez longtemps qu'elles ne s'étaient pas vues, quand cela allait bien Colette disparaissait. Elle commença à raconter son histoire, sans laisser le temps à Anne-Marie de préparer le dîner, de mettre le couvert, s'asseyant sur un tabouret dans la cuisine, la suivant de la cuisine à la salle à manger et retour. Anne-Marie ne démêlait pas très bien l'histoire, l'homme n'était pas le même que la dernière fois, et ce n'était pas très clair si c'était lui qui avait laissé tomber Colette ou si c'était le contraire. Peut-être aussi s'entendaient-ils très bien, et les malheurs que Colette racontait n'étaient-ils que des querelles d'amoureux? Elles avaient fini de dîner, et Colette s'était assise sur un coussin devant le feu de bois dans la cheminée, et, comme, pour changer, il n'y avait pas de courant, c'était le seul éclairage. Anne-Marie, dans un fauteuil, écoutait…

– … Il n'a pas téléphoné le lendemain, ni le surlendemain. Alors, quand il a téléphoné, j'étais déjà convaincue que toute cette histoire n'en était pas une… Je l'ai mal reçu au bout du fil. Le soir, il est venu avec un air de chien battu. Il m'a emmenée dîner et, après dîner, nous sommes allés danser… Après quoi, je ne l'ai pas revu pendant huit jours! Et j'ai su qu'il était sorti avec des gens – à Paris, tout se sait, pire qu'en province… Quand il m'a téléphoné, j'ai posé le récepteur. Il a rappelé tout de suite et a dit: « On nous a coupés… » Et, comme je suis faible, je l'ai laissé croire qu'on nous avait coupés. On est allés danser…

La lumière revint et Anne-Marie se leva pour éteindre le plafonnier, qui faisait mal aux yeux, et ne laissa que la lampe avec un abat-jour en parchemin aux lettres gothiques – encore de l'ancien, « goût américain » – et qui lui rappelait le château en Allemagne.

– Et alors? dit-elle, en se rasseyant.

Colette regardait le feu, gracieuse sur son coussin, le buste mince tourné vers la cheminée, la jupe tendue sur ses fesses rondes:

– Alors… ce manège a duré un mois! Il y a bien un mois que je ne vous ai pas vue? Ça a commencé tout de suite après le soir où j'ai dîné chez vous la dernière fois… Hier, j'ai éclaté ! Nous sommes allés au théâtre… Une revue idiote… Il a pris ma main, bien discrètement, je vous assure : si jamais il y avait dans la salle quelqu'un qui connaissait sa femme, vous pensez !… Elle est dans le Midi, avec les enfants, pour le moment ; on pouvait être tranquille, me semble-t-il… Je me demande s'il a peur de sa femme ou s'il a peur de lui faire de la peine. Je me demande ce qu'il me veut, puisqu'il n'essaye même pas de coucher avec moi… Vous savez, c'est un drôle d'homme : il gagne beaucoup d'argent dans un commerce respectable, et pourtant c'est un maquereau…

– Expliquez-vous, Colette… c'est vous qui payez les sorties ?

– Jamais de la vie ! Mais c'est sa façon de se servir des femmes… Il leur fait la cour pas du tout pour coucher avec elles, mais pour de petits profits : un wagon-lit, de l'étoffe pour un costume, de l'essence… selon les possibilités d'une femme ; elle peut être employée dans un bureau de voyage, ou avoir un mari dans les étoffes… Vous savez, il est joli, soigné, bronzé. Il possède les femmes de la façon la plus banale, la plus vulgaire, ça ne devrait pas porter, et ça porte ! Il prend une voix de sucre et il dit : « Vous avez un éclat aujourd'hui !… C'est un nouveau rouge ?… » Et il vous regarde dans les yeux… Je vous assure qu'avec ce système il obtient tout ce qu'il veut, c'est dégoûtant… Et il ne couche même pas, il ne paye même pas de sa personne ! Je vous dis que c'est un maquereau… Je l'aime !…

Devant cette conclusion inattendue, Anne-Marie faillit partir d'un éclat de rire, mais elle se retint. Si c'était sérieux, par hasard ?…

– Voyons, voyons, dit-elle dans le dos de Colette, qui regardait le feu fixement, ne dites pas ça…

– Si, je l'aime ! Il s'appelle Jules, tant pis pour lui !…

Cette fois, Anne-Marie se sentit le droit de rire, Colette aussi.

– Prenez un peu d'alcool, dit Anne-Marie en lui tendant le verre… Alors, que s'est-il passé après le théâtre ? C'est un don Juan votre homme, et pas un maquereau. Vous dites ça parce que vous lui en voulez.

– Si, c'est un maquereau, ou alors je ne sais pas comment il faut appeler un homme qui fait la roue pour obtenir des avantages matériels, des commodités dans la vie… Comment l'appelleriez-vous ?

– Je vais y réfléchir… C'est peut-être simplement un poltron qui a peur des complications avec les femmes, qui aime sa petite vie tranquille et confortable ?… Colette ! Qu'est-ce qui vous prend ? Pourquoi pleurez-vous ? Enfin, Colette !

Colette sanglotait :

– Je n'ai rien à lui reprocher… Il ne me doit rien… Mais pourquoi m'a-t-il dit qu'il m'aimait, je ne lui demandais rien, moi… Pourquoi ne l'aurais-je pas cru ? Ce n'est pas tellement invraisemblable…

Anne-Marie, ennuyée, lui caressait l'épaule :

– Ce ne sont sûrement que des querelles d'amoureux, et vous êtes très méchante pour Jules…

– Non, je sais ce que je dis, il se fiche de moi comme de sa première chemise. Je fais comme si je ne comprenais pas, mais, au fond, je comprends très bien : il a besoin de mon mari ! La prochaine fois qu'il téléphone, je raccroche. Et je le brouille avec Gaston !

– Eh bien ! il a réussi ! Colette, je vous défends d'y penser, il ne vaut pas votre petit doigt, disait Anne-Marie à tout hasard. Vous en trouverez dix autres !

Colette se leva, s'étira, reprit un gâteau. Anne-Marie pensa à part soi que, si elle avait été un homme, elle n'en aurait pas voulu. Elle ressentit comme un léger dégoût pour elle, ses cuisses courtes, son avidité… Anne-Marie aimait beaucoup les chats, mais ne pouvait pas en garder, parce que les chattes en chaleur l'attristaient et la dégoûtaient, et, quand elle voyait les matous revenir avec une oreille déchirée, ça ne lui plaisait pas plus. Elle se sentit de l'orgueil devant cette petite femme qui voulait coûte que coûte grimper à l'échelle du grand amour… Sans amour, l'amour-propre est très utile pour régler votre conduite. Mais l'amour-propre de Colette ne réglait rien du tout, elle se conduisait comme si elle n'en avait pas eu, et en souffrait comme si elle en avait eu pour dix. Tant pis pour elle... Mais Anne-Marie eut aussitôt honte de sa méchanceté méprisante : est-ce qu'elle-même n'avait pas été ulcérée quand Francis était parti le lendemain de l'illumination comme si de rien n'avait été ? Il n'y avait pas de différence entre elle et Colette, sauf qu'elle, elle savait tenir ses sentiments en bride, mais elle avait presque le double de l'âge de Colette. Et elle se remit à bourrer Colette de gâteaux et d'alcool, puis lui demanda gentiment de partir pour qu'elle ne ratât pas le dernier métro. Anne-Marie voulait bien la consoler, mais pas la garder à coucher.

Colette partie, Anne-Marie poussa un soupir de soulagement. Elle se laissait faire par les gens, mais tout le monde la fatiguait, lui était un poids. Elle s'enferma dans le cagibi noir, où des photos trempaient dans des cuvettes, et travailla tard dans la nuit.

XVIII

– C'est l'affaire d'une police républicaine... Mais une conjuration politique, nazie ou fasciste, comme vous voudrez, est difficile à conjurer pour une police républicaine. Premièrement, elle-même est à moitié gagnée à la cause des conjurés; secondement, elle n'a pas le tour de main nazi qu'il faut avoir avec des nazis. Et quand je dis tour de main, vous me comprenez. La Cagoule et assimilés ne sont pas morts et vont bientôt montrer les dents...

L'ami de Jacquot, que celui-ci avait présenté à Anne-Marie, sous le nom de Rolland, simplement, avait une voix d'intellectuel, une voix cultivée. Ils étaient assis devant le feu, chez Anne-Marie, et Jacquot déplaçait sur le fauteuil les agaçants morceaux de brocart ancien. L'ami de Jacquot était très grand, les cheveux grisonnants rejetés en arrière, un de ces hommes dont on se dit quand on les rencontre quelque part, dans un train, au restaurant, que cela doit être un homme connu, un aviateur à records, un homme d'État, un diplomate, qui est là incognito, sinon il ne serait pas dans la foule, si simplement... Des yeux clairs dans des cils noirs, un front magnifique et une douceur un peu fatiguée dans l'expression. Il portait des vêtements bien coupés, pas très neufs.

– La Cagoule, continua-t-il, a poussé son aventure dans différentes directions... Avant la guerre, c'était une organisation terroriste qui avait pour but de renverser la République. Pendant l'Occupation, il y a eu des cagoulards qui sont partis à Londres, d'autres ont choisi Vichy et « la Révolution nationale »… Il y en a eu qui ont joué double jeu, à moins que le jeu n'ait été triple ! Les affaires de la Cagoule sont pleines de mystères… Comment est mort Deloncle, présumé chef de la Cagoule ? Qui l'a fait tuer après son voyage en Espagne où il a, paraît-il, rencontré des Anglais ? A-t-il été dénoncé par des Français de Londres, parce que gênant ; est-il tombé entre les mains de la Gestapo, comme cela pouvait arriver à n'importe qui ?

Il semblait raconter un roman policier. Anne-Marie aurait préféré que cela fût un roman, ne pas croire à la réalité de ce qu'il disait. Toujours était-il qu'elle aimait cette voix, ces yeux clairs, l'élégance des longues jambes…

– On peut supposer, continuait-il, que la Synarchie, la société secrète qui, paraît-il, coiffait toutes les autres, la Synarchie devait abriter beaucoup de cagoulards. Ces organisations ne pouvaient pas ne pas se croiser, se retrouver ; il n'y a pas tant d'hommes de cet acabit-là en France… Poétiquement parlant, individuellement parlant, ce sont de grands criminels, des conspirateurs par goût de la conspiration, des bandits cultivés de grands chemins, des amateurs du risque que le sport ne peut pas satisfaire, car le sport n'a que le squelette du risque, sans la chair romantique de l'aventure, d'une idéologie, d'une ambition autre que celle de la compétition dans un match… Poétiquement parlant… Mais la poésie a ses droits. Et c'est pourquoi ces bandits peuvent parfois faire illusion et ne pas être de simples bandits.

– La Cagoule est une libre traduction du Ku-Klux-Klan américain, dit Jacquot. Pour le Ku-Klux-Klan, il est difficile de parler de poésie, c'est une expression plus nue de la même chose : de l'esprit nazi.

Rolland eut un petit rire :

– Oui, le Ku-Klux-Klan est une organisation dénuée de tout charme. Je crois que les nègres lynchés ne peuvent se faire aucune illusion sur ces monstres, ces aliénés qui se promènent en liberté. Je vous ferai remarquer que les membres du Ku-Klux-Klan, pendant leurs opérations, portent une cagoule…

– Si vous continuez, dit Anne-Marie, je vous demanderai de coucher ici avec des mitraillettes.

Jacquot vidait sa pipe à petits coups qui semblaient rappeler l'auditoire à l'ordre :

– Il faut, dit-il, dès maintenant vous habituer, Ammamie, à être entourée d'ennemis, à vous méfier. Tous les collaborateurs vont sortir, tous, vous m'entendez ! Des tueurs, des hommes de main, des traîtres, des déséquilibrés, la milice, la LVF, des hommes qui n'auront plus rien à perdre, le cœur rongé par la rage !… Croyez-vous qu'ils nous rateront ? On les attendra aux portes des prisons et des bagnes pour les canaliser, les grouper, les organiser ? Cinq ans d'occupation nous ont appris aux uns comme aux autres toutes les ruses de la conspiration. Cette fois ce sera un corps à corps terrible de la guerre civile, larvée ou ouverte… Mais nous les attendons de pied ferme, ces tueurs français…

– Nous, dit Rolland, l'inconnu, nous n'avons plus que notre peau à défendre, nous avons à défendre l'avenir du monde, la France, que le monde porte comme une étoile au front… Notre black-out plongerait dans l'obscurité l'homme du monde entier. Trop de choses seraient à recommencer. Non !

L'inconnu tourna vers Anne-Marie ses yeux clairs, sa bouche aux dents serrées.

– Nous en sommes déjà là, dit-elle tristement. Je croyais être seule à le sentir, parce que personne ne semblait épouvanté… Mais moi, je ne faisais que le sentir, tandis que vous, vous le savez…

Ils se turent. Jacquot fumait. L'inconnu regardait les bûches qui se consumaient, charbonneuses. Anne-Marie se leva, alla les tisonner.

– Pour votre appartement, dit Jacquot, ça ne s'arrange pas. On y arrivera mais le coco a envoyé un homme d'affaires à la concierge, c'est la concierge qui le dit, elle a dû aller voir le bonhomme d'elle-même… Il profère des menaces, paraît-il ! D'autre part, on a cambriolé dans la maison, et tous les tapis de l'appartement, des tapis cloués ! ont été emportés. Il faut croire qu'on a opéré en toute tranquillité, pour pouvoir enlever des tapis cloués !… Je ne sais pas si vous vous représentez… J'ai fait poser des scellés.

– C'est en effet, comme vous le dites, ça ne s'arrange pas encore !… Anne-Marie ne trouvait pas ça drôle du tout et n'avait aucune envie d'aller habiter cet endroit pour s'y faire assassiner. Mais il fallait avoir le dessus dans cette affaire, ça oui.

– Paris est plus dangereux que les grands chemins du temps des diligences, dit Rolland l'inconnu, on vient de me voler ma voiture. Une « reprise » dans le sens exact du mot : c'est très certainement l'ex-propriétaire à qui elle avait été réquisitionnée qui l'a reprise…

Anne-Marie soupira profondément. Les lumières s'éteignirent. Le grand Paris bougeait autour de la maison comme une pieuvre lâchant une encre noire. En attendant de lâcher du sang. Elle pensait à Raoul, aux gendarmes qui le tuèrent… De simples gendarmes débonnaires… Maintenant cela allait être encore autre chose. Personnellement, vivre ou mourir lui importait peu. Mais mourir de la main de ces nouveaux Boches…

L'inconnu se leva. La pièce n'était éclairée que par le feu dans la cheminée, et sa tête se perdait dans l'obscurité.

– On ne les laissera pas faire, dit-il, n'est-ce pas, la Demoiselle ?

Il se pencha et mit sa main sur la sienne, posée sur l'accoudoir du fauteuil.

– C'est Jacquot qui vous a dit que je m'appelais la Demoiselle ?

– Je le sais parce que c'est de moi que vous le tenez, ce nom… Je vous ai vue à Grenoble, dans un café, avec Raoul, et j'ai demandé : qui est cette demoiselle ? Et ça vous est resté. Et la jambe ? Vous n'en souffrez pas ?

– Parfois… Pas trop.

C'était déroutant de penser que cet homme inconnu l'avait vue à Grenoble, l'avait regardée sans qu'elle le sût, c'était étrange à penser qu'il avait existé alors, qu'il connaissait probablement ses faits et gestes…

Il était bien deux heures du matin quand ils partirent. Mais Anne-Marie n'avait pas sommeil. C'était la première fois, depuis des années, qu'elle pensait à un homme avec intérêt. L'inconnu, le Klu-Klux-Klan, la Cagoule, la mort…

Elle s'endormit si tard que la sonnerie du téléphone, à dix heures du matin, la tira du sommeil, désagréablement :

– Madame Bellanger ?

C'était Célestin. Il était arrivé la veille à Paris et avait dîné chez la comtesse Mastre. Mme Mastre lui avait dit, en l'invitant, qu'Anne-Marie y serait… Mais il n'en avait jamais été question !… Comment ? Mais on vous a attendue… Oui, oui, très longuement. Il lui raconterait les détails la prochaine fois, c'était assez drôle… Il repartait le jour même, il était navré de ne pas l'avoir vue la veille, il était si sûr de la rencontrer chez Mme Mastre, ils seraient partis ensemble après le dîner.

Anne-Marie s'habilla rapidement, elle avait rendez-vous à l'Agence Photographique. Rolland… Ce n'était pas sûr qu'il s'appelât vraiment Rolland… Pourquoi se cachait-il d'elle ? Était-ce déjà la préparation à une nouvelle clandestinité ? Il était droit comme la flamme d'un flambeau un jour sans vent. Toute la matinée, elle eut à faire. Pas le temps de déjeuner : il lui fallait attraper des personnalités qui arrivaient au Bourget, juste à l'heure du déjeuner. Elle grelotta à l'aérodrome, l'estomac creux, car l'avion eut un retard de trois heures à cause du mauvais temps ; elle faillit se casser la figure en grimpant sur le toit d'une voiture pour ne pas rater les personnalités qui descendaient de l'avion. La voiture de l'agence ne l'avait pas attendue, et elle dut mendier une place dans un autobus qui ramenait des voyageurs.

Quand elle ouvrit enfin la porte de son appartement, Anne-Marie était harassée… Elle mangea tout habillée, debout dans la cuisine tant elle avait faim et froid. Puis elle alla s'installer devant le feu… Qu'allait-elle faire quand elle n'aurait plus cet appartement? L'Américaine, malgré toute sa gentillesse, finirait par rentrer, et il ne fallait pas compter sur l'autre: l'industriel se défendait, et on le défendait, il y avait des forces occultes qui agissaient… Jacquot se faisait des illusions, déjà on n'était plus les plus forts, si tant est qu'on l'eût jamais été. Téléphone!… Quelle calamité que ce téléphone!

C'était Mme Doyen. Est-ce qu'Anne-Marie irait chez Germaine tout à l'heure?… Oh! non, elle venait de rentrer, elle était bien trop fatiguée et il faisait un temps de chien… Ah! oui, vous vous rappelez, madame, ce que vous m'avez dit à propos de la comtesse Mastre? Eh bien! elle a prétendu que je devais dîner chez elle, quand il n'en a jamais été question!… Vous voyez, vous voyez! Méfiez-vous, Edmonde est la ruse faite femme… C'est le général de Chamfort à qui elle a dit que vous deviez dîner chez elle? Venez donc chez Germaine, le général y sera sûrement, il vous donnera des précisions…

Célestin serait chez Germaine? Il ne lui en avait rien dit… Elle, il ne la voyait que la nuit, clandestinement, rien que pour faire l'amour… Mais il faut être juste, elle non plus ne lui avait jamais demandé de venir chez elle, par exemple… Elle ne savait pas très bien pourquoi. Mais elle ne voulait pas qu'il connût son intérieur – ou plutôt celui de l'Américaine! – qu'il connût sa vie, ses idées, ses amis… Elle ne tenait pas à ce que Célestin devînt une réalité. Elle pensa que Jacquot serait peut-être chez Mme de Fonterolles, qu'elle pourrait lui demander… l'inconnu, Rolland, était certainement un homme remarquable.

Anne-Marie s'habilla soigneusement. L'idée d'agacer Célestin entrait pour une part dans ces soins. Elle mit une robe noire, qui lui collait aux bras, aux seins, comme un maillot. Une coiffure blanche enserrait ses cheveux, découvrant les oreilles. Elle était nette, précise, rien de flou dans ce visage aux larges yeux gris, le nez droit, le menton rond et enfantin comme les joues…

Le premier regard de Célestin, quand elle entra dans le salon de Mme de Fonterolles, fut pour ses seins. Le sien glissa sur Célestin et s'épanouit à la vue de Jacquot, qui se levait du fauteuil écrasé sous lui pour la saluer. Il parlait avec un Américain en uniforme. Il y avait beaucoup de monde. La radio jouait dans un coin, et Yves tournait sur place avec une dame, en lui parlant de très près ; la danse semblait être le dernier de leurs soucis. Mme Doyen mangeait des petits fours à côté de Mme de Fonterolles et d'une autre dame qui avait un visage intelligent et sec sous des cheveux blancs. En même temps qu'Anne-Marie, arriva un couple anglais, des gens du Foreign Office. Ils furent suivis par une dame, anglaise elle aussi, peut-être journaliste, Anne-Marie ne comprit pas. Charlie fit une entrée bruyante, saluant tout le monde à la fois… Près du feu, un verre à la main, entouré de quelques jeunes gens, était assis l'homme de lettres célèbre qu'Anne-Marie avait connu autrefois chez Jenny.

– Madame Bellanger, dit-il… Il était ému, posa son verre, lui baisa les mains. J'ai entendu à la radio le récit de votre conduite magnifique…

– Je vous en prie…

– Permettez que je vous présente un jeune confrère qui grille d'envie de vous connaître… Regardez-le !

– Et moi ? dit un autre jeune confrère…

– Nous étions en train de parler du roman, dit l'homme de lettres célèbre. Je ne vous ai pas vue depuis quelque chose comme six ans, et vous tombez dans une conversation sur le roman. Pourquoi écrire des romans quand il y a des vies romancées comme la vôtre ?

Le jeune confrère, très jeune, très long, la peau poreuse et grise comme de la pierre ponce, malgré son jeune âge, avec des cheveux poussiéreux, pour ne pas démentir le visage, souriait avec un air si faux qu'Anne-Marie, qui avait été à bonne école du temps de Jenny, flaira le reporter venimeux et se contenta de sourire, comme lui.

– Le roman est mort, tout au moins en France, continua l'homme de lettres célèbre. Tout a été dit de ce que la forme romanesque peut tolérer, le roman est mort d'inanition, du manque de matière, du retrait du romanesque… Les Américains, que nous imitons, ont fait du neuf dans le roman, ont inventé, mais ils sont inimitables, et ce n'est pas en écrivant à la cantonade des choses qu'on ne peut pas suivre, que cela donnera un roman de valeur, ou même un roman tout court.

– Qu'en pensez-vous, madame ? À nouveau le jeune homme s'adressait à Anne-Marie. Le roman est-il mort ? Et s'il ne l'est pas, faudrait-il le tuer, le « brûler » ?

– Votre journal fait une enquête ?

– Non, mais il pourrait en faire une, dit la jeune pierre ponce en pensant : « Bon Dieu, les beaux seins ! »

– Je n'aurais aucune raison de répondre à une enquête de ce genre, à moins que vous ne fassiez une enquête auprès de « l'homme de la rue »… Je ne suis en rien qualifiée. Mais je n'imagine pas que le roman puisse cesser d'exister. C'est un remède contre l'ennui, comme l'alcool ou le chewing-gum. Et, comme les hommes s'ennuieront toujours, il faudra toujours leur raconter des histoires, des romans… Le roman, c'est une histoire qu'on vous raconte, n'est-ce pas ? Ce n'est pas autre chose que des mille et une nuits. Vous n'avez jamais habité la campagne ? Vous n'avez pas entendu les histoires qu'on raconte pendant les veillées ?…

– Bravo, Anne-Marie ! fit l'homme de lettres célèbre, il y a des pays où les conteurs populaires feraient pâlir ou plutôt rougir Henry Miller !

L'homme de lettres était très versé dans le folklore.

– Vous appréciez Miller ? demanda l'autre jeune homme de lettres, un timide avec des lunettes…

– Vous n'avez pas honte de demander ça à une femme? L'homme de lettres célèbre riait du ventre, tournant vers Anne-Marie ses lèvres gourmandes, ses épaules grasses. Vous avez scandaleusement embelli, Anne-Marie, vous excusez cette familiarité, il y a si longtemps qu'on se connaît! Si vous voulez savoir, jeune homme, eh bien! les romans de Miller, comme les exécutions capitales, cela devrait se passer à huis clos. Comme les cabinets… Et on n'a pas inventé les cabinets avec tant de difficultés et d'ingéniosité pour ne plus s'en servir…

– Vous n'êtes pas juste, fit la pierre ponce. Si je n'avais pas lu votre dernier recueil de contes, je dirais que c'est une question de génération…

– Allez-y, traitez-moi de vieillard pendant que vous y êtes et place aux jeunes! Mais je demande le huis clos, je ne tiens pas à assister à ces saloperies, je suis pour l'hygiène. Et pour les saloperies en privé.

– À propos de *huis clos*, j'ai vu Sartre hier au soir, il m'a dit…

Anne-Marie n'écoutait plus, distraite par le général qui s'était approché:

– Je voulais vous raconter quelque chose qui vous amusera peut-être, disait le général de Chamfort à Anne-Marie.

Ils s'assirent près de la radio qui continuait à susurrer quelque chose.

– La comtesse Mastre était désolée hier soir de ne pas vous avoir à dîner. Que vous est-il arrivé?

– Mais je ne devais pas y aller! Il n'en a jamais été question!

Le général semblait s'amuser:

– J'ai bien pensé que cela ne devait pas être comme le disait Mme Mastre… Elle nous avait invités, Yves de Fonterolles et moi, et vous, paraît-il! On vous attendait, il était neuf heures passées, Yves faisait une cour éperdue à Edmonde… Je m'ennuyais… Je suis entré dans la salle à manger: eh bien! il n'y avait que trois couverts sur la table !... On ne vous attendait nullement. Tout ça, c'était de la comédie.

– C'est effrayant ! Ça ne me fait même pas rire. C'est effrayant qu'une femme aussi bien que Mme Doyen ait pu voir juste, elle a immédiatement compris ! Ce sont les mœurs d'un pays étranger, c'est un milieu plus étrange que les Zoulous.

Le général l'interrompit, il parlait à voix basse :

– Vous ressemblez de plus en plus à la Vierge de Jean Fouquet, et vous trahissez le portrait sacrilège d'Agnès Sorel... Plus vierge que concubine d'un roi... Voulez-vous que je reste cette nuit ? Dites oui...

Anne-Marie hocha la tête. Il lui était facile de dire non. Leurs yeux se rencontrèrent... Pas si facile...

– Alors, je vous dis au revoir, Anne-Marie. Je vais monter chez Yves...

Anne-Marie alla s'asseoir près de Jacquot. Il lui sourit de toute sa bonne figure, de ses yeux bleus.

– Vous ne voulez pas m'amener encore une fois ce Rolland d'hier ? demanda Anne-Marie, timidement.

– Il est parti... Alors il vous a plu ? N'est-ce pas que c'est un homme remarquable ? Ah ! je suis content que vous ayez vu ça ! J'ai une très grande admiration pour lui... Il n'est pas à Paris, mais quand il reviendra, s'il a un moment, il viendra sûrement vous voir. Quand il parle de vous, il devient presque sentimental. Jacquot souriait. Je nous verrai toujours à la terrasse de ce café, à Grenoble. Vous êtes entrée et vous vous êtes assise à la table de Raoul, qui vous attendait... J'ai dit à Rolland que vous travailliez avec nous... Il a ri, et a dit : « Cette demoiselle si sage ? Elle a l'air d'être là avec son fiancé... » Il n'oubliait jamais de demander des nouvelles de la Demoiselle... Il fera pour vous ce que je suis incapable de faire : vous verrez la vie autrement. Et que devient Francis ?

– Francis ? Mais je ne l'ai pas vu depuis une éternité !

Le général et Yves sortaient ensemble de la pièce, Charlie les suivait. Anne-Marie admira Célestin, son port de tête, l'absence de ventre, l'étroitesse des hanches… Mais il ne fallait pas être à sa disposition, il en prendrait avantage, sûrement ; il fallait le tenir à distance et faire l'amour avec lui. Faire l'amour… Elle allait rentrer, se coucher. Elle n'avait pas vingt ans, elle était fatiguée, et elle avait du travail.

XIX

Anne-Marie eut l'étrange chance d'être seule à saisir le moment de chute d'un avion qui avait causé la mort de vingt passagers et de l'équipage. L'avion s'était abattu au départ, ayant perdu de la vitesse au-dessus de l'aérodrome, et, pendant que tous les gens se sauvaient voyant l'avion leur arrivait dessus, Anne Bellanger prenait des photos. Aussitôt Petit Poucet déposa un mot pour elle à l'agence où elle travaillait, lui proposant d'entrer à son journal. Anne-Marie lui téléphona, Poucet fit entendre des cris de joie : ils prirent rendez-vous.

Il arriva, fit le tour de l'appartement, demanda la permission de se mélanger lui-même un cocktail, apprécia quelques saintes en pierre et, ayant essayé tous les sièges, s'assit par terre devant la cheminée, à l'endroit préféré de Colette.

– Ce qu'on est bien chez vous, Ammamie !... Dire que j'ai perdu tout ce temps, quand je pouvais venir chez vous... Au lieu de traîner dans les bars et de m'empoisonner de toutes les manières... Dites-moi, Ammamie, que je peux venir de temps en temps ?...

– De temps en temps...

– Bon. Vous êtes réservée. Je n'abuserai pas, mais ça sera difficile parce que je me sens très bien chez vous. Savez-vous que je vous aime beaucoup, Ammamie ? Je ne sais pas si vous le savez assez ?... Du temps de Jenny, vous étiez un peu sacrifiée dans la maison,

Jenny nous avalait tous, elle ne faisait qu'une bouchée de n'importe qui!... Je vous verrai toujours, comme vous nous êtes apparue, dans une robe blanche, avec vos beaux cheveux, tellement exotique dans le boudoir de Jenny...

Petit Poucet se traîna comme un cul-de-jatte avec son coussin jusqu'aux pieds d'Anne-Marie et renversa sa tête sur ses genoux. Il était tout tendre et ne disait plus rien. Anne-Marie était un peu surprise et ne disait rien, elle non plus. Poucet se leva, fit quelques pas dans la pièce et revint s'asseoir sur le bras du fauteuil d'Anne-Marie, puis se pencha et l'embrassa sur la bouche. Elle essayait de se dégager, mais Petit Poucet la tenait solidement, et même brutalement. Elle se débattait de toutes ses forces. Il finit par la lâcher. Anne-Marie se leva, s'essuya la bouche du revers de la main, les lèvres pâles d'avoir perdu leur rouge, ce qui lui donnait une drôle d'expression nouvelle :

– Ça vous réussit souvent ? dit-elle, debout devant Poucet.

– Quatre-vingt-quinze fois sur cent, dit Poucet, penaud et méchant. Je ne vous croyais pas si raisonneuse... Il ne vous reste qu'à dire : pour qui me prenez-vous, je suis une femme honnête !

– Laissez ces boniments pour des filles de seize ans. Anne-Marie ne riait pas du tout. Je trouve cette formule excellente, inutile d'en chercher une autre : je suis une femme honnête et pour qui me prenez-vous ? J'espère ne pas avoir à vous dire : goujat !

– Vous n'allez pas me gifler, Ammamie...

Petit Poucet s'assit sur une chaise et but son martini d'un coup.

– Voulez-vous entrer comme photographe dans mon journal, madame Bellanger ? C'est avec cette proposition que je suis venu, ce n'est pas un vil moyen de séduction.

Anne-Marie se remettait du rouge :

– Ce n'est pas chez vous qu'écrit X...

– Si... Il est de chez nous. Ça vous plaît ou ça vous déplaît ? Vous avez des idées là-dessus ?

– C'est bien le même X… ? Le mari de Marie Dupont, la secrétaire de Jenny? Je ne comprends plus rien… Au moment de la Libération, tout le monde disait qu'il allait être arrêté d'un moment à l'autre, je suis tombée des nues quand Francis m'a dit ça… Je venais de dîner chez Marie, imaginez-vous! Comme je n'avais pas été à Paris depuis 1941, je n'en savais rien. J'étais bien étonnée de trouver Marie si aimable, elle voulait même à tout prix que j'habite chez elle. Vous connaissez Marie, j'étais étonnée, mais je me suis dit: elle s'humanise! Je ne suis pas restée chez elle parce que je ne l'aime pas beaucoup, et parce qu'il y avait chez elle trop de meubles qui avaient appartenus à Jenny… Je n'ai pas pu le supporter. Je me suis imaginé Jenny et Raoul dans la causeuse… Tous les deux morts, tués… Parce qu'il n'y a pas de suicides, il n'y a que des meurtres. J'ai préféré l'hôtel, et bien m'en a pris! Je rencontre Francis, le bras en écharpe, il avait attrapé une balle sur une barricade, l'air d'un communard, et beau! un jeune premier tout à fait dépommadé – s'il pouvait se décider de rester toujours comme ça… – Francis m'a dit: « Comment, vous avez été chez Marie, cette ceci, cette cela, qui ne se mettait jamais à table sans les Boches, et son mari, un pilier de *Je Suis Partout!* Il va être arrêté d'un moment à l'autre… » C'est pourquoi je vous ai demandé s'il collaborait chez vous…

– Tout ça est bien exagéré… Petit Poucet était toujours très sage sur sa chaise et écoutait attentivement Anne-Marie. Ce sont les premiers excès. On manque de journalistes professionnels, ces cochons ont formidablement collaboré, c'est une branche très éprouvée… Avec qui voulez-vous que nous fassions les journaux? X… n'a pas été spécialement nocif, il n'écrivait jamais que contre les communistes, même pas contre les juifs. Et c'est un excellent journaliste.

Anne-Marie se dit à elle-même que le loin de compte entre eux était tel que ce n'était pas la peine de lui dire à lui quoi que ce fût. Mais elle ne put se retenir tout à fait:

– Je croyais que les communistes faisaient partie de la Résistance? fit-elle... Mais il ne s'agit pas de ça. Ce n'est pas parce que votre journal est anticommuniste. Mais je ne veux pas de poste fixe, je veux pouvoir aller et venir, quitte à gagner moins.

Petit Poucet essaya de la persuader: il avait du flair et allait tout droit vers les gens qui devaient « réussir » selon lui. Il considérait que de s'attacher Anne-Marie pouvait profiter au journal, c'était une excellente photographe, très consciencieuse professionnellement parlant, et qui, un jour ou l'autre, d'une façon ou d'une autre... Mais il n'y avait rien à faire. Il but encore un martini et se leva:

– Vous n'êtes pas fâchée, Ammamie? Je suis un abominable voyou...

– Peut-être... J'en suis même sûre. Mais vous ne m'avez donné aucune raison d'être fâchée... Au revoir, Poucet, sans rancune!

Elle l'accompagna jusqu'à la porte et revint dans le petit salon, remit des bûches dans la cheminée, emporta les verres et les bouteilles... Oui, c'était un voyou. Anne-Marie s'irritait. Pendant l'Occupation, il était du bon côté, c'est-à-dire qu'il n'avait rien fait de mal, il avait même une ou deux fois donné un coup de main à des copains, mais c'était bien tout. Il aimait les femmes, son métier, guère capable de se passionner pour quoi que ce fût au monde. Les Boches, ça l'embêtait bien, mais pas définitivement. Un peu sceptique, un peu cynique, ce qui ne l'empêchait pas d'être sentimental, comme cela arrive souvent à des gens qui n'ont pas beaucoup de cœur. Anne-Marie pensa qu'il avait un culot incroyable et sentit qu'elle allait se fâcher... Idiot de se fâcher contre Petit Poucet, qui était ce qu'il était, et il aurait été encore plus idiot de se fâcher contre le mari de Marie Dupont. Anne-Marie se rendit compte avec une brusque lucidité que sa vie se maintenait dans une sorte d'ordre, parce qu'elle se l'imposait. Sa vie ressemblait à un tricot, il suffirait d'attraper le fil mal arrêté et de tirer dessus pour que l'ouvrage se défît entièrement.

« Il n'y a personne ? » cria une voix dans l'entrée. Elle avait oublié de fermer la porte… Rolland, l'inconnu aux yeux clairs, s'arrêta à la porte du salon :

– Bonjour, la Demoiselle, dit-il, puis-je entrer ? Il se retourna et jeta ses gants et son pardessus clair sur une chaise dans l'entrée. Ça commence à sentir le printemps au dehors. Vous allez bien, la Demoiselle ?

– Je grelotte, je fais du feu… Je n'ai pas remarqué le printemps… Asseyez-vous, je suis contente de vous voir.

Il s'assit sur le siège qu'avait occupé Petit Poucet. Il était long, ses jambes allaient loin, il y avait des gouttes de pluie sur ses cheveux grisonnants qu'il essuya avec son mouchoir.

– Il fait un temps de chien, dit-il, mais avec un petit arrière-goût de printemps, je vous assure. Jacquot m'a dit que je pouvais venir. Vous allez bien ? répéta-t-il.

– Non, dit Anne-Marie, je ne vais pas bien du tout. Il n'y a que rhumes et pannes d'électricité. Je voudrais que la France cesse de grelotter.

– Et puis ? dit Rolland.

– Et puis j'aimerais bien savoir ce qu'on va devenir…

Rolland sourit, de son sourire un peu fatigué, comme gêné. Elle ne l'avait pas remarqué la première fois…

– Vous me demandez ça comme si je devais le savoir… Je ne suis pas devin. Je ne veux pas vous faire la morale, mais ce qui est grave, pour nous, Français, c'est qu'il y en a beaucoup comme vous, que la passion a abandonnés… Et la passion, cela ne se greffe pas, ne se commande pas, ça peut au mieux s'attraper par contagion. Il faut avoir de la suite dans les idées, la Demoiselle, oui… De la suite dans les idées…

Rolland se leva et se mit à marcher de long en large :

– Les Français n'ont plus ni amour ni haine… Et pourtant nous sommes en guerre. L'épuration, par exemple, l'épuration est un acte de guerre. Le travail des épurateurs convaincus est un acte héroïque. Héroïque… Comme de se battre. Je vais vous raconter une histoire : dans une des provinces où l'on s'est battus, on avait arrêté, tout de suite après la Libération, un milicien. L'affaire était simple, tout le monde savait que c'était un tortionnaire raffiné, un monstre… Je vous passe l'énumération de ses crimes. Le tribunal l'a condamné à mort, et il devait être exécuté, quand arriva de Paris un télégramme avec l'ordre d'ajourner l'exécution à cause de faits nouveaux… Le lendemain, survint le père du condamné. Une grosse moustache jaunie par le tabac et des mains ridées, gourdes… Il s'était habillé pour l'occasion : col cassé, une perle dans la cravate… Un petit fonctionnaire retraité. Il n'apportait, bien entendu, aucun fait nouveau, il n'y avait pas de complément d'enquête. Le cas était lumineux et, en ce temps, on allait vite. Les juges étaient des gars du maquis et deux évadés d'une prison française particulièrement terrible… L'un avait le pouce écrasé à la suite d'un interrogatoire. Le lendemain de l'arrivée du père, on a conduit le milicien tortionnaire au poteau d'exécution. Le père attendait, dans le petit jour, à la porte de la prison, avec son col cassé et sa perle… Le fils, un grand gaillard, beau, oui, beau… a hurlé : « Papa ! », et le vieux est tombé à genoux et criait de loin : « Marcel, mon coco !… » On poussa Marcel dans la voiture. Le vieux ne bougeait pas, pétrifié… Il avait un parapluie à la main… Au moment où la voiture démarrait, il levait les deux bras, avec le parapluie, puis il le lâcha, courut après la voiture et s'accrocha des deux mains au pare-brise… La voiture roulait de plus en plus vite, le vieux se laissait traîner. Au tournant, il roula dans le fossé… La voiture arriva au lieu d'exécution. Il y avait une garde de maquisards. Quand Marcel resta seul, face à la mort, il jeta un cri et s'élança ! Il courait à travers champs, et les gars lui tiraient dessus de tous les côtés, si bien que personne n'osait courir après lui, de crainte de se faire tuer. Pendant que des hommes sautaient dans une voiture, le temps de la mettre en marche, il avait disparu dans un petit bois, aucune balle ne l'avait atteint, un miracle ! La voiture roulait à toute allure... Personne, le bois l'avait avalé ! On fouilla tout le bois, on allait abandonner, quand quelqu'un remarqua une paire de pieds sortant d'un talus, comme si l'homme s'y tenait sur la tête... On l'en tira par les pieds, c'était bien lui. Il se débattait comme un dément, c'était Hercule, c'était Satan... On le ramena dans la voiture, ils étaient quatre pour le tenir. On a dû l'attacher, ce n'était pas prévu, il n'y avait pas de poteau, il a fallu l'attacher à un arbre. Il comprit que c'était fini, alors il s'est mis à crier : « Pardon ! Pardon ! Je dirai tout ! Je donnerai tout le monde ! Écoutez-moi !... » On avait hâte d'en finir. Oui... L'homme à qui la Gestapo française avait écrasé un doigt était blême... Il faut avoir de la suite dans les idées pour pouvoir supporter certaines choses insupportables...

Anne-Marie supporta très mal ce récit. Elle regardait les mains de Rolland : non, il n'avait pas le pouce écrasé, c'étaient des mains mobiles, intelligentes, avec tous les dix doigts intacts. Ça valait mieux. Rolland regarda l'heure :

– Jacquot m'avait donné rendez-vous chez vous... On prend toutes les libertés avec vous. Il n'a pas l'air de venir, je ne vous prends pas trop de votre temps ?

– Non, dit Anne-Marie distraitement, l'air préoccupé – il s'agissait bien de son temps ! – Croyez-vous que je n'ai vraiment pas de suite dans les idées du tout ? Je travaille... Est-ce que c'est tout à fait inutile ce que je fais ?

Rolland sourit, de son sourire un peu gêné, les rides, sur son front, étaient une parure :

– Pourquoi serait-ce inutile ? Et comment puis-je en juger ?

– C'est idiot de parler de soi-même... Anne-Marie perdit brusquement toute contenance. Mais je ne suis vraiment pas bien avec moi-même. Il y a un tel malaise dans l'air, ça vous pénètre comme de l'humidité. Je crois que je commence une grippe...

– J'aime mieux ça ! On soigne la grippe avec des grogs, ce n'est pas désagréable… Mais le vague à l'âme… Rolland se leva, se remit à déambuler : Je suis injuste, dit-il, c'est par réaction que je vous parle ainsi : la malaise existe, les raisons en sont complexes… Vous auriez demain de la viande et des croissants que le malaise diminuerait considérablement ! Mais il y a aussi les raisons pour lesquelles il n'y a ni viande ni croissants, et ça, ça va loin ! Là où vous ne voulez pas nous suivre, chère Demoiselle.

Anne-Marie avait des frissons, mais elle essayait de réagir contre cette grippe qu'elle sentait venir, elle ne voulait pas que Rolland s'en allât :

– Je n'ai pas une vue d'ensemble, dit-elle… On s'indigne au détail, pour la viande, ou pour les croissants… C'est idiot, ce n'est pas la peine, ça doit dépendre de quelque chose de tellement vaste…

– C'est un symptôme…

– C'est la peine de se battre contre un symptôme, ou pas ?

– C'est la peine, parfaitement. Vous soignez la tuberculose et, en même temps, vous donnez un sirop pour arrêter la toux, qui n'est qu'un symptôme. Vous voulez de la viande ? Exigez qu'on vous en donne, puisqu'on sait qu'il y en a dans le pays. Ça embêtera les trafiquants et tous ceux qui rendent possible leur existence…

– Vous croyez qu'il vaut mieux crier pour la viande que de faire des reportages photographiques ?

– Mais je n'ai jamais rien dit de semblable !

Rolland riait et levait les bras au ciel… La clochette de la porte tinta : c'était Jacquot.

– Jacquot, dit Anne-Marie, qui sentait ses joues qui brûlaient, je vais vous avouer quelque chose : j'ai la grippe… Des frissons et la tête en feu… Non, c'est justement, je n'ai pas envie que vous vous en alliez… Je vous en prie… Je voudrais me faire gâter : je me coucherai, et c'est vous qui ferez la cuisine. On mangera sur une table près du lit, vous voulez ?

Cette question ! Rolland regarda encore une fois sa montre.

– On va parler tous les deux dans la cuisine, je vais préparer le dîner, dit Jacquot, et, pendant ce temps, Ammamie va se coucher…

Elle les entendait qui remuaient dans la cuisine, le bruit des voix, l'eau qui coule, et elle se sentait heureuse dans son lit, avec ses voix amies, à la cantonade… La grippe rendait toute chose plus aiguë, plus brûlante. Le plaisir de la chemise douce à la peau, de la douillette. Ce n'était certes pas par coquetterie qu'elle s'était mise au lit, mais elle savait que rien ne lui allait comme le lit, le linge blanc, les tresses sur les épaules. Rolland entra, portant les assiettes. Il passa dans son regard étonné de l'admiration.

Jacquot avait approché la table : il mit le couvert, servit la soupe qu'il n'y avait qu'à réchauffer, de ces haricots à la tomate qu'il n'y avait qu'à sortir d'une boîte de conserves américaines. Les splendeurs de la lingère n'étaient plus dans les moyens d'Anne-Marie. Anne-Marie buvait du tilleul. Tous les trois, ils se sentaient contents, au chaud, moralement et physiquement.

Colette avait le don de venir mal à propos. Elle, personnellement, était enchantée de trouver du monde chez Anne-Marie, et surtout des hommes : cela pouvait donner quelque chose, de l'imprévu…

– Vous n'êtes pas malade, Anne-Marie ?

Ce n'était pas dans ses habitudes de venir sans téléphoner, mais elle passait devant la porte, elle n'avait pas résisté… Elle avait espéré dîner avec Anne-Marie, Gaston était pris, un dîner d'hommes… Elle ne dérangeait pas au moins ? Les deux hommes, debout – les haricots refroidissaient dans leurs assiettes, – ne disaient rien, ce n'était pas à eux de s'exprimer.

– Mais non, mais non, dit Anne-Marie. Vous n'avez pas dîné ? Je n'ose pas vous dire de rester, j'ai un peu de grippe, ce n'est pas moi qui m'occupe du repas, c'est Jacquot… Oh ! j'ai oublié de vous présenter…

Colette souriait :

– Mais je vais vous aider ! Une femme est utile pour s'occuper de ce genre de choses…

– C'est fait, madame, dit Jacquot, et même c'est mangé… Nous avons épuisé les réserves d'Anne-Marie. Tout ce que je peux vous offrir, c'est du fromage… trente pour cent de matières grasses ! et un quart de verre de vin…

– Ça ira, dit Colette, très sport. Finissez ce que vous avez dans vos assiettes, ces haricots vont être froids.

Ils l'étaient. Colette jeta un coup d'œil à Rolland et sortit son rouge à lèvres. Jacquot rapportait de la cuisine une assiette, un verre…

– Mais vous êtes un homme d'intérieur accompli, fit Colette, coquette.

– Les vieux célibataires et les hommes qui ont fait la guerre se débrouillent…

– J'avais un cafard monstre ce soir, ça m'arrive plus souvent qu'à mon tour, Anne-Marie vous le dira… Quand j'ai le cafard, je ne peux pas m'empêcher d'aller le confier à Anne-Marie… Vous êtes belle, Anne-Marie ! N'est-ce pas qu'elle a les plus beaux cheveux du monde ?

Colette s'adressait à Rolland.

– Très beaux, dit Rolland.

Colette était assise sur le lit. Elle avait rapidement quitté ses souliers et ramené ses jambes sous elle, sur le lit. Elle s'agitait beaucoup et secouait le lit. Anne-Marie avait le sentiment que c'était cela qui lui donnait le vertige : elle devait avoir pas mal de fièvre. Colette avait mauvaise mine, les traits tirés…

– Il n'a pas téléphoné, Anne-Marie, dit-elle. Colette avait cette manière de parler de ses affaires devant des gens qui n'étaient pas au courant et que cela ne regardait pas.

Anne-Marie, gênée pour elle, essaya de couper court.

– Vous avez l'air un peu fatiguée, dit-elle, vous sortez trop…

– Oh ! non, je ne sors plus du tout, je ne suis pas mondaine, je m'ennuie trop partout… Je me fais vieille…

Colette n'avait pas trente ans et ne les paraissait pas, mais elle parlait souvent de son âge, pour qu'on lui dît combien elle était jeune, pour qu'on la rassurât ; elle avait une peur constante de la vieillesse. Mais les hommes ne dirent rien, et Anne-Marie ne dit pas ce qu'il fallait :

– C'est normal qu'on vieillisse, je n'y pense jamais, moi.

– Mais, si on n'y pense pas, les hommes vous y font penser un jour ou l'autre ! s'exclama Colette.

– Oh ! non, dit Anne-Marie, ça ne m'est jamais arrivé…

– Ça ne vous arrivera jamais, dit Jacquot avec ferveur, Anne-Marie n'a pas besoin d'être jeune, il y a des choses impérissables !

– Moi, j'ai besoin, dit Colette avec âpreté, moi je suis périssable. J'aurais trop honte d'être vieille… Je ne sais pas encore ce que je vais faire : m'enfermer pour que personne ne puisse me voir, ou me tuer… ou me résigner à subir cette honte.

Anne-Marie la regardait, scandalisée :

– La vieillesse est quelque chose qui ne fait pas honte du tout, quand elle est bien équilibrée, dit-elle. Je ne suis pas encore vieille, mais je ne suis plus jeune, eh bien ! les choses que je veux et les choses que je peux vont de pair… On en abandonne en cours de route, c'est entendu, mais c'est un perfectionnement… Les prophètes étaient vieux, la sagesse appartient aux vieillards. Ce n'est pas tellement ennuyeux d'être sage…

– Vous ne seriez pas une sainte, par hasard ? dit Colette, et elle en était toute pointue.

Rolland se leva : il devait partir et emmenait Jacquot avec lui.

– J'allais oublier le principal, dit Jacquot, déjà sur le pas de la porte : l'Union des Femmes Françaises demande si vous ne voudriez pas venir faire une conférence pour elle.

– C'est à moi que vous demandez ça ? Anne-Marie se souleva dans ses oreillers. Sur quoi voulez-vous que je fasse une conférence ? Je n'ai jamais fait ça de ma vie ! C'est une idée folle !

– C'est parfaitement à vous que je le demande. Il y a le vote… Il faut expliquer encore une fois aux femmes l'ABC politique, leurs responsabilités, leurs devoirs…

– C'est à moi que vous demandez ça ? répéta Anne-Marie. Mais vous vous payez ma tête, je n'en ai aucune idée moi-même, de l'ABC politique ! Elle se fâchait. Je vais voter comme tout le monde, c'est le devoir de toutes les citoyennes, comme de tout le monde, un point c'est tout ! N'est-ce pas, Colette ?

– Je n'ai pas demandé à ce qu'on me donne le droit de vote. Je n'ai pas l'intention de voter…

Colette était de mauvaise humeur, les deux hommes s'en allaient, et, c'était à peine s'ils lui avaient parlé. Ce Rolland n'était pourtant pas mal du tout, vraiment les hommes sont des fainéants… Alors Colette et Anne-Marie se disputèrent. Colette faisait des sauts de carpe sur le lit. Anne-Marie, les mains aux tresses, les tirait toutes les deux à la fois, comme des sonnettes.

– Les femmes, disait Anne-Marie, très rouge, les femmes ont, pendant cinq ans, porté tout le poids de l'Occupation, elles ont appris à nourrir leurs gosses toutes seules, elles ont grelotté dans les queues et porté des armes dans leurs corsages et des tracts dans les voitures d'enfants… Les hommes sont revenus pour leur parler de Pétain, le grand soldat ! Et vous ne voulez pas voter !

Colette secouait le lit à rendre Anne-Marie malade :

– Je ne voterai pas ! criait-elle, je ne sais pas ce que vous lui voulez tous, au maréchal ! Il avait de l'allure… Si on l'avait laissé faire, il se serait entendu avec de Gaulle, en douce, et il n'y aurait pas eu toutes les horreurs qu'il y a eues ! Mais vous le dérangiez tout le temps ! Ce sont les communistes qui l'ont condamné, parce que Moscou lui en voulait !

– Colette, ne secouez pas le lit, dit Anne-Marie, sévère. Si vous continuez, je vais premièrement adhérer au Parti communiste et, secondement, je vais faire de la Résistance !

– À qui ? À qui ?

Colette fit un bond sur le lit.

– Aux pétainistes et aux Boches ! Puisque ce n'est pas fini ! On n'a qu'à vous entendre parler… Nous allons nous y mettre, nous, les femmes, attendez un peu… On est partout, nous, nous connaissons les épiciers qui nous volent, et le prix du lait, et jusqu'à quel point le gouvernement nous aide ou ne nous aide pas… Les ministres ont toujours des cuisiniers qui font sauter l'anse du panier… Nous, on va passer à la toile d'émeri tous les rouages du pays, pour tout dérouiller…

– Qu'est-ce que vous faites, vous, pour dérouiller le pays ?

– Je vais voter, c'est toujours ça… C'est peu, j'en conviens…

– C'est peut-être encore trop…

Anne-Marie ne répondit pas : Colette avait fait mouche, Anne-Marie n'était pas sûre que d'être reporter-photographe lui donnait le droit d'élever la voix dans son pays. Ne devraient avoir le droit de vote que les gens utiles…

– Ammamie, vous ferez la conférence, n'est-ce pas ? Jacquot et Rolland étaient toujours là, à les écouter se disputer, sans intervenir. Vous voyez que vous savez très bien répondre quand on vous porte la contradiction.

Rolland ne disait rien, appuyé au chambranle de la porte, juste assez haute pour le laisser passer. Ses yeux clairs étaient à moitié fermés. Il semblait triste ou ennuyé.

– Oh ! laissez Jacquot, vous voyez bien…

Anne-Marie se sentit épuisée et déprimée.

Colette fit la maîtresse de maison, accompagna Jacquot et Rolland jusqu'à la porte et revint près d'Anne-Marie. Anne-Marie, les yeux fermés, une petite ride entre les sourcils, ne dormait pas, mais semblait en avoir bien besoin. Colette se rassit sur le lit :

– Je ne sais que devenir, Anne-Marie, dit-elle. J'ai peur d'être enceinte...

– Ah ! oui, fit Anne-Marie, vous ne voudriez pas avoir un deuxième enfant ?

– Pour rien au monde ! C'est atroce... Et puis, il n'est pas de Gaston... Vous ne pourriez pas m'aider ?

Pourquoi s'adressait-elle à elle ? Pour qui la prenait-elle ? Probablement pour une de ces femmes expertes... La vie était fatigante. Anne-Marie ne pouvait même pas la consoler, elle avait mal partout et n'y voyait plus clair, de fièvre, de fatigue. Colette partit sans même lui proposer de débarrasser la table, elle n'y avait pas pensé, la pauvre... Elle avait vraiment ce qu'on appelle des embêtements. Anne-Marie ne savait que faire de ses cheveux qui lui tenaient terriblement chaud. Tout de même, quand on est malade, on aimerait avoir à côté de soi quelqu'un qui puisse vous aider un peu... Si Colette n'avait pas chassé Jacquot et Rolland... Ce n'était pas elle... Ils avaient une réunion, probablement. Mais ils ne l'auraient pas abandonnée comme ça, avec cette table... Et le fromage qui sent fort, ça vous donne mal au cœur. Colette avait tellement insisté pour les aider à la cuisine, mais, bien sûr, une fois les hommes partis... Elle joue de malheur, Colette, toujours elle arrive quand on a le moins envie de la voir. Si elle fait la même chose avec les hommes, je comprends les hommes...

XX

Mme de Fonterolles se coiffait. Elle avait les doigts raides et n'arrivait pas à mettre de l'ordre dans ses mèches plus sel que poivre. La robe de chambre en molleton, par-dessus tricots et chemise de flanelle, n'était guère flatteuse… et ces cheveux ! on aurait dit qu'elle les peignait à rebrousse-poil !… la peau, sous le menton, qui pend, fripée… Mme de Fonterolles n'a jamais été belle, mais elle a été jeune, et, ce matin, elle s'en souvient. Olga allume des bûches dans la cheminée, une flambée, juste le temps de s'habiller. Depuis qu'il y a dans l'air des bouffées de printemps, on dirait que le froid est plus sensible, qu'on y est plus sensible.

– Qu'est-ce qu'on va manger, madame ? Le colis n'est pas arrivé… M. Yves a laissé un mot dans la salle à manger, qu'il y aurait deux invités à déjeuner. Il est encore rentré au petit jour. Madame devrait lui dire de ne pas amener du monde à manger comme ça, on n'est pas avant-guerre…

– Vous savez bien, Olga, qu'il n'écoute personne… Donnez-moi le livre de comptes de Jeanne…

Mme de Fonterolles s'approcha de la cheminée : le bois vert lâchait des crachats, menaçait de s'éteindre et ne donnait pas plus de chaleur qu'une allumette.

– Ce n'est pas possible… Elle n'a déjà plus d'argent ? Je lui ai donné mille francs hier matin !

Mme de Fonterolles se mit à éplucher les comptes de Jeanne, la cuisinière.

– Qu'est-ce qu'on va faire pour déjeuner, madame ? Il est bientôt neuf heures…

Elle était odieuse, Olga, voilà vingt ans qu'elle était odieuse et que Mme de Fonterolles la supportait. Il faut savoir faire des concessions. Olga avait des qualités, on pouvait au moins être tranquille avec elle. Mme de Fonterolles n'avait eu à s'inquiéter ni quand elle lui laissait Yves tout petit, ni quand elle cachait des parachutistes dans les combles de l'hôtel. Olga était le dévouement même. Mais elle était odieuse.

– Je n'en sais rien, ma pauvre Olga, ce qu'on va manger… Prenez la clef du placard dans la table de nuit. Il y a encore des sardines. Téléphonez à la baronne.

La baronne était une fournisseuse de marché noir. Olga prit la clef dans la table de nuit et ouvrit un de ces profonds placards de vieille maison :

– Il n'y en a plus qu'une, madame…

– Si le placard n'était pas fermé à clef, je croirais qu'on nous vole…

– Je ne suis pas une voleuse, madame…

– Vous m'ennuyez, Olga.

– J'ennuie peut-être madame, mais c'est la dernière, et ce n'est pas avec une boîte de sardines pour quatre que madame va recevoir les invités de M. Yves… Madame sait qu'il n'y a plus de beurre ?

– Prenez le foie gras, dit Mme de Fonterolles en soupirant, et téléphonez à la baronne…

Olga sortit avec le plateau du petit déjeuner. Mme de Fonterolles enlevait sa robe de chambre, ses tricots, sa chemise de flanelle. C'était un moment de froid désespérant à affronter tous les jours. Sa chair se plissa et se réduisit comme un accordéon en entrant dans la gaine en caoutchouc. Pas de soutien-gorge, valait mieux ne pas préciser : sous la robe, Mme de Fonterolles faisait plate, et c'est tout.

Une fois habillée, elle apparut mince comme une jeune fille, d'une extrême distinction. La montre épinglée sur la robe noire, à gauche, avec une couronne de diamants ; les bagues – deux alliances, une grosse émeraude en cabochon, un diamant au petit doigt – elle était prête. Mme de Fonterolles descendit à la cuisine.

La comtesse Edmonde arriva la première. Olga apporta la bouteille de porto dans le salon de soie grise et s'éloigna, fermant la porte derrière elle : il ne fallait pas laisser partir la bonne chaleur.

– Attention, voilà maman, dit Yves, et il lâcha Edmonde, qui se mit à tisonner le feu.

Mme de Fonterolles entra :

– Ton ami est en retard, Yves, dit-elle. Il faudrait se mettre à table.

– Cette maison est infernale. Yves riait. Il faut vous dire, madame, que nous avons une vieille bonne qui fait la loi chez nous, ma mère tremble devant elle.

– Et toi donc. Mme de Fonterolles tournait l'irritation de son fils en jeu. Ce parachutiste, ce combattant intrépide lui obéit au doigt et à l'œil, son général n'aurait pas obtenu mieux !

– C'est très bien pour les jeunes gens d'avoir de la discipline, dit Edmonde.

Elle avait encore les joues brûlantes : ce feu ! on se met toujours trop près…

– Vous pensez encore à vous présenter aux élections dans votre coin, Edmonde ? demanda Mme de Fonterolles.

Yves, assis à califourchon sur une chaise, le menton sur le dossier, fit faire un petit bond à sa monture :

– Vous vous présentez aux élections, madame ?

– Oui, j'ai des chances là-bas, chez moi… Ma famille est depuis des siècles dans le pays, nous avons toujours beaucoup fait pour les pauvres, des ouvroirs, des consultations gratuites. S'il n'y avait pas Françoise Doyen, je passerais sûrement…

Mme de Fonterolles marqua de l'intérêt :

– Françoise pose sa candidature ?

– Non... Mais elle ne veut pas de la mienne. Elle fait tout ce qu'elle peut pour me compromettre dans le pays. Nous sommes presque voisins, c'est-à-dire, nous étions voisins, vous savez que son château a été brûlé par les Allemands. Elle tire un avantage considérable de la destruction de son château...

– Et pour quel parti vous présentez-vous, madame ?

Yves se balançait sur sa chaise, sérieux comme un pape, ses jolis yeux pleins de rire.

– Socialiste...

– C'est entendu avec eux ? Vous savez, ce n'est pas si simple ! Il ne suffit pas de décider ! Tu vas tomber, Yves, cesse de te balancer, je t'en supplie !... Mme de Fonterolles porta la main devant ses yeux, comme pour se protéger du vertige. Françoise est MRP, elle a ses candidats...

– Si Françoise avait voulu me soutenir, je me serais présentée sur la liste MRP. Vous savez comment ça se passe dans les petits pays : il y a *un* électeur, tous les autres le suivent. Françoise Doyen est écoutée comme un oracle... et elle ne veut pas de moi...

– Mais c'est très méchant ! Yves était presque horizontal sur sa chaise renversée. Mme de Fonterolles hochait la tête, la main devant les yeux pour ne pas voir ça.

Edmonde fit un geste vague des épaules, de la bouche :

– Françoise n'est pas méchante, elle est folle. Elle prétend que j'ai collaboré ! Ce n'est pas parce que j'ai rencontré chez des gens des officiers allemands qu'on peut me traiter comme quelqu'un qui a collaboré... Les Allemands étaient partout, alors on n'avait vraiment pas le choix... Elle me jette à la tête mon mari, et pourtant je n'y suis pour rien ! Nous n'avons jamais été très unis, elle le sait bien... J'ai caché chez moi les Weil pendant deux jours, quand la Gestapo fouillait Paris pour les avoir. Je crois que j'ai autant fait pour la Résistance que n'importe qui...

Son visage clair avait rosi d'une façon charmante, ça la rajeunissait, non pas qu'elle en avait besoin, ses trente ans lui allaient très bien, elle était comme ces melons qu'on devine mûrs au poids, au parfum : celui-là, se dit-on, est sûrement à point. Elle se penchait au-dessus du feu, pliant son grand corps ni trop maigre, ni trop gras.

– Vous allez vous brûler, Edmonde, dit enfin Mme de Fonterolles.

« Madame est servie… » Olga avait ouvert les portes de la salle à manger.

– Alors, on n'attend pas Laurent ? Vraiment, on a le droit d'être en retard d'un quart d'heure ! Il est une heure et quart.

– Le déjeuner était pour midi et demi, Yves… Mme de Fonterolles se leva.

On passa dans la salle à manger.

– Je te revaudrai ça, dit Yves à Olga, qui attendait avec un plat que tout le monde fût assis. Je n'ai pas vu Laurent depuis six mois, on a traversé ensemble l'eau et le feu, et je ne peux pas obtenir que, chez ma mère, on l'attende pour déjeuner. Sans lui, je ne serais peut-être jamais revenu, vous ne m'attendriez plus à déjeuner, moi non plus.

– Yves, pas de scène, je t'en prie !… Vous pouvez servir, Olga.

Olga, les lèvres pincées, passait le foie gras.

– Nous sommes obligés de commencer par le foie gras, dit Mme de Fonterolles. Je le trouve meilleur en milieu de repas, mais j'étais vraiment embarrassée aujourd'hui : le ravitaillement devient diabolique…

– Je ne me plains pas ! Mme Mastre avait une bonne fourchette et de belles dents.

Mme de Fonterolles pria de l'excuser tout de suite après déjeuner : elle avait des courses à faire, elle n'avait su que ce matin qu'elle aurait le plaisir d'avoir Edmonde à déjeuner, Yves n'en faisait jamais d'autres. Le club féminin l'occupait pas mal, on recevait beaucoup d'étrangères, toutes les femmes d'ambassadeurs…

Olga passa la tête dans la porte :

– Yves, on te demande au téléphone, de Lyon…

– Vous avez un fils charmant, dit Edmonde, quand elle resta seule avec Mme de Fonterolles, et, en plus, c'est un héros…

– Oui, il est gentil…

Yves plaisait aux femmes. Mme de Fonterolles avait eu le temps de s'en apercevoir. Ne serait-ce que par les coups de téléphone. Entre les femmes qui demandaient M. de Fonterolles et celles qui posaient le récepteur en entendant une voix de femme, ça faisait beaucoup de coups de téléphone dans la journée. Le courrier était intermittent, tantôt volumineux, tantôt rare. De temps en temps, Yves découchait. Il y avait des périodes où il ne rentrait que pour changer de chemise. Mme de Fonterolles n'était pas une mère jalouse, elle surveillait le petit du coin de l'œil, sans intervenir, et il lui arrivait même d'avoir à consoler des femmes abandonnées par ce garnement. Une amie de pension de Mme de Fonterolles, une femme de quarante ans, s'était amourachée follement d'Yves quand il en avait dix-huit ! Elle l'avait avoué à Mme de Fonterolles, il y avait eu de terribles scènes de désespoir, en l'absence d'Yves, qui ne se doutait de rien, disait l'amie, et Mme de Fonterolles l'avait cru jusqu'au jour où elle ouvrit une porte, croyant la pièce vide… Heureusement que la guerre avait mis fin à ce cauchemar, et définitivement : l'amie avait été tuée pendant l'exode. Une belle fille, Edmonde. Comme en souhaitent les mères pour apprendre l'amour à leurs fils, puisqu'il faut que cela soit… Valait mieux une femme du monde, pas trop jeune : elle serait plus gentille pour le petit, plus maternelle, cela valait toujours mieux que de courir les risques des mauvais lieux, ou des couchages avec des jeunes filles, quand ils ne savent y faire ni l'un, ni l'autre, et la petite est tout de suite enceinte, et on a des ennuis avec la famille… Mme de Fonterolles ne savait ni quand, ni avec qui cela s'était passé pour Yves la première fois, il avait depuis toujours été très à son aise avec les femmes. Mme de

Fonterolles était tolérante et large d'esprit, mais la candidature aux élections d'Edmonde l'avait chiffonnée. Elle lui cherchait pourtant des excuses : peut-être Edmonde n'était-elle ni une cynique, ni une sotte, comme cela pouvait sembler, mais simplement une de ces femmes qui ont une imagination complaisante et se voient telle qu'elles désirent se voir : Edmonde se voyait en résistante, au goût du jour. Aujourd'hui que Mme de Fonterolles n'avait plus besoin de trembler qu'Yves se fasse prendre à cause d'une sotte histoire de femme quelconque, cela n'avait aucune importance avec qui il couchait. Yves n'était pas un enfant, il n'allait pas s'amouracher d'Edmonde. Alors Edmonde ou une autre, Edmonde ou d'autres…

– C'est Laurent qui a téléphoné, dit Yves en rentrant. Il a eu une panne d'auto à Lyon, venant du Midi. Il a essayé de téléphoner encore hier, mais il n'a pas eu la communication.

– Tu vois qu'on a bien fait de ne pas l'attendre…

Mme de Fonterolles ne partait toujours pas, il y avait quelque chose d'indécent à les laisser ainsi seuls, comme par complaisance. Elle aurait dû se douter que, du moment qu'Yves invitait une femme… Mais elle connaissait Edmonde depuis si longtemps que l'idée ne lui en était pas venue. Si Yves ne la connaissait pas avant, c'était qu'Edmonde, avant-guerre, voyageait beaucoup, et, encore plus tôt, Yves était trop gosse pour aller dans le monde. Et puis tant pis, elle ne pouvait plus faire attendre ces dames… Mme de Fonterolles se leva.

Quand ils restèrent seuls, Yves ne se jeta pas sur Edmonde, comme s'y attendait Mme de Fonterolles, et peut-être Edmonde. Il était sombre :

– C'est dommage, dit-il, que vous n'ayez pas vu Laurent… C'est un chic type, d'un courage extraordinaire, je dirais même fou. Vous auriez vu un authentique résistant, pas un de ces types d'ici, un FFI débraillé, ou un de ces résistants de septembre, de ces résistants en pantoufles… Il ne faut pas nous la faire à nous !

– Mais qu'est-ce qui vous prend, Yves, mais vous êtes en colère!

– Moi? Pas du tout. Mais je trouve ça un peu amer de voir tous ces cocos qui se prélassent dans les ministères, gagnent des cents et des mille et ne foutent rien… Je dois dire aussi qu'il faut avoir de la santé pour faire ce métier!

– Mais qu'est-ce qui vous a brusquement mis en colère, comme ça? Edmonde se renversa dans la chaise, s'étira. J'ai beaucoup d'amis dans votre cas… Pour toutes sortes de raisons…

– La collaboration, par exemple…

– Oh! Edmonde s'assit, maintenant très droite, et fondit en larmes. Toi, me dire ça! C'est trop injuste, et je ne peux pas supporter que toi, tu penses du mal de moi…

Yves ne broncha pas: elle exagérait, tout le monde savait qu'elle avait couché avec des Allemands, et il s'en fichait, mais qu'est-ce que c'était que cette comédie… Ces filles qui n'aiment que ça devraient se limiter et ne faire que ça, de quoi se mêle-t-elle, elle parle politique, pose sa candidature, c'est ridicule à la fin…

– Allons, dit-il, je ne pense pas du mal de toi! D'ailleurs, qu'est-ce que ça peut bien te faire, ce que je pense? Je me traîne à tes pieds, n'est-ce pas? Edmonde lui tendit les bras. Tu n'y songes pas, Olga est dans la salle à manger.

Edmonde se leva. Pour une belle fille, c'était une belle fille:

– Je peux te déposer quelque part? Elle était tout de même un peu pâle, un peu défaite…

– Tu as une voiture?

– Mais bien sûr.

– Il n'y a pas de bon Dieu, dit Yves, sérieux. Dites-moi, Edmonde, est-ce que vous trouvez ça juste que vous qui êtes restée ici au chaud, vous ayez une voiture et que moi je roule en métro? Je ne suis peut-être pas un héros comme tu le dis, mais tout de même, j'ai fait mon devoir.

– J'ai fait le mien, dit Edmonde, sans broncher.

– De ceux qui rapportent des voitures…
– Vous êtes un goujat, mais vous pouvez en profiter.
– Si tu crois que je vais me gêner !
Ils descendirent ensemble. Edmonde se mit au volant.
– Tu veux qu'on fasse un détour par chez toi ?
– J'allais te le demander…
Edmonde conduisait très bien.

XXI

Les lilas sont en fleurs. On va au-devant du soleil, craignant qu'il ne se sauve, avec l'envie de le tenir en laisse par un rayon. C'est dimanche, un grand dimanche de fête, à cause des lilas et du soleil. La lumière est partout, neuve comme la dorure de la statue de Jeanne d'Arc, place des Pyramides, comme la joie de ce jeune homme et de cette jeune fille qui s'embrassent en face de la statue et tout le long de la rue de Rivoli, sous les arcades. On l'a attendu, ce dimanche de soleil. Les petites filles ont des nœuds dans les cheveux, on voit de belles cravates et des souliers neufs, et tout le monde a les bras pleins de lilas, puisqu'on a été à la campagne. La grande foule de Paris flâne, désemparée par la liberté soudaine, sans les clous à planter, les chiffres à aligner, sans les clients, le volant à tenir, l'aiguille… Un dimanche décevant, comme toute chose trop attendue, rapide comme une étoile filante. Déjà un vent froid traverse le soleil. Des rames de métro, bondées, ramènent des familles, des amoureux, des solitaires… Sur le quai, un aveugle avance, en tâtonnant avec sa canne blanche. La foule dense lui laisse un passage, une main secourable le guide au moment où il va buter contre la bascule automatique. Alors l'aveugle jette un cri : « Merde ! », et il se met à vociférer. « Je vous connais tous ! Foutez-moi la paix ! N'essayez pas de me jeter sur la voie ferrée… Je vous connais ! Je n'ai pas besoin de vous, j'ai ma canne !… »

La foule s'écarta, silencieuse, mais l'aveugle marchait sur les gens, comme s'il les voyait très bien. Il essayait de les heurter exprès, et les gens l'évitaient avec rapidité. Cela ressemblait à un jeu. L'aveugle tourna dans le couloir de la « correspondance », et un homme qui se trouvait au bout du quai, et qui n'avait pas dû voir l'incident de la bascule, se précipita derrière lui, croyant peut-être qu'il se trompait de direction, ou qu'il allait buter dans l'escalier.

– Il va se faire attraper, dit quelqu'un dans la foule.

On entendit des cris, et l'homme secourable apparut, penaud.

– Pourtant, personne ne lui veut du mal, maman ? dit une fillette à sa mère...

Ceux qui étaient en face du couloir regardaient l'aveugle monter l'escalier : il semblait fort bien connaître son chemin. Mais peut-être ne savait-il pas que c'était dimanche ?

Anne-Marie attendait dans la foule, sur le quai du métro. Étrange, cet aveugle... La foule n'est pas toujours stupide, elle peut même avoir du tact et de la compréhension. Tout le monde comprenait que cet homme était injuste, et que c'était dommage, parce que les bons sentiments des hommes sont rares, c'était dommage de ne pas le reconnaître quand ils se faisaient jour ; mais la foule compréhensive comprenait aussi que cet homme était méchant parce qu'il était malheureux... Anne-Marie monta dans le train. Cela sentait bon les lilas, même dans ce wagon où l'on s'écrasait, et Anne-Marie, à chaque secousse, recevait au visage un grand bouquet que tenait à pleins bras une jeune fille. Ça la chatouillait, c'était frais et agréable. Du lilas violet foncé, avec des grappes pleines faites de petites croix, et d'autres grappes pas encore ouvertes, maigres... Elle descendit à Solférino.

Un coup de vent froid la saisit désagréablement : il ne fallait pas trop se fier à ce printemps. Anne-Marie allait chez Mme Metz, la photographe, qui avait reçu des magazines américains, très intéressant du point de vue photographique, lui avait-elle dit au téléphone...

Mme Metz habitait une vieille maison, avec une grande cour et des arbres. Un atelier, au rez-de-chaussée, une soupente et des dépendances. Anne-Marie y trouva le désordre habituel, Mme Metz dans un grand fauteuil, les jambes écartées, les mains dans les poches de sa jupe en tweed. Il y avait là un peintre, un grand gaillard athlétique qu'Anne-Marie connaissait de vue. Il portait une chemise en toile presque orange et des sandales. Janine, un peu fatiguée, mais jolie, les yeux plus grands que jamais, essayait de trouver des photos dans des boîtes qui en débordaient. Il y avait un autre homme, un marchand de tableaux peut-être, Anne-Marie ne pouvait pas se rappeler où elle l'avait vu et si c'était vraiment un marchand de tableaux. Elle ne savait pas comment c'était venu, et déjà elle se disputait avec lui ! Un homme tiré à quatre épingles, un œillet à la boutonnière, chauve, les ongles faits, le costume printanier…

– On a déjà instauré la censure en France ! Et on appelle ça la liberté ! Voulez-vous me dire ce qu'il y a de changé ? disait-il.

– Il n'y a pas de censure en France, monsieur…

– Il y en a une, puisqu'on me la dit. Et la preuve, c'est que je ne peux pas dire ce que je veux, que vous trouvez ça impossible…

– Je trouve ça impossible, mais vous dites ce que vous voulez, et je n'ai aucun moyen de vous en empêcher. Je le regrette bien !

– C'est des gens comme vous, qui n'avez que la liberté à la bouche, continuait le marchand de tableaux – c'est Anne-Marie qui avait décidé que c'était un marchand de tableaux, après tout, il pouvait être n'importe quoi… – des gens comme vous, disait-il, qui ont fourré tout le monde en prison ! Tout comme en Russie, pardon ! en URSS. Ce qu'on peut nous enquiquiner avec les Russes, c'est rien de le dire ! Eh bien ! ils ont été les plus forts et ils ont gagné, et alors ? C'est fini, n'en parlons plus, c'est marre !… La Résistance, les Russes ! Ça vous ressort par la gorge ; chez moi, à table, on paie une amende quand on prononce le mot Résistance ! Vivent les Allemands, madame, vivent les Allemands ! Quand ils étaient là, il y avait un semblant d'ordre, de discipline. Les Français en ont besoin, madame, ne vous en déplaise, nous ne voulons pas sombrer dans les révolutions, et les grèves, et les nationalisations... Le péril d'extrême gauche est extrême !

Peut-être était-il saoul ? Ses yeux aux pupilles dilatées étaient inquiétants, pour elle du moins ; les autres ne semblaient pas trouver ce langage surprenant... Anne-Marie regarda l'heure et, prétextant un rendez-vous, partit sans serrer la main de l'étrange personnage.

Elle marchait rapidement vers la station de métro. Il faisait pourtant toujours beau, avec un grand vent et un ciel largement rose. C'était toujours le dimanche, mais il touchait à sa fin. Anne-Marie pensa que l'aveugle l'avait, dans une certaine mesure, préparée à la rencontre avec un authentique fasciste. On aimerait avoir une barricade entre ces gens-là et soi. Il était déjà arrivé à Anne-Marie de rencontrer des gens qui, après s'être terrés pendant quelque temps, se débrouillaient et se remettaient à parler haut et fort, mais c'était le premier qui le faisait avec autant de netteté. À part mademoiselle sa fille, à part Lilette : « C'était une femme très bien, elle couchait avec un Allemand... » Oh ! elle était de « l'avant-garde », Lilette, elle n'avait pas attendu. Anne-Marie sentit combien elle était solidaire avec tous ceux qui... Qui quoi ? Qui avaient cru et souffert et affronté n'importe quoi, pour que ceci ne soit plus. Les prisons, les camps, l'héroïsme, pour qu'un monsieur dans un costume printanier... Anne-Marie marchait devant elle, sans voir. Elle essaya de se dominer. Tout lui remontait à la tête, au cœur, Jenny, Raoul, Lilette, François... L'ordure triomphante, les victimes et les meurtriers. Toujours les mêmes. Elle descendit dans le métro. C'était l'heure du dîner, les wagons étaient vides. Anne-Marie faillit oublier de descendre à sa station, elle était habitée par le désespoir que donne l'injustice.

Rentrée chez elle, elle ferma les persiennes, les rideaux, prit un somnifère et se coucha. Pendant qu'elle sentait que la conscience lui échappait, elle pensa que c'était probablement comme ça qu'on se tuait : on y pense longuement, on pense au mode, à la lettre d'adieu, à l'endroit, aux préparatifs, aux dernières recommandations… et puis on se tue avec ce qui se trouve sous la main : fenêtre ouverte, ou un vieux revolver à balles rouillées, très vite, sans lettres, ni recommandations, ni dernières volontés… Vite, pour que ce soit fini. Anne-Marie s'endormit.

XXII

Le beau temps du Midi quand on vient de Paris où il pleut ! Anne-Marie descendit dans le souterrain, remonta l'escalier avec la foule des voyageurs, les bagages dans les jambes. Billet, on s'écrase... Célestin était là, parmi les gens qui attendaient dans le grand soleil. En civil, avec une chemise très bleue, sans veston, et brûlé noir ! Il baisa le gant d'Anne-Marie : pas trop fatiguée ? Le porteur arrivait avec les valises ; c'est celle-ci ? J'ai ma voiture... Une Bugatti, une voiture de course, le châssis déverni. Anne-Marie se sentait toute pâle et citadine, avec son tailleur et ses bas, à côté de ses bras nus, hâlés, qui tenaient le volant.

– Je suis fait comme un pirate, débraillé et noir, mais il fait un soleil ici ! Vous allez voir...

La voiture traversait la place devant la gare et déjà la pierre grise, quelques crénelures montraient le bout de l'oreille... Une large rue bordée de platanes partait droit de la gare.

– Je me souviens, dit Anne-Marie, il y a à droite une caserne que les Allemands venaient d'occuper quand je suis venue ici entre deux trains...

– Je me souviens aussi ! C'est d'ici qu'on nous a chassés, qu'on nous a déshonorés une fois de plus...

Il y avait beaucoup de voitures, beaucoup de monde sur les trottoirs, des magasins, des cinémas, et un ciel imperturbablement bleu. L'hôtel était sur une petite place, à une des portes de la ville, et on avait bien l'impression que c'était la sortie, à cause des remparts, de la poussière, des arbres et de l'immense pont qui n'était pas un pont de ville. L'hôtel, un vieil et grand hôtel, était au fond d'une cour avec des arbres séculaires. Qui, des arbres ou de l'hôtel, était le plus vieux ? La direction présentait ses excuses sur une carte épinglée à la porte de la chambre : « Les réquisitions successives... » De grandes et lourdes persiennes, poussées de façon à ne laisser que peu de jour, cachaient la vue sur une cour intérieure, encombrée de radiateurs rouillés, de tuyaux, de ferraille, on aurait dit des entrailles arrachées à la maison. Anne-Marie se changea rapidement, mit une robe légère. Ça faisait du bien... Par les longs couloirs profonds, par une galerie autour d'un puits vitré – meublés de beaux meubles anciens, de bahuts de commodes, de vitrines, mal d'aplomb sur le plancher inégal, et avec, aux murs, des tableaux anciens, des tapisseries – elle arriva à l'escalier, au hall. Le satin des fauteuils directoire était bien usé, mais ils avaient encore grand air. Célestin l'attendait au bar attenant au hall, avec des meubles « modernes » à qui la fatigue ne valait rien. Accoudé au bar, il jouait aux dés avec le barman solitaire. Les portes étaient ouvertes sur la cour, et on voyait un immense arbre, et, dans le soleil, un essaim de moucherons, de moustiques :

– Voulez-vous prendre quelque chose ? Ça fait plaisir de voir ce bar vide, avec une seule dame en short, à la place d'une foule de *feldgrau*, dit Célestin.

Son aisance était truquée, c'était visible : « Très jolie, cette robe... », et le coup d'œil, le bond du pur-sang effrayé et, tout de suite, l'œil fixe.

Ils traversèrent la petite place et se trouvèrent aussitôt en dehors de l'enceinte de la ville, des remparts familièrement pris entre les maisons, les cafés, les gens qui attendaient les autobus. Voici le Rhône, les arbres, un paysage horizontal... La chaleur sur ce pont !

la chaleur et le vent qui gonflait la large jupe d'Anne-Marie. Le pont tenait, rafistolé, on passait... Les roues des voitures jouaient du xylophone sur les planches provisoires. En dessous, le Rhône, d'une seule pièce, maintenu par sa propre violence, par sa propre rapidité... L'île, entre les deux bras du Rhône, avec des boîtes de nuit, comme c'est étrange... « C'est pour les Américains, dit Philippe, et les femmes qui leur collent après comme des mouches!... » Le pont reprend au-dessus du bras mort du Rhône, sable et eau. Un kilomètre de pont... La chaleur. Ils ne se donnent pas le bras, ils ne parlent pas beaucoup. Des cyclistes passent, en short, en slip, habillés de leur seul hâle.

La chaussée, après le pont, est aussi brûlante que le pont; des maisons, des arbres sans ombre à cette heure, des autos qui leur cornent dans le dos... « C'est bien la première fois qu'une gendarmerie me fait envie! » dit Anne-Marie, en passant devant la grande maison rose, au fond d'un jardin ombreux... « Attention! » Philippe la tira de côté: elle avait failli marcher sur un chat crevé, noir, couché sur le côté, pourrissant au soleil...

– Voici la tour de Philippe le Bel, dit Philippe, voyez comme elle va au paysage, comme elle le décore!...

La grande tour carrée s'élevait dans le bleu, étrangement seule. Les hautes collines à gauche, avec quelques petites maisons posées sur le bord escarpé, prêtes à basculer... La route était maintenant ombrée de grands arbres. Et bientôt ils virent Villeneuve aux livrées cardinalices: dans le ciel, étrangement nu et haut, un long mur de forteresse, avec les grosses renflures des tours, et, s'étageant en dessous, des maisons laissent passer les piques noires des cyprès. Ils abordèrent le village.

Elles étaient claires, comme transparentes, les vieilles pierres des maisons, de l'église, tous les murs avaient cette couleur de perle... Des drapeaux sur la mairie et sur la petite place, qui semblait remise à neuf, même ses platanes étaient pimpants... Ils prirent la montée, une rue étroite, la largeur d'une voiture. Les petites maisons de pierre les étreignirent dans l'étau des siècles… Célestin marchait devant ; Anne-Marie se tordait les pieds sur ce sentier mal pavé entre deux ruisselets formés par les eaux des égouts. De temps en temps, on entendait le bruit d'une chute d'eau, et, par une gouttière, le long d'une maison, s'échappait une eau de lessive, ou de vaisselle, ou d'autre chose. Au-dessus, s'étalait le ciel d'une pureté bleue… Ils montaient. Subitement, à droite, comme un voile qui se déchire, les murs manquèrent, et ils virent apparaître, dans le lointain, et proche à toucher, descendant des nues comme une immense frange blanche, balayant les écailles grises des toits, le palais des Papes… Puis les maisons les abandonnèrent, il n'y avait plus d'arbres, et, dans le ciel bleu, il n'y avait plus que le haut mur crénelé et les deux tours cylindriques qui venaient sur eux, énormes, claires… Ils entrèrent sous la voûte ogivale entre les deux tours, un passage pour une armée. Le vent s'y démenait comme un chien de garde.

– Le gardien n'est pas le même, dit Célestin.

L'homme se tenait à l'autre bout du passage, à l'intérieur de l'enceinte ; il semblait tout petit, une mouche noire sur le fond des pierres claires, du ciel bleu, des arbres qui apparurent à l'intérieur du grand mur comme dans un récipient.

– Vous ne voulez pas visiter ? dit-il. Bon, bon… si vous connaissez, promenez-vous…

Au centre, derrière d'autres murs, le monastère Saint-André, ce qui était autrefois le monastère, ne laissait échapper que les cimes des pins et des cyprès. Le reste, dans le fort, n'était que ruines. Des ruines belles comme la mort naturelle, comme les morts qui se reposent avant d'être rendus à la terre, pas ces horribles cadavres des torturés, des affamés… Des ruines, parties du paysage, de sa beauté, de son histoire… Anne-Marie et Célestin traversèrent l'intérieur de l'enceinte par ce qui était jadis une rue, entre le mur du monastère et les belles ruines des maisons. Au bout, il n'y avait qu'un mur très bas : ici, le fort était défendu par un précipice, et une vue immense s'ouvrit comme une fenêtre. On aurait dit le côté cour du fort, sans tours, sans enjolivures, et la cour était cette immense plaine qui attend les apparitions… Est-ce le terrible vent qui les chasse comme des nuages ? Voici le chemin de ronde, plus loin, en haut du monticule, la chapelle…

– C'est singulier, dit Célestin, autrefois, il y avait ici un parfum de menthe, de plantes aromatiques… Et pourtant c'était en hiver, à la Noël… Aujourd'hui, l'air est pur.

Il descendit rapidement la petite pente. Anne-Marie le suivait. Elle se sentait encerclée, les murs énormes la tenaient, elle était sous la coupe du ciel bleu bordé de créneaux. Le vent la poussait dans le dos, la faisait avancer. Une verdure foncée, échevelée, tourmentée, soulignait la clarté de cette masse énorme de pierres. Un sentier, des marches de pierre… Les voilà revenus à l'entrée du fort. Dans la tour de droite, comme un trou de souris au bas du mur, une petite porte maintenue par une pierre pour qu'elle ne se referme pas. Sans la porte, on ne verrait pas clair dans cette vaste salle voûtée où ils entrent. Les voûtes du plafond se terminent par des mortiers figurant les fenêtres ; elles éclairent à peine, comme de minces cierges, les voûtes, les murs, les dalles par terre, la cheminée, qui sont de la même pierre sans merci. Pourquoi la pierre, en masse, est-elle angoissante ? Un étroit escalier tournant prenait naissance à droite :

– On va monter, dit Célestin.

Un étage, et encore un, et encore un… La pierre du mur était froide, un peu humide. Un petit palier, une porte.

– C'est ici, dit Célestin en poussant la porte entrouverte. Pourquoi fait-il si noir ? Il ne faisait pas noir ici…

Il y avait des raies de lumière tout en haut, sur le mur. Les yeux s'habituaient : c'était un puits de pierre, cellule ou cachot, des murs de pierre… On devinait un anneau de fer qui y était scellé.

– On a fermé la fenêtre avec des planches… On ne pourra pas lire les graffitis sur les murs, dit Célestin à voix basse… « Il est venu fidèle à ce pèlerinage… » On ne peut pas les lire dans le noir… Pourquoi a-t-on mis des planches à la fenêtre ?

Anne-Marie sortit précipitamment, elle descendait l'escalier, le pas de Célestin derrière elle. Un nuage devait couvrir le soleil, car l'ombre teintait la pierre de la vaste salle, elle était moins pâle. Ce fut comme Anne-Marie allait vers la porte que celle-ci bougea, doucement d'abord, et puis se ferma, à la volée, avec un bruit de catastrophe. Célestin arriva à grands pas derrière Anne-Marie, il poussa la porte : elle ne céda pas.

– Nous sommes enfermés, dit-il.

La salle était plongée dans les pénombres… Anne-Marie secoua la porte : ils étaient bel et bien enfermés.

– Quelqu'un a enlevé la pierre, dit Anne-Marie.

– Qu'allez-vous imaginer ? C'est le mistral, il souffle fort aujourd'hui…

– Qu'est-ce qu'on va faire ?

Célestin se mit à tambouriner à la porte et à crier :

– Gardien !

À cause de ce bruit, on ne pouvait pas entendre si quelqu'un venait. Célestin s'arrêta : non, il n'y avait personne derrière la porte, sauf le vent, les ruines. Il se remit à tambouriner à la porte. La pierre était pesante, la tombe était vaste.

– Vous voulez m'éclairer avec des allumettes, je vais essayer de forcer la serrure.

La serrure apparut, une belle serrure de fer, avec le trou pour une clef de l'épaisseur d'un tisonnier. Célestin recommença à tambouriner à la porte. Puis ils se mirent à chercher dans la demi-obscurité s'il n'y avait pas quelque chose qui pourrait servir d'outil. Mais la vaste salle était vide, solennellement, somptueusement vide. C'est en fouillant dans la cheminée que Célestin trouva enfin un clou rouillé et une pierre. Anne-Marie grattait des allumettes. Célestin cognait avec la pierre sur le clou poussé entre la serrure et le chambranle… Oh! miracle: voilà que le pêne entre doucement dans la serrure! Célestin poussa, la porte accrocha et s'ouvrit.

– Vous avez visité? fit le gardien qui venait au-devant d'eux, gracieux.

– Non, nous avons fait un pèlerinage… Vous ne m'avez pas entendu frapper et crier? La porte s'est refermée. Vous ne nous avez pas entendus?

– Oh! mon pauvre monsieur! Votre dame a dû avoir peur!

– Qui a enlevé la pierre?

Le gardien mit un temps avant de répondre:

– Il se passe des choses ici, monsieur. Hier, ma femme a enterré ses six lapins, empoisonnés… On m'a versé de l'acide sur les salades… Si ça continue, je vais demander à être muté…

– Des choses!… fit Célestin. Et pourquoi a-t-on mis des planches sur la fenêtre de la cellule, en haut?

– Quelle cellule? Il n'y a pas longtemps que je suis ici… Peut-être en a-t-on fait un cachot? Les tours étaient pleines après la Libération, on y a mis des collaborateurs.

– Jean, roi de France, dit Philippe en s'asseyant sur une marche en pierre, a édifié cette forteresse autour du monastère, pour sa sécurité, face à la cour pontificale de l'autre côté du Rhône. Des traîtres en veston et en tailleur à même cette pierre… Jean, roi de France, n'avait pas prévu les collaborateurs.

– Il fallait les mettre quelque part, s'excusa le gardien. Dans la prison Sainte-Anne, en Avignon, c'était plein… Il y avait un trafic ici! Ils n'étaient pas à même la pierre, monsieur, ils recevaient des colis et des couvertures, malgré les gars qui les gardaient avec des mitraillettes. Un trafic! Des couvertures à prix d'or, ils n'étaient pas à même la terre… Il y a eu bien des choses, c'est moi qui vous le dis. Des autos dans la montée du fort nuit et jour, les petits gars avaient beau monter la garde… Des coups de feu dans la nuit… Ils sont restés longtemps, les hommes dans une tour, les femmes dans une autre… Les planches, c'est peut-être à cause du froid, parce que, pour se sauver de là, avec ces murs… Il a fait froid, le mistral soufflait… Je vous remercie, messieurs dames…

– Urbain II prêchant la croisade, Philippe le Bel venant conclure un traité avec l'abbaye, Juliette, les collaborateurs… disait Célestin, descendant la pente autour du fort.

Ils se retournèrent et regardèrent longuement la ligne ininterrompue du haut mur impénétrable, dans le ciel nu.

Il était peut-être bon, le déjeuner servi dans la sombre salle d'un hôtel installé dans une vieille demeure, mais ni Célestin ni Anne-Marie n'avaient faim. Il y eut pourtant un melon du pays, parfumé, sucré, et du poulet, et des frites, et Célestin faisait des efforts de conversation, qu'Anne-Marie ne soutenait pas. Ils prirent le café dans le grand jardin entouré de murs. La guerre était donc finie, du moins dans ce vieux jardin. Anne-Marie serait restée ici sans fin. Mais il y avait Célestin, il disait : « On en a peut-être assez fait pour aujourd'hui ? On reviendra avec la voiture… » Elle serait restée ici, dans ce pays qu'elle voyait pour la première fois et qui lui semblait être sa terre natale. Dans les grands arbres, le mistral, qui les avait suivis du fort, soufflait des histoires de pierre impénétrable. Elle serait restée ici, pour toujours : *Ici, j'ai fait ma Rome, mon Athènes, ma patrie…*

Un autobus délabré les prit à l'église et les descendit le long de la route qu'ils avaient faite à pied. Il était bondé de gens silencieux qu'il déversa après le pont, aux remparts de la ville.

– Si vous n'êtes pas fatiguée, on pourrait faire un tour en ville, dit Célestin. Ce n'est pas commode en voiture, les rues sont étroites…

Ils marchèrent. Les rues se tortillaient comme des vers de terre. Les sévères maisons gothiques, les demeures seigneuriales parées comme des bonbonnières étaient recouvertes des écailles d'enseignes :

pharmacie, garage, épicerie… Cyclistes et autos frôlaient les tas parfumés des pêches, des poires, raisins, tomates… Parfois les maisons s'écartaient pour laisser la place à une église, et des platanes en profitaient aussitôt. Il y avait des arbres dans une rue étroite, glauque, verte à cause des feuilles, à cause de l'eau d'un fossé qui se nomme la Sorgue, et où stagnent les roues moisies des teinturiers, car, au XVIe siècle, on teignait la soie ici. Le fossé borde le grand jardin ébouriffé de la chapelle des Pénitents Gris : c'est là que Célestin voulait aller.

La chapelle, le petit pont qui y mène à travers la Sorgue sont cachés par l'ombre des grands arbres, dévotement penchés, tendus vers la chapelle. Célestin et Anne-Marie y entrèrent : ce n'était d'abord qu'un large passage de pierre, celui-là même où, lors de l'inondation, le 30 novembre 1433, les eaux s'étaient miraculeusement séparées, répétant le miracle de la mer Rouge… La chapelle était au fond.

Le jour y arrivait librement par des vitres blanches et mettait à nu un Pénitent Gris habillé d'un sac de toile grise, portant un grand crucifix, et les femmes agenouillées face au Pénitent, répétant les prières…

– Où donc, où donc, dit Célestin, sont le silence obscur d'autrefois et les étoiles rouges de l'adoration perpétuelle qui brûlaient dans la nuit ?

L'église résonnait comme une classe, le Pénétrant Gris n'était qu'un figurant, les femmes avaient des mèches grises et des bas de coton.

– Allons-nous en, dit Célestin.

Les rues les reprirent… Murs épais, tours, pierres, pour vous faire penser aux routiers, aux bandes armées, et, pendant qu'on y est, aux mitrailleuses, aux bombes, aux Boches…

– Et voilà la prison, dit Célestin. On ne m'a pas eu, bien que j'aie fait dans cette ville tout ce qu'il fallait pour y aller.

Aujourd'hui, ce n'est plus la maison des « insensés » du Moyen Âge et des Temps modernes, c'est la maison des traîtres et des vulgaires bandits. Voyez, cette chapelle qui est accolée aux murs de la prison, c'est celle des Pénitents Noirs de la Miséricorde, qui ont pour mission d'assister les prisonniers et les condamnés à mort dans tous leurs besoins spirituels et temporels... Regardez cette grâce élégante à côté du mur implacable de la prison. Dans d'autres siècles, les condamnés à mort assistaient à leur dernière messe dans les lambris dorés de la chapelle, parée comme une salle de bal. Il y avait donc une communication entre la chapelle et la prison. Nous l'avons cherchée vainement dans l'espoir de faire évader nos hommes... Quels Pénitents Noirs aident aujourd'hui les traîtres là-dedans? Imaginez-les, habillés de robes de bure et de cagoules, en procession dans les rues de la ville, devant la prison...

– Les Pénitents Noirs de la Cagoule! fit Anne-Marie.

Célestin lui jeta un de ses rapides regards brûlants. C'étaient des étrangers dont la pensée n'était jamais parallèle.

– J'aimerais voir le palais des Papes, dit Anne-Marie. Je me souviens quand je suis venue ici en 1943, en hiver, j'ai regardé le palais qui s'étalait dans son orgueil démesuré, ces murs formidables qui ne connaissaient pas leur faiblesse, et je m'imaginais le ronron des avions, le désastre... Je me rappelle comme j'ai traîné de café en café jusqu'à l'heure du train, j'avais raté en Avignon la correspondance, je ratais mon rendez-vous à Nîmes, je n'étais pas fière... Toute la ville était couverte de Boches comme de pellicules...

Célestin l'écoutait avec intérêt: il avait bien entendu dire qu'Anne-Marie Bellanger, la « Demoiselle », avait fait de la Résistance, puisqu'elle avait la Croix de la Libération et des citations, paraît-il, mais il était sceptique: elle n'en parlait pas et en avait si peu l'air. Il pensa à Juliette: elle non plus n'en avait pas l'air.

– Il y en avait partout, racontait Anne-Marie, dans les magasins, dans les cafés, dans les cinémas, tous les hôtels étaient réquisitionnés...

On n'y était pas encore tout à fait habitués en zone sud, et, quand j'allais à Paris, je n'y restais jamais assez pour me faire une raison. Une fois rentrée dans mon petit bourg, je pensais tout le temps au palais des Papes et aux Allemands…

Ils débouchèrent sur la place de l'Horloge, avec les tables de café dehors, poussiéreuse, grouillante, et montèrent vers le palais.

Il était là, énorme vaisseau, dans la cale sèche de la place, cygne blanc au-dessus de la ville, gratte-ciel gothique, à la gloire et défense du monde chrétien, des papes français, défiant attaques et sièges comme il convient, le palais des Papes, « la plus belle et la plus forte maison de France »… Anne-Marie s'en allait à reculons, comme devant une majesté à qui on ne tourne pas le dos… Mais déjà Célestin descendait un escalier…

Ils descendaient par ces rues qui coulent comme des eaux d'égout vers le « quartier réservé », avec sa petite place carrée où une vespasienne flamboie, tapissée d'affiches qui viennent d'être apposées, encore humides, et où l'on voit un athlète formidable et multicolore plier le bras pour montrer ses muscles géants. Au fait, les maisons closes vont être fermées par décret, ou le sont peut-être déjà : alors *Le Petit-Chabannais* qu'on voit ici, et les autres ?… Ils prennent une rue encore plus étroite, ils marchent.

– Ici, disait Célestin, on entendait les guitares des gitans… Aimez-vous les guitares ? Les Allemands ont peut-être enlevé les gitans avec leurs guitares et leurs chants… Ici, près de cette fontaine, nous fîmes la merveilleuse rencontre d'une femme. Elle était splendide, comme un tableau de musée, comme le palais des Papes, comme un jardin de cloître…

Puis ils s'assirent l'un en face de l'autre dans le plus petit café qui soit. Six petites tables de marbre, les unes sur les autres. Un patron moustachu et muet servait au comptoir deux types à ne pas rencontrer au coin d'un bois… Les bras nus d'Anne-Marie collaient au marbre poisseux et mouillé de la table. Une femme âgée, avec un grand cabas dont sortaient bouteilles et chiffons, posé à côté d'elle, sur la banquette de toile cirée, mangeait un morceau de pain qui s'émiettait sur le marbre. La table de marbre était si étroite qu'Anne-Marie et Célestin se trouvaient nez à nez, c'en était gênant de se voir ainsi, en gros plan. Célestin vit la petite ride verticale entre les sourcils et les rides horizontales sur le haut front bombé... Elle avait les sourcils et les cils plus foncés que les tresses claires... Le corsage ajusté, agrafé par une petite broche, était tout prêt à s'ouvrir, les seins comme nus sous l'étoffe mince, collant aux bouts délicats. Les seins, le sein blanc... Elle avait les yeux baissés et, quand elle leva ce gris vaste, serein, elle rencontra les yeux de Célestin, tout près, le blanc luisant dans la peau brûlée noir. Un cou de statue, solide, droit, des poils noirs dans la chemise au col déboutonné... Ses cheveux noirs, avec des fils blancs, avaient tendance à s'éparpiller... Les seins, le sein blanc...

– Voulez-vous qu'on passe chez moi ? dit Célestin. C'est une très vieille maison délabrée... Les Boches y sont venus, ont tout saccagé, paraît-il... Je n'y suis pas retourné depuis...

Un mur. Un portail sculpté. Une cour verte d'arbres et d'herbes entre les pierres du mur, les pavés. Célestin ouvrait une porte de bois sculptée avec sa clef. La lumière ne marchait pas. Ils se prirent les pieds dans un tapis.

– Attendez un moment, je vais ouvrir les volets à côté.

Elle l'entendait qui se battait avec les meubles, avec les fenêtres... Les volets grincèrent. Anne-Marie se trouva dans une petite entrée au plafond voûté : un rideau arraché gisait par terre, devant la porte, les sièges étaient renversés. La pièce à côté était une grande pièce, voûtée elle aussi, avec d'étroites baies gothiques, l'ogive finement modelée... On aurait dit une église. Mais, sur les murs de pierre gris perle, au-dessus des portes et de la haute cheminée, des amours en pierre tenaient des guirlandes sculptées... Le soleil éclairait avec complaisance les housses blanches des meubles à hauts dossiers droits, glissait sur les velours et les satins, arrachés des fauteuils et du divan éventrés, ressorts et crin à nu. Le tapis, poussé de côté en tas poussiéreux, découvrait de grandes dalles de pierre. Les débris de verre venaient de la lanterne qui pendait de la clef de voûte et dont il ne restait que la carcasse. Une table fendue en deux comme par un coup de hache, une nappe de soie qui pendait – elle avait dû être tirée avec tout ce qu'il y avait sur la table – et, par terre, des débris et une tache d'encre... Célestin ouvrait une des portes, essaya de tourner le commutateur : tiens ! ici ça marche. Les trois torches d'une lampe à pied s'allumèrent. Le lit à colonnes faisait face à une haute glace brisée dans son cadre doré, des draps traînaient par terre, le matelas était éventré. Il y avait une belle porte sculptée de chaque côté de la glace. Les fenêtres disparaissaient derrière des portières de soie blanche, brodée de blanc, miraculeusement blanches, fraîches, intactes. Sur une coiffeuse avec le couvercle relevé, doublée d'une glace, c'était un gâchis de verre, de porcelaine, de bibelots et flacons brisés. Au-dessus de la coiffeuse, cette même photographie qu'Anne-Marie avait vue dans le rez-de-chaussée de Célestin, à Paris : une femme, grandeur nature, assise très droite, les yeux regardant ailleurs, les bras croisés sur une table, sans qu'elle s'y appuyât. Une croix gammée, tracée au charbon, s'étalait à travers toute l'image comme une immense araignée noire qui aurait pris possession de la chambre abandonnée.

Célestin, immobile devant ce désordre figé depuis trois ans, semblait en faire partie, une sombre statue d'archange déchu. Anne-Marie alla s'asseoir sur un petit fauteuil tout blanc, intact comme les rideaux : elle était fatiguée, et il y avait de quoi. Elle s'imagina le bruit de leurs bottes sur les dalles, leurs voix résonnaient dans cette pierre d'église...

– J'ai ouvert enfin le tombeau, dit Célestin. Il ne reste pas grand-chose du cadavre bien-aimé. Quand on a ouvert la tombe de Laure de Sade, on y a trouvé huit dents et des cheveux... Et on les perdit. Dans cette tombe, je ne trouve rien de Juliette Noël, même pas l'image d'une femme qui se déchire le sein, même pas un sonnet de

Pétrarque. Il faut me pardonner, Anne-Marie, de vous avoir menée dans un pays d'ombres qui ne sont pas les vôtres. C'est le destin des murs d'Avignon de voir l'amour, le sang, les conquêtes, les bûchers et les fêtes. J'aime ces murs qui ont vu Juliette, qui nous voient, vous et moi… Donnez-moi vos mains, Anne-Marie… Je pense à vous…

Sur le matelas tailladé, Célestin, à côté d'Anne-Marie, immobile comme un cadavre, regardait la grande photo avec la croix gammée en travers.

Quand ils sortirent dans la rue, il faisait encore soleil. Comme les jours sont longs, ils sont interminables!… Le vent soufflait avec force même dans cette rue étroite, il hurlait autour de la plaque en marbre sur une maison :

Ici existait au XIVe siècle
l'église Sainte-Claire
dans laquelle, à l'aurore du 6 avril 1327,
Pétrarque conçut pour Laure un sublime
amour qui les fit immortels.

– Et maintenant, dit Célestin, comment vivons-nous maintenant ? Je croyais qu'on ne pouvait pas aimer entre le revolver et la prison… Quelle folie ! Nous étions alors des « insensés », nous pouvions aimer à la folie…

« Un sublime amour, pensait Anne-Marie… Si je me mettais à sentir quelque chose, je me mettrais à hurler. L'amour sublime… C'est le moment d'y penser… »

– Il doit y avoir quelqu'un, dit-elle, qui me veut du mal, qui plante des clous dans mon effigie… J'ai vu faire ça, ça fait beaucoup souffrir.

– Si quelqu'un vous veut du mal, ça ne peut être qu'une femme. Les hommes vous aiment. Vous avez un âge qui vous rend complice, et vous avez gardé une jeunesse victime… On a envie de vous toucher, comme une fourrure douce, de la loutre, de l'hermine, ou du velours. Qu'est-ce qu'il y a encore de très, très doux au monde?… Je ne résiste pas à l'envie continuelle de vous toucher. Ne me résistez pas, voulez-vous? Et nous nous entendrons très bien.

– Je commence à sentir la fatigue, dit Anne-Marie, c'est fatigant une nuit dans le train… Je voudrais rentrer me coucher. Dormir…

– Vous n'allez pas vous coucher sans dîner?

– Je n'ai pas faim…

Ils débouchaient dans la rue de la République. Il y avait beaucoup de monde, des jeunes gens, des jeunes filles flânaient, « faisaient la rue de la Ré », la remontaient, la descendaient. Les cafés étaient pleins à cette heure sacrée de l'apéritif; l'accent provençal sonnait aux oreilles parisiennes comme du folklore, comme une histoire qu'on écoute, amusé et attendri…

Dans le hall de l'hôtel, il faisait déjà presque nuit, et la salle du restaurant, qu'on voyait par les portes vitrées, semblait illuminée en prévision d'une fête; elle était encore vide, ornée de fleurs, de tables blanches, empesées comme les chemises des maîtres d'hôtel.

– Ça ne vous fait pas envie…

Non, ça ne lui faisait pas envie. Tout ce qui lui faisait envie, c'était le lit de cuivre, là-haut.

– Bonne nuit, Anne-Marie. Je viens vous prendre demain matin.

Les couloirs faiblement éclairés, l'or des cadres, la petite galerie, le plancher inégal… « Les réquisitions successives… » Vite, le lit, se coucher. Anne-Marie éteignit, tira sur les couvertures… Ce fut alors qu'elle entendit le bruit d'une corde qu'on a pincée et qui résonne longuement… Un moustique! Des moustiques! Il ne fallait pas songer à dormir. Anne-Marie alluma, prit un livre… Où était Célestin? Où couchait-il? Pas dans ce lit à colonnes, dans ce cauchemar… Pourquoi avait-elle consenti à venir? Qu'allait être la maison de Célestin? La mère paralysée… La campagne… Personne. Les moustiques.

XXIII

Il y a de ces voitures agitées, nerveuses, avec lesquelles on ne sait jamais où l'on va. Celle-ci roulait rapide et tranquille, faisant avec assurance du cent à l'heure. Au-dessus de la garrigue, le ciel était toujours aussi bleu, et le mistral ne soufflait plus.

– Chez moi, pas de moustiques. Vous allez pouvoir vous reposer, dormir quarante-huit heures de suite. J'espère que vous n'allez pas trouver la maison trop inconfortable.

Garrigue, garrigue... Quelques villages à l'ombre des platanes. Anne-Marie avait l'impression non pas de s'approcher d'un endroit, mais de tout laisser derrière elle, de s'éloigner de tout. La garrigue devenait de plus en plus déserte, comme si cela devenait trop loin pour les gens et les bêtes d'y aller. Depuis un moment, la voiture grimpait. Une vue s'ouvrait comme un éventail, de plus en plus largement. Maintenant ils avaient abandonné la grande route. Les pneus souffraient sur des cailloux pointus, et ça montait toujours. La garrigue vallonnée avait des vagues de chênes-lièges mousseux ; des murs très bas, des pierres grises posées les unes sur les autres s'en allaient à tort et à travers, ne bordant rien, n'encerclant rien... La route devenait de plus en plus mauvaise. L'horizon dessinait un cercle presque complet.

Dans l'immensité du paysage vallonné, du soleil, du ciel bleu, il y avait, plus bas que la route, sur un plateau, un petit fort carré.

Des murs crénelés, gris, avec un donjon à un des coins. À l'intérieur de l'enceinte, on voyait, d'en haut, des tuiles grises comme les murs, des écailles de poissons. Trois cyprès noirs, droits comme des piques, étroits comme des fagots, se tenaient derrière le petit fort.

– C'est beau ! dit Anne-Marie avec enthousiasme.

L'air était exaltant de pureté.

– Ne croyez pas que c'est un château, ce n'est qu'une ferme fortifiée, dit Célestin avec fierté.

Il klaxonnait, annonçant sa venue à toute la garrigue.

Quand la voiture, descendant une pente assez raide, s'approcha du château, du fort, de la ferme fortifiée, le lourd portail était ouvert ; un homme en bleu, avec de hautes bottes à revers en caoutchouc, se tenait devant, au garde-à-vous. Trois chiens-loups sautaient autour de la voiture, aboyant avec ferveur, gémissant d'extase. La voiture entra dans la cour. Un homme en militaire descendait les marches en courant, pour ouvrir la portière :

– Ça va, les enfants ? dit Célestin, et il caressait les chiens qui lui sautaient après. René, prends la valise de madame.

C'était une grande cour de terre battue. La maison principale appuyée au mur d'enceinte, à droite, drôlement composée de plusieurs maisons posées les unes sur les autres ; la dernière, petite, dépassait le mur. Le donjon, à gauche, vu de près, d'en bas, était imposant. Des bâtisses basses, toujours de la même pierre, entouraient la cour presque entièrement, laissant la place pour de profonds appentis où l'on voyait de la paille, des poules… Les crénelures du mur bordaient l'ensemble.

– Comment va maman ?

– Toujours la même chose, mon général.

Ils entrèrent dans la maison.

La salle était grande, obscure, fraîche ; de lourds piliers aidaient à supporter les poutres et les solives du plafond. Il n'y avait des fenêtres que du côté de la cour, dans des embrasures profondes avec deux marches de pierre pour y accéder. Au bout étroit de la salle, une cheminée de pierre, circulaire, avec une haute hotte conique. Une longue table au milieu, des bancs, quelques fauteuils hauts et raides devant la cheminée. À part ça, la salle était vide.

– Je vous mène tout de suite chez vous – Célestin ouvrit une porte ferrée, – je passe devant…

Un escalier de pierre, en colimaçon, montrait l'éventail des marches… Ils dépassèrent plusieurs petites portes donnant directement, sans paliers, sur les marches. Tout en haut, il y avait un petit palier :

– Nous y sommes, c'est un peu haut, mais j'ai pensé que c'était ici que vous auriez le plus d'air…

Célestin ouvrit la porte. La première chose qu'elle vit, ce fut une large baie cintrée au fond d'une embrasure profonde, et, derrière, la garrigue dans toute sa splendeur, baignant dans le soleil et le ciel…

– Oh ! fit Anne-Marie.

Célestin souriait, il semblait content. La chambre était grande. L'embrasure de la baie formait comme une petite pièce encadrée de rideaux de velours rouge, il y avait des bancs garnis de coussins, une petite table… Le lit-divan était immense, avec une couverture de velours rouge et des franges d'or, une branche de buis à la tête ; un tapis couvrait presque entièrement le carrelage rouge, il y avait des tabourets et des bancs avec des coussins, il y avait aussi des coussins par terre sur le tapis… Dans une niche profonde, une Sainte Vierge, en pierre…

– C'est l'eau qui me préoccupe… On a fait pour le mieux, le cabinet de toilette est ici, dans un de ces drôles de réduits biscornus, c'est cette porte ; la garde-robe est par là, vous verrez, il y a tout autour des placards avec de jolies portes sculptées. Et que je vous dise tout de suite qu'au fond de l'un des placards se trouve une petite porte qui donne sur un escalier presque droit. Il n'est pas praticable par vous et inutile, parce qu'il ne mène que dans les souterrains. Il y a des souterrains à partir du donjon, ils devaient servir de magasins dans les temps jadis. Une des sorties est à cinq cents mètres de la maison, dans la garrigue… Ils étaient prudents, mes aïeux ! Je parle, je parle, vous devez avoir très faim !

– J'ai faim, mais je n'ai pas envie de quitter cette baie !…

– Ce soir, je ferai servir le dîner dans la chambre. Ce n'est pas commode si l'on veut manger chaud, mais si vous vous contentez de plats froids… Ce matin, si vous voulez bien, nous allons manger dehors.

Ils descendirent dans la cour. Dans l'angle formé par le mur d'enceinte, il y avait deux platanes géants. C'était sous ces platanes qu'une table était mise. Une très vieille femme, parcheminée, haute de stature, sortit de la bâtisse sans étage, portant un plateau chargé. Célestin alla au-devant d'elle, lui prit le plateau des mains, le posa sur la table, l'embrassa :

– Bonjour Marthe ! Où est la petite, pourquoi est-ce toi qui sers ?

– La petite est partie à V…, à la fête. Madame a été très agitée, tu es resté longtemps absent…

Elle disposait sur la table des hors-d'œuvre, sans saluer, ni regarder du côté d'Anne-Marie.

– Si vous voulez vous laver les mains, venez à la cuisine…

Anne-Marie suivit Célestin : la cuisine était de plain-pied avec la cour ; les flammes de la cheminée y brillaient, tant elle était noire… Autour de la table étaient assis trois hommes : les deux qu'Anne-Marie avait vus dans la cour, et un troisième, un blond avec un visage très rouge. Ils se mirent au garde-à-vous.

– C'est notre prisonnier qui travaille dans les champs. Il est doux.

Célestin disait ça, comme il aurait dit : il ne mord pas… Sur une broche, dans la cheminée, cuisaient trois poulets. Marthe fourrageait dans un chaudron noir, suspendu au-dessus du feu, il en sortait une grande vapeur blanche : elle avait tout d'une sorcière. Célestin versait de l'eau sur les mains d'Anne-Marie, au-dessus d'une cuvette d'étain.

– Ça ne vous fait pas peur cette vie ?

Non, ça ne lui faisait pas peur, jamais Célestin ne l'avait vue si gaie ; en fait, il ne l'avait jamais vue gaie jusqu'à ce jour. Il pensa qu'il aurait aimé l'avoir connue il y a vingt ans… Non, cette vie ne faisait pas peur à Anne-Marie, il y avait l'air qui vous rinçait la tête, le cœur, il y avait la garrigue… Elle ne lui faisait pas peur, malgré Célestin, les trois hommes silencieux, la vieille parcheminée, la malade cachée au fond de la maison-forteresse… Elle était remplie d'une sorte d'allégresse, même si elle ne pouvait pas aller coucher à la belle étoile dans la garrigue, seule, sans pensées, sans souvenirs, sans lendemain…

Après le déjeuner, elle dormit, merveilleusement, pendant une bonne heure sur le lit rouge sang. Célestin l'attendait dans la grande salle, il était en short, un couteau à la ceinture. Ils sortirent et marchèrent longuement. Tantôt il fallait monter, tantôt descendre. Les petits murs gris bordaient des chemins qui n'existaient pas. Il y avait des buissons, des chênes-lièges, et aussi de grands arbres, isolés ou en bouquets, et de la lavande… Et plus Anne-Marie marchait, moins elle sentait la fatigue, cet air la portait comme des ailes. Il y avait beaucoup d'amandiers, les amandes jonchaient la terre, les branches en étaient chargées… Derrière un pli du terrain apparurent les murs d'une ferme, toujours de cette même pierre gris perle. Il y avait des champs, bordés d'arbres fruitiers, et Célestin cueillit des prunes, de grosses prunes jaunes, sucrées : « Ils ne diront rien, on me connaît. » Un chien aboyait devant la maison, sans se déplacer, et se tut quand ils s'approchèrent. Une femme rentra rapidement dans la maison : « C'est comme ça qu'ils sont dans le pays… »

Ils marchèrent encore longuement, baignant dans l'odeur de lavande, avec toute cette terre autour d'eux, qu'on voyait souvent, jusqu'à l'horizon.

– Nous allons arriver à la ferme où logeait le premier maquis que j'ai formé… Voyez, ceci était notre champ de tir…

Le terrain, jaune de sable, était un palier au flanc de coteau et entièrement caché par un enchevêtrement de buissons. Ils montaient, escaladant des amoncellements de grosses pierres, foulant des herbes. Une ferme abandonnée était enfouie dans les arbres qui la camouflaient du côté de la pente, c'était à peine si on voyait ses murs gris. Des ronces presque infranchissables envahissaient le petit rectangle entre les murs qu'il fallait traverser pour arriver à la porte. Célestin frayait le passage, marchant sur les ronces, maintenant les branches, et, malgré ça, Anne-Marie avait les jambes en sang ; le foulard qu'elle avait sur la tête était arraché à chaque pas. Ils y arrivèrent quand même. Sur la porte, une grande inscription, maladroite : MAQUIS. Il y avait la même inscription sur le mur de la première pièce… Un petit animal gris, entre rat et écureuil, une loutre, courait, la tête en bas, le long de la poutre du plafond, et disparut dans le mur. En réalité, il n'y avait plus de plafond, la poutre était tout ce qui en restait au-dessous du toit transparent. Dans la deuxième pièce, encore plus petite, il y avait une cheminée, les restes d'un feu, et le plafond était enfumé comme si on avait fait un second feu au milieu de la pièce : « Ça se peut, dit Célestin, on n'avait pas chaud ! » Il y avait de la paille par terre, une casserole trouée, un banc fait avec les planches d'une caisse. Célestin prit Anne-Marie par les épaules : « On ne peut pas être plus seuls, dit-il, Adam et Ève… Personne avant nous n'a connu le péché… »

Quand ils sortirent de la maison, à travers les fils barbelés des ronces, le soleil les saisit comme à la sortie d'un cinéma en plein jour. De l'autre côté de la maison, il y avait une pelouse, des amandiers, un puits… Ils s'assirent sur la margelle, à l'ombre ; Célestin avait ramassé des amandes et les cassait avec une pierre : elles étaient douces et blanches…

– On n'était pas sérieux au début, tout de même… dit-il. C'est une idée de fou que de faire un camp à quelques kilomètres de sa maison… Il y a un bon Dieu pour les insensés. À chacun son instinct, sa ligne de sort… Dans le cross-country des années terribles, chacun a donné sa mesure de caractère, d'ingéniosité, de refus… Nous avons caché des armes au moment de l'armistice, et j'ai tout de suite commencé à constituer un groupe. Du travail artisanal, et j'avoue que je ne savais pas très bien où ça allait nous mener… L'idée de rejoindre Londres ne m'était jamais venue ; je n'ai jamais pu sentir les Anglais. Ils nous avaient joué assez de tours comme ça… Et puis, à Lyon, je tombe sur le Dr Arnold, il avait été toubib chez moi, dans mon régiment, pendant la guerre. Un civil, il avait beau être en militaire, c'était un civil, mais d'un courage dément… Il me fait rencontrer un petit homme – Dieu sait qu'il ne payait pas de mine ! – un nommé Dominique… Je n'ai jamais su ce qu'il faisait dans le civil. Il m'a demandé de lui trouver un endroit pour installer un poste émetteur. C'était un homme extraordinaire… Un minotaure qui aurait une roue de bicyclette à la place de l'arrière-train de cheval… Quand les Boches l'ont pris, ça bouscula tout le travail. Il m'a fallu filer à Londres, ils étaient sur la piste… Et je me suis trouvé être du BCRA. Si jamais je m'étais attendu à faire partie d'un service secret !

Anne-Marie écoutait, assise sur la margelle, la tête un peu penchée, les mains sur les genoux… Célestin n'en avait pas l'air, mais il la regardait : le paysage n'existait que pour lui servir de fond – l'amandier, le puits et l'horizon. Il manquait l'enfant sur ses genoux…

Ils rentrèrent. Sur le chemin, le gars avec les bottes de caoutchouc à revers chargeait sur un tombereau du bois sec. « Ho ! » criait-il pour s'expliquer avec le cheval qui en avait assez de stationner…

Dans l'enceinte du mur crénelé, on voyait, par la porte de l'étable, Marthe assise très bas, en train de traire une vache. Le prisonnier rentrait le foin.

– J'aurais aimé visiter la tour, dit Anne-Marie. Vous m'avez dit qu'il y avait des souterrains ?

– Si ça ne vous fait rien, une autre fois… J'ai des ordres à donner… Je vous rejoins tout à l'heure. Le couvert doit être mis dans votre chambre, comme vous l'avez désiré.

Derrière la large baie cintrée, la garrigue se précisait maintenant que le soleil n'avait laissé derrière lui qu'une clarté indirecte, qui n'aveuglait pas. En face, il y avait la ferme, et les champs bordés d'arbres où Célestin avait cueilli des prunes… Le bouquet d'arbres, à gauche, très loin, devait être la ferme du maquis. La garrigue devenait autre chose qu'un océan avec des vagues de terre et l'écume des buissons… Le couvert était mis sur la petite table à l'intérieur de l'embrasure avec ses rideaux de velours rouge à glands d'or ; on aurait dit une petite scène, les feux de la rampe venant de la garrigue. La chambre disparaissait déjà dans le gris du crépuscule. La couverture était faite. Anne-Marie s'étendit sur le lit : il y avait longtemps, longtemps qu'elle n'avait éprouvé ce bête de bonheur sans pensées.

Ce fut Célestin, penché sur elle, qui la réveilla. Une lampe pendait du plafond au bout d'une chaîne, au pied du lit. Elle donnait une lumière douce comme celle d'une lampe à huile. Anne-Marie mit ses bras autour du cou de Célestin et lui sourit :

– Je vous remercie, dit-elle, je suis si bien…

Célestin s'assit sur le lit. Quelque chose venait de se déclencher à l'instant même. Il avait toujours su qu'Anne-Marie n'était pas une conquête, et il avait autant aimé ça. C'était une femme raisonnable et qui aimait l'amour pour l'amour, mais il y avait peut-être un homme à qui elle mettait les bras autour du cou, comme elle venait de le faire… Avec ce sourire. Il regardait ce visage aux yeux fermés : elle avait attrapé un coup de soleil sur le front ; des petites taches de rousseur lui faisaient des ombres sous les yeux, en haut de ses bonnes joues rondes… une tresse avait glissé sur l'oreille. Célestin défit la petite broche qui tenait le corsage, la sortit de la robe comme une amande blanche et la coucha dans les draps. Elle se laissait faire, lourde et confiante, perdue dans une fatigue qu'on sentait bonne, bonne… Elle avait les plus beaux seins du monde, plus blancs encore à côté du visage, du cou, du triangle de hâle en haut de la poitrine. Célestin alla tirer les rideaux de velours rouge et revint se coucher. Il la prit dans ses bras ; elle dormait, confiante, se rapprocha de lui sans se réveiller, pour être mieux. Si elle allait ouvrir des yeux à nouveau vides, uniformément gris ? Que savait-il d'elle, sauf le plaisir qu'elle prenait à faire l'amour ? Il souhaita la conquérir.

Les jours coulaient. La violence des orages rendait le soleil plus brillant, l'astiquait. Ils passaient des heures à rôder dans la garrigue. Parfois Célestin disait : « Je vous laisse seule, j'ai à travailler », et il s'enfermait dans son cabinet de travail. Il en sortait toujours sombre, gardant un silence noir, et il semblait à Anne-Marie qu'il s'y enfermait pour ne rien y faire, pour lui donner l'illusion qu'il travaillait, ou peut-être pour se la donner à lui-même. En réalité, il n'avait rien d'autre à faire que de se promener avec elle dans la garrigue. Il n'était plus dans l'armée, et ce n'étaient pas les travaux de la ferme qui pouvaient l'occuper. Alors quoi ? Quelques lettres à écrire, un livre à lire ? Ce n'est pas du travail. « Venez… », disait-il, et ils partaient, les bras ballants, dans la garrigue, dans le soleil, l'air de lavande… L'une après l'autre, ils visitaient les fermes abandonnées où l'on pouvait lire le mot MAQUIS. Parfois ils se taisaient, parfois Célestin se mettait à parler avec cette chaleur, le goût oratoire des hommes du Midi… Anne-Marie l'écoutait, bon public, admirativement, comme un acteur sur la scène. Mais il avait beau chercher le ressort secret sur lequel il avait dû appuyer bien par hasard, l'autre soir, il ne le trouvait pas : plus jamais elle ne lui avait mis les bras autour du cou. Elle était lisse, glissante comme un savon dans l'eau tiède du bain. Célestin finit par poser des questions, ce qui était contre toutes les règles tacites qu'il y avait entre eux. Mais elle s'y prêta avec naturel. Il avait demandé :

– Et vous, la Demoiselle, comment avez-vous trouvé le fil de la Résistance ?

– Par Jacquot. Je veux dire par le colonel Voiron.

– Et lui, comment a-t-il fait ?

– Lui, c'est tout simple, il est membre du Parti communiste.

Célestin était rêveur : il ne pouvait s'imaginer Anne-Marie liée avec les FTP, et Voiron était un colonel FTP.

– Mais vous avez été directement liée avec les FTP ?

– Non, je n'ai pas été avec les militaires, d'abord. C'est quand on m'a envoyée comme assistante sociale dans une camionnette de la Croix-Rouge et que j'ai transporté des armes, que j'ai eu affaire au maquis. C'est-à-dire moi, j'habitais au bourg et je circulais tout le temps. D'ailleurs, ce n'était pas un maquis FTP, ils avaient des AS avec eux, sans ça, on n'aurait pas eu d'armes. Raoul Léger s'était mis de l'AS.

– J'ai toujours su qu'on ne pourrait pas gouverner le pays sans les communistes, dit Célestin… Mais de là à leur laisser prendre le pouvoir… Je les connais bien, nous avons beaucoup travaillé ensemble. Je ne hais pas tous les communistes, mais je hais le communisme… J'entends ne pas être gouverné par le colonel Voiron ni par aucun homme de parti, communiste ou autre. Les partis ! Voilà ce qui nous tue en France ! Tout le monde fricote, combine, en attendant, on nous escamote le charbon de la Ruhr, le bifteck de M. Farge vaut son pesant d'or, les avions du ministre communiste tombent comme des oiseaux blessés… Il faut prendre la France en main, il faut la gouverner, et je mets les communistes dans le même sac que les autres…

– Vous en sortirez tout de même Jacquot, puisque vous savez ce qu'il vaut ?

– Pourquoi ? Il y en a d'autres qui le valent. Vous lui portez un intérêt particulier ?

– Est-ce que nous parlons politique ou vie privée ?

Célestin se tut. Il était sot, maladroit. La conversation tomba. Ils n'ouvrirent plus la bouche jusqu'à la maison. Devant le porche, René guettait leur retour :

– Mon général, dit-il, il y a le lieutenant Laurent qui vous attend...

– Ah ! Célestin s'alluma : chère amie, ça ne vous ennuie pas de voir ce lieutenant ? C'est quelqu'un de mon réseau... Si vous voulez l'éviter, c'est facile, mais il va rester coucher, sûrement...

– Ça ne m'ennuie pas du tout.

Dans la cour, il y avait une auto poussiéreuse, chargée de sacs, de ballots. Ils entrèrent dans la maison : le lieutenant se leva, laissant tomber un journal, et vint rapidement, d'une démarche caoutchoutée, au-devant d'eux, de l'autre bout de la salle.

– Content de vous voir, Laurent ! Comment allez-vous, mon vieux ?

Le lieutenant n'était pas grand, il avait une taille de jeune fille, un hâle de marin, une flexibilité de jonc secoué par le vent...

– J'étais dans la région, mon général, je me suis permis de venir jusqu'ici vous présenter mes respects...

– Anne-Marie, je vous présente le lieutenant Laurent, *alias* Bertrand, parachuté en France pour l'organisation du réseau... Et qui ne rêve qu'à recommencer...

Il ne disait pas son nom à elle, c'était comme à l'hôtel où l'on ne demande pas le nom de la femme...

– Quelle horreur ! dit Anne-Marie, recommencer...

René arrivait avec les bouteilles.

– On sera bien obligés, madame... et on trouvera du monde pour le faire, vous verrez... Ou alors tous les bons Français, tous les patriotes seront obligés de quitter la France !...

Anne-Marie rit de bon cœur :

– Si ce n'est pas un paradoxe, c'est encore plus drôle...

Le général versait à boire :

– Goûtez à ce Baume de Venise, Laurent, ce vin rose fait les délices d'Anne-Marie… Alors, ce départ pour l'Indochine?

– Problématique, mon général… Je refuse de comprendre pourquoi on tolère la présence d'Hô Chi Minh à Paris! Si j'étais quelque chose en France, je le supprimerais! – Le jonc flexible qu'était le lieutenant pliait dans tous les sens. – Vous n'imaginez pas ce qui se passe là-bas! Les Annamites tuent nos officiers, brûlent nos maisons, ébouillantent les enfants. On n'ose plus avoir un cuisinier annamite de crainte qu'il ne vous empoisonne. Et il est interdit de porter des armes! Et on s'y soumet! Est-ce que quelqu'un d'entre nous est sorti sans armes pendant que les Allemands étaient là? Je vous demande un peu ce qui pourrait nous empêcher de former des escadrons… On aurait brûlé quelques villages, femmes et enfants compris… Les femmes sont, paraît-il, les pires, et mes renseignements sont très exacts… Il faudrait agir comme les Allemands l'ont fait pour le vieux port de Marseille: détruire! Et on aurait la paix pour plusieurs années… Si on voulait m'envoyer pour faire la répression là-bas, je suis prêt à partir immédiatement…

– Mais qui donc arme les Annamites? demanda le général, les Russes?

– Vous ne le croirez pas, mon général: les Américains! Ils donnent aux Annamites absolument de tout, au poil! Canons, mitrailleuses, fusils… Nous perdrons la colonie, c'est couru, la plus belle des colonies françaises!

– Alors ce ne sont pas les Russes? répéta le général.

– Non, mon général, ce sont les Américains, il n'y a absolument pas de Russes là-bas. Par contre, les Anglais sont très chics avec nous… Je connais un cas où, par exemple, ils ont refusé d'accepter un visa du Viêtnam et ont renvoyé le bougre se faire viser par nous…

Le lieutenant avait une facilité de parole déconcertante, les mots lui tombaient de la bouche, roulaient comme des billes et constituaient quand même des phrases parfaitement claires…

– Je n'y comprends rien, dit Anne-Marie timidement, mais est-ce qu'on ne pourrait pas s'entendre avec les Annamites ?

– S'entendre ! clama le lieutenant. Je ne devrais pas vous le dire, mon général, mais j'ai dit à mes hommes que, chaque fois que l'un d'entre eux casserait la gueule à un soldat annamite – il y en a pas mal dans mon coin, – je lui payais l'apéritif ! Alors, je vous prie de croire que ça barde !

Célestin ne dit rien, il tournait le dos aux fenêtres, sa silhouette était noire et on ne pouvait pas savoir ce qu'il pensait. Le lieutenant, lui, continuait :

– Ce sont les communistes qui nous enquiquinent, voilà la vérité et le fond de la chose ! Si vous aviez entendu comme moi le discours de M. Maurice Thorez l'autre jour à la Chambre ! Mais à quoi voulez-vous vous attendre de la part d'un communiste, quand Bidault a accepté d'être président du Conseil ! Du moment que le Général est parti, il devait se retirer, c'est évident...

Le lieutenant semblait chauffé à blanc sur le feu de ses propres paroles.

– Ça se discute, fit Célestin... Anne-Marie, voulez-vous nous excuser, nous avons quelques petites choses à régler avec le lieutenant, nous allons monter chez moi. À tout à l'heure...

Le lieutenant attrapa sa serviette, saisit au vol un livre qui s'en échappait avec une brosse à dents ; mais un couteau de chasse, à manche de corne et étui de cuir, tomba sur les dalles :

– Je ne m'en sépare jamais, dit le lieutenant en le ramassant, c'est plus sûr et plus silencieux qu'un revolver.

– Oui, dit Célestin en souriant, c'est sérieux, un coup entre les épaules...

– On risque de rencontrer une côte, mon général, j'aime mieux le ventre... Mes hommages, madame...

– Mais vous restez dîner et coucher... Si, si, pas de discussion...

Anne-Marie monta dans sa chambre. Elle essaya de lire, lâcha ce roman, poisseux comme un vieux chewing-gum. Le crépuscule descendait sur elle… Ces murs de pierre grise ressemblaient à des murs de prison. La garrigue s'effaçait derrière la fenêtre, la lumière mourait comme une lampe qui brûle ses dernières gouttes de pétrole. Ne pas descendre dîner… Il était tard, elle pourrait dire qu'elle avait sommeil après une journée de marche dans la garrigue. Elle eut envie d'être chez elle, à Paris. Peut-être y avait-il une lettre des îles ? Elle n'avait pas laissé son adresse… Il fallait reprendre le travail. Célestin lui avait demandé de laisser le Leica à Paris, il ne voulait pas de ce tourisme, et elle n'avait pas voulu le contrarier. Une lettre des îles… Pourvu que Georges n'ait pas fait une bêtise irréparable. L'angoisse lui rentra dedans comme un couteau entre les épaules, ou dans le ventre, où il n'y a pas de côtes… C'était assez intolérable. Lilette était peut-être déjà mariée… Une grande noce avec des chants de là-bas… Combien de fois y avait-elle déjà pensé, à cette noce sans elle ! Ça avait quelque chose de monstrueux, de dément : Lilette se mariant sans elle !… Les yeux fermés, Anne-Marie remâchait sa peine… Les vacances étaient finies.

Il faisait complètement nuit quand Célestin frappa à la porte :

– Que faites-vous dans le noir ? Il tourna le commutateur. On vous laisse mourir de faim ! Le pauvre garçon avait tellement de choses à me dire…

– Si je ne descendais pas ? Je n'ai pas très faim et je dors à moitié…

– Ça serait si triste ! Et Laurent croirait que c'est à cause de lui… J'ai fait faire un dîner de gala… Allons, mettez votre robe blanche que j'aime tant, faites-vous belle…

Tant pis. Célestin avait envie qu'elle lui fît honneur, elle se ferait belle… Elle lui devait bien ça, c'était un maître de maison si parfait.

Trois bagues de métal ciselé, grandes comme des roues, suspendues au plafond par des chaînes portaient de minces cierges allumés, et des deux côtés de la cheminée se trouvaient des appliques scellées dans le mur, où brûlaient de grosses bougies de couleur…

La salle étincelait, éclairée par des projecteurs cachés. René, l'ordonnance et le gars des bottes de caoutchouc, habillé en militaire, faisaient le service. Le dîner fut somptueux. Il fallait goûter à tous les vins, et il y en avait ! Anne-Marie se défendait. Les deux hommes, eux, buvaient.

– Vous rappelez-vous, mon général, et le lieutenant vacillait comme un jonc au vent, le coup à L..., Noirot est un type au poil, c'est vraiment encore avec lui et avec Guy que nous avons fait les meilleurs coups. Mais ce jour à L... ! Je n'ai jamais tant ri ! Quel métier excitant que le parachutage ! Et après, quand on se baladait dans tout le pays avec la Croix de Lorraine sur la portière de la voiture !... Savez-vous ce que Georges a eu comme citation posthume ? « Officier d'élite »... et c'est tout ! Cet homme héroïque entre tous ! Toujours la politique, bien sûr ! Ah ! si ç'avait été un FTP... Les FTP, nos « libérateurs », je vous en prie, soyons sérieux ! Savez-vous qu'après la Libération les communistes donnaient dix mille francs par homme à qui voulait se dire FTP ? C'est comme ça qu'au défilé ils en ont eu des tapées, et que l'AS apparaissait squelettique à côté. C'est le travail de ce gars, le colonel Voiron...

– Je peux vous affirmer que ceci est inexact... Anne-Marie avait ses yeux vides.

– Oh ! Voiron ou un autre... La chose reste. Le lieutenant regarda le général et toussota : J'ai rencontré un chef FTP à mon arrivée en France. Un type au poil. Il m'a proposé ses hommes. Ils avaient de l'instruction militaire, discipline et tout, au poil, je les ai vus de mes yeux. Mais le maniement d'armes, ils l'avaient appris avec un seul fusil-mitrailleur, qu'ils se passaient d'un groupe à l'autre... Le gars, pas bête, s'est dit : je lui donne les hommes, il va leur donner des armes... Seulement moi aussi je ne suis pas né d'hier, je n'ai pas marché. Alors, savez-vous ce qu'ils ont fait ? Ils nous les ont subtilisées ! C'est une longue histoire, mais je vous affirme qu'ils ont fait ça d'une main de maître, au poil ! Je ne sais pas si c'est M. Maurice Thorez qui leur apprend ça... Quand comptez-vous aller à Paris, mon général ? Nous voudrions donner un dîner en votre honneur... Nous avons retrouvé presque tous les anciens du réseau, tout le monde s'est fait connaître... « L'amicale » fonctionne au poil. Le dîner sera minable, car évidemment, un dîner comme celui-là, c'est un repas de seigneurs d'autrefois, quand on avait des appétits et des moyens qu'on n'a plus ! Comment voulez-vous que je vive avec une femme et un enfant, avec ma solde ! Je me fais entretenir par mes parents. Mon père est très chic. L'autre jour, dans un train, j'ai noué connaissance avec un homme très bien... Il paraît que les Français émigrent en masse en Australie. Ils se font naturaliser, achètent des terres, et le tour est joué, au poil. Les meilleurs Français vont s'expatrier, fatalement...

– C'est qu'il le dit sérieusement, fit Anne-Marie, et que je ne trouve pas ça drôle du tout... Les vins commençaient à lui brouiller l'entendement.

– Ce qui est dommage, c'est que vous ne touchiez que huit mille cinq cents francs par mois, dit Célestin, pensif. Je ne sais vraiment pas quoi vous conseiller.

– S'il n'y avait pas la lutte contre le communisme, qui donnera peut-être quelque chose, j'aurais déjà fait les démarches, mais on me dit d'attendre, de patienter. Il se mijote des choses... Ma femme est avec le petit dans la propriété de ses parents à elle. Et imaginez-vous qu'en allant à Paris, seul, j'avais évidemment envie de sortir. J'ai emmené avec moi une fille ravissante, un mannequin. Une très chic fille, élégante et tout... Elle a fait des manières, elle était fatiguée, je ne sais quoi... Il a fallu insister, je lui ai dit : vous n'allez pas me laisser tout seul, mon petit, quand je n'ai qu'une soirée, une nuit à passer à Paris ! Nous sommes allés dîner et danser. Dans la boîte de nuit, elle va se laver les mains, et se fait voler une bague avec des diamants. J'ai gagné ma soirée, ça m'a coûté vingt mille balles... Elle pleurait à vous fendre l'âme et disait qu'elle avait eu un pressentiment, qu'elle n'avait pas voulu sortir… C'était une soirée au poil…

Anne-Marie lui versa du vin rouge tirant sur le marron, d'une bouteille couchée dans un panier, et se servit elle-même.

– Vous m'avez compris, madame ! Quel dommage qu'on ne puisse pas aller danser maintenant ! On regrette toujours de ne pas être à Paris. Bien que Paris ne soit plus Paris… Vous avez une robe ravissante, madame, d'où vient-elle ?

Le lieutenant était fondant, un peu rouge. Célestin leva son verre :

– On va boire à la santé d'Anne-Marie, dit-il.

Le lieutenant se leva d'un bond, saisit des petits œillets dont était ornée la table, et, un genou à terre, les tendit à Anne-Marie :

– Au trésor que le général enferme dans sa forteresse ! C'est un jaloux !

– Le pire est que c'est vrai… Célestin jeta sur Anne-Marie un de ses regards éclairs, et elle eut le brusque sentiment de surprendre un inconnu dans une pièce qu'elle croyait vide.

– Le trésor va aller se coucher, dit-elle, gaie, avec ostentation.

Ces deux hommes lui donnaient un malaise comme si elle s'était trouvée seule, la nuit, dans une rue déserte, et qu'elle y eût rencontré des hommes… On se demande ce qu'ils vont entreprendre, et on presse le pas, et on souhaite l'apparition d'autres passants… L'ordonnance et son camarade ne pouvaient pas jouer le rôle de ces passants, ils faisaient partie du groupe inquiétant.

– Oh non ! cria le lieutenant, vous n'allez pas nous quitter !

Mais Célestin ne dit rien.

Une fois dans sa chambre, Anne-Marie ferma la porte à clef. Elle alla dans le cabinet de toilette, avec la secrète pensée de s'assurer qu'il était vide. Il n'y avait évidemment personne. Elle pensa à la porte au fond du placard, dans l'autre cabinet, celui de la garde-robe avec les jolies portes sculptées dont Célestin était si fier.

À l'heure qu'il était, elle s'en serait bien passée. L'idée de cette porte cachée derrière les robes, de l'escalier abrupt derrière la porte menant dans le souterrain… Il n'y avait pas de clef sur la porte du cabinet à placards, il ne devait pas y en avoir à celle du fond non plus… Elle alla fouiller le fond du placard noir, trouva la poignée, essaya de la tourner. La porte céda aussitôt, comme huilée. Anne-Marie retourna lentement dans la chambre, s'assit sur le lit : « C'est idiot… » Et elle restait là, aux aguets. Le silence était total. La garrigue nacrée avait entre ses vagues des creux foncés… Anne-Marie se déshabilla… Elle se coucha. Toutes les lampes étaient allumées, et cette grande lumière, quand on est supposé dormir, avait quelque chose de scandaleux. Une chemise blanche fermée au ras du cou, les mains jointes, les tresses lisses le long du corps, elle semblait non pas couchée, mais posée sur cet immense lit, entre ces draps et ces dentelles, la tête haute sur un oreiller très blanc.

Il se passa beaucoup de temps, une heure ou deux, ou trois… Elle ne s'étonna ni de ce bruit de souris dans le cabinet à placards, ni de voir la porte s'ouvrir doucement. Mais son cœur lui donna un tel coup qu'elle crut y rester. Célestin entra. Il portait une culotte de cheval, des bottes crottées :

– Je vous réveille, dit-il, j'ai essayé de faire très doucement…

Il s'arrêta près du lit, tout droit et frémissant comme un pur-sang qui louche sur quelque chose qui lui fait peur… Va-t-il se cabrer, faire un bond… ?

– Vous voyez, je ne dors pas…

Il s'effondra d'un seul coup sur les dentelles du lit, ses bottes crottées dans tout ce blanc… Saoul ? Non…

– Vous ne voulez pas vous déshabiller ? dit Anne-Marie, sans bouger.

Il se retourna sur lui-même, roula par terre parce qu'il le voulait bien, et se mit à peiner pour enlever les bottes. Anne-Marie ne voyait que sa tête noire au ras du lit. Il soufflait et pestait. Le voilà debout, nu-pieds enfin, il se déshabille, le voilà nu, le voilà au lit. Il est brûlant.

– Pourquoi as-tu mis cette chemise de pensionnaire ? Il ne la touche pas, ne la regarde pas, il est là, à brûler. Comment as-tu trouvé Laurent ?

– Un hurluberlu dangereux...

Célestin eut un rire sonore et court :

– Et moi, comment me trouves-tu ?

– Je suis dans ton lit.

Célestin ne répondit pas tout de suite :

– Tu es cruelle.

– Pourquoi ? Je ne suis pas cruelle, justement. Il va falloir que je rentre à Paris.

– Ah ! pourquoi ? Tu devais rester un temps indéfini...

– Nous n'en avons pas parlé, je ne me rappelle pas avoir jamais parlé de temps.

– Et maintenant tu en parles. Pourquoi veux-tu partir ?

– J'ai du travail, tu le sais. J'attends des lettres.

– Tu ne veux pas me dire de qui ?

– De mes enfants.

Il y eut un long silence.

– Je ne savais pas que tu avais des enfants...

– Comment l'aurais-tu su ?

La lumière était toujours allumée. Célestin étendit le bras pour l'éteindre, et aussitôt la garrigue apparut dans la baie, avec toute son immense splendeur nacrée, et le lit se trouva au bord de cet océan, à peine caché dans l'ombre de la chambre.

– Mon oiseau, dit Célestin et sa voix s'était éteinte comme les lumières, tu ne vas pas me quitter ! J'ai besoin de tes seins blancs. Quand je pense que tu seras ailleurs, que tu vas sourire ailleurs, à des étrangers, Anne-Marie, je suis capable de tuer.

– Pourquoi parles-tu comme ça ?

Anne-Marie eut à nouveau ce sentiment d'une présence étrangère, comme tout à l'heure, dans la salle à manger.

– Mon oiseau, disait l'étranger, tu es trop libre. Je suis obligé de te garder. Quand un homme de mon âge a besoin d'une femme, il la garde. Quand il a vraiment besoin d'elle, et j'ai besoin de toi… En dix jours, je suis devenu un maniaque. Un maniaque dangereux. Tu es mon vice. Tu ne m'aimes pas. Je ne suis qu'un vieux, je vais avoir des varices, j'ai la gueule qui se dessèche… Tu as les plus beaux seins du monde. Je te garde.

L'homme inquiétant, tard dans une rue déserte… Comme on souhaite qu'il survienne quelqu'un… Anne-Marie affirma sa voix pour dire :

– Tu ne vas pas me séquestrer ?

– Je vais te séquestrer. C'est ce que je vais faire.

– Tu n'es pas dément ?

– Non, pour tout le reste je suis sain d'esprit. Tu es ma seule démence, ma manie.

– Nous en parlerons quand il fera jour…

Anne-Marie se retourna dans le lit, s'éloignant tant qu'elle pouvait du corps brûlant à côté d'elle. Célestin la saisit, l'encercla. Maintenant ils se battaient, il lui faisait mal :

– Là, là, disait-il, calme-toi, mon oiseau, calme-toi…

Il faisait grand jour quand Célestin se réveilla dans le lit fripé, défait. Il n'y avait pas d'Anne-Marie. Le temps d'un éclair, et Célestin avait attrapé ses vêtements et disparu dans la garde-robe, dans le placard. Comme si on l'avait escamoté. C'était un tour de prestidigitateur, la rapidité avec laquelle il se trouva dans la cour, surgissant du donjon. Anne-Marie, assise à la porte de la cuisine, près de Marthe, écossait des petits pois. N'importe qui, pour ne pas se trouver seule dans la rue déserte avec l'homme inquiétant, n'importe quel passant, même une sorcière. Depuis une heure qu'elles étaient assises côte à côte, Marthe n'avait pas prononcé un mot. Anne-Marie devait être pour elle un être du péché, une émanation de l'enfer. Comme elle l'était pour Anne-Marie. Célestin, les joues bleues de barbe, ne dit rien de son soulagement délicieux : il avait imaginé n'importe quoi… Elle était là, vivante, avec ses tresses lisses, sa taille fine, à écosser des petits pois, avec la vieille Marthe. Toutes les deux seules. L'auto du lieutenant n'était plus là.

– Madame va mal, dit Marthe quand Célestin s'approcha, il faudrait appeler le prêtre. Elle continuait à écosser les petits pois sans lever la tête.

Célestin rentra précipitamment dans la maison. Alors Anne-Marie repoussa les petits pois, secoua sa jupe et courut elle aussi à la maison. Elle grimpait l'escalier en colimaçon, quatre à quatre. Une fois dans la chambre, elle sortit la valise et se mit à plier ses affaires. La valise à la main, elle se força à descendre l'escalier posément, entra dans la grande salle. Célestin était là, debout :

– Maman est morte, dit-il.

Il était rasé et avait mis un veston.

Anne-Marie posa sa valise :

– Est-ce que je peux faire quelque chose pour vous ?

– Rien. René va en Avignon.

– Il pourra m'emmener.

« J'ai la gueule qui se dessèche », avait-il dit. C'était vrai. Elle eut douloureusement pitié de lui : il avait un chagrin épouvantable.

XXIV

Anne-Marie, assise derrière pour ne pas avoir à parler à l'ordonnance de Célestin, était secouée et ballottée dans tous les sens. René faisait de la vitesse, et ils arrivèrent en Avignon en un temps record. Anne-Marie se fit arrêter à la gare, elle alla aux renseignements : juste le temps de monter dans un train ! Pas beaucoup de monde au guichet. Elle pouvait sortir sur le quai sans se presser. Comme elle posait sa valise pour prendre le billet dans son sac, elle se vit faire le même geste à ce même endroit... Mais c'était le soir, et la gare était vide alors... Elle avait posé sa valise, comme aujourd'hui ; une voix derrière elle avait dit : « Pardon, madame... » C'était un officier allemand, botté, armé, verni. Arrêté pile, il regardait la valise à ses pieds, et il répéta : « Pardon, madame... » Il répéta : « Pardon, madame... » une troisième fois. Cela voulait dire : « On ne pose pas sa valise dans le passage. Les Français ne connaissent pas les règles les plus élémentaires de l'ordre, cette personne ne comprend même pas la leçon que je lui donne. Pardon, madame ! » Anne-Marie avait en réponse regardé avec étonnement autour d'elle, et cela voulait dire : « Mais il n'y a personne ! Vous avez toute la place pour passer ! » Mais l'officier ne bougeait pas et regardait à ses pieds la petite valise comme un obstacle insurmontable ; alors elle traîna sa valise de côté, elle aurait pu la soulever, elle n'était pas lourde ; c'était pour dire : « Vous pourriez m'aider. » L'officier la regardait faire, goguenard, un peu penché en avant. Alors elle dit : « Merci, monsieur ! » et cela signifiait : « Vous êtes un goujat ! ». L'officier passa, triomphant, les faibles lumières de la gare concentrées sur ses bottes, brillantes et épaisses comme des pieds de piano.

– Alors, la petite dame, vous l'avez perdu ? fit le contrôleur, galant.

Anne-Marie monta dans le train. Il n'y avait presque personne, c'était le 15 août, personne ne voyage le 15 août, tout le monde est déjà arrivé. À un arrêt, deux hommes montèrent, avec une serviette sous le bras. Ils déployèrent des journaux.

– La fumée ne vous gêne pas, madame ?

– Je vous en prie…

Anne-Marie ne levait pas les yeux de son journal. Maintenant les hommes parlaient… Des affaires… une histoire de terrain. Elle ferma les yeux, essaya de dormir. Les hommes parlaient :

– … On dit que c'est un dénonciateur, mais pourquoi alors l'avait-on mis membre du Comité de Libération ? Il faudrait s'entendre ! Le docteur revient du camp, un cadavre ambulant, et voit le type qui l'a dénoncé, dans le Comité ! Vous pensez s'il a crié… Il porte plainte, mais le juge ne donne pas suite à ses cris ! Ils me font rire avec leur épuration ! On ne comprend pas comment ça marche : tantôt on acquitte quelqu'un qui a vendu père et mère, tantôt on fusille quand le type n'a peut-être que fait un bon déjeuner avec un Allemand. Si la presse s'empare de l'histoire du docteur, l'autre on le met à la porte du Comité de Libération, ils sont même capables de le foutre en prison… On va sortir tout le linge sale du département. Je ne pouvais savoir ni que le docteur s'en tirerait, ni que l'autre était un dénonciateur… Qu'est-ce qu'il m'a coûté en déjeuners, dîners et espèces ! Et maintenant tout est à recommencer…

– Oui, mais le Français est réaliste, il comprend déjà que l'épuration est nuisible aux pays. À un moment où nous avons besoin de toutes les forces vives ! L'esprit de la Résistance est une criminelle invention des communistes pour diviser les Français! Moi, parfois, quand je vois un de nos communistes, je me retiens pour ne pas lui tomber dessus! Je ne le fais pas, parce qu'on ne comprendrait pas encore, mais j'en rencontrerais un de chez nous, tiens, Périn par exemple, à Florence ou à Lisbonne, dans un bar, que je le descendrais! Le garagiste qu'on a abattu chez nous, c'était sûrement une affaire d'épuration. Il jouait un rôle important dans le Comité d'épuration... Il est parti avec un client que personne ne connaissait, on le retrouve avec une balle dans la tête. Je ne blâme pas l'assassin...

Il y eut une pause. Anne-Marie attendait la chute du cauchemar...

– J'espère qu'il y aura bientôt un redressement. Comme vous disiez tout à l'heure, le Français est réaliste. Je crois que l'épuration est pratiquement finie. Voyez chez nous, ils sont tous revenus: Vidal, Sorgue... Je ne sais où ils étaient terrés, mais je peux vous dire que, depuis qu'ils sont rentrés, ils se débrouillent!

– Quand les Allemands étaient là, on savait au moins où l'on allait. Avec les imbéciles d'aujourd'hui, c'est tantôt blanc, tantôt noir... Est-ce que vous pouviez savoir que votre type, « un patriote » ! allait brusquement se trouver être un traître... On ne sait plus avec qui il faut être bien. Ça ne peut pas continuer comme ça. Philippe Henriot n'avait pas tort, c'était un homme et un Français. Vous allez voir qu'il y aura une révision du procès Pétain...

Ce n'était pas un cauchemar: Anne-Marie écoutait les hommes deviser de choses et d'autres, elle entendait bruire les feuilles des journaux, elle était bel et bien réveillée. Dans ce même train où elle avait jadis écouté, au retour d'une expédition périlleuse, des gens parler des Allemands avec enthousiasme, elle écoutait, après la victoire, parler de la même façon, comme si de rien n'était! Elle était stupéfaite à ne pouvoir bouger; depuis 1940, elle n'avait éprouvé pareille stupéfaction. Stupeur, horreur, douleur... 1940. Et voilà que ça recommence. On lui avait parlé autrefois d'une catastrophe de chemin de fer, d'une femme qu'on avait retirée sous les wagons avec les deux jambes coupées : elle regardait avec stupeur l'absence de ses jambes et elle hurlait. De quoi pouvait-on encore l'amputer ? Anne-Marie commençait à être habituée à ces vagues de désespoir qui lui passaient dessus. Il paraît que, pendant une tempête, toutes les neuf vagues, il en vient une plus forte, plus haute que les autres, celle qui peut être fatale pour le navire. Anne-Marie sentait passer sur elle la neuvième vague du désespoir, elle la sentait passer.

Les deux hommes descendirent à une station, soulevant poliment leur chapeau. Anne-Marie, seule dans le compartiment, où une petite ampoule s'alluma bientôt, inutile – il ne faisait pas nuit – s'étendit sur la banquette. Elle avait faim, elle était partie sans déjeuner, et l'heure du dîner était passée. Y avait-il beaucoup de femmes comme elle ? Plus ou moins comme elle… Elle songea à cette lettre d'une déportée qui lui avait écrit. Il y avait juste quelques vers d'un poème :

Lorsque vous reviendrez car il faut revenir
Il y aura des fleurs tant que vous en voudrez
Il y aura des fleurs couleur de l'avenir
Il y aura des fleurs lorsque vous reviendrez

Et au-dessus de la signature :

Il ne fallait pas revenir…

Les camps, les cicatrices de sa jambe… les orphelins… une révision du procès de Pétain, le couteau du lieutenant Laurent, de préférence dans le ventre, dans le dos on peut rencontrer une côte… Elle imagina le lieutenant Laurent lui enfonçant le couteau dans le ventre. Il croyait peut-être qu'elle se laisserait faire ! La rage la fit gémir doucement. Et Célestin dans tout cela… « Maman est morte… » S'il se mettait à la persécuter, son bel amant, son bel amant qu'elle avait pris pour s'amuser ? Que le diable les emporte tous, tant qu'ils sont ! Où sont mes amis ? Où sont ceux qui étaient ma famille ? Mais il y aura la guerre !

Anne-Marie se fit tellement peur à elle-même qu'elle s'assit sur la banquette : la guerre ! Quelle était cette idée folle ?… Il était temps qu'elle arrivât pour prendre l'air et manger.

Anne-Marie allait au petit bourg où elle avait passé de longs mois pendant l'Occupation. Le maquis avec lequel elle était en liaison, commandé par Raoul Léger, se trouvait à quelques kilomètres du bourg, dans la montagne. Quand Anne-Marie était retournée au bourg après sa blessure, les Allemands avaient déjà passé par là avec une expédition punitive, ils n'avaient plus rien à y faire : en principe, elle pouvait tranquillement y achever sa convalescence. Le maquis n'était plus à proximité du bourg. Raoul était tué. Le don de soi-même, le sacrifice, l'amour… Aujourd'hui la vie était plate comme un soufflé qui n'aurait pas levé.

Anne-Marie descendit à P… C'est ici qu'on prenait l'autobus pour le bourg, tôt le matin. Si l'autobus existait encore, et si elle n'avait pas rêvé l'existence du bourg lui-même.

P…, la ville. Elle était là, comme alors. Crépusculaire, fantomatique. Un boulevard large comme une place, quatre rangs de platanes centenaires, pleins de grisaille, de molle poussière, un boulevard bordé d'un côté de vieux hôtels ni majestueux, ni beaux, et, de l'autre, d'une pente herbeuse, tombant dans une plaine avec des jardins potagers et de petites maisons. La gare était tout au bout de ce boulevard, derrière le monument aux morts (une femme avec des vêtements flottants et des drapeaux croisés derrière elle). Les rues commençaient à l'autre bout du boulevard, après une place, et aucun étranger, aucun touriste, aucune hostellerie ne venaient agiter ces rues calmes et silencieuses comme des canaux. Il n'y avait là ni chevaux ni autos pour faire sonner les pavés, secouer les vitres, et les passants avaient l'air de nager sous l'eau… Il y avait dans la ville deux grands et deux petits hôtels, et ils se valaient, Anne-Marie le savait pour les avoir tous essayés dans le temps, bien que, alors, ils fussent en principe réquisitionnés par les Allemands. Elle entra dans le premier qui donnait sur la place tout de suite après le boulevard.

Personne au bureau, ni dans la grande salle du restaurant, installé dans le hall d'entrée avec un bel escalier de pierre ; c'est dans la cuisine, où aucun fourneau n'était allumé, qu'un chef à bonnet blanc, assis sur un tabouret, lui dit que l'hôtel était complet. C'était ainsi, cette maison qui semblait vide était « complète ». Elle trouva une chambre dans un autre hôtel, qui ressemblait à un bâtiment public, à une mairie ou à un hôpital. Jamais elle n'avait vu draps plus rapiécés, un puzzle ! Pas sûr qu'ils fussent très propres. Mais elle n'avait pas le choix, cette ville aux rares passants semblait être pleine comme un œuf. Elle descendit dîner.

La grande salle à manger, une gare, éclairée par de fortes ampoules sans abat-jour, étaient combles, des gens mangeaient dans un grand bruit de vaisselle, de chaises qu'on remuait, de serveuses qui couraient, de portes qui s'ouvraient et se fermaient ; n'entendait-on pas le cliquetis des dents ? À la table voisine, un monsieur d'un certain âge offrait à dîner à un jeune couple. Peut-être un oncle de province et des jeunes mariés ? Ils mangeaient une grosse langouste. À une autre table, une compagnie faisait un bon dîner avec des vins, on s'y amusait beaucoup, des hommes avec leurs femmes, égrillards, des commerçants peut-être… D'autres, des employés, des fonctionnaires, mangeaient les plats du menu, rapidement. Un très vieil homme, en gris clair barbiche pointue et lorgnon à ruban noir, devait être quelqu'un de bien connu dans la ville, était-ce la vieille aristocratie du pays ou un Juif ? Ça se ressemble tellement. Tout le monde avait l'air parfaitement habitué à ne plus voir les Allemands, cela leur était déjà naturel. Mais Anne-Marie se les imaginait : la dernière fois qu'elle avait été dans cette salle, la salle était pleine d'Allemands.

Après le dîner, Anne-Marie sortit pour faire un tour, revoir cette ville qui avait tant compté dans sa vie. La place devant l'hôtel respirait cet air d'attente qu'ont les rues autour d'un théâtre pendant le spectacle: les chauffeurs des deux taxis s'entretenaient, oisifs, sur un banc; il y avait toute une rangée d'autos, la terrasse du café d'en face était vide, attendant l'entracte du cinéma dont la sonnette s'égosillait pour personne. Anne-Marie prit la rue principale qui menait à la cathédrale. Il n'y avait personne dans la rue aux magasins fermés, leurs rideaux de fer baissés. Autour de la vieille cathédrale, les rues mal éclairées prenaient figure de coupe-gorge, avec leurs coudes brusques et les embuscades possibles sous les vieux portails de pierre sculptée, derrière les statues soutenant des balcons de fer forgé... Anne-Marie tournait dans ces rues qui lui avaient jadis été familières. Les lointaines crénelures d'Avignon, à mâchicoulis, poussaient brusquement en haut d'une tour, comme si le vent avait porté jusqu'ici quelques graines de ces grosses plantes à corolles. « Je suis seule, pensait Anne-Marie, écoutant sonner ses pas à travers le Moyen Âge, si je mourais ici, on ne saurait même pas qui prévenir. Au fait: qui faudrait-il prévenir si je mourais? Ma mort ne regarde personne. D'ailleurs, je ne mourrai pas ici. Autrefois, j'avais des chances de laisser ma peau dans cette ville, autrefois des gens en auraient été prévenus et en auraient eu du chagrin, même des gens que je ne connaissais pas. Si aujourd'hui on disait à ces mêmes gens que j'étais morte, ça ne leur ferait plus rien, je ne suis qu'un souvenir. Ils ne sont qu'un souvenir. Mais, aujourd'hui, je peux me promener toute la nuit sans couvre-feu et sans qu'on me tire dessus... » Elle marcha le long d'une sorte de boulevard extérieur, circulaire, jusqu'à ce qu'elle arrivât en face d'un très grand édifice carré, une sorte de château fort. La lune faisait de son mieux pour l'éclairer, on voyait la haute grille d'entrée, des tours et des murs. Cela ressemblait à une prison, et c'en était une. C'était elle qu'Anne-Marie était venue voir si loin, au bout de la ville, c'était la prison même dont elle avait aidé à s'évader une vingtaine de prisonniers, de condamnés à mort. Elle regardait ce souvenir de tous ses yeux…

Elle rentra tard. Il lui fallut sonner à la porte, attendre longuement sur la place si vide qu'elle aurait pu se croire seule dans la ville. Les vitres du café brillaient, noires, le cinéma se taisait, il n'y avait plus d'autos. Elle passa devant un portier qui dormait debout, monta l'escalier sans tapis, bruyant : cet hôtel était dur comme une banquette de troisième…

La chambre, à peine éclairée par une ampoule sans abat-jour, faible, faible… Anne-Marie regarda avec appréhension le lit et se coucha par-dessus les couvertures dans sa robe de chambre : elle avait, depuis l'Occupation, peur de la gale. Des copains l'attrapaient dans des hôtels où l'on ne changeait pas les draps, une épidémie à travers tout le pays. Au maquis, elle avait dû soigner Joseph. Mais, si elle risquait toujours d'attraper la gale, elle ne risquait plus d'être attrapée elle-même, il y avait tout de même quelque chose de changé. Ils n'étaient pas si nombreux que ça, les gens qui considéraient le temps où les Boches étaient en France comme le paradis perdu. Et peut-être, dans quelque temps, y aurait-il du savon. Elle s'endormit, calmée.

L'autobus partait à la même heure, très tôt le matin, et c'était le même autobus, et c'était le même chauffeur-propriétaire. Il salua Anne-Marie, ne manifestant ni joie ni surprise :

– Vous venez faire un petit tour dans vos anciens quartiers d'hiver, madame ? Comment faut-il vous appeler maintenant ? Parce que les personnes qui reviennent chez nous, elles ont toujours un autre nom, maintenant…

Anne-Marie était contente de le revoir, elle avait envie de lui dire quelque chose de gentil, de demander des nouvelles du pays. Mais il lui tourna le dos, occupé à charger les bagages. Il ne l'aida pas à monter dans l'autobus qu'on prenait d'assaut. Celui-là, il s'en fichait des souvenirs, il lui sembla même qu'il détournait la tête...

Elle l'oublia à regarder le paysage, elle ne s'en fichait pas, elle, des souvenirs. Elle n'avait jamais pris cet autobus avec Raoul, ils s'étaient toujours arrangés pour aller et revenir de P... séparément, mais tout était déjà plein de lui... Il y avait longtemps que la vie avait absorbé l'amertume de ce souvenir-là. Voilà la petite usine au-dessus de la rivière... Le pont... L'excitation d'Anne-Marie montait au fur et à mesure qu'elle retrouvait ces vues qui, depuis longtemps, n'avaient pas plus de réalité qu'un roman, et il avait beau être celui de sa vie, il n'était pas plus réel pour ça. Le petit village avec une église romane... Tout de suite après, l'immense viaduc au-dessus du vide... L'autobus s'essoufflait à grimper, les changements de vitesse grinçaient. Le château, à gauche, avec le gazon, mais on avait fauché l'herbe, les chemins étaient ratissées, jaunes de sable. Une dame descendait le perron. C'était étrange de voir ce château habité... Il y avait pas mal de trafic tout le long du chemin, des autos, des cyclistes. Une fois, il passa une camionnette avec des prisonniers allemands, de plus en plus *feldgrau*, gris d'usure. « Si la vieille tante Rose ne pouvait m'héberger, songeait Anne-Marie, je serais obligée d'aller coucher à l'auberge... » Elle eut brusquement une appréhension : et si tous ceux qu'elle était venue voir l'avaient oubliée ? Quelle sotte confiance dans leur amitié l'avait menée ici, dans ce bourg qui avait été sa citadelle ? Le chauffeur de l'autobus, par exemple... Il n'avait jamais été de ses amis, on ne savait même pas au juste ce qu'il pensait, mais tout de même, le passé a quelque chose de respectable, comme les aïeux. Anne-Marie eut presque envie de descendre avant d'arriver au bourg... Elle n'aurait pas dû venir, courir ce risque de voir ses souvenirs en miettes. On se doit parfois de garder des illusions... C'était même pour ça qu'elle venait, pour retrouver, après le séjour chez Célestin, des gens clairs, sans arrière-pensées, avec lesquels on est d'accord sur l'essentiel.

C'était vague, mais « l'esprit de la Résistance » existe, n'en déplaise aux deux autres, du train.

L'autobus quitta la route nationale, il grimpait toujours. On voyait déjà le clocher... Voici le cimetière... L'autobus roulait dans l'étroite et unique rue du bourg. Il s'arrêta en face de l'auberge. Anne-Marie descendit. Le chauffeur lui passa sa valise, il n'y avait qu'elle pour descendre ici, et l'autobus démarra. On ne savait pas encore qu'elle était là, elle n'avait rencontré personne dans le car – tout le monde allait plus loin. Comme elle avait peur que personne ne voulût d'elle ici!...

Elle alla tout d'abord chez le coiffeur. La clochette plaintive de la porte venait de l'au-delà...

– Mlle Louisette, dit-elle au garçon coiffeur qu'elle ne connaissait pas.

Il était en train de faire une coupe de cheveux; le client perdu dans la grande houppelande blanche regarda avec intérêt le reflet d'Anne-Marie dans la glace grise, puis il se leva dans son accoutrement, laissant le garçon les ciseaux en l'air:

– La Demoiselle! cria-t-il...

Louisette sortit de derrière la cloison vitrée qui abritait les femmes:

– La Demoiselle! cria-t-elle, laissant tomber un peigne et une serviette éponge. Elle se pendit au cou d'Anne-Marie et elle pleura.

Anne-Marie était assise dans la salle à manger, derrière la boutique. Il n'y avait là que Louisette, sa mère, son père et le jeune client, un ancien du maquis de Raoul... À cette heure-ci, le village était désert, tout le monde était aux champs ou à l'usine (une petite usine à deux kilomètres du bourg). On entendait bouillir l'eau pour les shampoings, sur le petit fourneau, dans le passage entre la cuisine et la boutique. Et comme alors, la mère de Louisette en profitait pour faire la soupe, à côté de la lessiveuse où bouillaient les serviettes... Cette eau sur le feu depuis deux ans, qui bouillait toujours… La vieille tante Rose, chez qui Anne-Marie avait habité avant et après sa blessure, était morte. Joseph était marié avec une fille qu'il était allé chercher loin, tout en haut de la montagne, chez des bergers. Le mari et le fils de l'aubergiste, que les Boches avaient emmenés le jour de l'expédition punitive, n'étaient jamais revenus… Quel malheur!… « Je me rappellerai toujours, dit Anne-Marie, un soir, déjà après le débarquement dans le Sud, j'étais à l'auberge, il y avait beaucoup de monde, les "jeunes" trimballaient les bornes pour embrouiller les Boches sur les routes. Dans la salle de l'auberge, il y avait un va-et-vient, des bagages, parce que des gens s'en allaient ou arrivaient, je ne sais pas… Et il y avait un perpétuel ronron qui venait de la route nationale, où passaient les camions américains. L'aubergiste était assise dans la pièce derrière la cuisine, près de la radio : elle écoutait. Je suis venue à côté d'elle – à cette époque, on écoutait tout le temps la radio, on espérait tellement des nouvelles, vous vous rappelez ? – mais c'était un reportage sur les camps : "Des montagnes de cadavres décharnés… les chambres à gaz…" Maintenant on connaît bien ces choses, ça ne fait pas le même effet… L'aubergiste écoutait, et les larmes lui coulaient le long des joues. Je crois que c'était pour elle des nouvelles qu'on lui donnait de son fils et de son mari… Elle n'a pas eu tort, la pauvre… » Anne-Marie parlait beaucoup, les autres aussi. Des souvenirs, des souvenirs… Et qu'est devenue Pauline, qui prétendait être enceinte de Raoul ? Son mari, le prisonnier est revenu. Il a très bien pris la chose, le petit allait sur ses trois ans… Non, il ne ressemble pas du tout à Raoul, avec Pauline, on ne peut jamais savoir… Louisette elle-même, la plus jolie fille du bourg, qui avait juré de rester fidèle à la mémoire de Raoul, était fiancée avec le fils Mayard, de Lirvain, le village voisin. Elle avait encore embelli, le mariage était fixé pour dans un mois. Mais il allait être onze heures, Anne-Marie voulait faire un tour, les gens devaient rentrer…

La rue étroite, comme cabossée, les maisons sombres, tassées, avec les pièces encombrées de grands lits, d'armoires, les petites pièces de derrière donnant parfois sur des sortes de puits... Et, tout autour, la campagne, l'air, la montagne pelée, avec des taches de verdure comme sur une carte, représentant des bois... La route nationale passait plus bas, tout près. Anne-Marie avait déjà été dans plusieurs maisons, embrassé des hommes et des femmes, pris d'innombrables apéritifs. Elle allait encore voir Joseph, et puis elle reviendrait chez Louisette pour déjeuner. Louisette l'avait laissé faire la tournée toute seule, pour aider sa mère à préparer le déjeuner. Si seulement Anne-Marie les avait prévenus ! Ça allait sûrement être un déjeuner d'une dizaine de plats, et tout le monde allait s'excuser de ce qu'on la recevait si mal !

Joseph habitait la première maison du village, celle qui a la porte jaune, à côté du cordonnier. Anne-Marie marchait dans la rue, reconnaissant les pavés, les rideaux aux petites fenêtres, l'épicerie du collaborateur, la boucherie où elle rencontrait dans l'arrière-boutique l'envoyé de Jacquot. L'église à droite, un peu au-dessus du village. Elle pensa aux sentiers derrière l'église, où elle avait marché avec Raoul... Il fallait bien les connaître pour ne pas s'y perdre.

La porte était ouverte, il y avait juste un rideau de coton contre les mouches. Anne-Marie passa le bras derrière le rideau, frappa à la porte ouverte et entra. Joseph, sa femme et le petit étaient à table :

– Eh ben ! répétait Joseph, eh ben !...

Il ne savait plus comment l'installer. Et elle n'allait pas déjeuner avec eux ! Un pareil affront ! Alors une rondelle de saucisson et un apéritif... Joseph, un petit brun solide, râblé, bien bâti, avec un visage symétrique, de beaux yeux bien dessinés, le nez droit et une tignasse frisée, d'un seul tenant, exultait, littéralement :

– Tu vois, disait-il à sa femme, tu vois, c'est la Demoiselle... Tu la connais maintenant ? En chair et en os, car autrement, même le petit, il te connaît !

C'était exagéré, le petit, assis sur sa chaise haute, tapait avec la cuiller dans la soupe, en éclaboussant tout autour de lui et riant aux éclats – l'excitation des grands le gagnait. La femme de Joseph était une toute petite femme, une enfant, qui ressemblait à son mari comme une sœur.

Ils étaient tellement pleins d'amitié, de souvenirs, qu'ils n'arrivaient pas tout de suite à se parler, ils se souriaient, disaient : « Alors, tu vas bien ? Alors tout va bien ? » Puisque Anne-Marie ne restait pas déjeuner, on allait se revoir le soir, tranquillement, on avait bien des choses à se dire. Ça ne tournait pas rond dans le village, comme partout, d'ailleurs, ça n'allait pas du tout... Joseph avait une vieille chemise raccommodée, des pièces à son pantalon. La maison était meublée de chaises boiteuses, d'un divan éventré. La femme était nu-pieds. Joseph travaillait à l'usine, mais rien que la demi-journée, l'usine manquait de matières premières. Il aurait bien préféré faire le paysan comme avant, c'était tout ce qu'il aimait et on vivait mieux, mais la ferme que les Boches lui avaient brûlée n'était toujours pas reconstruite, il n'avait pas touché un sou : « Je ne sais pas ce que tu penses de la politique, la Demoiselle, dit Joseph ; moi, j'ai adhéré au Parti communiste, ça me donne des satisfactions. Encore un petit verre, tu ne vas pas me refuser... »

Ce fut à ce moment qu'il y eut du bruit à la porte : c'était un spectacle assez drôle ces deux gendarmes qui essayaient de s'introduire par la porte étroite, tous les deux en même temps. Ils étaient grands et gros, en kaki, avec leggins, revolvers, ceinturons, képis, leurs talons sonnaient sur le plancher comme des sabots, et ils avaient l'air d'un cheval qui rentrerait dans une maison... Joseph se leva... Puis il se produisit quelque chose de tout à fait inattendu ; il y eut dans la pièce ce désordre, ce vacarme, la mêlée qui provient de la bagarre de deux chiens qui, l'instant d'avant, se regardaient, immobiles : un des gendarmes s'était jeté sur Joseph !

Et le voilà qui volait à l'autre bout de la pièce, et Joseph, les yeux luisants, se tenait le dos contre le mur, prêt à sauter. La femme de Joseph criait, le petit criait, le deuxième gendarme tirait son revolver, Anne-Marie lui donnait un coup sur le poignet, et l'autre, surpris, baissait l'arme.

– Ne fais pas le con, dit le gendarme en se relevant, on t'aura quand même.

– Et pourquoi qu'on m'aurait ? Joseph regardait les gendarmes, tantôt l'un, tantôt l'autre, et il était tout prêt à leur sauter dessus.

– On nous a dit de t'emmener, alors pas d'histoires !

– Et pourquoi qu'on m'emmènerait ? Qu'est-ce que j'ai fait ?

– Ça, on te le dira à P...

– Je ne sais pas pourquoi vous voulez m'emmener. Je ne vous connais pas. Où est votre mandat ? Joseph était blanc, ses sourcils faisaient un trait de charbon sur son front blême. Sa femme claquait des dents.

– Écoute, dit celui que Joseph avait fait rouler par terre, on n'a pas le mandat, mais on l'aura. À quoi ça te sert d'attendre ? À moins que tu veuilles te débiner... Mais si tu n'as rien à te reprocher, vaut mieux te présente et t'expliquer...

– Nom de Dieu, dit Joseph, m'expliquer sur quoi ?

– Ne fais pas le méchant, je n'en sais rien... Le gendarme était le bon sens et la douceur même. Une histoire de vol de couvertures, une bêtise ; tu t'expliqueras...

– Je ne suis pas un voleur, espèce de brute. Apporte-moi un mandat, et maintenant tu n'as qu'à foutre le camp...

– Écoute, reprit le gendarme, suave, si je t'ai sauté dessus, c'est qu'on m'avait prévenu que tu étais méchant et que tu avais toujours une arme sur toi... Je vais te dire, si tu viens maintenant, tu seras plus vite débarrassé...

Joseph jeta un coup d'œil désespéré à Anne-Marie. Il n'y a pas à dire, les voilà encore dans la bagarre, ensemble...

– Je ne connais pas les lois, dit Anne-Marie, mais je ne crois pas qu'un mandat rendrait légale une agression à main armée. Et j'en suis témoin. Demande donc à ces messieurs leurs pièces d'identité pour voir si ce sont vraiment des gendarmes ; après quoi, je serais d'avis de les suivre. Pendant ce temps, je vais alerter les ouvriers de ton usine, un avocat et les journaux.

La femme de Joseph pleurait à chaudes larmes. Les gendarmes regardaient Anne-Marie :

– Dites donc, vous, commença celui qui avait sorti son revolver, de quoi nous mêlez-vous ?

– N'oubliez pas que j'ai *tout* vu, fit Anne-Marie.

Joseph avait mis son veston avec des manches effrangées, pisseux.

– Je viens, dit-il, la Demoiselle a raison, j'aime mieux savoir tout de suite de quoi il s'agit.

– Alors je peux m'approcher ? Tu ne vas pas me sauter dessus ? C'est que t'es costaud ! Jamais on ne dirait !

– Ha-ha ! fit Joseph, ne crains rien !

Le gendarme s'approcha, et, avec une dextérité de gorille, lui passa les menottes.

– T'es vraiment une ordure, dit Joseph, très calme.

– Pas de discussion...

Le gendarme tira sur la chaînette. Ils sortirent.

Anne-Marie et la femme de Joseph restaient sur la porte, regardant Joseph s'éloigner entre les deux gendarmes. C'était l'heure du déjeuner, la route était déserte, pas une ombre. Le soleil brûlait. Anne-Marie poussa doucement la femme de Joseph, inondée de larmes, dans l'intérieur de la maison où l'on entendait hurler le petit.

– Comment t'appelles-tu ? dit-elle.

– Mireille...

C'était à peine, à peine si l'on entendait sa voix.

– Mireille, si tu pleures comme ça, je vais pleurer comme toi, et je ne pourrais plus rien faire pour Joseph. Ne pleure pas, je t'en supplie ! Elle prit Mireille dans ses bras. Ne pleure pas… et Anne-Marie pleurait à grosses larmes, je vais maintenant aller voir ce qu'on peut faire…

Le déjeuner de fête chez Louisette était complètement bouleversé. Anne-Marie reprenait l'autocar pour P…, elle voulait voir sur place ce qu'on pouvait et devait faire. La table si bien mise, avec des serviettes brodées et des fleurs, le gigot et la tarte, et tous les invités… L'autocar arrivait à trois heures, en principe, mais il pouvait aussi bien partir une demi-heure plus tôt, ou un quart d'heure plus tard. Il fallait être à l'auberge à deux heures et demie, si on voulait être sûr de ne pas le rater, quitte à attendre une heure. On mangea rapidement, sans trop savoir ce qu'on faisait. Le père de Louisette et le garçon coiffeur étaient déjà dans la boutique quand Anne-Marie passa rapidement dans le dos des formes blanches, immobiles. Combien de fois avait-elle traversé ainsi, en courant, la boutique, laissant Louisette et Raoul dans l'arrière-boutique, près du petit fourneau sur lequel chauffait l'eau pour les shampoings, et dans une lessiveuse bouillaient des serviettes. Anne-Marie sentit qu'elle allait se mettre à pleurer quand la clochette de la porte recommença sa mince plainte d'outre-tombe…

Elle marchait dans la rue et les souvenirs lui emboîtaient le pas. À ne plus savoir si c'était « alors » ou « maintenant ». Il y a des souvenirs qu'on évoque et d'autres qui se substituent d'eux-mêmes au « maintenant ». Ce n'était même pas des souvenirs, mais un état. Là où il y avait un relief, il y avait un creux ; là où il y avait un pied, il n'y avait même plus la trace du pied ; là où il y avait un homme, il y avait une tombe.

L'aubergiste salua Anne-Marie, sans sourire, à croire qu'elle ne la reconnaissait pas. L'autocar n'était pas encore là. Dans la salle de l'auberge fraîchement blanchie, vide à l'heure qu'il était, l'aubergiste essuyait la toile cirée des tables. Anne-Marie demanda un verre de Vichy et se mit à attendre. Joseph en prison pour vol ! Anne-Marie n'avait pas besoin de savoir de quoi il s'agissait exactement, il n'avait pas volé, c'était grotesque. Joseph en prison ! Dans cette même prison dont ils avaient sorti ensemble les condamnés à mort, dans cette même prison... C'était énorme, paradoxal... Sans généraliser, ni tirer des conclusions, il fallait admettre qu'il y avait quelque chose qui ne tournait pas rond, comme disait Joseph. Il fallait admettre que, si la guerre avait été totale, la victoire ne l'était pas. Ce n'était qu'une de ces opérations brillamment réussies après lesquelles le malade meurt ; mais maintenant, il ne s'agissait pas de généraliser et d'établir des conclusions, il s'agissait de tirer Joseph de cette sale affaire. On l'en aurait tiré sans elle, bien sûr, il y aurait eu du monde pour s'en occuper, dans les petits pays on sait ce que valent les gens, personne ne croirait jamais que Joseph avait volé.

– On a arrêté Joseph, dit Anne-Marie brusquement à l'aubergiste, qui balayait la salle.

– On a arrêté Joseph ? répéta-t-elle.

– Oui, des gendarmes sont venus et l'ont emmené les menottes aux mains.

– Qu'est-ce qu'il a fait ?

– On l'accuse d'avoir volé des couvertures.

– Joseph a volé des couvertures ? À qui ?

– Je ne sais pas.

– Joseph n'a rien volé à personne.

L'aubergiste se remit à balayer ; son visage couleur de cendres était immobile. Des mouches collantes, agaçantes, tournoyaient autour des tables, s'asseyaient sur les ronds de vin rouge, les miettes. L'aubergiste avait fini de balayer et sortit de la salle. Anne-Marie était seule avec les mouches. Il faisait chaud, mais tout de même plus frais que dans la garrigue de Célestin : c'était la montagne. Anne-Marie ferma les yeux ; à travers les paupières baissées, le soleil faisait des zigzags. Pauvre Joseph, si tout le monde était comme l'aubergiste, c'était peut-être heureux qu'elle se fût trouvée là…

– Je vous apporte un café, la Demoiselle…

Anne-Marie ouvrit les yeux. L'aubergiste posait devant elle un filtre.

– Merci, je m'endormais, il fait chaud…

– Ces mouches ! Il y aura de l'orage, elles rentrent dans la maison. Vous allez vous occuper de Joseph ?

– C'est pour ça que je vais à P…

– Prenez votre café, il est passé. C'est du vrai. À P…, vous devriez aller voir M. Clavel, du Secours Populaire… C'est à P… que vous avez fait évader des patriotes ? On en a causé à la radio…

– Oui, c'est à P… Joseph était avec nous, il y avait Raoul, Joseph et moi. C'est Joseph qui a pris les clefs au gardien, juste celui qui ne s'était pas endormi ! Il connaît les lieux…

– Pauvre M. Raoul !…

– Oui… Dans la prison, il risquait gros, il n'a rien eu, pas un accroc…

– Ce n'était pas pour cette fois… Voici l'autocar. Mon pauvre mari disait toujours : « La Demoiselle, c'est quelqu'un… »

Anne-Marie rougit, elle était sensible à ce compliment.

– Vous voilà repartie, dit le chauffeur de l'autocar.

XXV

La prison de P… datait du XVe siècle. Peut-être, dans ces temps-là, était-ce un château fort, mais il avait dû, depuis, subir des reconstructions, des modifications. La grille, devant laquelle stationnait un petit groupe, n'était pas d'époque, et les murs avaient perdu leurs crénelures. Anne-Marie alla à la porte et sonna. Il y avait une sonnette, comme à la porte d'entrée d'une maison quelconque, dont on peut entrer et sortir. Un gardien se montra de l'autre côté de la cour pavée, grise et nue comme les murs. Il était en uniforme kaki, un trousseau de clefs à la main : c'était un vrai gardien de prison.

– Qu'est-ce qu'il y a ? dit-il, bourru. Puis il remarqua Anne-Marie. Madame ! dit-il. Alors, vous venez nous voir !

Jamais on n'avait vu gardien de prison aussi hospitalier. Les souvenirs… C'était le même gardien de prison qui y était en 1943, et Anne-Marie le connaissait bien, parce qu'elle avait été chez lui, à son domicile, comme assistante sociale, ce qui ne lui donnait d'ailleurs aucunement le droit d'aller voir un gardien, ni de faire passer par lui, moyennant finances, des colis et des lettres pour les prisonniers. Savait-il ou ne savait-il pas que c'était elle qui avait drogué les autres gardiens, – il n'y était pas ce jour-là, – et que c'était Joseph qui avait asséné un coup sur la tête de l'un d'eux, parce qu'il ne voulait pas s'endormir ?… Le gardien était tout ému de revoir la petite dame, pas mécontent non plus d'avoir retrouvé cette attestation vivante de sa complaisance pour les prisonniers résistants… Non pas qu'il en eût encore besoin, son cas était depuis longtemps réglé, et la preuve, puisqu'il était toujours à la même place. Anne-Marie pénétra encore une fois derrière cette grille… Elle était terriblement émue. Les femmes qui attendaient, c'était jour de visite, la regardèrent entrer, hostiles. Leurs hommes étaient à l'intérieur, celle-ci était de l'autre côté de la barricade…

– Alors, monsieur Camille, dit Anne-Marie, passant la grille, il y a du changement dans la maison ? Comment aimez-vous vos nouveaux clients ?

M. Camille, malgré l'uniforme, le trousseau de clefs, souriait comme un homme ordinaire, et c'était aussi singulier que la sonnette près de la grille. Anne-Marie n'arrivait pas à le considérer comme un homme ordinaire, bien qu'elle eût connu sa femme, et son buffet, et son jardin. Ce n'était tout de même qu'un chien de garde dressé à sauter, le cas échéant, sur les hommes qu'il gardait. Pourtant elle lui serra la main, comme autrefois : comme autrefois, elle pouvait en avoir besoin.

– Je viens faire un tour chez vous, dit-elle. Des souvenirs, vous comprenez…

– Mais tant que vous voulez, madame ! C'est contre les règlements, mais pour vous, les règlements, on y a toujours fait des accrocs, hein ! Si vous voulez vous donner la peine d'entrer…

C'était un large passage, dallé et voûté, mais, dans la pièce où la mena M. Camille, il ne subsistait rien du château fort, cela tenait du commissariat de police, des bureaux de notaire avec leurs archives de poussière. Un ouvrier, en bleu, un baluchon sous le bras, se tenait debout au milieu de la pièce ; près de lui, il y avait un gendarme. L'ouvrier avait très chaud, ses cheveux blonds collés de sueur, les yeux humides d'émotion. Le gardien demanda à Anne-Marie de l'attendre un petit instant, il allait revenir. Anne-Marie s'assit sur l'unique chaise.

– Madame, dit brusquement l'ouvrier et le gendarme fit un pas vers lui, c'est-il Dieu possible qu'on mette en taule pour un vol de bicyclette en 1943 !

– Silence ! cria le gendarme.

– Laissez-le parler, fit Anne-Marie sèchement et le gendarme, indécis et sombre, se tut : qu'est-ce que c'était que celle-là ? Avait-elle le droit de lui donner des ordres ou pas ?

L'ouvrier s'approcha d'Anne-Marie :

– Ils m'ont condamné en 1943 pour vol de bicyclette à Grenoble... C'était pourtant pain bénit, elle appartenait à un Boche, et c'était une bicyclette française... J'étais pressé, je l'ai prise, ce n'était pas pour me promener ! Je me suis fait coincer, encore heureusement que je n'avais rien de compromettant sur moi ! Ils m'ont fourré en prison à Grenoble. Seulement, huit jours après, je leur ai faussé compagnie... Alors maintenant, il paraît que je dois faire mon temps ! Dix-huit mois. Et ils m'ont retrouvé ici, chez moi !

– Qui a porté plainte ? demanda Anne-Marie.

– Personne ! L'affaire est venue toute seule...

Le gardien rentrait :

– On y va ? dit-il.

L'ouvrier jeta à Anne-Marie un regard de désespoir, comme si elle eût été sa dernière planche de salut. Elle lui demanda son nom : c'était Jacques Derrieux.

– Au revoir, Jacques, dit Anne-Marie, je ne crois pas aux dix-huit mois...

– Comment vous appelle-t-on maintenant ? s'enquit le gardien en lui tenant la porte, Mme Bellanger ? Vous ne reconnaîtrez pas la baraque, Mme Bellanger, on a tout repeint, fait nettoyer, vous verrez...

Anne-Marie suivait le gardien. Des hommes travaillaient dans un long couloir de château fort, on refaisait les peintures des murs. N'étaient les têtes rasées, on aurait pris ces hommes pour de simples peintres en bâtiment. Le gardien Camille ouvrit une porte à gauche : aux peintures religieuses des murs, œuvre d'un détenu, horribles, l'on devinait qu'ici cela allait être une chapelle. N'empêche que les cabinets étaient toujours là, dans un coin, comme autrefois quand cet espace était le réfectoire désaffecté des gardes. Dans ces cabinets, Raoul avait attendu qu'Anne-Marie, avec les clefs prises au gardien par Joseph, eût ouvert les cellules. Raoul était armé, mais on n'avait pas eu à se servir des armes, tout s'était si bien passé. Ils étaient sortis tous ensemble par la porte de la morgue fracturée par Pierrot, de dehors.

– J'ai toujours pensé, Mme Bellanger, dit Camille, que vous aviez renseigné les gars qui ont organisé l'évasion des vingt.

– Pensez-vous, dit Anne-Marie. Et elle regardait autour d'elle. C'est bien beau, mais ça sent mauvais dans votre chapelle…

Ils ressortirent dans le couloir du château fort. Les portes des cellules étaient ouvertes, elles étaient vides : les détenus étaient en promenade. De très grandes cellules et des petites. Sur certaines portes, il y avait comme une enseigne : coiffeur, tailleur, menuisier… On aurait dit un passage couvert, avec des boutiques. Au bout, c'étaient les douches. Une file de détenus, en shorts, une serviette autour du cou, attendaient leur tour. Ils coulaient vers Anne-Marie des regards sournois, craintifs, insolents, et pleins de saloperies. La chaleur faisait suer les murs eux-mêmes. Un escalier, un autre étage. Les mêmes couloirs, les mêmes cellules. Anne-Marie entrouvrit une, deux portes… Les cellules vides sentaient le moisi et la sueur. Les grandes, des dortoirs, avec les paillasses tout autour, par terre, au chevet de chacune, une petite caisse, une boîte, un morceau d'étoffe pour figurer la table de chevet, avec les biens des hommes, crayons et cahiers, livres et photos… Il ne restait ici des criminels que la misère, la pitié… Anne-Marie et le gardien redescendirent au rez-de-chaussée.

Un passage à toit vitré, dans lequel se promenait un gardien costaud, et, des deux côtés, les portes fermées des préaux.

– Regardez, Mme Bellanger, ceux-là, si ce n'est pas malheureux, ça n'a pas dix-huit ans, et c'est condamné pour attaque à main armée.

Le gardien Camille faisait le guide, il souleva le volet qui fermait l'œil de verre dans la porte. Anne-Marie regarda : c'était un étrange cinéma en couleurs, muet. Ils étaient quatre là-dedans qui allaient et venaient, faisaient des gestes dans une conversation animée, et qu'on n'entendait pas. Un petit, chétif, presque contrefait, le nez fouineur, expliquait le coup à un gaillard magnifique, avec une chemise à carreaux ; un troisième les suivait, morose, un collégien qui s'embête, et le quatrième, tout menu, – on lui aurait donné douze ans, la petite classe, – marchait à reculons devant eux, et les mangeait des yeux, extasié. Ils devaient combiner un bon coup pour la sortie.

Dans un autre préau, beaucoup plus grand, des détenus parfaitement adultes, poil au vent, le crâne rasé, jouaient à quelque jeu qui ressemblait à du football sans ballon et s'entretenaient, assis autour du préau, par terre et sur des bancs.

– C'est un peu mélangé ici, dit le gardien Camille, politiques et droits communs… Tandis que, dans celui-là, il n'y a que des droits communs.

Il fallait croire que les « politiques » d'aujourd'hui avaient tous les traits des droits communs, parce qu'on n'aurait pas pu distinguer entre ces hommes.

– Vous voyez celui-là, là-bas, assis par terre, au mur, à croupetons, ça c'est un ancien FTP qui est ici pour meurtre. Je vous dirais que, pour ce qui est de moi, j'aimerais mieux qu'on nous l'enlève : nous avons ici beaucoup de miliciens, j'ai peur qu'on nous le descende, et qu'est-ce qu'on n'entendrait pas, après ! Déjà comme ça, dans les journaux, on ne parle que de lui, il paraît qu'il n'a pas tué, les communistes font un foin de tous les diables.

Un homme, assis par terre, adossé au mur, ne bougeait pas, regardait droit devant soi. À côté de lui se jouait une furieuse partie de cartes à laquelle il ne prêtait aucune attention. Anne-Marie reconnut Robert Bouvin : le petit Robert, le petit ravitailleur du maquis. Elle ne dit rien. Robert en prison pour meurtre ! Qu'est-ce que c'était que cette histoire ? Et, dans tout cela, elle n'avait pas vu Joseph.

Joseph était en prison depuis deux semaines et n'avait vu que son avocat. Anne-Marie n'avait aucun titre pour obtenir une visite, et Mireille était partie avec le petit chez ses parents, dans la montagne : elle ne s'en sortait pas, toute seule. Anne-Marie avait voulu voir par ses propres moyens comment il allait… Pas de chance.

En arrivant à P…, Anne-Marie avait pris une chambre à l'hôtel et était allée tout de suite chez ce Clavel dont lui avait parlé l'aubergiste. Heureusement, car en vérité elle ne savait trop qu'entreprendre. Mais Clavel avait pris la chose en main, et ça ne traîna pas. C'était un postier qui trouvait du temps pour s'occuper d'autre chose. Il lui avait demandé des détails sur la conduite de Joseph au maquis et s'était déclaré satisfait et prêt à agir. Il connaissait Anne-Marie, la Demoiselle, de réputation ; en fait il avait même, de loin en loin, travaillé avec Raoul, et ce qu'elle disait de Joseph lui suffisait.

Anne-Marie n'était pas retournée à cette grande baraque où elle avait passé la première nuit. Elle avait trouvé un hôtel, au fond d'une impasse, qui ne payait pas de mine, mais qui était propre parce qu'on était en train de le remettre à neuf. Et même on installait au rez-de-chaussée un dancing, et le bar était déjà ouvert, parmi des plâtres humides, des pots de peinture, des échelles et des maçons blancs comme des boulangers. C'était une étrange idée que d'ouvrir un dancing au fond de cette impasse, dans cette ville de P…, qui elle-même se trouvait dans un cul-de-sac. Pour le moment, le bar n'était fréquenté que par les patrons de l'hôtel, un couple irrégulier, dans lequel c'était elle qui avait l'argent et lui l'initiative. Y venait aussi la jolie serveuse du restaurant. Elle avait une poitrine extraordinairement haute, qui faisait, entre les boutons, bâiller sa blouse blanche, une coiffure qui était un véritable édifice très noir, et de bruyantes semelles de bois. Puis il y avait des parents de la patronne, deux hommes et une femme dont les rapports étaient difficiles à définir. Ils étaient du Midi et cela s'entendait. Anne-Marie voyait tout ce monde au restaurant, avec ses murs orange et sa frise dorée, pas encore secs. Il y avait d'autres pensionnaires : de très jeunes mariés qui parlaient sport et puis se taisaient, parce qu'ils n'avaient plus rien à se dire ; et enfin, une gentille jeune femme avec un bébé qui gazouillait toute la journée dans la chambre à côté de celle d'Anne-Marie, mais avait la bonne idée de dormir la nuit.

La chambre aussi était remise à neuf, avec les pauvres matériaux d'après-guerre, et tout était à l'économie : la peinture s'écaillait déjà, l'ampoule sous le plafond était si faible qu'on ne pouvait pas lire, le soir ; il n'y avait pas de lampe près du lit, pas de rideaux à la fenêtre, pas de serviettes. La fenêtre donnait sur une cour, avec un toit assez bas, en tuiles rondes comme des bouteilles. Les gens de l'hôtel regardaient Anne-Marie avec une certaine curiosité, bien qu'après tout, elle ne fût pas plus surprenante dans cette impasse que le bar ou le dancing.

L'affaire de Joseph entre les mains de Clavel, Anne-Marie se mit à attendre. Elle allait et venait dans la ville avec son appareil photographique, prenait des photos de la cathédrale, des rues étroites, de ravissantes petites fontaines avec des cygnes noirs lâchant par le bec un mince filet d'eau, des tours trop grandes, trop lourdes pour la ville – son lien lointain avec Avignon – et le double rang des platanes sur le boulevard large comme un champ, et la vue du côté de la pente herbeuse… Clavel ne souhaitait pas qu'elle apparût immédiatement dans cette affaire : si cela se gâtait et prenait des proportions, si on ne relâchait pas Joseph, on verrait, en attendant, il ne lui demandait rien. Quand il y avait du nouveau, Clavel venait voir Anne-Marie, et l'apparition de cet indigène, de cette sorte d'indigène-là, auprès d'Anne-Marie, étonnait les gens de l'hôtel encore plus que sa solitude. Ils se voyaient au restaurant de l'hôtel, le seul endroit où l'on pût se tenir. On sut enfin de quoi Joseph était accusé : cela datait de 1943. Raoul avait envoyé Joseph en mission, et il s'était trouvé dans un village, chez des copains, le soir où des gars allaient faire une descente chez un collaborateur, parce qu'au maquis au-dessus du village on manquait de couvertures et d'étoffe pour faire des shorts. Et, comme Joseph se trouvait là et qu'on le connaissait pour un homme décidé, on lui avait demandé de donner un coup de main. Joseph avait donné le coup de main et était reparti le lendemain. Maintenant, en 1946, le collaborateur avait porté plainte, et on était allé chez les gars qu'il accusait, et on avait trouvé chez deux d'entre eux des couvertures, une chez l'un et deux chez l'autre. Mais, comme ils pensaient tous que personne ne savait qui était Joseph, ni même qu'il avait existé un Joseph cette nuit-là, ils avaient chargé de toute cette affaire un homme qui avait passé la nuit au village et qui s'appelait Joseph Cardella. Ils étaient persuadés que ce n'était pas son vrai nom. Mais la police, parfaitement au courant, avait trouvé Joseph au fond de son bourg, et des témoignages confirmaient si bien sa présence cette nuit-là au village qu'il n'était pas possible de la nier, et il avait maintenant toute l'affaire sur le dos, accusé par ses propres camarades.

Anne-Marie était contente de trouver, après sa visite à la prison, Clavel qui l'attendait au restaurant de l'hôtel. Elle n'avait pas vu Joseph, et elle ne pouvait oublier Robert assis par terre dans le préau, ça lui faisait mal au cœur…

– Il y a eu confrontation hier, expliquait Clavel. Les autres, bien embêtés de lui avoir mis tout sur le dos… Des imbéciles ! Au lieu de plaider l'affaire politiquement, de ne pas accepter l'accusation de vol, ils se contentent de charger quelqu'un d'introuvable, selon eux !… Quand ils ont vu Joseph chez le juge d'instruction, ils ont carrément avoué qu'ils l'avaient chargé parce qu'ils avaient cru qu'on ne le trouverait pas, et que Joseph n'avait rien à faire avec la distribution des draps et couvertures puisqu'il était parti aussitôt, ce qui est strictement vrai. Les deux chez qui on a trouvé les couvertures, c'est que ça ne fait pas leur affaire ; ils risquent peut-être maintenant d'attraper peut-être cinq ans, comme de simples voleurs ! Je vous demande un peu, est-ce qu'ils devaient les rendre ces couvertures qu'ils ont ramenées du maquis ! Mais nous ne sommes pas chauds pour les défendre, c'est des dégoûtants, ils ont maintenu l'accusation contre Joseph. Je vous ferai remarquer que les gars chez qui on a trouvé les couvertures sont en liberté et que Joseph, qu'on ne fait qu'accuser d'avoir machiné l'affaire, est en prison !

– Alors, pourquoi ?

Les joues mal rasées de Clavel se ramassèrent en de longs plis verticaux, pour sourire :

– Parce que c'est un FTP, madame ! C'est comme le tatouage, madame, le tatouage est considéré comme une présomption, le tatouage, madame, aggrave les soupçons qui pèsent sur un homme, c'est une caractéristique, la preuve de l'appartenance à un certain milieu…

Anne-Marie ne dit rien. Elle trouvait cette explication insupportable. Clavel avait des yeux gris et lisses, dans ses longues joues mal rasées :

– Le cas de Joseph n'est pas un cas isolé, continua-t-il.

– Je sais, j'ai vu le petit Robert, et aussi Jacques Dérieux, au moment où il entrait dans la prison…

– Jacques Dérieux ? Qui est Jacques Dérieux ? Pas entendu parler… Vous allez me raconter ça tout à l'heure. Puisque vous avez vu Robert… Il a su que vous étiez ici, et il semble croire que vous pouvez bien des choses !

– Pauvre Robert !

– Mettons-nous d'accord, d'abord : c'est bien du fils du boulanger de Crémail, Robert Bouvin, qu'il s'agit ?

– Je crois bien qu'il s'appelait Bouvin, et c'est mon Robert que j'ai vu tout à l'heure, amaigri, mais c'est bien lui…

– C'est-à-dire que, quand vous l'avez connu, il était un peu joufflu. En trois ans on change… Il y a bien trois ans que vous ne l'avez vu ? Il a vingt-trois ans maintenant… Mais c'est le même, sûrement. Savez-vous qu'on l'accuse de meurtre ?

– C'est ce que le gardien m'a expliqué… Je vous dirai que Robert n'aurait pas touché une arme à feu, même pour défendre sa vie ! Il avait extraordinairement peur des armes à feu… Vous devez savoir qu'à la Gestapo on lui a arraché les ongles de pieds et qu'il n'a pas parlé. Un héros. C'était notre petit ravitailleur, il n'avait pas son pareil. Mais il avait peur des armes à feu.

– Eh bien ! il est accusé de meurtre. Je crois que, cette fois, il faudra que vous interveniez, que vous nous aidiez.

– Oh ! moi…

Clavel prit une gorgée de marc, alluma une cigarette, il était décontenancé. Cette dame avec ses grandes nattes blondes, ses yeux attentifs, un diamant au petit doigt et des bas fins, c'était la Demoiselle… Quand il était rentré du camp, vingt personnes lui avaient parlé de la Demoiselle, de la fameuse évasion de la prison de P… C'était déjà très difficile de se représenter cette dame faisant évader des prisonniers. Mais il s'était fait à cette idée. C'était tout de même elle qui l'avait prévenu pour Joseph, aujourd'hui, elle a visité la prison. Mais il y avait quelque chose qui ne collait pas. Elle semblait s'intéresser à cette affaire, elle restait à P…, et, quand on lui demandait de faire quelque chose, elle était là comme un plat de nouilles. Si elle restait à P… pour se promener avec son appareil photographique, elle pouvait aussi bien rentrer à Paris, vaquer à ses affaires.

– Pourriez-vous m'indiquer de quoi il s'agit, dit Anne-Marie.

Ah ! tout de même…

– On a tiré à La Dotte, un village à trois kilomètres de Crémail, sur le cabaretier. Un sale type, un affameur, un type qui a fait des affaires de marché noir. Il ne s'occupe pas de politique, l'argent n'a pas d'odeur. Il se tenait sur sa porte, le soir, quand il a reçu une rafale de mitraillette. Il a tout pris dans le ventre… Une drôle d'engeance, il n'en est pas mort ! Et il n'a pas porté plainte… Qui a porté plainte, ceci n'est pas clair, mais on est venu arrêter Robert, à Crémail ! lui et un autre dans une ferme près de Crémail, un gosse de dix-neuf ans, une tête brûlée…

– Mais il y a des preuves ?

– Aucune. On ne les a pas arrêtés sur des preuves, on les a arrêtés parce que, paraît-il, « ils en sont capables ». À cause de leur attitude dans le maquis ! À cause des décorations qu'ils ont, l'un et l'autre… Pour Robert, il y a eu dix-huit témoignages comme quoi il a été à une réunion au moment du crime… On n'en tient pas compte : témoignage de copains. Toto, l'autre petit, lui, a, paraît-il, dîné chez le maire… Complaisance, complaisance… et peut-être n'a-t-on pas tort de le dire… N'empêche que ce n'est pas Toto qui a fait le coup ! C'était à neuf heures du soir, le cabaretier se tenait sur la porte, avec la lumière derrière lui, une bonne cible… Si cela avait été Toto, il ne l'aurait pas raté, je vous le promets, il descend une mouche au vol… Les petits n'ont pas trempé là-dedans, c'est une affaire de marché noir, de règlements de comptes, ou une provocation… Nous allons déclencher une campagne monstre ! Déjà pour Joseph, ils sont embêtés, les ouvriers de l'usine menacent de faire grève si on ne le relâche pas immédiatement. Le procureur m'a dit aujourd'hui : « Vous me rendez la tâche difficile, j'étais sur le point de le relâcher, mais vous devez comprendre que nous ne pouvons avoir l'air de céder à des menaces… »

Clavel devait imiter le procureur qu'Anne-Marie ne connaissait pas, mais c'était sûrement ressemblant.

– Vous dites une provocation… De qui ?

Clavel prit une petite gorgée de marc :

– Il est fort, dit-il, se donnant du temps… Vous n'avez pas connu un certain commandant Lebeau, pas beau du tout ?

– J'ai connu un Lebeau, il était capitaine, de mon temps… C'est le même ? Si je le connais ! On a eu assez de mal avec lui… Il est toujours là ? Pourquoi dites-vous pas beau du tout ? Je le trouve effrayant, mais joli comme une poupée de cire…

– Alors, on est d'accord ! Lebeau a acheté une propriété à quinze kilomètres d'ici… Il en a les moyens. Il s'est définitivement installé dans le pays… Vous le connaissez bien, madame ?

– Bien, non… Je crois qu'il est venu dans le pays comme sinistré. Je ne sais pas d'où on tient ces renseignements, mais on a fini par y croire… Un beau jour, nous l'avons trouvé devant nous comme chef de la Résistance par ici ! Nous n'avons jamais compris comment cela s'était fait.

« Elle parle comme une personne sensée, songeait Clavel, je ne sais pas sur quel pied danser avec elle… Je vais y aller carrément, elle ne nous fera pas de vacheries… »

– Nous sommes sur la trace d'une affaire délicate, dit-il, jouant avec ses longs doigts osseux autour de la bouteille que le patron avait laissée sur la table. Le commandant Lebeau a des amis… Il a aussi des ennemis… Vous savez quand il s'agit d'argent, des divergences d'opinions se font souvent jour… J'en parle parce qu'il s'agit de Toto et que ça peut être en liaison avec l'affaire. Ça remonte à 1944 : vous connaissez le garage qui est sur la route départementale entre Crémail et P… ?

– Oui, je vois…

– Le garagiste a fait du transport pour les Boches, et pas seulement du transport… Toto y est allé tout seul et a pris au garagiste soixante mille francs !… Je vous ai dit que c'est une tête brûlée, parce que le garagiste est un homme redoutable, de tous les points de vue. Toto va à la ferme où on le cachait, met vingt mille francs au fond d'un mirus et en garde sur lui quarante mille. Quelques jours après, comme il rentrait à la ferme, il voit de loin que la ferme est cernée et fiche le camp. Il va naturellement se planquer quelque part pour laisser passer l'orage. L'argent, il l'a confié à Lebeau. Quelques jours après, il va tranquillement dans la ferme brûlée et sort l'argent du mirus qui a miraculeusement subsisté, les vingt mille qui restaient. Seulement, comme il avait toujours l'idée qu'il allait peut-être se faire prendre, il aimait mieux ne pas trimballer l'argent sur lui. Alors il retourne chez Lebeau, mais, comme Lebeau n'était pas là, il laisse les vingt mille balles à son lieutenant. Il fallait être fou comme Toto pour revenir sur les lieux, mais tout de même, il n'avait pas bien envie de s'attarder à Crémail. Le lieutenant dit : « Bien sûr, je vais remettre l'argent à Lebeau. » Mais après la Libération, quand Toto est venu parler de l'argent, Lebeau lui a affirmé qu'il n'avait jamais reçu les vingt mille confiés au lieutenant et que les quarante, il y a longtemps qu'il les a dépensés pour le maquis. Et le lieutenant, lui, dit que non seulement il a remis les vingt mille à Lebeau, mais que Lebeau a gardé pour lui les quarante mille, ce qui fait les soixante en question, et que le maquis n'en a jamais vu le premier sou !

– Qu'est-ce que c'est que ce lieutenant ? Ce n'est pas Gérard, par hasard ?

– Non, ce n'est pas Gérard, Gérard, je le connais ; celui de Lebeau était un parachuté de la dernière heure.

Et Clavel pensait : « Elle connaît tout le monde ! Et elle a même des idées là-dessus ! Peut-être qu'elle pense comme nous, peut-être ne pense-t-elle pas du tout... Alors qu'est-ce que je fiche là ?... » Il faut dire que Clavel n'avait pas l'habitude des Parisiennes du milieu d'Anne-Marie... Mais quel était le milieu d'Anne-Marie ? Clavel disait :

– Gérard était bien avec Lebeau, mais il n'était pas son lieutenant à lui. Le lieutenant parachuté s'était acoquiné avec Lebeau par hasard. Quand un type tombe du ciel, ça ne lui est pas toujours facile de se débrouiller les affaires de la terre. Lebeau lui a fait miroiter ses « troupes ». Vous savez bien que le maquis était déjà tout organisé, et le petit lieutenant, il est resté le bec dans l'eau… On l'a embauché dans un maquis, à moins cinq. Ce n'est pas un mauvais petit, et courageux. Il en veut à Lebeau, il lui en veut ! Pour Lebeau, ça faisait riche d'avoir à côté de lui un type de Londres, vous pensez ! Alors le petit parachuté, qui a vu faire Lebeau, ne l'aime pas beaucoup. Lebeau, qui sent que ça se gâte, a envoyé à la mairie de P… un certificat comme quoi le garagiste était un patriote éprouvé… Et maintenant le garagiste affirme qu'on ne lui a jamais rien pris ! Les accusations de Toto et du lieutenant ne sont plus que du vent. Bien sûr que tout le pays sait que Toto a bel et bien fait une descente au garage et que c'est pourquoi le garagiste l'a dénoncé, mais allez le prouver ! Je ne sais pas, madame, si vous tirez de cette affaire les mêmes conclusions que moi… C'est-à-dire, conclusions serait trop fort, mais enfin…

– J'irai faire un tour au garage, dit Anne-Marie.

– Pour quoi faire ?

Clavel n'en revenait pas.

– Je ne sais pas, dit Anne-Marie. – Et elle sourit de son sourire enfantin. – Il faut bien tirer Robert de la prison.

« Je donne ma langue au chat », se dit Clavel, et il se leva.

– N'oubliez pas Jacques Derieux, dit Anne-Marie, lui serrant la main. En prison pour vol de bicyclette en 1943, il a pris un vélo à un Boche parce qu'il en avait besoin pour notre travail.

« Je donne ma langue au chat », se disait Clavel, descendant l'escalier de l'hôtel.

XXVI

Le garage se trouvait au bout du hameau, tellement au bout qu'il n'avait pratiquement pas de voisins et paraissait être seul sur la route départementale qui passait en dehors du hameau. En y allant de P..., et une fois les abords de la ville dépassés, on traversait quelques villages, puis on faisait, en montant toujours, quelques kilomètres, et alors on voyait la maison carrée du garage, tandis que le hameau restait entièrement caché derrière un repli de terrain. Le paysage était désert et le vide était encore exagéré par quelques arbres isolés, toutes leurs branches tournées dans le même sens comme une longue chevelure emportée par le vent. Le garage semblait abandonné, le grand portail jadis vert, toujours fermé, et les deux pompes à essence desséchées et rouillées, en sentinelles, avec leur habituelle semblance d'hommes mécaniques, augmentaient encore cette impression d'abandon. Si on faisait le tour de la maison carrée aux volets fermés, dans l'espoir de trouver quelqu'un, on tombait dans un terrain vague entouré de fil de fer barbelé, et qui ressemblait à un charnier, à une fosse commune de voitures de toutes sortes. Roux de rouille, privés de chair et d'entrailles, ces camions, ces tractions avant et même un char, n'étaient plus que des carcasses, des restes de charognes dévorés, évidés, troués, écrasés... Des voitures, comme on en voit encore sur les bords des routes de France qui ont été des champs de bataille, des voitures qui restent là, de plus en plus dégradées, carapaces de langoustes mangées.

– Je ne marche pas, disait un homme en combinaison bleue, assis sur le marchepied d'une de ces ex-voitures, dans le terrain vague derrière le garage. Je ne marche pas. Ça finira mal. Vous, vous allez et venez, moi on me surveille au hameau. Ce n'est pas parce que vous ne les voyez pas qu'il faut croire qu'eux ils ne vous voient pas… Ils voient tout ! Non, mon commandant, c'est tout réfléchi… Non… C'est trop tôt ou trop tard.

– Tu n'es pas raisonnable, dit le commandant, un commandant pas grand, en civil, juste le pantalon kaki, mais la veste claire, presque blanche, et confortablement large, la cravate bleu ciel. Tu n'es pas raisonnable. Il n'est jamais ni trop tôt, ni trop tard pour bien faire. Tu es parfaitement bien placé ici, de tous les points de vue. C'est bien naturel que des voitures s'arrêtent devant un garage. Tu ne me diras pas que, pour chaque voiture, on vient vérifier les réparations que tu y as faites !

– La dernière fois que le camion est venu ici, il a fallu pour le décharger attendre que le Dr Samuel pût s'en aller : il était en panne, et pas pour une bagatelle… Je vous prie de croire que j'ai fait vite pour le dépanner ! Il m'a dit qu'il n'avait jamais vu travailler quelqu'un avec une telle rapidité ! Je me suis fait un client… L'homme à la combinaison bleue ricana. Il n'y aurait pas eu de mal à ça. Mais il avait avec lui le fils Beaulieu…

– Ah ! oui ? Le commandant, qui allait et venait devant l'homme en combinaison, s'arrêta dans son tournoiement.

– Je ne sais pas au juste ce qu'il a vu… Ce petit-là, il est bavard pour le plaisir, et curieux avec ça… Il a posé des questions à votre chauffeur, il a même fouiné dans la voiture. Je ne sais pas ce qu'il y a vu.

– Ça, c'est embêtant. Vous n'êtes que des andouilles, toi et Paul… Le visage trop rose du commandant prit une teinte de rose plus foncé, et son nez s'en trouva plus blanc, transparent comme s'il était en paraffine. Il enleva ses lunettes, avec assez de nervosité, et ses yeux apparurent, noyés comme le sont les yeux habitués aux lunettes, quand ils ne sont plus sous verre. Les cheveux noirs, avec une raie au milieu, soulignaient la blancheur du front carré, droit, avec des sourcils parfaitement dessiné. Vous allez nous faire arriver les pires ennuis.

– Je vais vous envoyer paître, mon commandant, dit le garagiste, votre situation n'est pas si épatante ! Ce n'est pas malin, la campagne électorale que vous avez faite, votre candidat n'est pas estimé dans le pays, c'est le moins qu'on puisse dire. J'ai entendu dire encore hier soir que votre candidat vous tenait à cause d'une vieille histoire… Ce n'est pas précisément un candidat de la Résistance ! On dit que vous vous êtes démasqué. Pour ce qui est de moi, je m'en fous, mais ça fait vilain dans le tableau…

– Tu me dois tout, fit le commandant, et il s'arrêta devant le garagiste, toujours sur son marchepied.

– En supposant que je vous doive *tout*, je n'aime pas mieux me faire descendre maintenant qu'il y a deux ans. Je m'en suis sorti, je me tiens tranquille. Après on verra.

– Tu n'as pas d'idéal…

Le commandant donna un coup de pied dans une pierre qui vola loin. Ça fit rire le garagiste :

– J'aurais bien voulu le connaître le vôtre, d'idéal, mon commandant ! Toujours est-il que mon grenier est plein.

Il fit un mouvement de la tête vers la maison : une haute échelle était appuyée à la lucarne.

– Tu pourrais enlever l'échelle. Le commandant remit ses lunettes et regarda pendant un moment la lucarne. Malgré les lunettes, il ressemblait à une poupée coloriée de couleurs vives et fraîches. Je laisse la voiture ici, dit-il, je vais faire un tour au village. On m'aura vu de toute façon… Je vais faire une petite visite à Jackie, je reprendrai la voiture en descendant.

Le garagiste se leva, c'était un homme grand et robuste :
– Méfiez-vous de Jackie, mon commandant. C'est un drôle de coco encore…

On découvrait le hameau tout de suite derrière le repli du terrain. Il était là, en tas, toutes les maisons les unes sur les autres, de vieilles maisons délabrées, belles de la beauté des pierres et de l'âge. Une épicerie, une chapelle, une fontaine… La fontaine à elle seule aurait valu un déplacement touristique, mais elle ne faisait se déplacer personne, et ne servait qu'à donner de l'eau aux villageois, et leur était précieuse pour les quatre minces filets d'eau qui tombaient dans une vasque ronde. Le commandant Lebeau monta quelques marches de pierre, concaves d'usure : c'était une très petite maison, faite de pierres trop grosses pour sa taille, un toit de tuiles enfoncé profondément sur son front. La porte sculptée avait au milieu un marteau, le commandant frappa, et une tête apparut à l'étage supérieur :
– Ah ! c'est toi, Lebeau, dit la tête, entre…
Le commandant Lebeau poussa la porte et entra dans une petite pièce tapissée de cartes géographiques, avec juste une table, quelques chaises paillées et une sorte de buffet. Par la seule petite fenêtre au fond d'un mur épais, on voyait une carte géographique vivante, un paysage comme doivent les voir les oiseaux. Ici, on se rendait compte que le hameau se trouvait sur une hauteur.
Mais le propriétaire de la tête qui s'était montrée tout à l'heure, à la fenêtre, descendait l'escalier, et il était si long, si mince, qu'il semblait plier comme une fleur avec une tige trop haute. Là, d'ailleurs, s'arrêtait sa ressemblance avec une fleur. Son âge était indéfinissable comme celui d'un Chinois ; le visage glabre semblait n'avoir jamais besoin de recourir au rasoir.
– Alors, fit-il, qu'est-ce que tu viens trafiquer par là, Lebeau ? Assieds-toi.

– Trafiquer! Il n'est pas question de trafic… Les temps du trafic sont révolus, mon capitaine…

– Moi qui croyais qu'ils ne faisaient que commencer! Le capitaine, puisque capitaine il y avait, versait à boire du vin profondément rouge. Ses longues jambes, sortant d'un short kaki, s'enroulaient l'une autour de l'autre, comme un caducée. Elle était belle, la Libération! Je ne sais pas ce qui est pire, Paris ou la campagne… On épure trop ou pas assez, voilà mon avis. Je me suis habitué à ce coin pendant l'Occupation, autrement, je ne reviendrais pas ici: c'est infesté de communistes. Ils ne me font pas de mal, remarque, bien que je sois seul de mon espèce ici, mais ils se méfient et ça m'agace…

– Est-ce qu'ils ont raison de se méfier? demanda Lebeau.

– Pratiquement, pas… Ils se méfient parce que j'étais de l'IS. Ils disent que ça va d'habitude avec l'anticommunisme; je trouve ça stupide, alors ça m'agace, parce que, avec moi, ça tombe juste. Qu'est-ce que tu viens faire ici, tu ne l'as pas encore dit, ce n'est tout de même pas pour le plaisir de me voir?

– C'est ce qui te trompe. J'étais à Crémail, je rentre, et, comme je passais, j'ai pensé à toi…

– Tu t'es arrêté chez Félix, et puis tu es monté chez moi? Ne me dis pas que tu as eu un accroc à ta voiture…

– Il fait une chaleur accablante, fit Lebeau… Il y a longtemps que tu es ici? Qui as-tu vu à Paris? Il paraît que Petit à un poste important?

– J'en sais fichtre rien. Je ne vois personne à Paris. À Paris, je travaille dans mon coin. J'ai rencontré une fois le colonel Voiron, par hasard…

– Ah! il est colonel?

– Ben oui, il a été sur le Rhin… Il m'a chiné sur mon alchimie, sur ma pierre philosophale, comme toujours… C'est un brave type.

– Personnellement, je n'ai rien contre lui. Le commandant Lebeau frottait ses lunettes avec une petite peau de chamois qu'il avait tirée de l'étui à lunettes.

– Et ça avance, ces inventions ?

– Des bricoles… J'ai pris deux brevets. Mais pour le grand truc, je ne trouve toujours pas d'argent chez ces hommes incrédules. Mes petits gars du maquis étaient plus confiants, eux ils m'apportaient tout ce qu'il faut pour mes dispositifs quand je leur promettais un appareil acoustique pour attraper le pas d'un rôdeur autour du camp, ou des lièvres…

– Et ici ? Tu te gendarmes comme à Paris ?

– Je ne me gendarme pas, mais je ne me mêle de rien. Je te l'ai dit, c'est tous des communistes par ici… Je m'entends très bien avec eux, avec chacun séparément, mais quand ils sont tous ensemble, ils me font rire ! Pour les résultats qu'on obtient… On ne m'aura pas une deuxième fois. On discute ensemble politique, ils sont idiots avec leurs idées sur le progrès. Tant qu'il y aura des salauds, et tu ne doutes pas qu'il y aura toujours des salauds… La France est au bord de l'abîme, rien que du point de vue financier. Je n'ai plus de quoi vivre à Paris, mon vieux, je ne suis qu'un malheureux petit rentier, et à Paris, je crève de faim, littéralement…

Lebeau jouait avec ses lunettes. Il s'en fichait pas mal que Jackie crevât de faim à Paris ou ailleurs, mais, puisqu'il était là, il avait envie de lui parler de son histoire avec « Jeannot le parachuté ». Elle semblait rebondir, et pourtant Félix avait témoigné qu'on ne lui avait jamais rien pris. La faute en était à la campagne électorale que Lebeau avait menée pour un homme décrié dans la région, en dehors de toute politique. Comme Lebeau avait été son grand agent électoral, cela l'avait mis en lumière, une lumière si crue que l'histoire des soixante mille francs était ressortie de l'oubli… Jeannot avait trouvé des témoins et se faisait fort de prouver que l'argent avait vraiment été remis à Lebeau ; comment il s'y prendrait, c'était ce que Lebeau se demandait. Surtout que Toto était en prison, bien bouclé, pas près d'en sortir.

– J'imagine que Jeannot est venu te voir, dit-il. Je ne comprends pas pourquoi il me hait à ce point. C'est lamentable, quand on pense à tout ce qu'on a vécu ensemble !

– Non, dit Jackie, je n'ai pas revu Jeannot depuis la Libération.

Lebeau ne savait pas ce qu'il devait croire : Jackie semblait n'avoir jamais entendu parler de son histoire, mais Jackie était un drôle de coco, comme disait Félix, personne n'avait jamais rien compris à cet homme. Par exemple, il disait qu'il n'aimait pas les communistes, était-ce bien vrai, il le disait peut-être seulement pour le faire parler ? Il avait eu aussi un drôle de courage, pendant l'Occupation, dément et organisé. Jackie lui-même se disait anarchiste, et c'était peut-être vrai après tout. Mais si Jackie paraissait indifférent à sa question sur Jeannot, il s'intéressait vivement à l'affaire de Toto et de Robert Bouvin : « C'est une drôle d'histoire, répétait-il, c'est une drôle d'histoire !... » Ce n'était pas qu'il prît parti pour eux, mais il n'arrêtait pas de poser des questions. Lebeau ne pouvait pourtant rien lui dire d'intéressant là-dessus : le cabaretier, Mélassier, avait pris une rafale de mitraillette dans le ventre, et comme le maquis ne l'aimait pas, on avait cherché les assassins du côté du maquis, c'était tout naturel, qu'est-ce que cela avait de drôle ?

– Je ne sais pas, fit Jackie. Cette affaire sent mauvais. Ce n'est pas que je croie à la justice populaire, au contraire, la foule, que peut-il y avoir de plus injuste, de plus stupide qu'une foule... Cependant, l'opinion du hameau qui monte de la terre, qui vient des arbres, des pierres... Cela ne m'étonnerait pas que cela donne du mauvais. Tu comprends, le cabaretier est un affameur, personne ne le plaint. D'autre part, les gosses ont, paraît-il, des alibis indiscutables dont on ne tient pas compte... Ça sent mauvais...

– Qu'est-ce que tu veux que je te dise ? fit Lebeau en se levant.

– Reste manger un morceau ? Non ? Dis-moi, comment t'es-tu

arrangé pour avoir une voiture ? Je te l'envie encore plus que ton veston ! Il paraît que tu roules sur l'or ! Quand on t'a connu comme nous t'avons connu, plutôt miteux…

– Je pourrais te procurer du tissu à bon compte…

Lebeau expliqua sa combine.

– Bon, bon, bon… disait Jackie. Ils descendaient ensemble la rue, Jackie accompagna Lebeau jusqu'à la fontaine. Là, Lebeau lui dit au revoir et remonta seul le repli du terrain. Le paysage commençait à perdre ses belles couleurs… D'en haut, le garage apparut, avec son charnier de voitures entouré de fil de fer barbelé. La cheminée ne fumait pas, tous les volets étaient fermés.

« Félix a peur, se disait Lebeau, descendant la pente. Il est idiot, il n'a plus à avoir peur, c'est fini… Et avec la fortune qu'il a, le saligaud… » Descendu près du garage, il entra dans la cour, cria : « Félix ! » Personne… Il alla frapper à la porte, appela encore… Personne. La maison commençait à s'estomper dans la nuit. Lebeau monta dans sa voiture, alluma les phares… Tant pis, il ferait sa proposition pour l'achat de conserves une autre fois.

XXVII

Anne-Marie avait fait des photos de la grande tour à mâchicoulis, et de l'édifice portant des flammes sur la tête, et des bas-reliefs presque effacés à l'intérieur d'une vielle cour, elle avait fait des photos du boulevard large comme un champ, avec la double rangée de platanes, et du monument aux morts, et de la pente herbeuse, et des rues étroites, et des portails sculptés, et des balcons de fer forgé, et de la petite fille gazouillante de la voisine, et des maçons qui travaillaient dans ce qui allait devenir un dancing, et du toit en tuiles rondes comme des bouteilles, qu'on voyait de la fenêtre de sa chambre... Mais Joseph n'était toujours pas relâché. Le calme plat de la petite ville lui semblait moins calme et plus plat. Le temps s'arrêta encore une fois pour elle, entre les pierres effritées. Même l'eau qui tombait du bec des cygnes noirs semblait ne plus courir, n'être juste qu'une ficelle qui attachait les cygnes aux vasques... Le son des cloches au-dessus des vieilles dentelles de la cathédrale, était lourd, noir et amer comme du goudron... La haute tour carrée à l'entrée de la ville ne servait qu'à rappeler d'anciennes splendeurs et s'élevait comme un symbole de la solitude... Ah ! retrouver les bien-aimés, Georges, Jenny, Raoul... Anne-Marie se débattait, elle ne voulait pas se laisser rouler par une vague de désespoir, il ne fallait pas que la vie qu'elle avait si péniblement reconstruite tombât en poussière... Mais Joseph sortit de prison.

Anne-Marie le sut par Clavel. Joseph rentra tout droit chez les parents de Mireille, dans la montagne, où elle était avec le petit. Il ne revint que deux jours après, avec Mireille, plus amaigrie que lui, les traits tirés, mais les yeux illuminés de bonheur. Joseph aussi avait une expression de convalescent, fatiguée et heureuse. Il était rasé de près, et on voyait les plis de repassage de sa chemise bleue. Ils étaient assis au restaurant de l'hôtel, et les patrons comprenaient de moins en moins ce que c'était que cette dame : elle était photographe, c'était déjà suffisamment étrange, bien, mais quel rapport y avait-il entre elle et des gens du peuple ?

Joseph n'était pas très éloquent :

– J'ai été déçu, dit-il.

C'était l'expression majeure de son indignation, de son sentiment de l'injustice :

– Quand je me suis vu là-dedans, avec les collaborateurs et les miliciens, j'ai été déçu. Les deux mains tenant les bords de son veston rapiécé aux coudes, il tirait dessus par petits coups secs : j'ai pensé à ce jour où nous avons été là-dedans avec toi et Raoul, pour l'évasion, et j'ai été déçu... Ça je dois dire que j'ai été déçu... Et alors, je m'en faisais ! Vous pensez si le gardien à qui j'avais donné un coup sur le crâne était encore là, qu'est-ce que j'aurais pris ! Mais il n'y est plus...

La bonne soupe qu'Anne-Marie avait vue en visitant la prison n'était pas pour les détenus comme Joseph, elle était pour les détenus de luxe, les gens de la cuisine, les balayeurs, l'infirmier, le bibliothécaire, tous collaborateurs et miliciens, ayant les meilleures places. Le détenu préposé à la bibliothèque était un homme condamné en 1938 comme espion allemand ; en 1940, les Boches l'avaient libéré, et il avait mené avec eux la grande vie ; à la Libération, on l'avait remis en taule, et il y finissait son temps, conformément à sa condamnation de 1938 ! Il en avait encore pour un an. Il se promenait dans la prison avec une croix de Lorraine si grosse qu'on l'aurait pris pour un croisé. Joseph n'était pas mal avec l'espion, c'était un homme poli, mais les miliciens, ceux-là ! Ils passaient leur temps à le menacer : c'est pas fini, qu'ils disaient, attends qu'on sorte, attends qu'on nous relâche tous… Finalement, on avait mis Joseph avec deux petits gars qui avaient essayé de voler une auto, et puis le propriétaire était arrivé, ils avaient pris peur, ils avaient tiré, et l'autre avait été gravement blessé…

La jolie serveuse apporta les aubergines cuites au four, farcies, une spécialité de la maison. Elle était tout intimidée par Joseph et Mireille ; elle trouvait ça si drôle que Mme Bellanger eût du monde à sa table, on s'était déjà habitué à la voir seule. Et la serveuse avait toujours envie, en s'approchant de sa table, de marcher sur la pointe des pieds, ce qui aurait été bien difficile avec les bruyantes semelles de bois, et elle se mettait une fleur dans le noir de sa haute coiffure en pensant un peu à Anne-Marie, à cette Parisienne sur laquelle tout était si joli… Et maintenant, elle avait à sa table cet homme et cette femme. La serveuse ne posait pas les plats et faisait le service, passant avec difficulté derrière la chaise d'Anne-Marie ; ses fesses rebondies frottaient le mur orange pas encore tout à fait sec, à moins que ce fût une de ces peintures qui ne sèchent jamais. La petite fille gazouillante et sa mère avaient quitté l'hôtel ; les jeunes mariés, dont la lune de miel devait toucher à sa fin, et qui avaient épuisé tous les sujets de conversation, regardaient avec une curiosité dévorante Anne-Marie et ses hôtes.

– Je leur ai expliqué, aux deux petits gars, disait Joseph, que ce n'était pas intéressant de faire ce qu'ils faisaient, de voler, de tuer… Alors on a discuté tous les jours, après ils ont dit comme moi que, si on leur donnait seulement de quoi aller au cinéma une fois par semaine et un complet de dimanche, ça ne vaudrait pas la peine de se mettre dans les irréguliers. Je leur ai dit qu'il fallait demander assez pour aller une fois par semaine au cinéma… Mais ils disaient qu'ils auraient beau demander… C'est ce qui vous trompe ! À la fin, ils disaient comme moi. Mais, si on les laisse là-bas, avec les droits communs et les miliciens, et les gardiens qui ne vous parlent jamais comme à des hommes, qui gueulent toujours, et c'est des coups de pieds au derrière… Pourquoi ? On ne fait rien, on marche droit, et ils gueulent des gros mots et vous donnent des coups… Pourquoi pas traiter les hommes comme des hommes ? Les Français ne sont pas des Boches…

– On en est loin, dit Anne-Marie, tu es là avec tes ongles et tes cheveux…

Joseph posa la main sur ses cheveux crépus, tellement touffus qu'il était difficile d'imaginer un peigne passant à travers sans y laisser des dents. Il avait des mains bien formées, pas abîmées, au contraire, comme polies par le travail, et son cou large trahissait la force du corps solidement bâti, bien proportionné.

– C'est vrai, dit-il, on ne m'a pas maltraité, ça, c'est vrai… Mais Toto, lui, on l'a passé à tabac, on lui a cassé deux dents. Pour Robert, ils n'ont pas osé…

– Alors, tu les as vus ! Anne-Marie posa sa fourchette. Tu es lent, Joseph, tu es lent, tu ne pouvais pas le dire tout de suite… Qu'est-ce que tu en penses ?

– C'est pas eux, dit Joseph posément… Je ne pouvais pas savoir que tu t'y intéresses. Est-ce que je sais, moi, ce qu'on sait dehors et ce qu'on ne sait pas ?… J'ai vu juste Toto, de loin, pendant la douche ; il m'a fait passer un papier, il a mis : « On m'accuse d'avoir tiré sur Mélassier, le cabaretier, c'est pas vrai… » C'est pas eux qui ont fait le coup, j'aurais encore cru pour Toto, mais Robert, c'est-il Dieu possible de l'accuser d'une pareille chose ! Et puisque c'est pas vrai pour Robert, c'est pas vrai pour Toto… C'est pas parce que Toto a ramené à lui seul cinq Allemands qu'il faut lui mettre sur le dos tous les meurtres de la région ! Le regard de Joseph rappelait à Anne-Marie la scène avec le gendarme. Mais il dit calmement : Et Robert, tu le connais ; c'est risible.

– Est-ce que Mireille sait garder un secret ? dit Anne-Marie, prenant la petite main de Mireille dans la sienne, et lui souriant de tous ses yeux gris.

– Mireille ? fit Joseph, elle ne parle pas même quand il le faudrait. Si on lui chatouillait les plantes des pieds avec une cigarette, pour ça je ne promets pas, personne ne pourrait promettre…

– Mais il ne s'agit pas des plantes des pieds, malheureux !

Et Anne-Marie fit un tel bond sur la chaise que la serveuse en eut un des boutons de sa blouse, trop serrée sur la haute poitrine, qui sauta, ayant fait un mouvement brusque, elle aussi. Anne-Marie attendit qu'elle eût servi le café :

– Tu connais Félix, le garagiste ?

– Je pense bien, c'est un collaborateur qui faisait du transport pour les Boches. C'est Lebeau qui l'a tiré d'affaire.

– Alors, écoute… c'est bien le même. Il se pourrait qu'il ne soit pas étranger à l'attentat…

Les jeunes mariés avaient fini de déjeuner et passèrent aussi près que possible de la table d'Anne-Marie, dans l'espoir d'entendre quelque chose de la conversation. On ne pouvait pas leur en vouloir, ils s'ennuyaient tellement. Les patrons s'installaient à la table du milieu pour déjeuner, maintenant qu'il n'y avait plus dans la salle qu'Anne-Marie, Mireille et Joseph.

– Non, dit Joseph après avoir réfléchi, c'est pas Félix, je te parie que ce n'est pas lui. Il se tient tranquille, trop content de s'en être sorti. Il faudrait plutôt chercher du côté de Lebeau. Vous pouvez toujours toucher à n'importe quoi, tous les fils mènent toujours à Lebeau.

– Félix n'est pas aussi sage que tu le dis… Anne-Marie se pencha au-dessus de la table pour se rapprocher de Joseph et dit : j'y suis allée…

Joseph et Mireille approchèrent leurs têtes, ils semblaient admirer la bague d'Anne-Marie…

XXVIII

Le commandant Lebeau avait une nombreuse famille, et c'était un excellent père de famille. Il estimait que pour les enfants la vie dans un appartement, à Paris ou n'importe quelle autre grande ville, était malsaine, et qu'ils ne pouvaient y être heureux et bien portants, pas plus que les chiens ou les chats. Quand on a des enfants, il faut leur donner un espace où ils peuvent gambader, se mouvoir librement et respirer, et non les sortir comme les chiens, pour leur faire faire leur pipi. Le commandant Lebeau avait donc acheté une propriété avec un très grand jardin, disons un parc. La propriété n'était pas loin de P…, où Lebeau était venu habiter pendant l'Occupation en tant que sinistré, sous son vrai nom ou sous un faux… À l'époque, les gens bien-pensants évitaient d'y regarder de trop près. En 1942, il n'avait encore que deux enfants, mais, depuis, il lui en était venu d'autres, sept en tout. Au début de son séjour à P…, la famille vivait des leçons de piano que donnaient Mme Lebeau, tandis que Lebeau lui-même faisait, disait-il, des traductions d'anglais, pour une maison d'édition parisienne. Les deux aînés, deux garçons mal mouchés, sournois, traînaient dans les rues de P…, et on pouvait déjà très bien s'imaginer les hommes qu'allaient devenir ces gosses de huit-dix ans, et ce n'était pas drôle. Mme Lebeau était une grande et forte femme, avec un visage violent, et c'était bien là tout ce qu'elle avait de violent, car elle était calme et timide, et il fallait toute la bonne volonté de ses élèves pour qu'ils apprissent quelque chose avec elle, parce qu'elle les laissait faire à leur guise, ne les contrariant jamais en rien.

Comment cela s'était-il fait que Lebeau se trouvât un beau jour à la tête de la Résistance à P... ? Personne n'aurait su l'expliquer. À partir de janvier 1944, il semblait commander tous les maquis environnants, à l'exception des FTP, mais eux aussi, pour la liaison avec l'AS, étaient toujours dirigés sur Lebeau, le lieutenant, le capitaine, le commandant Lebeau. Cet homme de petite taille avait un remarquable don d'orateur, le sens du décorum et une assurance qui en imposait aux plus avertis. Son quartier général était installé dans P..., au fond d'une maison du XIIIe siècle, où, quand on ne voulait pas se faire remarquer, l'on rentrait par le garage attenant à la maison. Un passage décoré de drapeaux à croix de Lorraine et de flambeaux aboutissait dans une cave sentant bon le vin, et d'où on montait par un escalier interminable. En haut, l'aide de camp de Lebeau se tenait à la porte d'une petite tour, et, dans la tour, on voyait Lebeau lui-même assis devant une table de travail, une croix de Lorraine et un immense paysage derrière lui. Son front trop blanc, ses lèvres trop rouges, ses cheveux trop noirs et ces yeux qu'il avait quand il retirait ses lunettes, le regard nageant dans une sorte d'eau, de vague, impressionnaient les gars.

Et, malgré la terrible catastrophe qu'avait été le combat à P... et qu'il fallait imputer entièrement à Lebeau, Lebeau aurait gardé sa légende et son prestige, n'eussent été les maladresses qu'il avait commises après la Libération. C'était Lebeau qui, au moment où les Allemands dans leur retraite passaient par P..., avait donné l'ordre d'accepter le combat quand le commandant parachuté avait, lui, donner l'ordre de décrocher. Lebeau avait traité le commandant parachuté de traître, si bien que la centaine de maquisards mal armés qui se trouvaient à P... rencontra le gros de l'armée allemande et fut entièrement massacrée sans utilité aucune. Les

Allemands, entrant dans la ville, prirent quarante otages parmi les passants dans les rues de P..., et, quand tout semblait calmé, les avaient fusillés sur le grand boulevard bordé de platanes, devant le monument aux morts. Après la Libération, le commandant Lebeau fit un grand discours au pied de ce même monument aux morts ; le discours fit sangloter les gens aux nerfs ébranlés, et, quand on installa au même endroit un cercueil ouvert pour recevoir les dons des citoyens pour les familles des fusillés, l'argent y tomba abondant comme les larmes. Le lendemain, sans perdre de temps, Lebeau avait taxé pour ce même but les gros bonnets de la ville et leur avait pris, en ce moment psychologique, des sommes importantes. La population de P..., en deuil, désarçonnée par tant de violence et de décision, se laissait faire, ne sachant plus que penser de ce sauveur qui lui avait coûté si cher en vies humaines et, maintenant, en argent. Seul le commandant parachuté avait quitté P..., jetant ouvertement l'anathème sur Lebeau et lui promettant les pires calamités de la part des chefs de la Résistance militaire. Mais il remonta à Paris et on n'entendit plus parler de lui. Il y avait aussi les FTP qui ne relevaient pas de Lebeau, parce que celui-ci s'était sacré chef FFI de sa propre autorité, sans avoir près de lui un représentant des FTP. Ils avaient donc refusé d'avoir quoi que ce fût à faire avec Lebeau, et, au moment de la bataille à P..., se trouvaient plus bas, sur le chemin des Allemands, à une cinquantaine de kilomètres après P..., où ils réussirent, d'accord avec les FFI du coin, à fortement ennuyer les Allemands. Pour ce qui est de l'argent du cercueil, il était peut-être passé à des œuvres loin de P..., car à P... même, personne n'en entendit jamais parler...

Maintenant, tout ceci était déjà de l'histoire ancienne. Lebeau, définitivement installé dans le pays, s'appelait définitivement le commandant Lebeau. Les événements s'estompaient. Lebeau s'occupait de sa propriété, il avait peu à peu acheté des terrains avoisinants, faisait de la culture, ce qui, avec les difficultés du ravitaillement, nourrit son homme, de toutes les façons...

Le commandant Lebeau avait engraissé, il était prospère, ainsi que ses sept enfants. La plus fatiguée était encore Mme Lebeau ; toujours pas contrariante, d'accord avec ses enfants, son mari, ses domestiques, elle promenait dans la maison sa haute stature et son visage violent qui ne rimait à rien. Les enfants, dont l'aîné avait déjà seize ans et le plus petit un an, avaient toute la place pour gambader dans la maison et le jardin, comme le souhaitait pour eux leur père. On mangeait abondamment, et Lebeau veillait à la qualité de la chair. C'était un père de famille et un mari accomplis. Mme Lebeau n'avait qu'à dire qu'il lui manquait quelque chose, ou qu'il y avait quelque chose de détraqué dans la maison, pour que le commandant s'en occupât immédiatement. Il veillait à ce que les lavabos fussent débouchés, l'anneau du rideau recousu, la porte graissée… Les enfants avaient des bicyclettes, des trottinettes, des ping-pongs, des skis, des ballons et des hochets. Les deux aînés étaient depuis un an pensionnaires dans un lycée de Paris où ils tiraient beaucoup de gloire des exploits de leur père. La famille était patriarcale, et Lebeau était chez lui le maître absolu et aimé.

Lebeau rentra assez tard ; le garage de Félix était à vingt kilomètres au sud de P…, la propriété de Lebeau à quinze kilomètres au nord, et il y avait la traversée de la ville. Les enfants étaient déjà couchés ; Mme Lebeau descendit de sa chambre, en peignoir, et s'assit en face de son mari, qui était installé devant la grande table d'acajou sombre et brillant, sur laquelle était mis le couvert. Lebeau découpait délicatement une aile de poulet : le soir, il ne mangeait que légèrement…

– On t'a téléphoné deux fois de Paris… Loulou tousse beaucoup, il faudrait peut-être faire venir le docteur… Et Mme Lebeau continuait son rapport : Ah ! oui, dit-elle, pour finir, le lieutenant Laurent t'a attendu pendant plus d'une heure, il a dit qu'il reviendrait encore ce soir, il est à P…

Lebeau posa son verre un peu brusquement :

– Comme tu as peu d'idées par toi-même, Rosalie ! Tu n'as pas pu deviner qu'il fallait le garder pour coucher ?

Le visage violent de Mme Lebeau prit les teintes de l'orage, et elle dit d'une voix douce et pleine de larmes :

– Ne me gronde pas, Albert ! Je sais bien que je ne suis pas à la hauteur. J'ai toujours su que tu serais un jour quelqu'un de grand et que je ne serais pas à la hauteur…

Elle avait les yeux humides. Lebeau lui prit la main, la flatta :

– J'aurais aimé avoir ce garçon sous la main, Rosalie, mais il ne faut pas pleurer pour ça. Écoute… C'est sûrement lui.

On entendait l'échappement libre d'une voiture, le bruit se rapprochait, un tonnerre…

– Tu vois, il n'y a rien de perdu…

Lebeau se leva et sortit sur le perron. C'était en effet le lieutenant Laurent qui sautait de la voiture et montait les marches du perron avec cette rapidité mouvementée qui lui était propre.

– Je suis désolé de vous avoir fait attendre, dit Lebeau. Avez-vous mangé ? Bon, alors allons directement dans mon bureau.

Rosalie avait disparu, et ils étaient seuls dans le grand bureau digne d'un directeur de banque, d'un conseil d'administration !

– Commençons par les affaires, dit le lieutenant, jetant ses gants dans son calot. J'ai revu le général de Chamfort… Entre parenthèses, il a perdu sa mère, et il est très affecté. J'ai même eu du mal à fixer son attention sur les questions qui nous intéressent. Pendant toute la conversation que j'ai eue avec lui, il pensait visiblement à autre chose. Une mère, c'est quelque chose dans la vie d'un homme, même quand on a l'âge et le grade d'un général. Fort beau, d'ailleurs, fort beau, le général, la figure qu'il nous faut pour représenter…

Lebeau jouait avec ses lunettes et dit sans lever les yeux :

– Certainement… Si le général est *absolument* d'accord avec nous, c'est un atout ; mais je me suis laissé dire qu'il pouvait facilement devenir un obstacle.

– J'en fais mon affaire. Le lieutenant semblait très sûr de lui. Je l'aurais toujours par son côté catholique, la tradition, la morale…

Lebeau souriait, montrant ses petites dents de perles, des dents scandaleuses pour un homme :

– Seriez-vous devenu psychologue, lieutenant ?

– Mais je l'ai toujours été, cher ami, seulement les tâches pratiques ne m'en laissaient pas le loisir…

Lebeau redevint sérieux, sans transition :

– Avez-vous touché les types de l'aérodrome ?

– Pas encore…

Et comme Lebeau faisait un mouvement d'impatience, le lieutenant haussa le ton :

– Mais dites donc, mon commandant, vous voulez que tout soit au poil en deux temps trois mouvements ! Je ne peux pas me dédoubler tout de même ! J'ai quelqu'un en vue, d'ailleurs, qui pourrait me seconder… Vous avez dû connaître Yves de Fonterolles ? Il s'appelait le lieutenant Gérard, il a été parachuté quelque part ici…

– Gérard ? Bien sûr ! J'ai eu les pires ennuis avec lui. Il s'était fait cravater par les FTP pour commencer… Puis il a fichu le camp à Paris à cause d'une poule… Aucun sérieux, lieutenant ! Lebeau s'interrompit : Qu'est-ce qui vous arrive ?

Le lieutenant cherchait quelque chose dans ses poches, dans sa serviette, avec cette rapidité de mouvements qui faisait penser à une bourrasque dans les feuilles d'un arbre :

– Je cherche la lettre d'Yves pour vous… Qu'est-ce que j'ai bien pu en faire ! Ah ! la voilà, je la tiens !…

Le lieutenant tenait la lettre comme s'il avait attrapé un papillon. Lebeau mit ses lunettes, déplia la lettre, la lut, enleva ses lunettes :

– D'accord, dit-il.

– Alors ? Vous voulez bien que je vous l'envoie ?

Lebeau ne répondit pas tout de suite. Il se leva de son fauteuil présidentiel, presque un trône, marcha de long en large sur l'épais tapis d'un rouge profond :

– Après tout, dit-il enfin, j'aime encore mieux lui qu'un autre. Après tout, le passé, ce qu'on a vécu ensemble, ça crée des liens... Passons à l'ordre du jour : où en sommes-nous ?

Et comme le lieutenant sortait un carnet, Lebeau s'arrêta devant lui :

– Ne me dites pas que vous prenez des notes !

– Ne soyez donc pas si tatillon, Lebeau, fit le lieutenant et il se balançait comme un roseau quand souffle le vent. Vous m'embêtez, enfin, de jouer au grand chef ! Voulez-vous écouter ou pas ?

Lebeau fit le tour de l'immense table et s'assit sur son trône. Il était d'un rose très foncé :

– Allez, dit-il...

– J'ai réussi, dit le lieutenant, à caser chez le général tout ce qui restait des parachutages, et c'est considérable. Il a sous son château un très vaste souterrain, avec une sortie à cinq cents mètres du château, en plein champs... Les armes d'une provenance ultérieure sont plus difficiles à faire sortir ; nous les avons, mais pour les trimballer...

Lebeau opinait de la tête :

– Difficile à sortir et à rentrer, dit-il... J'ai vu quelqu'un ce soir qui m'a carrément refusé de les stocker chez lui, et pourtant cet homme me doit tout, et c'est dans son intérêt... Je le mettrai à la raison, mais il y a du tirage. Combien de temps me donnez-vous ?

Le lieutenant croisa les jambes, se renversa dans le fauteuil, se remit droit :

– Huit jours... Ça ira ?

– Je l'espère...

– Non, le lieutenant disait non de tout son corps, non, il me faut une assurance ferme... Vous me voyez avec une camionnette pleine d'armes, et qu'il n'y ait personne pour les recevoir ! Les gendarmes et la garde mobile est déchaînée en ce moment. À tous les ponts, ils vous font un encombrement au poil à fouiller toutes les voitures pour chercher dix litres de vin et dix kilos de farine!... En attendant, je ne suis pas rassuré... Je ne sais pas ce qu'ils diront si, à la place du marché noir, ils trouvent des armes appartenant à l'armée...

– Ne vous en faites pas, je m'arrangerai, c'est garanti... Dites-moi plutôt quand vous comptez toucher les hommes de l'aérodrome?

– Demain ou après-demain...

– Bon, bon, bon... Vous voyez comme tout va bien. Je trouve tout ceci excellent. Allons prendre un verre. Vous avez une chambre à P...? Sinon, vous êtes le bienvenu à la villa...

Lebeau s'était levé et ouvrait la porte donnant sur la salle à manger.

– Je veux bien, si ce n'est pas abuser. Les hôtels à P... sont exécrables. Mais vous avez aménagé cette villa au poil, Lebeau!

Il regardait les lourds meubles d'acajou de la salle à manger, les tableaux aux murs où l'on voyait la grande tour de P..., et un paysage de montagnes et une jeune fille assise au soleil...

– Ça commence à s'organiser... Lebeau jeta un regard circulaire, tout en débouchant lentement, précautionneusement, une bouteille de champagne. À le voir faire, on l'aurait pris pour un sommelier, tant il y mettait de science. J'ai rapporté pas mal de choses de Suisse. J'y ai été dernièrement.

– Vous m'en direz tant!

Le bouchon sauta avec un bruit convenable, et Laurent reçu dans son verre une vague d'écume.

– Qu'est-ce que cela a d'étonnant...? Il est assez froid? Pourquoi mon voyage en Suisse vous fait-il un pareil effet?...

Décidément, les rapports entre le commandant et le lieutenant n'allaient pas sans irritation réciproque.

– Il est excellent, répondit le lieutenant et il posa son verre. Savez-vous que même le général est au courant de vos voyages en Suisse? Il m'a carrément posé la question, parce qu'on lui a dit que vous faites le trafic de l'or… Le général est très chatouilleux sur ces questions-là… Si j'ai un conseil à vous donner, mon commandant, limitez donc votre activité, si j'ose dire…

Le beau était rose bonbon :

– Le général n'est pas plus chatouilleux que moi, dit-il. Je vais en Suisse comme tout le monde, et je ne peux rien contre la calomnie.

– À bon entendeur, salut. Le lieutenant se leva. Si vous permettez, je vais me coucher, j'ai fait cinq cents kilomètres aujourd'hui. Je ne voudrais pas que vous preniez mal mes conseils, Lebeau, nous sommes des compagnons d'armes…

XXIX

Le village de Crémail n'était qu'à cinq kilomètres du garage de Félix. Un grand village, où il y avait même une salle de cinéma, qui était en même temps une salle de fêtes, de réunions, de gymnastique… Crémail, tout comme le petit hameau du garage, aurait été digne d'un afflux de touristes, mais il n'en venait pas, jamais, et les habitants mêmes de Crémail s'en allaient ailleurs, abandonnant leurs maisons qui tombaient en ruines. Mais la rue principale qui traversait tout le village, en long, était toujours animée et prospère. Il y avait une jolie mairie remise à neuf, cafés, épicerie, pharmacie… Pourtant, le jardin au bout de cette rue, qui semblait être un jardin public, avait la grille fermée par une chaîne et un gros cadenas rouillés et ressemblait à un cimetière abandonné, feuillages et ronces submergeant une statue dont les villageois seuls pouvaient savoir pour qui, pour quoi elle était là… Derrière ce jardin, il y avait l'église, et, si l'on faisait quelques pas de côté, par une rue transversale, on tombait sur une drôle de place carrée qui ressemblait à un bassin vidé de son eau : on y descendait par quatre marches de pierre, prenant toute la largeur de la place. Le fond de ce bassin à sec était vert d'herbe et humide, et il était entouré de vieilles demeures seigneuriales. Le lierre s'accrochait aux pierres des murs, haillons verts qui cachaient le corps décrépi des maisons, et du linge séchait devant les fenêtres aux carreaux brisés. Si on continuait la promenade, si on s'engageait dans des rues étroites comme les rainures d'un parquet, l'on débouchait sur la partie de la ville effondrée comme la paroi d'une dent cassée. Ce n'était qu'éboulis de pierres, murs sans toits entre lesquels poussaient des buissons, et, là où les maisons avaient encore un toit, et l'architecture du pays voulant que le toit soit coupé au ras des murs, ces murs prenaient l'aspect de remparts, si bien qu'on se serait cru devant une forteresse…

La boulangerie Bouvin se trouvait dans la partie intacte du village, pas loin de la mairie. C'était dimanche, et le store blanc était baissé, mais la porte n'était pas fermée à clef. Anne-Marie la poussa et la laissa entrouverte pour que la sonnette tintât longuement… Les rayons de la boutique étaient vides, les balances luisaient doucement de leurs deux soleils tamisés par le store. Un homme apparut dans la porte du fond, en bras de chemise et savates, un journal à la main. Il avait une grosse moustache tombante, d'un blanc encore jaune, les épaules empâtées et voûtées d'un vieil homme…

– Vous désirez ?… dit-il, bougon puis il vit derrière Anne-Marie, Joseph, et dit : Entrez, entrez donc…

Ils entrèrent dans une cuisine. Une femme âgée, assise près de la fenêtre, faisait du tricot. Le fourneau était éteint et tout était si rangé, si net, qu'on se serait cru dans une maison pas habitée.

– Entrez, entrez donc, dit le vieil homme encore une fois, et il souleva un rideau qui remplaçait la porte.

La femme posa son tricot et les suivit, silencieuse. C'était la salle à manger, avec la table carrée et le buffet. Par terre, le linoléum à fleurs brillait. Sur un guéridon, il y avait une radio couverte d'un tapis, et, sur la radio, une photographie de militaire, un agrandissement.

– Je le reconnais bien, dit Anne-Marie, s'arrêtant devant la photo.

– Vous le connaissez ? dit la mère, pâle comme un pain mal cuit.

– Oui, je le connais très bien, puisqu'il ravitaillait notre maquis.

Je le voyais, je peux dire, tous les jours, au bourg…

Le vieux boulanger, lourdement assis sur la chaise paillée, ne disait rien, ne posait pas de questions.

– C'est la Demoiselle, expliqua Joseph.

– J'ai bien pensé, dit la mère.

– On l'en tirera…

Anne-Marie essayait de paraître très sûre de ce qu'elle avançait.

– Savoir, fit le père.

La mère sortait des verres du buffet.

– Je suis allée à la prison, je l'ai vu par le judas. Il n'a pas mauvaise mine, insista Anne-Marie.

Les verres, sur le plateau que la mère posait sur la table, s'entrechoquaient :

– Qu'est-ce qu'il faisait ? demanda-t-elle.

– Rien. On l'a mis avec les droits communs. Il était assis par terre et ne parlait à personne.

Le père eut brusquement un sanglot, la grosse moustache but les larmes comme une éponge. La mère remplissait les verres.

– Écoutez, dit Anne-Marie, ils seront bien obligés de le relâcher… Déjà maintenant ça fait beaucoup de bruit, et ce n'est que le commencement… Mais, pour que de ce grand mal il sorte un bien, voyons un peu ensemble d'où le mal nous vient…

Les parents de Robert ne disaient rien. Le père se remua lourdement sur sa chaise.

– La Demoiselle veut dire qu'il faudrait trouver les gens qui ont mis l'affaire sur le dos de Robert, commenta Joseph.

Il était assis très droit, la main droite sur le genou droit, la main gauche sur le genou gauche, hiératique.

– Nous ne savons rien de tout ça, dit le père.

Ils burent leur vin rosé en silence. Cette maison trop bien rangée, avec rien qui traînait, vide, comme inhabitée, qu'est-ce que cela lui rappelait ? Un sentiment qu'elle avait déjà éprouvé…

Anne-Marie essayait de se souvenir… Comme un visage qu'on se rappelle avoir vu, sans pouvoir mettre le nom dessus. Si!… la cellule des condamnés à mort, à Fresnes… Cette maison était, elle aussi, prête à recevoir l'inévitable.

Le boulanger les reconduisit jusqu'à la porte, ses rides étaient encore vernies par les larmes.

– Qu'est-ce qu'on va faire? demanda Anne-Marie dans la rue. Ils ne sont d'aucun secours, les pauvres vieux. Ils tremblent de faire du tort à Robert, en disant blanc ou noir…

– Si on allait voir le curé? Il se démène tant qu'il peut pour Robert.

La rue était déserte, les becs de canne aux portes des commerçants étaient enlevés et il faisait chaud, une rivière de lave que cette rue! Dans un des passages transversaux, à l'ombre, stationnait une voiture toute neuve, vert-pistache, brillante.

– C'est la voiture de Lebeau, dit Joseph. Qu'est-ce qu'il fout ici…?

– J'aime mieux qu'il ne me voie pas… Anne-Marie pressa le pas.

– Maintenant il vous a déjà vue… Ou, si ce n'est pas lui, c'est quelqu'un d'autre… On lui aura dit: « Il y a Joseph avec une dame qui sont allés chez les Bouvin… » Par ici, la Demoiselle, c'est plus court.

Ils contournèrent le jardin public verrouillé, avec ses airs de cimetière. La vieille église apparut dans toute sa splendeur, décorée d'arcades et de pilastres, avec un clocher carré, à deux étages de baies superposées. La cure, attenante à l'église comme une aile lui appartenant, avait aux fenêtres des rideaux de mousseline et de gros barreaux en cerceaux. Joseph frappa à la porte: ils attendirent longuement. Personne ne répondait. Alors, comme la porte était simplement poussée, ils entrèrent. Il y avait autant de pierres dedans que dehors. En haut d'un bel escalier, se penchant par-dessus la rampe, apparut une tête blanche et échevelée:

– Qu'est-ce que c'est ? cria la femme.

– Est-ce que je pourrais voir monsieur le curé ? demanda Anne-Marie.

– Non ! Qui êtes-vous ? cria la femme.

Pendant que, venant des profondeurs de la maison, une autre voix criait : « Qu'est-ce que c'est, Lucie ? », et qu'une deuxième femme apparaissait derrière la première.

La deuxième femme était moins blanche, ses cheveux étaient tirés en arrière, et elle avait autour d'elle une jupe-cloche qui tombait à terre.

– Voyez vous-même, puisque vous y tenez ! dit la première.

– Qu'est-ce que c'est ? demandait maintenant la deuxième, penchée au-dessus de la rampe, pendant que l'échevelée disparaissait.

– Nous voudrions voir monsieur le curé, répéta Anne-Marie.

– Il n'est pas là. C'est pour quoi ?

– C'est personnel. Quand est-ce que nous pouvons le trouver ? Nous ne sommes ici que de passage.

– Il n'est pas là. Il n'a pas d'heure…

Elle disait ça avec une violence qui donnait à Anne-Marie une irrésistible envie de rire. Cette femme qui se fâchait pour rien !…

– Alors, qu'est-ce que vous nous conseillez de faire ? dit Anne-Marie, suave.

– Qu'est-ce que vous voulez que je vous dise ! cria la femme.

– Bien sûr, madame, dit Anne-Marie. Au revoir, madame, je vous remercie, madame…

– Revenez vers les huit heures ! entendirent-ils crier, comme Joseph fermait la porte.

– Tu parles de garces ! dit-il sans se retourner. Un curé ne devrait pas avoir chez lui des chiens méchants qui vous attrapent aux mollets…

Anne-Marie avait le fou rire.

– C'est décourageant, dit-elle, en se calmant. Il n'y a vraiment pas de quoi rire… C'est la réaction. Les pauvres vieux, et la chaleur…

Tout ce que j'aurai gagné à cette expédition, c'est de me signaler à Lebeau. Il est encore capable de tirer des conclusions de ma présence ici…

L'autobus ne passait que le soir. Ils entrèrent dans un café, une longue salle presque vide, malgré le dimanche. Anne-Marie but d'un trait un verre de Vichy détestable. Il y a de ces sources de Vichy qu'on ne rencontre que dans les petits patelins. Ils se taisaient, chassant les mouches et regardant l'heure… Quand un homme en veston clair entra dans le café. Anne-Marie le reconnut tout de suite, bien qu'elle ne l'eût vu qu'une fois, il y avait bien deux ans, et en tenue militaire. Mais ces cheveux et ces sourcils très noirs, ces joues très roses, ce nez très blanc et les petites dents de perles entre des lèvres pourpres étaient reconnaissables entre mille… Son large veston presque blanc flottait confortablement, richement, autour de son corps plutôt fluet, et ses petits pieds étaient très exactement chaussés de marron. Il alla directement vers Anne-Marie :

– Excusez la liberté que je prends, madame, dit-il, mais je ne voudrais pas que la Demoiselle revenue dans cette région puisse croire qu'on ne la reconnaît pas, et qu'elle ne soit pas accueillie ici avec les honneurs qui lui sont dus…

– Je vous présente mon ami, Joseph, dit Anne-Marie, et le commandant Lebeau serra la main de Joseph.

Il s'installa à leur table, fit fleurir quelques phrases et proposa à Anne-Marie, « si elle n'avait pas sa voiture », de la ramener à P… C'était son chemin, mais, même si cela avait été dans la direction opposée, il se serait fait un plaisir et un devoir.

– Qu'est-ce que tu fais, toi, Joseph ?

– Je vais rester ici, j'irai coucher chez un copain. Non, laisse, la Demoiselle…

Joseph sortait son porte-monnaie.

– Si vous étiez gentille, dit le commandant Lebeau dans la voiture qui roulait vers P…, vous me feriez le plaisir et l'honneur de dîner chez moi. Ma femme serait enchantée de faire votre connaissance, elle a tant entendu parler de vous…

– Je veux bien, dit Anne-Marie. Mais comment est-ce que je vais rentrer à P… ?

– Mais voyons, je vais vous ramener ! À moins que vous ne préféreriez rester coucher à la villa…

En allant dîner chez Lebeau, Anne-Marie cédait à une curiosité qu'elle jugeait elle-même malsaine. Mais savoir ce que cet homme avait dans le ventre pouvait aussi aider Robert.

Lebeau n'était pas un chauffeur très expert, il changeait constamment d'allure et de vitesse, calait son moteur, cornait, si bien que le ralentissement devant le garage de Félix pouvait s'expliquer par là.

– Je vous envie d'être parisienne, disait Lebeau. J'adore la campagne, mais, de temps en temps, j'ai la nostalgie de Paris. J'y ai vécu comme étudiant, au Quartier…

– Vous avez fait Normale ?

– Comment le savez-vous ?

– Je ne le savais pas. Comment l'aurais-je su ? Je l'ai deviné… Je ne sais trop pourquoi.

Lebeau se sentit vexé et inquiet : il aurait préféré qu'on le prît pour un ancien élève de Sciences Po, il se voyait plutôt en ambassadeur qu'en professeur… « Je me demande pourquoi j'ai deviné qu'il sortait de Normale, songeait Anne-Marie. Il a quelque chose d'un professeur défroqué. Les hommes qui sortent de Normale ne peuvent plus s'arrêter de penser. Parfois, ils pensent mal. »

Ils traversèrent P…, son calme… Juste sur la place de l'Hôtel Moderne, des gens, quelques voitures, la sonnerie du cinéma, le grand café illuminé, plein. Mais tout de suite après la place, le boulevard avec les deux rangées de platanes prit la voiture dans son ombre diffuse, déserte. Les vieux hôtels dans leurs jardins, à gauche, étaient déjà plongés dans la nuit ; à droite, la pente herbeuse ramassait les restes de jour. La voiture s'échappa de la ville et roulait maintenant sur la route droite comme un mince fil tendu sur l'arc-en-ciel. Lebeau accélérait, montrant ce que pouvait faire sa voiture, et, dix minutes plus tard, elle entrait dans le parc, prenait un virage autour d'un bouquet d'arbres et s'arrêtait devant la villa.

Il n'y eut à table que Lebeau, sa femme et Anne-Marie. Les grands garçons étaient partis à un match de football à P… et y étaient restés coucher. Les petits avaient déjà mangé et on était en train de les coucher, au deuxième, dans leur chambre. Le dîner était un festin. Il y avait eu déjà quatre vins, et Anne-Marie avait beau se défendre, elle dut les goûter tous. Le sang à la tête, les jambes lourdes, elle souhaitait être au lit, mais il fallait aller au bout du dîner, de la soirée, des conversations… Heureusement que Lebeau parlait d'abondance. Il évoquait l'approche des Allemands, la défense de P… par les maquisards, la Libération… Sans aucune gêne. Était-ce pour la provoquer ? Anne-Marie ne discutait pas, laissait Lebeau créer sa légende… Mme Lebeau disait timidement : « Vous ne mangez rien, madame… » et la bonne, avec un tablier à festons, repassait le plat. Quand Lebeau en vint à parler de la « grande figure de Raoul Léger », Anne-Marie ressentit un choc qui la sortit d'un coup hors du brouillard. Elle dit :

– Connaissez-vous Robert Bouvin, du maquis de Raoul Léger ? Il s'occupait du ravitaillement et servait de boîtes à lettres.

– Comment donc ! s'écria Lebeau. Il était dans les Renseignements ; c'est son cousin de Marseille, un de nos agents de liaison, qui l'a embauché. Il n'était pas très efficace.

– Je ne sais pas s'il était très efficace pour les Renseignements… Quand il est passé chez nous, il l'a été. Je n'ai jamais su comment il s'était fait prendre… Mon ami Joseph, que vous avez vu tout à l'heure, m'a dit que la Gestapo lui a arraché tous les ongles des pieds et que Robert n'a pas parlé… Le nombre de héros que nous avons en France, le nombre de petites gens qui continuent à vivre comme si de rien n'était, et qui sont simplement des héros à qui il faudrait élever des monuments !…

– Exactement ! s'exclama Lebeau, qui écoutait Anne-Marie avec tous les signes extérieurs de l'émotion et de l'extase. Quand on regarde ce Robert… Jamais on ne croirait qu'il est capable de tout ! Avec ses yeux ronds et son nez en pomme de terre… Quand il s'est tiré de la Gestapo, plus mort que vif, il a tout de même quitté le service des Renseignements, il a compris ! Personnellement, je ne l'ai jamais revu depuis…

Il lui faisait savoir que Robert avait été du BCRA, et qu'il l'avait quitté par lâcheté :

– Je crois que vous faites erreur dans la chronologie : Robert a été pris par la Gestapo en mai 1944, bien après la mort de Raoul, et il travaillait avec nous depuis 1943, dit-elle. Il ne s'est pas fait prendre comme agent du BCRA, mais comme FTP. Il n'a pas quitté le BCRA parce qu'il a eu peur.

– Possible… Les petits pays, c'est comme Paris, quand l'un habite à la porte d'Orléans et l'autre à La Chapelle, on ne se voit plus, et c'est pourtant si simple de prendre le métro… Ici, quand des pays sont éloignés de dix, quinze kilomètres, – en fait, rien du tout, une promenade, – on peut ne pas se rencontrer pendant dix ans !

Lebeau semblait ne rien savoir de l'arrestation de Robert. Pourtant tous les journaux locaux étaient pleins de son affaire. Alors Robert avait été du BCRA, et avait quitté ce travail, songeait Anne-Marie :

– J'ai été chez les parents de Robert, dit-elle, prenant le taureau par les cornes, ils font peine à voir…

– Oui, c'est une très triste histoire, fit Lebeau simplement, ne faisant pas mine de ne pas savoir. Seulement il ne lui en avait pas parlé tout de suite… Pourquoi ? C'est pénible pour les parents…

– Mais personne ne peut croire que Robert ait commis un attentat ! dit-elle.

– Je ne suis pas de votre avis, madame. Lebeau se rejeta un peu en arrière et enleva ses lunettes, comme quelqu'un qui allait se lancer dans un long développement : Ce garçon nous a prouvé qu'il avait des possibilités illimitées. Il va sans dire que je fais mon possible pour le tirer de là, sans attendre de me faire une opinion. J'estime que c'est mon devoir de m'occuper de ceux qui ont été mes hommes !... Même Toto, une tête brûlée et, entre nous soit dit, une mauvaise tête, a droit à mon indulgence et à mes démarches. Ils ont tous les deux bien mérité de la patrie... Je demande à voir cette affaire de près...

Cet homme était peut-être sincère. En tout cas, il était trop fort pour elle. Anne-Marie n'insista pas. On parla d'autre chose... Par les fenêtres ouvertes sur le parc arrivaient les vagues de la nuit tiède, douce... Lebeau proposa de faire un tour.

– Vous n'avez pas ça à Paris, dit-il, quand l'air doux et obscur les embrassa.

Mme Lebeau ne les avait pas suivis, elle était montée voir les enfants. Ils marchaient sans rien dire. Anne-Marie rinçait dans l'air sa tête chaude, ses pensées pas gaies. Quelle machination noire construisait ce vantard à côté d'elle et comment pouvait-on espérer transformer le monde, quand il y avait des hommes qui utilisaient les plus hautes vertus humaines pour les tourner contre ces vertus mêmes ? Une bourrasque passa dans l'air, dans les arbres, comme si la nature elle-même avait eu un frisson à cette pensée. Anne-Marie avait si bien oublié la présence de Lebeau que, quand il lui toucha le bras, elle eut un mouvement de recul.

– Je vous ai fait peur ? Il y a un petit caniveau, ne tombez pas...

Ils marchaient maintenant sous une tonnelle, il y faisait chaud, l'air de la journée était encore emmagasiné là-dedans comme dans un coffre au couvercle fermé. Ils en sortirent en même temps que des chauves-souris, ces mouettes de la nuit… Il y eut de grands arbres et puis une clairière… Ce parc était-il aussi beau à la lumière du jour, d'ailleurs était-ce toujours le parc, ne marchaient-ils pas en pleine campagne ? Ils avaient dû sortir de la propriété sans qu'elle s'en fût aperçue… Des champs en pente douce, et la lune partie très haut dans le ciel, comme ces ampoules à contrepoids qu'on renvoie sous le plafond, sa lumière plus diffuse et plus faible. Sous la grande voûte du ciel, la voix de Lebeau eut brusquement un tout autre timbre, sonore, majestueux…

– Nous avons fait mettre une pierre à l'endroit où Raoul Léger et Albert, le chauffeur, ont été tués. Nous y arrivons…

Il sembla à Anne-Marie que la voix de Lebeau allait en s'amplifiant comme s'il parlait dans un haut-parleur : « Nous y arrivons, disait cette voix qui la remplissait, nous y arrivons… »

Les vastes champs, en courbe douce, à croire que la terre est ronde, les vastes champs étaient coupés par la route bordée de platanes. Ils sautèrent par-dessus un petit fossé et marchèrent sur la route droite et raide comme un fil tendu. Les platanes, des deux côtés, étaient si bien alignés qu'en se mettant juste en face de n'importe lequel on ne voyait plus que celui-là, tous les autres se superposant avec précision.

– Nous y arrivons… disait l'immense voix.

Il manquait un platane, à droite, on voyait la douce courbe des champs qui s'en allaient à l'horizon, et le ciel au-dessus comme une passoire, tant il y avait d'étoiles… À la place du platane manquant, une pierre tombale, arrondie dans le haut. Lebeau dirigea la lumière d'une lampe électrique sur la pierre et l'inscription apparut :

Ici sont tombés, le 15 février 1944
Raoul Léger
Albert Sauget
Combattants FTP, morts pour la France.

Lebeau éteignit la lampe, et la pierre disparut comme si elle n'avait jamais été. Les platanes frissonnèrent.

– Il y aura de la pluie, dit Lebeau, peut-être pas cette nuit, mais certainement demain. Regardez la lune, elle est prise dans une alliance.

Ce champ était donc celui où elle avait rampé, traînant sa jambe blessée. Là-bas, au fond, près du ciel, il devait y avoir une cabane… et le platane manquant était peut-être celui derrière lequel elle s'était cachée pour tirer sur les gendarmes… Ils marchaient sur la route et rentrèrent sans passer par les champs. Mme Lebeau somnolait dans un fauteuil de cuir, jaune comme des souliers neufs.

La voiture fit un bruit scandaleux dans le grand repos de la nuit, ils semblaient être les seuls gens réveillés de toute la France. Le patron de l'hôtel ouvrit la porte, en pyjama. Il regarda Lebeau avec curiosité et ne partagea pas le goût de Mme Bellanger…

– Je vous remercie, disait Anne-Marie, pour la soirée que vous m'avez fait passer. Je ne l'oublierai pas de sitôt…

– Vous m'en voyez heureux… Si vous restez encore quelque temps à P…, venez donc déjeuner ou dîner quand vous voulez. Et, si vous avez besoin de quelque chose, je suis à votre entière disposition. Je jouis d'une certaine influence dans le pays, j'ai beau me défendre, je suis devenu un personnage légendaire à qui on ne refuse rien… Alors usez et abusez de moi à votre guise.

Quand Anne-Marie se trouva au lit, elle songea que les forces humaines n'avaient pas de limites. Le sommeil charitable vint arrêter son martyre.

XXX

Il faisait encore jour, Anne-Marie n'avait pas voulu partir de P… trop tard, cela aurait semblé bizarre qu'elle fît de la bicyclette la nuit. Le lieu de rendez-vous était dans la montagne, une ferme abandonnée, cachée au fond d'un vallonnement de terrain. Joseph et Anne-Marie connaissaient fort bien cet endroit ; la ferme avait servi d'étape au maquis de Raoul, il s'y était arrêté avant de trouver mieux.

– Je crois bien que, depuis que le maquis est parti, personne n'est jamais venu ici, dit Joseph.

Ils étaient assis sur de grosses pierres, dos au mur, et attendaient la nuit, ou au moins le crépuscule. Mais le soleil s'accrochait au ciel, aux branches d'un sombre pin parasol, sa chevelure mal peignée, rejetée en arrière. Cette petite tour devant eux, c'était le puits, et c'était dans la sorte de remise, à droite, qu'on gardait, dans le temps, les pommes de terre. C'était déjà *dans le temps…*

– Tu es sûr qu'il n'y a personne, au garage ?

– Sûr. Je l'ai vu partir avec le gros camion. Le mécanicien est descendu à Crémail.

– Et la femme ?

– La femme est avec les deux gosses à la ferme, chez ses parents. Elle ne doit pas aimer rester seule au garage.

– Je n'y crois plus, à toute cette histoire. C'est trop fantastique… Anne-Marie poussa un soupir. Tu ne te sens pas un peu bête d'avoir marché là-dedans ?

Joseph eut l'air de quelqu'un pris en faute, gêné et fâché en même temps :

– Le fils Beaulieu, dit-il, est un bavard, ça, c'est vrai… Et puis il était saoul. Mais tout de même, il n'aurait pas inventé de pareilles choses. Il m'a d'abord bassiné : « Tu ne m'aimes pas, Joseph, pourquoi que tu ne m'aimes pas… » Et puis il m'a sorti toute l'histoire. Si tu l'avais entendu gueuler ! En plein café, un dimanche ! Personne ne prêtait attention… Sauf Jackie… Tu sais bien qui est Jackie… Jackie, lui, rigolait, et ça, je t'assure qu'il n'en perdait pas une miette… Les temps ont changé ! Un type crie à tue-tête, au café : « Le camion était plein d'armes cachées sous la paille, je les ai vues de mes yeux… Félix, le milicien, a chez lui un dépôt d'armes, je te le certifie ! », et personne ne s'y intéresse…

– Eh bien ! si on y allait ? On s'est embarqués dans une histoire à dormir debout… Je vais laisser ma bicyclette ici…

Ils mirent la bicyclette à l'intérieur de la maison, déjà plongée dans les pénombres. Une boîte de conserves roula sous les pieds d'Anne-Marie, un vieux chaudron résonna comme un tambour… Au dehors, le jour traînait encore, avec quelques étoiles et la lune, insignifiantes, dans le ciel. Ils prirent le sentier pierreux, sortirent du creux où se trouvait la ferme cachée, et le paysage se déroula, largement. Joseph marchait devant, sautant d'un monticule sur l'autre. Le jour s'évanouissait, et ils arrivèrent au garage de Félix, en même temps que la nuit.

C'était facile d'écarter les deux rangs de fil de fer barbelé et de s'introduire dans ce terrain vague où il y avait le charnier des voitures. Joseph prit la main d'Anne-Marie et la guida entre les squelettes des voitures, vers la masse sombre de la maison : il voyait dans la nuit, comme un chat.

– Beaulieu dit qu'il n'a pas pu les mettre ailleurs que dans le grenier… Il n'y a pas d'autre endroit, chuchota-t-il. Attention, la Demoiselle, voici l'échelle…

L'échelle appuyée à la lucarne que Lebeau avait vue l'autre jour était toujours là. Pendant quelques instants, ils écoutèrent, sans bouger : c'était le silence d'une nuit d'été, on aurait dit que c'était l'air qui craquait, desséché, surchauffé...

– Si quelque chose bouge, dit Joseph, secoue l'échelle... Il grimpait à l'échelle appuyée à la lucarne, un singe... Anne-Marie l'entendait qui jurait doucement là-haut. Qu'est-ce qui lui arrivait ? Il s'était cogné peut-être. Puis sa chemise blanche disparut dans la maison. La tête renversée, Anne-Marie attendait. Elle avait un battement de cœur affreux : si jamais quelqu'un venait... L'échelle trembla légèrement, elle vit le bras blanc de Joseph... Qu'est-ce qu'elle devait faire ? Elle ramassa ses jupes et se mit à grimper, elle aussi.

« Elles y sont », entendit-elle chuchoter Joseph avec excitation ; elle n'était encore qu'au milieu de l'échelle. Quand elle arriva en haut, la main chaude de Joseph la tira à l'intérieur du grenier. Il y faisait complètement noir, l'odeur chauffée de foin coupé était trop forte pour être agréable. Joseph fit craquer une allumette :

– Il ne faut pas que je mette le feu à la baraque... Zut ! je me brûle ! Il laissa tomber l'allumette et en alluma une autre : Viens... Marche doucement, si jamais il y avait quelqu'un en dessous.

Le grenier était bourré de foin, presque entièrement. Joseph passa les allumettes à Anne-Marie et, pendant qu'elle l'éclairait, il écarta le foin : les béquilles noires des mitraillettes apparurent...

– Il y en a ! Il y en a ! chuchotait-il, le foin en est farci. Pour moi, il doit y en avoir au moins deux tonnes...

– On s'en va, dit Anne-Marie.

Elle n'avait plus qu'une idée, partir ! Mais Joseph fouillait, enfonçait ses bras dans le foin, ramenait des grenades, des revolvers...

– Ah ! le salaud ! disait-il. Ah ! le salaud !...

Anne-Marie le tirait par le bras.

– Je viens, je viens...

Ils se laissèrent glisser le long de l'échelle, filèrent à travers le terrain vague, sous les barbelés… Et ce fut au pas de course qu'ils firent encore quelques centaines de mètres, jusqu'à ce qu'Anne-Marie, la main sur le cœur, s'arrêta…

Ils marchaient maintenant posément dans le sentier qui montait, puis descendait à la ferme abandonnée. Dans le creux où elle se cachait, l'air de la journée était resté chaud, immobile… Ils s'assirent sur les grosses pierres, s'appuyèrent au mur délabré. Il leur fallait une halte pour mettre un peu d'ordre dans leurs esprits :

– On n'est pas plus avancés, dit Anne-Marie. Qu'est-ce que tu veux qu'on fasse ? Je suis sûre maintenant que l'attentat vient de là, mais comment veux-tu le prouver ?… Veux-tu me dire pourquoi il a chez lui un dépôt d'armes ?

– Pour nous tirer dessus ! C'est pas compliqué ! Pour la guerre civile, quoi…

Chaque fois qu'Anne-Marie rencontrait une confirmation de ce qu'elle considérait elle-même comme son propre délire, elle était bouleversée :

– Tout de même, dit-elle, si on jetait dans les pattes du juge d'instruction le dépôt d'armes, il relâcherait peut-être Robert et Toto ?

– Non, dit Joseph, et sa voix dans la nuit était rêche. Entre Félix et Lebeau, il n'y a pas grand-chose à espérer. Tu devrais écrire au colonel Voiron, la Demoiselle, lui, il sait ce qu'il faut faire ; nous, tu comprends, on ne tiendra pas compte : on va enterrer l'affaire et peut-être Robert avec… Ah ! je suis déçu, la Demoiselle…

Et, cette fois, la « déception » se rapportait peut-être à la vie en général…

Ils se taisaient maintenant, ruminants, malheureux.

– Il est tard, dit Anne-Marie.

Ils sortirent la bicyclette, regagnèrent en silence la route. Joseph mit Anne-Marie sur le guidon, ce n'était pas bien confortable…

Quand Anne-Marie sonna à la porte de l'hôtel, il était tard. Le patron de l'hôtel lui ouvrit la porte, en pyjama, et, en voyant Joseph, se dit que cette femme était une hystérique !

XXXI

C'était la fermeture annuelle de Paris. Sur les rideaux de fer, baissés, de petits carrés blancs promettaient la réouverture pour septembre. La foule dans les rues était une foule d'orphelins, de sacrifiés, qui font le travail pendant que les autres se prélassent tout nus sur le sable des plages, dans l'ombre des forêts, sur l'herbe des prés… Les journaux d'été, des journaux de paille, consolaient les Parisiens, ne parlant que de campeurs grelottant, d'estivants trempés par la pluie, de la cherté des hôtels et de la chance des Parisiens bien tranquilles dans leurs appartements. La Conférence de la Paix traînait, avec, de temps en temps, des éclats de voix et des chapelets de réception dans les ambassades, les ministères…

Francis, le jeune premier, et Jacquot étaient assis à la terrasse de l'Univers, place du Théâtre-Français. Les bonnes choses d'avant-guerre y manquaient, mais, au moins, on ne vous y faisait pas la tête si vous ne mangiez pas tous les suppléments et ne buviez pas les vins d'appellations mal contrôlées. Des gens, agités par la brusque apparition du soleil, qui, en été 1946, était rare comme un louis d'or, passaient en cascade devant le café :

– Nous sommes des laissés pour compte, dit Francis, de mauvaise humeur après une répétition qui n'avait pas marché comme il l'aurait voulu. Tout le monde est en vacances, il n'y a pas un chat à Paris ! Lucette a trouvé bon d'aller s'amuser en Suisse ; je ne sais plus où manger, tous les restaurants sont fermés… Qu'est-ce que tu deviens, toi, on ne te voit plus…

– J'ai du boulot, mon vieux, je n'y suffis plus… Je suis même très ennuyé en ce moment, je voudrais aller voir ce que devient Anne-Marie, elle s'est embringuée dans une histoire… Et je n'ai absolument pas le temps…

– Elle a pris un amant? dit Francis, goguenard.

– Encore! Tu es bien irrité à son sujet, qu'est-ce qu'elle t'a fait? Elle a peut-être pris un amant, mais je n'appellerais pas ça s'embringuer dans une histoire… Imagine-toi qu'elle est sur la piste de quelque chose qui me paraît très intéressant, mais très dangereux…

– Elle t'a écrit, alors?

– Elle m'a écrit, et ce n'est pas souvent qu'elle m'écrit… Elle est à P… Je crois qu'elle y est allée pour retrouver des souvenirs, une sorte de pèlerinage… La mort de Raoul Léger a été un terrible coup pour elle. Ce garçon était une espèce de mauvais génie pour les femmes. Ce n'est déjà pas très clair, le rôle qu'il a joué dans le suicide de Jenny… Anne-Marie a été très liée avec lui. Si tu l'avais vue après sa mort! Alors, elle est retournée au bourg, et, là-bas, elle est tombée sur des histoires comme il y en a un peu partout en France; seulement, ça s'est passé sous son nez, et dans un pays où elle connaît tout le monde… Elle s'est mise en travers, et j'ai peur qu'on ne lui passe sur le corps. Parce que, moi aussi, je connais le coin, et il y a là-bas des types qui se sont mêlés à la Résistance et qui sont tout ce qu'on veut…

– Drôle de fille, dit Francis, rêveur… C'est vrai qu'elle m'irrite. Cette honnête mère de famille, cette petite-bourgeoise de la rue de Rennes qui périodiquement se transforme en une femme sans peur ni reproche, qui manie la mitraillette, ça me fatigue…

Jacquot regardait par la fenêtre, l'air vague… Il pensait aux rapports des gens, au mystère de ce qui n'est pas soi-même, et encore… Francis était beau, il avait tout ce qu'il faut pour qu'on dise de lui qu'il était beau… Y avait-il eu quelque chose entre lui et Ammamie, la nuit de l'illumination ?… Il ne le saurait jamais. Anne-Marie, ses yeux attentifs et sereins, l'opposition de l'extraordinaire finesse de la taille et de la poitrine… Oui, c'est ça, c'est cette opposition… Il n'y avait jamais pensé avant…

– Ça te fatigue, dit-il… Et, premièrement, qui te dit qu'elle manie la mitraillette ? Elle ne fait rien de semblable… Le malheur est que d'autres le font : des gens qui ne veulent pas déposer les armes quand il n'y a plus d'ennemis en face. On se servira de ces gens, tu peux être tranquille. Des gens qui ne veulent plus être des chefs de bureau, qu'est-ce que tu veux qu'on en fasse ? C'est tragique, la révélation que certains ont eue d'eux-mêmes… Maintenant, ils s'imaginent être des croisés, et il leur faut une croisade coûte que coûte, pour ne pas périr d'ennui, pour donner leur mesure… Le prétexte de la croisade, on en parlera une autre fois… – Il regarda l'heure. – Mais, pour en revenir à Ammamie, elle me fait penser à la prunelle de l'œil qui se dilate et se ferme automatiquement, selon la lumière… On aura beau dire à Ammamie : il y a de la lumière de ce côté, elle ne réagit pas. Chez cette femme supérieurement normale, le réflexe joue quand elle reçoit la lumière, et elle vient de la recevoir dans l'œil ! Elle a réagi.

– C'est-à-dire ?

– Il y a deux petits gars du maquis qu'on a mis en prison pour meurtre. Anne-Marie m'écrit qu'il faut les relâcher, que ce n'est pas eux… On fait une campagne pour eux dans la région, et ils sont arrivés à embêter des gens même à Paris, des gens très haut placés, comme on dit, et tout ça finira mal… Anne-Marie est une femme très raisonnable, mais elle ne peut s'imaginer ce qu'elle a devant elle… J'ai peur qu'elle ne se fasse assassiner là-bas, elle m'écrit des choses incroyables. Mais si tu savais le boulot que j'ai, à Paris…

Jacquot semblait vraiment très ennuyé. « Quel brave type ! », pensait Francis, et il regardait avec tendresse la grosse tête de Jacquot, ses yeux bleus, si déplacés dans ce visage d'homme à la peau épaisse. Il se tenait mal, il était voûté, jamais on n'aurait soupçonné chez lui sa force herculéenne, ni l'adresse de ses doigts épais… Comme il était dévoué à ses amis! Francis était un sentimental et un impulsif:

– Je t'adore, Jacquot, dit-il, mais il ne faut pas te laisser emporter par l'amitié. Tu ne vas pas laisser tomber ton travail pour aller tirer Ammamie de l'embarras! Elle trouvera bien des gens pour la défendre sur place, ne t'en fais pas pour elle!… D'ailleurs, je suis sûr qu'elle exagère, comme toutes les femmes…

Jacquot était un homme pondéré et calme. D'où lui vint donc brusquement cette lourde pitié pour Francis, pour les gens qui s'agitaient au café, au dehors… Non, Anne-Marie n'exagérait pas… C'était, en vérité, des orphelins, des sacrifiés… Qui les conseillera, qui les protégera, ces enfants pas sages, mal élevés?… « On ne peut pas forcer les gens à être heureux… », disait Anne-Marie.

– Il n'y a plus rien d'incroyable de nos jours, dit-il, tout peut arriver… On nage dans l'ordure, on va de stupeur en stupeur… Si demain il y avait la guerre…

– Ne parle pas d'horreurs, coupa Francis. Quand je pense que ce sont les savants qui nous ont mis sur le dos cette saloperie de bombe!…

– Tu sais, les savants n'y sont pour rien… Mais je ne veux pas enfoncer des portes ouvertes… Garçon!… Il faut que je rentre…

XXXII

C'était un mauvais été, mais un été quand même, on avait envie de rester à l'air, et on ne savait pas où aller… Jacquot avait rendez-vous avec Anne-Marie à la terrasse du Café de la Paix. Elle était revenue le matin et lui avait aussitôt téléphoné. Maintenant, Jacquot regardait avec tendresse son visage hâlé, les taches de rousseur qui lui faisaient des ombres sous les yeux. Elle avait maigri, la petite ride verticale entre les yeux était plus marquée, la taille de guêpe plus guêpe que jamais, et on voyait que la peau sèche, polie, de ses mains, de ses jambes, avait perdu l'habitude des gants, des bas… Jacquot n'avait pas quitté Paris, il n'y avait rien eu à faire, il avait trop de travail pour s'absenter, rejoindre Anne-Marie à P… Alors elle l'avait chargé de certaines démarches à Paris, et il lui expliquait le résultat de ces démarches :

– Je n'ai rien pu obtenir, rien… On n'a fait que me confirmer que le dépôt d'armes avait été déclaré par le garagiste et qu'il l'avait depuis 1944… Dépôt FFI.

– Dépôt FFI chez un collaborateur ?

– Vous êtes sûre que c'était un collaborateur ? Je ne me souviens pas de ce Félix…

– Je suis une femme pondérée et raisonnable, et je vous dis que Félix faisait du transport pour les Allemands, et pas seulement du transport. Personne ne lui aurait confié des armes, sauf des complices.

D'ailleurs, il ne les a que depuis un mois environ, et ce ne sont pas des armes parachutées, elles sont volées à l'armée du Rhin…

– Vous en êtes sûre ?

– Enfin ! Anne-Marie donna un petit coup de poing sur la table. Je suis restée six semaines dans ce pays, à tourner en rond, et vous me demandez si j'en suis sûre !

Jacquot lui tapota la main :

– Calmez-vous, Ammamie… Vous devez comprendre que c'est très grave. Comment voulez-vous que j'accepte si simplement qu'ici, au ministère, on couvre cet homme ? Et comment cela se fait-il qu'on m'ait donné une réponse si rapidement ? D'habitude, quand on veut un renseignement au ministère, c'est toute une affaire, et là, j'ai été renseigné sur-le-champ… Mauvais signe…

À vrai dire, sous le hâle, Anne-Marie ne devait pas avoir bonne mine, ce n'était qu'un fard de soleil. Cette petite ride entre les sourcils faisait mal au cœur de Jacquot.

– Je vous raconterai, si vous voulez, toute l'histoire encore une fois, dit-elle, vous verrez ce que vous pouvez faire… Clavel mène une campagne qui fait certainement son effet, mais si vous, vous y alliez… On vous connaît dans le pays… Je ne veux pas que les petits pourrissent en prison !

Jacquot se voûta un peu plus. Il avait du travail par-dessus la tête, pour lui-même et pour les autres, mais si c'était vraiment comme le disait Anne-Marie…

– Vous viendriez avec moi ?

– Je ne peux pas ! Elle était consternée : Je n'ai plus le sou !… Il faut que je me remette au travail tout de suite… J'aurais tant voulu venir avec vous, pour être là, à côté ! Je ne vous serais d'aucun secours, je ne me fais pas d'illusions, mais je serais là !

– Quelle est cette humilité ?

– Ce n'est pas de l'humilité… Seulement, ça me dépasse complètement… Je ne peux pas me battre contre les fantômes. Clavel le peut parce qu'il a du monde derrière lui, et vous, vous pourriez peut-être voir encore plus largement, vous rendre compte des ramifications... Je perds pied dans ce marécage, et, tout autour, le brouillard s'épaissit...

– Bon, dit Jacquot, je ferai l'impossible pour y aller... Après tout, il est normal de mener la bataille dans son secteur. Il faudra qu'on se passe de moi ici... Qu'est-ce que vous allez faire maintenant comme travail ?

– Poucet m'a demandé de suivre la Conférence de la Paix. Encore heureux que j'aie pu trouver du travail à peine descendue du train... Il me semble que Paris est envahi par la Conférence ! C'est peut-être parce que je viens de ma province ? Tous les gens qui passent m'ont l'air de diplomates étrangers... On se croirait dans un wagon-lit international... Qu'est-ce que ça donne, la Conférence ?

Jacquot se lança dans de longues explications.

– Évidemment, dit Anne-Marie, intimidée, à côté de ça, mes histoires de village, c'est peu de chose...

– Trieste aussi est « peu de chose » !... Comme l'était Dantzig...

– Épouvantable... Dans les yeux attentifs d'Anne-Marie monta un brouillard. Elle se tut un moment... Et, petit effet d'une grande cause, les Français ne peuvent à nouveau plus aller en Italie ! Je n'y suis pas retournée depuis mon voyage de noce. Et je n'ai pas l'impression d'avoir pris part à mon voyage de noce... C'était quelqu'un d'autre, qui portait mon nom...

Jacquot s'imagina Anne-Marie faisant son voyage de noce en Italie, avec son mari jaune comme un Chinois, habillé de noir, le pantalon rayé, comme il se doit pour un médecin. Anne-Marie dans les bras de cet homme... Jacquot exclut l'image de sa tête, avec reproche : une idée sale, indiscrète... Peut-être pas aussi sale que l'imagination du mari... Avec la tête qu'il avait... Quand Jacquot avait connu Ammamie, rue de Rennes, elle avait déjà ses deux enfants, tout petits, et François, son mari, menait déjà une vie à part. À l'époque, Anne-Marie était un peu boulotte, elle nourrissait Georges. Jacquot se rendit compte qu'il avait pour la première fois remarqué la beauté d'Anne-Marie le jour où il l'avait surprise donnant le sein à Georges. Il comprit qu'il avait enregistré l'image, et que déjà alors il avait souhaité que la conception eût été immaculée. Anne-Marie et les hommes… Cette pensée était détestable. Il remarqua subitement de quoi avaient l'air les hommes qui passaient. Il les trouva laids. Sûrs d'eux-mêmes, suants. Le public des boulevards déambulait, oisif, badaud… Des couples, des hommes seuls, des femmes seules, avec entre eux la « liaison » du boulevard. Le jour était tellement gris que le hâle de quelques-uns des passants, des passantes, les désignait presque comme des étrangers à ce pays sans lumière qu'était Paris en cet été 1946.

– Vous me raccompagnez ? demanda Anne-Marie.

Ils prirent l'avenue de l'Opéra, traversèrent le Louvre, le pont. Quand ils arrivèrent devant la porte de sa maison, Anne-Marie dit avec un regard désemparé :

– Je m'en veux de vous avoir demandé d'y aller, Jacquot… Quand on est sur place, ça paraît très grave, on voit tout en gros plan… Mais Paris réduit les choses à leur juste proportion. C'est très malheureux qu'on ait mis les gosses en prison, mais ce n'est pas grave, on va les relâcher, et la terre ne tourne pas autour de cette histoire… Vraiment, Clavel suffit pour s'occuper d'eux. Je vous prie de ne pas y aller !

Jacquot riait :

– N'ayez pas tant de scrupules, Ammamie ! Faisons une bonne moyenne : ce n'est pas aussi grave, mais c'est grave tout de même ! Et si, sans ruiner tout mon travail ici, je peux m'absenter, je le ferai. Ne dramatisons pas…

– Je ne sais plus, avoua Anne-Marie. Mettons que je n'ai rien dit, ni dans un sens, ni dans l'autre. Vous connaissez les faits : jugez vous-même… Est-ce que Rolland est à Paris ?

– Quel Rolland ?

– Rolland l'Inconnu, que vous avez amené chez moi.

– Ah ! Vous y pensez ? Il n'est pas à Paris…

Ils se séparèrent. Anne-Marie monta ses escaliers. Les gens, les lieux, les choses qu'on n'a pas vus pendant quelque temps sont surprenants, on les voit différemment, on a pour eux l'œil de l'étranger. Le jour gris sur les peintures écaillées, jaune et vert-pistache, sur l'usure du tapis, les morceaux de brocart ancien recouvrant le divan et les fauteuils, la Sainte Vierge en pierre plus grise que le jour… La valise ouverte d'Anne-Marie était comme une pierre tombée dans les eaux stagnantes de l'appartement, il y avait autour du remous : une paire de souliers, un peignoir, du linge… Anne-Marie enleva sa robe, passa une blouse, et, remettant à un autre moment pensées et sentiments, s'assit pour marquer sur une feuille de papier les choses qu'elle avait à faire : voir Poucet, payer le téléphone, aller chez la teinturière, porter les souliers chez le cordonnier… Elle mit la liste dans le cadre de la glace au-dessus de la cheminée, regarda, sans l'ouvrir, le courrier qu'elle avait ramassé par terre dans l'entrée (le facteur le glissait sous la porte) et alla s'enfermer dans le cagibi noir pour développer les films apportés de P… Il fallait qu'elle eût quelque chose à montrer à l'agence.

Elle ne sortit de chez elle que vers le soir, pour aller chez Mme de Fonterolles. Ce fut sur les quais, près de la rue du Bac, qu'elle rencontra Marie Dupont. Pour Anne-Marie, c'était toujours Marie Dupont : elle n'arrivait pas à se rappeler le nom de son mari, le journaliste.

– Comme vous êtes mince, Ammamie ! Vous avez été malade ?

– Non… Je ne crois pas… C'est l'âge. Vous, vous avez bonne mine ! Les enfants vont bien ? Il y a deux ans qu'on ne s'est pas vues !

– C'est grand, Paris, fit Marie.

C'est vrai qu'elle avait bonne mine, trop bonne mine même, elle était devenue plantureuse, et son corps de Junon n'avait plus cette fermeté de marbre, le beau visage froid était élargi par la graisse des joues, du menton.

– Le temps… dit Anne-Marie, répondant à ses propres pensées.

– Oui, tout le monde est si occupé. Marie prenait le « temps » dans un autre sens. Les enfants sont absorbants et je sers de secrétaire à mon mari. Je lui suis très utile, ce n'est pas pour rien que j'ai été la secrétaire de Jenny pendant près de dix ans ! Je connais tout Paris, c'est précieux pour un journaliste. Mais vous êtes vous-même maintenant dans le journalisme ? C'est tellement drôle ! Je le sais par Poucet. Pourquoi faites-vous ça ? Avec l'argent que vous a laissé Jenny, vous n'avez vraiment pas besoin de travailler !

– J'ai des enfants…

– Et alors, François ? Vous n'entretenez tout de même pas François ?

– C'est une longue histoire… Comme c'était désagréable toutes ces questions. Anne-Marie voulut y couper court : Si vous avez un moment, un jour, donnez-moi un coup de téléphone, venez me voir… On parlera de Jenny…

– Oui… Marie regarda par-dessus la tête d'Anne-Marie : J'aime mieux vous dire tout de suite, Ammamie, que mon mari n'aime pas beaucoup que je fréquente des gens de la Résistance… Pourquoi riez-vous ?

– Vous dépassez toujours tous mes espoirs, Marie ! À votre place, je me méfierais, parce qu'avec vous, on sait toujours qui est le plus fort, mais pas qui aura la victoire…

Anne-Marie tourna les talons sans lui serrer la main. Elle prit la rue du Bac, parce que c'était la rue du Bac qui était là. Dire que tout de suite après la Libération, cette femme l'avait suppliée de venir habiter chez elle, parce qu'elle mourait de peur ! On a beau savoir que cela existe ! L'impudeur, l'insolence ! Et elle qui l'avait invitée chez elle par pitié, pour ne pas l'humilier… Anne-Marie n'était pas encore calmée quand elle arriva chez Mme de Fonterolles :

– Bonjour, Olga…

– Bonjour, madame Bellanger. Madame est dans le bureau d'Yves. Je ne vous annonce pas, madame attend madame. Madame a passé de bonnes vacances ? Ici, il a plu tout le temps. Les Boches nous ont changé le climat…

Mme de Fonterolles se leva du sofa qui tournait le dos à la pièce tapissée de livres :

– Je vous embrasse, ma chère enfant ! Montrez-vous ! Vous êtes belle comme le jour… Mais vous avez encore minci ! Cette taille ! vous allez vous casser ! Venez vous asseoir… Alors ces vacances ? Ça s'est bien passé ? J'ai reçu votre carte de P… Savez-vous que vous vous êtes croisée avec Yves ? Il y est justement parti…

– Je ne savais pas… Qu'est-ce que votre fils est allé faire dans ce pays perdu ? Des pensées se mirent à courir dans la tête d'Anne-Marie comme des souris grises.

– Je ne sais pas… Je ne sais pas très bien ce qu'il fait, mon fils, il devient de plus en plus discret. Je crois qu'il s'occupe des hommes de son ancien réseau, il constitue les dossiers des sinistrés, des hommes à décorer…

– Ah ! oui, je vois, dit Anne-Marie, résignée… C'était comme avec Marie, cela dépassait les prévisions… Et vous-même, madame ?…

– Oh ! moi, je n'ai pas bougé, je suis tellement mieux à Paris. Mais parlons tout d'abord de cet envoi d'argent… J'ai peur d'être indiscrète, Anne-Marie… Vous permettez que je vous pose une question… Je suis évidemment toute prête à l'envoyer comme les autres fois… Mais voulez-vous me dire comment cela se fait que l'éducation de votre fils coûte de pareilles sommes !

– Je n'en sais rien…

Anne-Marie détournait la tête, comme une coupable.

Mme de Fonterolles détournait la tête. Elle la comprenait…

– Bon, dit-elle, puisque vous êtes obligée d'en passer par là…

Les enfants… Mme de Fonterolles prit les deux mains d'Anne-Marie dans les siennes. De la part d'une femme aussi peu expansive, c'était un élan rare. Et elle se mit à parler tout doucement, comme si elle craignait que quelqu'un d'autre, en dehors d'Anne-Marie, pût l'entendre. Elle avait choisi pour confidente Anne-Marie, parce que, par-dessus les gens, les médisances, la malveillance, les potins, il y avait entre elle et Anne-Marie la confiance de deux femmes qui se sont connues à un moment où on allait au fond les uns des autres. Mme de Fonterolles savait que d'Anne-Marie il pouvait lui venir secours, ou du moins la compréhension du danger… Se confier au colonel Voiron, qu'elle estimait beaucoup, aurait été soulever des considérations politiques, et Mme de Fonterolles pensait que la politique faussait le jugement. Anne-Marie ne s'occupait pas de politique, c'était une femme honnête, une mère, et elle savait trembler de peur et tenir un revolver qui ne tremble pas. Et Mme de Fonterolles se savait elle-même capable de tenir un revolver, s'il s'agissait d'Yves, par exemple. Elles se ressemblaient. C'est pourquoi elle raconta à Anne-Marie qu'elle avait trouvé dans cette pièce – qui était le bureau et en même temps la chambre d'Yves – traînant sur son lit défait, un tract… Un tract antisémite, anticommuniste, en tout semblable à ce qu'on avait lu et entendu pendant quatre ans. Un tract tout frais, qui salissait encore les mains – l'encre n'était pas encore sèche. Mme de Fonterolles serrait les mains d'Anne-Marie dans les siennes, comme pour se maintenir au bord de la lucidité… L'angoisse de Mme de Fonterolles était double : l'existence de la chose, la part que pouvait y prendre Yves… Anne-Marie essayait de contrecarrer l'angoisse :

– Yves est contre les collaborateurs, dit-elle, il est pour une épuration totale, il en parle tout le temps…

– Je ne comprends pas, dit sa mère. Elle ne voulait plus rien cacher, elle tenait à donner tous les symptômes, même si cela devait mener au diagnostic d'une maladie honteuse : Il a cet ami, le lieutenant Laurent – elle sentit une légère tension dans les mains d'Anne-Marie – je ne savais pas que vous le connaissiez… C'est un garçon extrêmement excité… Il fait de la politique… Constamment fourré dans les couloirs de la Chambre. Le père de sa femme est un homme immensément riche… On va probablement nationaliser ses entreprises… Je crois que c'est lui qui pousse son beau-fils, il ne veut pas paraître dans la bagarre. Quand Laurent vient à Paris, lui et Yves sont inséparables, ils passent toutes les nuits à Montmartre. Yves se laisse inviter ; je le suppose du moins, ce n'est pas moi qui lui donne l'argent nécessaire pour payer le champagne dans les boîtes de nuit… Je n'admets pas l'idée qu'Yves puisse devenir un parasite… En plus, Laurent tourne autour d'Edmonde, et même ça ne dérange pas Yves… De mon temps, quand on avait une maîtresse, on ne la cédait pas à ses amis. C'est pour vous dire jusqu'où ça va…

Mme de Fonterolles avait encore beaucoup de choses à dire. Il y avait les conciliabules entre Yves et Laurent ; il y avait les réunions, ici, dans le bureau… des hommes que Mme de Fonterolles ne connaissait pas. Fort bien élevés, d'ailleurs…

– J'aurais aimé voir le général de Chamfort, conclut Mme de Fonterolles. Yves a pour lui une admiration sans bornes ; le général l'aurait facilement fait parler, l'aurait chapitré et obtenu de lui tout ce qu'on aurait voulu…

Mme de Fonterolles sentit à nouveau une tension dans les mains d'Anne-Marie, elle voyait son visage contracté : Anne-Marie essayait de se rappeler tous les détails du séjour de Laurent chez Célestin… Elle voyait la voiture du lieutenant chargée de sacs, Célestin apparaissant chez elle la nuit, venant par l'escalier du souterrain, son aspect… Mme de Fonterolles la regardait avec tendresse. Elle savait bien que le silence d'Anne-Marie n'était pas dû à la distraction, à l'indifférence, elle savait bien qu'elle trouverait chez elle un écho.

– Le général, dit enfin Anne-Marie, est avant tout un soldat, vaut mieux ne pas lui confier des choses intimes. Et tout ce qui concerne Yves, c'est pour vous des choses intimes, des affaires de cœur…

– Vous croyez ? J'ai beaucoup compté sur le secours du général…

– Vous êtes comme toutes les mères, madame, comme moi-même. Vous croyez aux bonnes et mauvaises fréquentations, aux bonnes influences, aux mauvais génies… Il n'en est rien ! Ce sont peut-être nos enfants qui sont les mauvais génies des autres… Je ne dis pas ça pour Yves… Mais on ne sait jamais rien sur ses enfants. S'il y a conspiration, nous n'y pouvons rien, c'est au gouvernement et à la police de s'en occuper ! Ce ne sont plus les temps de la résistance artisanale où chacun faisait ce qu'il pouvait, dans son coin… Nous ne pouvons que constater notre impuissance, je me sens hypnotisée, comme un oiseau par le serpent…

Elle se leva, alla à la fenêtre, encore claire. Mme de Fonterolles alluma la lampe sur la cheminée :

– Les journées sont longues, dit-elle. Ça m'a soulagée de vider mon cœur, ma chère enfant… Elle embrassa Anne-Marie : Comme vous sentez bon !… Qu'y a-t-il, Olga ?

Olga avait frappé et glissait dans la chambre, avec son air catégorique :

– Jeanne demande à madame ce qu'on va manger demain…

– Je suis fatiguée de vivre, dit Mme de Fonterolles, accompagnant Anne-Marie jusqu'à la porte.

En dehors de Mme de Fonterolles, tous les amis d'Anne-Marie étaient en vacances. Jacquot était vraiment parti pour P…, et si vite qu'elle ne l'avait même pas revu avant son départ. Petit Poucet, après sa tentative auprès d'Anne-Marie, semblait avoir perdu tout intérêt pour sa personne. Paris était vide. D'ailleurs, Anne-Marie n'imaginait pas quelle présence pour elle aurait pu remplir cette ville. Rien n'avait d'attrait pour elle, elle n'avait rien *to look forward*, comme disent les Anglais. Il n'y avait rien devant elle qu'elle pût attendre avec joie et impatience. Non, elle ne se faisait une joie de rien. À peine réveillée, le matin, elle s'ennuyait déjà d'un ennui indélébile, qu'elle portait en elle… Avait-elle envie de quelque chose ? De rien. Tout au plus aurait-elle souhaité que des choses n'eussent pas été… Ça l'aurait bien étonnée si on lui avait dit que l'ennui qu'elle ressentait n'était pas égoïste, qu'elle se faisait du souci pour tout et pour tous, et que c'était cela qui mettait un éteignoir sur sa joie de vivre… Elle essayait de réagir, s'assommait de travail, prenait des photos de Bevin, Byrnes, Molotov, Bidault, courait à droite et à gauche et n'arrivait pas à reprendre le dessus.

L'atmosphère de la Conférence de la Paix ne contribuait pas à faire croire à la paix dans le monde et en France. On continuait à se disputer autour de Trieste, autour de toute chose… L'affaire du colonel Passy ouvrait des horizons sur les agents secrets, les caisses noires, des excroissances de la société. Il y avait des gens qui mouraient mystérieusement en prison, et dans une indignation générale, personne ne comprenait plus rien à rien…

C'était vrai, ce qu'Anne-Marie avait dit à Mme de Fonterolles, elle était comme un oiseau hypnotisé par un serpent. Depuis qu'elle avait été à P…, au bourg, elle était attirée par la sombre menace au-dessus du pays, elle la regardait dans les yeux sans pouvoir s'en détacher, et il fallait qu'elle allât du côté où elle pourrait s'en approcher. Elle se débattait, elle ne voulait pas se laisser happer, elle faisait autre chose, vivait comme tout le monde, travaillait… Puis, un jour, comme elle venait de toucher de l'argent de l'agence, elle planta là la Conférence, le travail, et prit le train pour P…

XXXIII

La bibliothèque de la prison consistait en quelques centaines de volumes disparates, et elle ne s'enrichissait que des livres généreusement abandonnés par des détenus libérés ou transférés. Il y avait deux préposés à la bibliothèque, choisis parmi les détenus : Robert Bouvin partageait cette faveur avec un nommé Carapasse, de la LVF.

La bibliothèque était installée dans une cellule plus claire que les autres, donnant du côté de la cour, en face de la grille d'entrée, mais éclairée par une lucarne dans le toit par laquelle on ne voyait que le ciel. Le soleil tapait sur la lucarne, sur le crâne rose de Robert qu'on voyait à travers ses cheveux légers et clairs, comme ceux d'un nouveau-né. Il était assis devant la table et inscrivait dans un cahier les titres des livres sortis. Ses pieds ramassés comme un poing, courts comme des sabots de bête, pendaient dans le vide : depuis sa rencontre avec la Gestapo, il avait ces pieds aux orteils crispés qui faisaient boule. Carapasse rangeait des livres sur les rayons. Il n'avait pas besoin d'escabeau pour atteindre les rayons les plus hauts, il était si grand que, de son bras étendu, il aurait facilement touché le plafond. Sa voix était haute et aiguë :

– Je ne le trouve pas, disait-il, c'est toi qui l'as sorti, on n'a qu'à voir, c'est ton écriture. Maintenant le Dumas n'est pas complet. Qui veux-tu qui lise du Dumas s'il n'est pas complet ?

Robert posa la plume :

– Ils ont été rendus ; si tu ne les trouves pas c'est que tu les as fourrés quelque part. Avec tes rangements, tu mets une pagaille ! Ce n'est pas possible, tu le fais exprès…

– Dis-le encore une fois que je le fais exprès, et je te casse la gueule…

Carapasse posa les volumes qu'il avait à la main et vint se poster devant Robert.

– Ne fais pas l'imbécile. Robert reprit la plume : Qu'est-ce que tu veux que je te dise, les deux volumes sont rentrés, je les ai posés ici… C'est drôle, le potin qu'il y a aujourd'hui dehors… C'est les visites qui font ce raffut, ou quoi ?

Carapasse écoutait ; il y avait en effet un bruit inhabituel…

– Je ne sais pas ce qu'ils ont… Ton faux témoin de curé ne vient plus, hein ?…

Carapasse était anticlérical, il était anti-tout, tellement haineux que l'atmosphère autour de lui en était hérissée.

– On gueule, ajouta-t-il.

Ils se turent un moment, à l'écoute : on entendait des voix, des cris, un piétinement et un fond de rumeurs comme dans une salle de spectacle avant le lever du rideau…

– Qu'est-ce que c'est ?

Robert se leva. Il avait plutôt deviné qu'entendu… Des rigoles de sueur coulaient le long de ses joues… Il devenait fou ou quoi ? Mais il vit le visage de Carapasse et comprit qu'il ne rêvait pas… D'ailleurs, ce qu'il avait cru entendre entra brusquement dans la cellule avec la force d'une voix géante :

« Robert Bouvin ! Robert Bouvin ! Robert Bouvin ! »

– J'entends des voix, dit Robert, et il toussa ; lui, il avait perdu la sienne…

On entendit la clef dans la serrure ; le gardien en kaki dit :

– En avant…

– Qu'est-ce qui se passe ? Carapasse était pâle.

– Silence ! cria le gardien.

C'était l'heure de la promenade, les portes étaient ouvertes, les cellules vides. Le gardien qui se tenait dans le passage vitré, entre les deux rangées de préaux, regardait venir Robert et Carapasse, sans esquiver le coup de pied et sans gueuler. Il ouvrit simplement la porte du préau où devait entrer Robert. D'ici, la rumeur au dehors s'entendait plus clairement encore. Les droits communs, une vingtaine, écoutaient, muets et immobiles. Voyant entrer Robert, ils reculèrent un peu. Il s'accroupit, comme d'habitude, dos au mur, à sa place habituelle. Les autres le regardaient.

« Robert Bouvin ! Libérez Bouvin ! Libérez Bouvin ! »

– Qui c'est qui crie, comme ça ?

C'était Jules le Tatoué, pas timide de son naturel, qui lui demandait ça tout doucement.

– C'est mes copains, finit par dire Robert, souriant aux anges. Nous sommes une bande de plus d'un million dans le pays.

« Libérez Bouvin ! », hurlait la voix géante du haut-parleur, et, tout autour d'elle, de petites voix graves et aiguës criaient : « Libérez Bouvin ! » Puis il n'y eut plus que la rumeur de la foule qui diminuait, diminuait…

Quand les détenus rejoignirent à la queue leu leu leurs cellules et que Robert passa devant le gardien, celui-ci lui dit :

– On aimerait bien être débarrassés de toi… Ils finiront par attaquer la prison ! Je n'ai pas envie de me bagarrer à cause de toi ! Ça non !

Robert serra les fesses, mais le gardien le laissa passer sans sévir… La porte de la cellule se ferma sur lui, cette porte sans poignée, impraticable comme une théière sans anse, comme une valise sans poignée… Robert partageait la cellule avec un vieux mendiant, un piqué, pas dérangeant. Le mendiant était peut-être un mouton, mais on ne l'avait sûrement pas chargé de détruire Robert. Robert dormait tranquille, tandis qu'ailleurs, avec les LVF, les miliciens qui le menaçaient, l'injuriaient, il se demandait s'il allait sortir entier, s'il allait sortir vivant de la prison. Robert s'assit sur la paillasse, par terre. Il était dans un état d'allégresse comme il n'en avait encore jamais connu. Quoi qu'il arrive, il n'était pas seul! On aura beau dresser des murs, tourner des clefs dans les serrures... Robert s'essuya les yeux, le nez, avec la manche de la chemise (il n'avait pas de mouchoir) et s'allongea sur le ventre, le visage caché dans les bras, reniflant doucement, les épaules secouées... Le vieux mendiant ne faisait pas attention à lui, ramassé dans un coin, il marmonnait, il se racontait des histoires. Robert se calma peu à peu, s'assit sur sa paillasse et se mit à fouiller dans la boîte où il y avait ses trésors: deux mégots, la photo de ses parents, un ruban de la croix de guerre, les lettres de ses parents, et celles du curé de Crémail... Il les relisait pour la centième fois...

Le 7 août 1946.

Mon bien cher Robert, écrivait le curé, *j'ai été bien content d'apprendre de tes bonnes nouvelles par ta mère, à son retour de P... Tu as raison d'envisager la fin de ton séjour comme prochaine. Nous espérons également que ta mise en liberté ne saurait tarder, et ton avocat partage notre avis.*

Cette affaire a été embrouillée de toutes les façons, et, depuis le début, ton plus grand tort a été d'appartenir à la Résistance et d'avoir fait ton devoir, au moment où d'autres profitaient de tes sacrifices et de tes tortures. Mais de cela tu peux être fier, car il est toujours noble de souffrir pour la justice. Et, quand tu rentreras prochainement, personne n'aura à rougir de rester ton ami. Je te félicite pour ta croix de guerre, et j'aime à croire qu'elle te sera remise solennellement.

Fais soigner cette suppuration qui se dégage de tes anciennes blessures de la Gestapo. Il ne faut pas tarder, pour éviter que cela ne s'envenime.

Mercredi dernier, j'ai bien regretté de ne pouvoir aller jusqu'à toi, mais le règlement est formel, bien que stupide. Figure-toi que l'employée de la préfecture m'a dit que cette permission était refusée même aux concubines… Pourtant, mon ministère n'est pas de la même nature… C'est du plus pur comique, mais c'est l'administration…

En lisant ce passage de la lettre, Robert, comme toutes les autres fois, se mit à rire, longuement…

La mère, tous les amis t'envoient, avec moi, leurs très cordiales et affectueuses amitiés. Encore à bientôt.

Le tampon de la prison, très gras, s'étalait au beau milieu de la lettre, de l'amitié…

Le 29 août 1946.

Mon cher Robert,

J'ai été absent et passablement surmené, en ces derniers jours : c'est le motif de mon silence momentané, mais nous ne cessons de penser à toi et à ta libération. Nous avons vu, à P…, le secrétaire de ton avocat, qui est venu te rendre visite et te dire que tout va bien. Il est bien regrettable que la période des vacances soit venue gêner considérablement ton retour parmi nous. Tu as bon moral : tu as raison, car le vrai motif de ta détention nous échappe, ou plutôt nous ne le savons que trop : tu continues à souffrir injustement, comme sous la Gestapo. Du moment que les témoignages de ton alibi sont nets et bien établis, il est inadmissible qu'on te maintienne dans ta pension de famille. De plus, parmi la population unanime, à l'occasion des fêtes de la Libération, où l'union de tous s'est de nouveau affirmée, ton nom et ton souvenir ont été fortement évoqués dans tous les discours et sur toutes les lèvres. Enfin, une protestation, sous forme de pétition, circule dans le pays et recueille les signatures de tous. Tu vois que tes compatriotes sont près de toi et ne te considèrent pas pour ce que tu n'es pas et n'as jamais été.

Tout cela, mon cher Robert, doit te réconforter. Je te dirai que les sœurs de l'Hospice et les bons vieux sont, en ce moment, occupés à apposer leurs noms sur les listes : ce geste n'est-il pas touchant de ces bons vieillards qui, eux, comme nous tous, croient à l'innocence de celui qui reste leur petit Robert…

Le 8 septembre, tu seras près de nous par le cœur, et nous demanderons à la toute-puissante Notre-Dame des Pleurs de te ramener, aussi bien qu'elle le fit quand tu logeais à l'hôtel de la Gestapo.

Reçois, mon cher Robert, l'assurance renouvelée de ma vive et sincère affection…

C'était écrit autant pour Robert que pour tous ceux de la prison qui mettaient le tampon. Des lettres plaidoiries…

La dernière était datée du 10 septembre 1946 :

Tu as entendu, disait-elle, *parler des mouvements publics de sympathie, tant à P… qu'à Crémail, qui réclament ta mise en liberté. Vraiment, ce fut bien touchant, car l'union s'est faite autour de ta personne, en faisant abstraction de tout ce qui, en apparence, au point de vue des idées, peut nous séparer, du curé au communiste…*

Courage, mon cher Robert, l'union de tous autour de ta cause veut bien dire quelque chose…

« Libérez Bouvin ! » le curé disait la vérité, ce n'était pas pour consoler Robert et impressionner les gens qui l'accablaient qu'il avait écrit cela. Robert l'avait entendu de ses oreilles : « Libérez Bouvin ! » Si quelqu'un lui avait dit qu'il connaîtrait un immense bonheur, en prison…

La porte s'ouvrit : c'était la soupe. Un gardien accompagnait le détenu qui la distribuait : ce soir-là, Robert eut droit aux légumes du fond. Le gardien, qui n'était pourtant pas le même que tout à l'heure, dit :

– Quand est-ce qu'on sera débarrassés de toi ! Tu ne vas pas au moins raconter, quand tu seras dehors, qu'on t'a martyrisé ici, que nous sommes pires que les Boches ?

Le gardien ferma la porte avec fracas, pendant que le détenu faisait à Robert un clin d'œil, tordant son visage comme un linge.

XXXIV

Anne-Marie ne s'arrêta pas à P..., elle voyagea la nuit et attrapa l'autocar du matin pour monter au bourg, directement. Elle espérait y trouver Jacquot, mais, à l'auberge, on lui dit qu'il venait de partir en tournée dans les villages, pour l'affaire Bouvin.

Il faisait presque chaud, un temps béni, un de ces soleils d'automne qui ne vous sont pas dus, du rab. Anne-Marie frappa à la porte de Joseph.

– J'espère que je ne vous amène pas les gendarmes, comme l'autre fois...

– Tu nous amènes le soleil! Ne me dis pas que tu déjeunes chez Louisette!

Mireille, silencieuse, comme toujours, buvait Anne-Marie des yeux. Le petit se traînait par terre, de fort bonne humeur. Il ressemblait à un tel point à Joseph que c'en était comique. Joseph racontait, posément, ses paroles étaient bien ordonnées, comme son visage, symétrique, régulier: cet après-midi, tout le monde allait à Crémail, il y avait la fête, et le colonel Voiron avait choisi ce jour pour y faire un meeting en faveur de Robert. Paraît que là-haut on est fou, ils ne savent plus comment se débarrasser d'un client aussi encombrant. Le jour de la manifestation de rue, la foule est allée devant la prison, et les haut-parleurs, sur la voiture du journal, hurlaient: « Libérez Bouvin! » La foule allait prendre la prison d'assaut!

Mais le colonel a fait un discours et a calmé les gens. Pour pouvoir aller au meeting de Crémail, les ouvriers de l'usine ont décidé de débrayer ; on travaillera dimanche.

Ce ne furent pas les gendarmes qui entrèrent aujourd'hui, sans frapper, mais une femme… Des anneaux aux oreilles, des cheveux noirs et lisses, une mèche blanche sur le devant, elle avait un beau visage de gitane, mais était habillée comme une paysanne.

– Joseph, dit-elle, j'ai à te parler.

– Tu peux parler, dit Joseph, c'est la Demoiselle. C'est la mère de Toto, expliqua-t-il à Anne-Marie.

La femme jeta sur Anne-Marie un regard blessé, elle avait les paupières fatiguées, et l'iris de ses yeux était aussi noir que la pupille. Elle avait dû être très belle, il n'y avait pas longtemps.

– Écoute, dit-elle, j'aime mieux le dire… Au moins à toi, Joseph… J'ai peut-être eu tort de ne pas le dire avant… Toto était encore ici, tu sais, il traîne toujours à droite et à gauche, mais il n'était pas encore là-haut… J'allais sur la grande route, je portais des œufs frais pour la petite de Marie, – la pauvre, elle ne se lève plus, elle n'en a plus pour longtemps… – Et c'est là que je les ai rencontrés… Ils sont descendus de l'auto, je ne les avais jamais vus avant. Le plus petit m'a dit : « Si tu veux que ton fils reste vivant, tu nous dois cinquante mille francs… » J'ai eu les jambes qui ont plié sous moi… Seigneur, Jésus, Marie, Joseph !… « On ne te fait rien, qu'il a dit le petit, tremble pas comme ça ! Rentre et ramène les cinquante mille, ou alors, tu peux lui dire adieu à ton Toto… » Seigneur, Marie, Joseph !…

Elle parlait vite, vite, et sa peau brune était parcourue de frissons comme la peau d'un cheval.

– Alors, qu'est-ce que t'as fait ? demanda Joseph.

– Je leur ai porté les cinquante mille francs. J'ai rien dit à personne…

Un silence consterné s'installa dans la pièce. Les mouches d'automne étaient enragées. Le petit se mit à crier. Mireille le prit dans ses bras. Il était déjà trop grand, trop lourd pour elle.

– Qu'est-ce qu'on ne ferait pas pour garder son enfant, dit Joseph, on se couperait un bras, s'il le fallait ! On peut te comprendre. Mais je ne te dis pas, Sylvie, que tu as bien fait. Il aurait fallu les attraper ces bandits… Ça aurait été utile… pour tout le monde. Qui te dis que ce n'est pas eux qui ont mis Toto dans le bain ?

– C'est pas eux, dit Sylvie. Il y a des types de la police qui sont venus lui proposer de rentrer chez eux. Mon Toto, il leur a dit : « Je ne mange pas de ce pain-là ! » Alors, ils l'ont mis dedans…

– Qu'est-ce que tu racontes, Sylvie ?… Pourquoi tu viens aujourd'hui dire ces choses ?

– Pourquoi qu'on fait tout pour Robert et rien pour Toto ? Aujourd'hui, tout le monde va à Crémail, et il n'y aura rien pour Toto !…

Sylvie parlait toujours de cette rapide voix monotone, on voyait battre les veines sur son cou maigre, brûlé marron.

– Tu le sais bien, pourquoi… Tu le sais très bien que Toto est un brave petit, mais c'est un toqué, tu le sais bien… Il n'en fait qu'à sa tête, il est comme son père… Écoute, on n'a pas pu le garder au maquis…

– Il n'y en a pas un, dans votre maquis, qui en ait fait autant !

– Écoute, Sylvie, la dernière fois que j'ai vu Toto, on rentrait ensemble de Crémail, le soir… Il a vidé son revolver sur les platanes de la route.

– C'est pas lui qui a tiré sur le cabaretier ! Les yeux de Sylvie étaient des trous noirs, les anneaux aux oreilles se balançaient… Le fils avait de qui tenir, pour le feu. La Demoiselle, qui est ici, dira si c'est juste de garder quelqu'un en prison, quand il n'a rien fait !

– Personne ne te dit le contraire… Toto a un avocat, il a des témoins, il s'en sortira… Seulement, tu comprends, s'il sort et s'il commence à vouloir se venger… Il n'est pas raisonnable, il n'écoute personne, nous ne pouvons pas nous porter garant pour lui… Est-ce que tu peux, toi ?

– Jésus, Marie, Joseph !… murmurait Sylvie.

Elle se leva.

– Reste manger un morceau avec nous, dit Mireille, qui ne parlait jamais.

Sylvie hocha la tête, mais elle embrassa Mireille, elle embrassa le petit, puis elle tendit la main à Anne-Marie, retint sa main dans la sienne comme si elle allait dire quelque chose. Mais elle ne dit rien. Joseph l'accompagna au-dehors.

Mireille mettait le couvert ; pour la Demoiselle, elle avait sorti le couvert à manche de corne, l'assiette à fleurs et la bouteille de vin cachetée. Elle allait de la cuisinière à la table, de la table à la cuisinière, souriait à Anne-Marie et regardait la porte : elle était moins intimidée quand Joseph était là. Anne-Marie pensait à Sylvie… La malheureuse ! Y a-t-il des mères heureuses ? Elle envia Mireille avec le petit dans ses bras. Les enfants deviennent trop grands pour vous, comme les vêtements deviennent trop petits… Joseph rentrait. Mireille posa sur la table la soupière…

Après le déjeuner, Anne-Marie dit adieu à Joseph et Mireille : elle allait chez Louisette. Le beau soleil d'automne était toujours là, il y avait de l'or dans l'air. Ah ! revoir à nouveau le ciel au-dessus du bourg, voir les choses de ce point de la terre ! Les pensées mêmes semblaient y prendre un autre caractère, rejoindre l'Anne-Marie du temps de la Résistance. Boulanger, boucher… Voici le coiffeur.

On y savait déjà qu'Anne-Marie avait déjeuné chez Joseph, mais tout le monde dans la maison était bien trop agité pour lui faire des reproches. La boutique fermée depuis midi, on se préparait pour la fête de Crémail. Le fiancé de Louisette avait amené un ami, un russe, le « géant blond » lui-même. Louisette était ravissante, toujours la plus jolie fille du village. Raoul savait ce qu'il faisait… Il est vrai qu'il en avait tant fait ! C'est maintenant qu'il fallait la voir, Louisette, elle était à point, ni trop grasse, ni trop maigre, solide sans être lourde… Anne-Marie paraissait menue à côté d'elle ; et près de la peau veloutée de Louisette, le rose insolent des joues de Louisette, la peau d'Anne-Marie, sous son hâle, semblait avoir une transparence délicate et fragile, inquiétante. La fiancée du Russe, une fille presque aussi grande que lui, se portait bien, elle aussi.

Ils montèrent tous dans une camionnette dans laquelle il y avait du monde, des garçons et des filles, debout, et c'était déjà la fête là-dedans. La camionnette roulait sur la grande route, en dessous du bourg, « la route des Américains », comme l'appelait pour elle-même Anne-Marie. On ne l'avait pas réparée, depuis que les chars l'avaient défoncée. Les cahots vous faisaient tomber les uns sur les autres, c'était ça le plus drôle. Le géant blond racontait des histoires; personne n'y comprenait rien, avec le bruit de la voiture et les cris, mais moins on comprenait, plus on riait… « C'est une histoire russe, ça ne peut arriver qu'à un Russe », criait le géant – et il riait d'un rire géant.

Ils arrivèrent à Crémail quand la fête n'avait pas encore vraiment commencé. En travers de la rue, il y avait des guirlandes de lampions électriques, bleus, blancs, rouges, qui promettaient pour la nuit, et il y avait des drapeaux à toutes les maisons. Le carrousel tournait à vide, grinçant un air de danse; face au carrousel, il y avait une petite estrade avec des draperies tricolores. Le camion s'arrêta devant un café, les garçons descendirent les premiers, puis aidèrent les filles à sauter, des boucles battaient la nuque, et on voyait de bonnes cuisses nues et des petites culottes. Ils envahirent ce long café, en couloir, où Anne-Marie était venue avec Joseph.

– Le colonel n'est pas encore arrivé, dit le patron, mais il ne va pas tarder. Tout est fin prêt. Et vous verrez le monde qu'il y aura!

Pendant que les autres commandaient les boissons, Anne-Marie s'esquiva. Cette jeunesse… Ce n'était pas la sienne. Si Raoul avait vécu, elle aurait déjà été trop vieille pour lui. Mais cela n'aurait pas plus marché avec Louisette, il n'y a pas que l'âge qui compte. Les gens du village, endimanchés, affluaient vers la fête. Anne-Marie arriva à ce jardin public cadenassé – la fête toute proche ne lui enlevait pas ses airs de cimetière abandonné, – elle tourna dans une ruelle étroite… C'était ici la place verte qui ressemblait à un bassin asséché. Personne. Les vieilles demeures tout autour avaient encore vieilli depuis l'autre jour, ou est-ce que le fard d'automne était insuffisant pour ces murs décrépis ? Un homme portant un seau traversait le fond vert de la place. Il s'arrêta devant la fontaine, et le jet tomba dans le seau avec un fracas grondant. Anne-Marie prit un passage entre les maisons, juste suffisant pour la laisser passer. Elle arriva dans la partie abandonnée du village, où la verdure remplissait l'intérieur des maisons en ruines, sans toit, et d'autres murs, aveugles, faisaient penser à des remparts. Dans ce pays, tout prenait un aspect de forteresse, de prison. La prison devenait une obsession. Les uns en sortaient, d'autres y rentraient. Quand ces « autres » en sortiraient, ça ferait du joli ! Ce n'était déjà pas mal comme ça… Il faisait toujours beau, le soleil fouillait dans la verdure qui envahissait les ruines. Anne-Marie était seule ici, dans ce lieu désert, indifférent à la fête. Elle se demandait pourquoi elle avait fait ce long voyage ; l'ennui, ce qu'elle appelait l'ennui, restait collé après elle comme un papier à mouches : on l'enlève de la jupe, il colle à la main, d'une main sur l'autre, sur le corsage… Elle n'avait pas demandé à Joseph ce que devenait Lebeau. Qu'est-ce que cela pouvait bien lui faire, ce que devenait Lebeau ? Elle avait dérangé Jacquot dans son travail, et maintenant elle ne pouvait pas arriver à s'intéresser à la vie. À l'intérieur d'elle-même, cela devait ressembler à ces ruines : c'était la désolation, l'écroulement…

Quand elle revint au café, la fête était lancée. Une fanfare installée sur la petite estrade arrivait à peine à couvrir les bruits de la foule. Tout était en mouvement, le carrousel tournait, les balançoires montaient en l'air, les tirs pétaradaient, des couples tournaient autour de la fanfare ; c'était comme si on avait remonté un grand jouet mécanique qui marcherait maintenant à longueur de ressort. Le café était animé ; la table à laquelle Anne-Marie avait laissé la jeunesse du bourg était occupée par des manteaux, des sacs abandonnés : tout le monde devait danser, tourner dans le carrousel, se balancer… Des couples rouges et défaits revenaient boire un verre de limonade et repartaient. Louisette fit fête à Anne-Marie. Elle avait dansé avec le géant russe, et, tout essoufflée, s'éventait avec son mouchoir. Le Russe continuait à raconter des histoires ; peut-être avait-il parlé comme ça pendant la danse, et le tir, et dans la balançoire, mais ça n'ennuyait pas Louisette, oh ! non, elle était éclatante de gaieté, de plaisir.

– … Je portais le courrier de Bordeaux pour Paris ; j'avais mes vrais papiers, racontait le Russe, avec ses airs de grand-duc prolétarisé et son langage faubourien. Je me fais poisser à la sortie du métro, heureusement que j'avais déjà livré ma valise ! J'en étais si heureux que j'ai suivi les flics comme s'ils allaient me faire une jolie surprise !…

Louisette riait, et d'autres jeunes, revenus pour se reposer, écoutaient et riaient…

– … Alors, disait le grand Russe, on a commencé à me traîner de commissariat en commissariat. C'est une manière qu'ils avaient pour ne pas qu'on vous retrouve… Je me suis débrouillé avec le garçon de café qui est venu m'apporter un casse-croûte – on vous permettait de faire venir du manger – il a promis d'aller voir ma mère et de lui expliquer où j'étais… Mais, quand ma mère est arrivée, j'étais déjà ailleurs !

Tout le monde s'amusait follement.

– … Ma mère, disait le Russe – et la fanfare déchaînée, après une pause, n'arrivait pas à couvrir sa voix puissante – n'est jamais arrivée à me retrouver… Mais ça s'est arrangé, comme vous voyez. Je dois vous dire que ma mère et ma sœur font de faux cils…

– Qu'est-ce que c'est que cette histoire ?

Louisette n'en pouvait plus de rire et les autres aussi, et le Russe lui-même…

– … C’est une histoire folle, disait-il, une histoire russe, il n’y a qu’aux Russes qu’il arrive des histoires comme ça… Ma mère et ma sœur font de faux cils, comme en ont les stars de cinéma… C’est un travail très minutieux…

Ha ! ha ! ha !… On riait de plus en plus fort…

– … Je vous assure ! Un travail très minutieux, on fait ça avec du poil de lapin…

– Écoute, non, arrête, je n’en peux plus !… Louisette se tordait sur le banc…

– Il ne sait pas ce qu’il dit, intervint la fiancée du Russe. Si ta mère entendait ça…

– Admettons que je me trompe, ça m’est égal – il était tout de suite d’accord. En tout cas, c’est un travail très minutieux, il faut les coller cil à cil, séparément, sur une petite bande collante, du gutta…

Louisette gémissait doucement de rire :

– Il en parle comme si c’était des pneus !

– … Et on vous fout ça dans l’œil ! continuait le Russe sans se troubler.

– C’est à cause des faux cils de ta sœur que tu es sorti de taule ? demanda le fiancé de Louisette.

– Ne me coupe pas mes effets ! Les faux cils, maman et ma sœur les faisaient pour un institut de beauté, et l’institut de beauté appartenait à une Lettone, et la Lettone était la maîtresse de Stulpnagel ! Compris ? Alors, pendant que maman courait après moi de commissariat en commissariat, ma sœur courait après la Lettone, puis la Lettone après Stulpnagel, et, comme elle n’arrivait pas à l’attraper, c’est son chef de cabinet, ou son je ne sais quoi, qui m’a fait relâcher !… Et voilà comment, à cause des faux cils de ma famille, je n’ai pas fait le voyage en Allemagne, qui aurait pu être mon dernier voyage !

– Il est unique ! criait le fiancé de Louisette.

Et ils étaient encore pleins de rires quand Jacquot apparut dans la porte du café, suivi d'un homme grand et fort, ganté de jaune clair.

– Voici le colonel avec le maire, la Demoiselle ! cria Louisette au comble de l'excitation.

Jacquot arriva jusqu'à eux se frayant un chemin dans la cohue du café.

– Ammamie ! dit-il.

Et il avait de si bons yeux bleus qu'Anne-Marie eut un moment l'impression d'être contente. Mais elle devait se tromper, elle n'était ni plus ni moins contente qu'avant. Jacquot s'assit à côté d'elle :

– On vous a raconté le bruit qu'on fait ? Ça marche très, très bien, c'est très, très utile. Je finirai par me réjouir qu'on ait mis en prison ce pauvre Robert Bouvin, que je n'ai jamais vu ! L'indignation, le sentiment de la justice outragée sont des raisons d'union entre les gens ; on découvre les véritables sentiments d'une grosse majorité du pays... N'est-ce pas, monsieur le maire ?

Le maire était assis en face d'eux :

– Vous avez parfaitement raison, mon colonel. Si le cas de Robert Bouvin n'avait pas existé, il aurait fallu l'inventer. On nous a rendu un fier service !

Le maire semblait heureux de vivre, de parler de sa grosse voix pleine, de ses gants, de sa santé parfaite, du vin qu'il venait de boire... À côté de lui, Jacquot, large et voûté, avait un teint blême, et, malgré sa peau épaisse, ses rides solides, il y avait chez lui quelque chose d'infiniment délicat, de sensible, qui venait peut-être de son expression.

– Alors on peut commencer le meeting ? dit-il.

Et les jeunes tout autour, suspendus à ses lèvres, se levèrent aussitôt.

– Ammamie, continua le colonel, venez vous asseoir sur la terrasse, que je ne vous perde pas de vue, on va partir ensemble... J'ai une voiture que j'ai prise au garage de Félix ! Qu'est-ce que vous en pensez ? Vous êtes une petite merveille, Ammamie : vous aviez raison sur tous les points, et je vous remercie de m'avoir indiqué le droit chemin !

Jacquot, le maire, Ammamie et tous les autres derrière eux sortirent sur la terrasse.

– Bonjour, mon colonel, dit un homme au passage.

– Tiens, bonjour, Jackie ! Vous êtes dans le pays ?

– Je suis dans la petite maison que vous connaissez, au hameau, derrière Félix…

– Vous êtes là pour la fête ou pour le meeting ?

– Je suis là en observateur, rien qu'en observateur, je ne m'occupe pas de politique…

Le colonel lui donna une tape sur l'épaule, et Jackie sourit au-dessus de lui. Il avait une tête de plus que le colonel, une tête qui pendait, entraînant en avant le long corps mince, une liane ! Les joues glabres se plissèrent finement comme du papier de soie…

– Je passerai vous voir, dit le colonel, vous me raconterez vos dernières inventions !

– Vous êtes toujours le bienvenu, mon colonel…

Le colonel, le maire, Clavel, qui avait surgi de la foule, et un petit curé vif et souriant, – le curé qu'elle n'avait pas réussi à voir quand elle était venue à Crémail avec Joseph, – et des hommes qu'elle ne connaissait pas montaient sur la petite estrade. La rue était bondée de gens, de voitures, de bicyclettes. Le carrousel s'arrêta de tourner, les carabines de tirer, les roues des loteries s'immobilisèrent… Il y eut un grand silence sous un ciel bleu, dans l'air doré de l'automne :

– Camarades, amis, Français et Françaises…, disait la voix de Jacquot.

Anne-Marie voyait au-dessus de la foule ses larges épaules, sa grosse tête ronde, découverte… Tout ce qui se passait là était tellement extérieur à elle, ne la regardait à un tel point pas qu'elle eut peur d'elle-même… Il fallait qu'elle fît quelque chose, sans délai, peut-être cela la soulagerait-elle de changer de position… Elle se glissa dans le café, de là elle sortit par une autre porte, un peu plus haut dans la rue. Elle écartait les gens avec un « pardon » chuchoté… On la regardait, scandalisé, il y en avait qui se fâchaient…

– Nous ne permettrons pas… disait derrière elle la voix de Jacquot…

Elle arriva à se dégager de la foule compacte, prit la première rue qui se présentait, une traverse. Dix pas plus loin, on n'entendait plus rien. Le pays était calme, désert, silencieux… Elle sortit sur la route, marcha…

Anne-Marie fit cinq kilomètres à pied, puis elle grimpa dans un car qui avait bien voulu s'arrêter quand elle avait levé le bras. Et, tout le long du chemin, Anne-Marie se demandait ce qu'elle avait, comme on se tâte après une chute grave, un accident d'auto, pour vérifier si on n'a pas quelque chose de cassé…

Quand elle arriva au bourg, le soleil sans rayons, assez bas dans le ciel qui avait blanchi, ressemblait à un tout petit œuf sur un immense plat. Il était entendu qu'Anne-Marie coucherait chez Joseph, et elle y alla tout droit. Il fallait bien qu'elle allât quelque part. Anne-Marie aurait préféré ne voir personne, mais où qu'elle allât, chez Louisette ou à l'auberge, ou même si elle rentrait à P…, à l'hôtel, il lui aurait fallu faire la conversation : elle connaissait trop de gens dans ce pays… Tout compte fait, elle aimait mieux aller chez Joseph, lui ne serait pas là, il était au meeting avec les ouvriers de l'usine, et Mireille ne dirait rien.

Mireille ne dit rien, elle ne parut même pas étonnée de voir Anne-Marie rentrer toute seule, ne demanda rien, aucune explication. Seulement, heureuse de la voir, elle l'accueillit avec l'immense sourire de ses yeux, de ses dents. Le petit dormait.

– Je suis fatiguée, dit Anne-Marie.

Et, bien qu'il fît encore vaguement jour, Mireille monta avec elle dans une petite chambre avec un lit très haut.

– Bonne nuit ! dit Mireille.

Et elle ferma doucement la porte. Anne-Marie s'endormit d'un coup.

Elle dormait profondément quand on frappa à la porte. On frappait fort, sans ménagement.

– Oui ! cria Anne-Marie, et elle s'assit sur le lit, le cœur battant, attendant le désastre…

Un soleil merveilleux se levait au milieu de la fenêtre, tapait droit dans les yeux d'Anne-Marie. Joseph entra comme s'il avait enfoncé la porte. Il était blême :

– La Demoiselle, cria-t-il, ils l'ont tué !…

– Qui ? cria Anne-Marie.

– Le colonel !…

– Comment ? cria Anne-Marie, on a tué Jacquot ?…

– Oui, oui, oui… cria Joseph.

– Laisse-moi m'habiller, dit Anne-Marie, brusquement mortellement calme. Attends-moi en bas.

Elle descendit cinq minutes plus tard. En bas, il y avait Louisette, tremblante, claquant des dents, son fiancé, le Russe… Mireille était assise dans un coin, avec le petit sur les genoux. Le soleil entrait dans la pièce d'une épaule, un soleil éblouissant, bien reposé, comme il n'est qu'à son lever. Ma-ma-ma-ma-ma-ma… faisait le petit sur les genoux de Mireille.

Ils revenaient de Crémail. La fête avait duré toute la nuit, ils avaient dansé, dansé… Mais le jour ne s'était pas encore levé quand ils étaient montés dans la camionnette. Une partie des jeunes gens et des jeunes filles étaient déjà rentrés, d'autres restèrent encore à Crémail. C'était le fiancé de Louisette qui s'était mis au volant, et ils avaient fait peut-être cinq ou six kilomètres quand il dit : « Il y a quelque chose sur la route... » Il avait freiné, et les garçons avaient sauté à terre pour aller voir : le corps du colonel Voiron était couché en travers de la route, bien en évidence ; une balle dans la nuque ! Son auto dans le fossé, pas accidentée, garée... Le colonel était parti de Crémail tout de suite après le meeting, seul, pressé de rentrer à P..., où il devait faire un autre meeting, le soir, au cinéma. Ils avaient chargé le corps, le cadavre du colonel, sur la camionnette, et ils l'avaient amené à l'hôpital de P... : si jamais ils se trompaient, si jamais le colonel n'était pas tout à fait mort !... Mais le colonel était mort. Alors on les avait invités à la police pour faire des déclarations... Tout droit de P..., ils étaient venus prévenir Anne-Marie.

On avait dressé une chapelle ardente dans la gare. Toute la ville de P..., tous les pays environnants venaient défiler devant le cercueil couvert d'un drapeau tricolore, une garde d'honneur se tenait jour et nuit aux quatre coins du cercueil. Des fleurs, des gerbes, des couronnes, avec des rubans rouges et tricolores, faisaient autour du cercueil un grand parterre odorant. Les trains sifflaient, soufflaient, haletaient, expiraient, s'emballaient... Des voyageurs regardaient avec étonnement la longue file de gens s'engouffrant lentement par une porte de la gare, sortant par une autre... Ils demandaient ce qui se passait là ; certains allaient s'incliner devant le cercueil par ferveur ou curiosité ; ils regardaient les gens assis sur les bancs le long des murs, à droite et à gauche du cercueil... « La famille... », se disaient-ils. Et, en effet, c'était la famille de Robert Bouvin, c'était Joseph et Mireille, Clavel, et d'autres comme eux, qui ne voulaient pas abandonner ce corps, même pour un instant, dans une gare où passaient peut-être les assassins, inconnus, impunis... Les voyageurs regardaient le cercueil, la famille, le coussin sur le couvercle du cercueil, avec les décorations militaires ; et les gerbes, et les couronnes comme un champ tout autour... Les voyageurs, pressés, sortaient très vite.

Anne-Marie avait télégraphié à la mère de Jacquot. La réponse n'arriva que deux jours plus tard : la mère de Jacquot, impotente, ne pouvait voyager, un parent devait arriver à sa place.

Il y eut l'autopsie, et toutes ces démarches et formalités à faire, qu'Anne-Marie se partageait avec Clavel. Elle prit les dépenses sur elle ; les FTP de la région voulaient s'en occuper, mais Anne-Marie ne laissa pas faire : les bijoux de Jenny pouvaient servir à enterrer celui qui les avait faits.

Le parent de Jacquot, qui arriva enfin pour accompagner le corps à Paris, était un vague cousin, et pourtant il avait un air de famille avec Jacquot, les mêmes larges épaules voûtées, ses yeux bleus. Il remercia chaleureusement Anne-Marie pour tout ce qu'elle avait fait, et on voyait bien qu'il ne comprenait rien à rien, ni au meurtre, ni à cette femme qu'il n'arrivait pas à situer dans la vie de Jacquot, ni à toute cette effervescence dans le pays, à la chapelle ardente, au défilé des gens… C'était un apiculteur de l'Aude, il ne s'était jamais occupé de rien d'autre que des abeilles et de leur miel.

Anne-Marie rentra à Paris.

XXXV

L'escalier. L'appartement écaillé, jaune et vert-pistache. Il y a quelque temps, elle l'avait quitté parce qu'elle s'ennuyait, parce qu'elle ne savait trop que devenir… Grotesque. C'est ainsi qu'on se trouve vieille à trente ans, parce qu'on ne sait pas ce que c'est que d'avoir quarante ans, et, à quarante ans, on ne sait pas ce que c'est que d'en avoir cinquante… Elle s'ennuyait, voyez-moi ça ! Grotesque. C'était maintenant que cela allait commencer.

Mais si ce qu'elle appelait « ennui » avait été un pressentiment ? Balivernes, cela n'existe pas… Bien sûr, ce n'était pas un pressentiment, c'était une certitude. La certitude d'une menace, qu'elle avait sentie comme on sent l'humidité d'un marécage, du brouillard où, tapis dans l'ombre, se cachent des ennemis, des bêtes ou des hommes… Peut-on dire après, quand il arrive un malheur, qu'on avait eu un pressentiment ? La sottise était de ne pas comprendre à temps ce qu'on ressent, de ne pas vouloir le comprendre, pour ne pas admettre l'angoisse devant la réalité d'un danger, parce que ce danger vous dégoûte, ignoble, et qu'on veut le nier… C'était maintenant qu'elle allait s'ennuyer… non, maintenant elle allait souffrir ! Et pourtant elle avait été sage, elle avait tout essayé pour se remettre bien avec la vie. Toutes les recettes connues, elle les avait suivies : elle avait pris un amant, elle avait travaillé, elle avait essayé de s'intéresser au bonheur et au malheur des hommes… Ces recettes devaient être bonnes, justes, valables quand on avait de l'amour pour son amant, de l'amour pour son travail, de l'amour pour l'humanité…

Elle n'avait pas aimé Célestin… Son travail, eh bien ! elle se faisait l'effet d'un unijambiste qui choisirait d'être coureur cycliste ! Les limites de son talent étaient trop proches, il fallait se résigner à rester une besogneuse… Et verser le bonheur aux gens, de force, quand ils n'en veulent pas, comme aux enfants l'huile de foie de morue qui est si bonne pour eux, elle n'avait pas la conviction qu'il fallût passer outre, donc pas l'enthousiasme nécessaire… Et puis, et le principal : il n'y avait personne ! La solitude jusqu'à l'horizon. Elle avait pourtant tout fait pour s'en sortir… Deux ans s'étaient écoulés depuis la nuit dans cet hôtel en face de la gare où elle se tordait les mains, déambulant dans la chambre nocturne, traversée par les phares des jeeps… Dans ces deux ans, elle avait gagné deux ans, et c'est tout. Par contre, elle avait perdu son seul, son magnifique ami. Et perdu comment ! Ah ! la drôle de paix était plus dangereuse que la drôle de guerre ! Jacquot avait survécu à tous les dangers, sauf à la paix.

Anne-Marie se traîna dans la chambre. Elle avait le sentiment de n'avoir encore jamais connu pareille fatigue, et ça devait être vrai, elle n'avait encore jamais été aussi vieille. Elle enleva sa robe, sale, fripée – elle n'était partie que pour trois ou quatre jours, sans bagages – alla dans la salle de bains. Il fallait qu'elle fit un effort continu pour se rappeler ce qu'elle avait l'intention de faire : ouvrir le gaz du chauffe-bain, l'allumer, faire couler l'eau, la régler pour qu'elle arriva à la température voulue… Pendant que le bain coulait, lentement, Anne-Marie alla ramasser le courrier sur lequel elle avait marché en entrant (comme toujours, pendant son absence, on l'avait glissé sous la porte). Elle ne se douta pas que la lettre postée à Paris venait en réalité des îles, mais à l'intérieur c'était l'écriture de Lilette. Encore une demande d'argent, probablement… Elle regarda la date : juillet… On était à la fin septembre.

Maman, écrivait Lilette, *papa est mort, il y a huit jours. Bill a dit qu'il fallait te télégraphier, mais j'ai pensé que c'était une dépense inutile, que tu le saches un peu plus tôt ou un peu plus tard, cela n'a vraiment aucune importance. Georges dit que maintenant tu le ferais venir à Paris, mais, tu sais, c'est un sale voyou, et je lui ai dit que je ne le lasserai pas partir. Il m'a demandé comment je m'y prendrai, et je lui ai dit que c'était très simple, même s'il n'avait pas été mineur, ce qui fait qu'on ne le prendrait pas à bord s'il n'est pas présenté par quelqu'un, mais je ne lui donnerai pas d'argent, et, comme c'est moi qui le touche, c'est facile. Il m'a menacée, mais je n'ai pas peur, et tu peux être tranquille, il ne viendra pas t'embêter. Envoie donc l'argent, comme d'habitude.*

Je t'embrasse,

Lilette.

Le bain coulait, lentement, lentement… Anne-Marie voulait courir, prendre le billet, s'embarquer, être aux îles, tenir Georges dans ses bras, le protéger, l'avoir à elle… Elle faisait dix choses à la fois, feuilletait l'annuaire pour téléphoner chez Cook, pour téléphoner chez Cartier : il fallait qu'elle vendît des bijoux pour payer les frais de l'enterrement de Jacquot et du voyage aux îles. Est-ce que son passeport était encore valable ?… Elle était dans le bain quand elle entendit sonner le téléphone : qui est-ce que ça pouvait bien être ? Elle sortit du bain, passa un peignoir et, ruisselante, laissant des traces de ses pieds mouillés sur le parquet, pestant, prit le récepteur… C'était Colette. Comment fallait-il appeler ce don qu'avait Colette d'apparaître toujours au moment le plus mal choisi ? Du pressentiment, de la prescience, des antennes, de la télépathie ou quoi !…

– Comme je suis contente que vous soyez rentrée, Anne-Marie, disait Colette. Ça ne va pas, mais pas du tout ! J'ai un de ces cafards… Toujours les mêmes histoires, ce n'est pas tolérable, il faut que je vous voie… Non, je voudrais vous voir tout de suite… Mais je ne ferai qu'entrer et sortir. Je vous en prie, Anne-Marie, ne soyez pas monstrueusement égoïste ! Bon, tant pis… Tant pis pour vous… Oui, bien sûr, à une autre fois…

Elle raccrocha.

Anne-Marie alla se retremper dans le bain. Elle grelottait. Elle avait raison, Colette : elle était égoïste… L'eau chaude la caressait, lissait ses nerfs hérissés… Elle en sortait à peine, toujours avec son peignoir blanc, monacal, sur le dos, que le téléphone se mit à sonner à nouveau : Mme de Fonterolles.

– Yves m'a écrit… Quel horrible malheur !… Mais enfin, comment est-ce possible ! Qui a pu faire ça ? Yves est très laconique… Je voudrais vous voir, ma chère enfant, ça a dû être un épouvantable choc pour vous… C'était un homme digne de tout éloge…

Mme de Fonterolles était émue, elle voulait voir Anne-Marie tout de suite. Anne-Marie promit, pour se débarrasser d'elle. Ce n'était pas très gentil, mais elle en avait assez de se défendre… Le téléphone sonna encore plusieurs fois : Petit Poucet voulait des renseignements, du point de vue journalistique… Est-ce qu'elle avait des photos intéressantes ? Non ? Mais elle pouvait certainement donner des détails qu'on ne connaissait pas ici… Pas aujourd'hui, non, pas aujourd'hui… Oui, retéléphonez demain.

Mais comment est-ce que tous ces gens savaient qu'elle était rentrée ? On aurait dit des mouettes apparaissant derrière le bateau… Il y eut aussi un coup de téléphone de Mme Doyen, navrée, éplorée, disant mille choses à la fois… Cette affaire était monstrueuse, si ce qu'on raconte à Paris était vrai… On avait d'abord parlé de mort subite, mais les nouvelles de l'assassinat qui avaient d'abord circulé sous le manteau s'étaient confirmées… Tout le monde était stupéfait, les routes de France devenaient dangereuses ; on parlait aussi d'un assassinat politique, était-ce Dieu possible, qui sont les gens qui pouvaient tuer un homme comme le colonel Voiron, aimé et estimé de tout le monde, même de ses ennemis politiques ? Évidemment, il y a une certaine marge pour les ennemis politiques, sorti de laquelle on est simplement chez les assassins… Si c'est vraiment comme on dit un crime politique, alors que va-t-on devenir ? Où va la France ? Non, non, elle se refuse à croire cela, mais alors c'est la guerre, la guerre civile, c'est l'ennemi au sein de la France, c'est la fin de tout !…

Son agitation n'avait pas de prise sur Anne-Marie, elle l'écoutait, attendant que cela se passât… Le loin de compte… Elle ne savait pas grand-chose, Anne-Marie, tout n'était que brouillard autour d'elle, mais, en se comparant à tous ces gens, elle se sentait d'une clairvoyance !…

– J'ai eu du mal à vous avoir… dit une voix d'homme au téléphone, après qu'Anne-Marie eut fini sa conversation, ou plutôt le monologue de Mme Doyen… Vous me reconnaissez ? C'est Rolland, l'ami de Jacquot… Je pars pour P…

– Oui, je vous reconnais… Vous venez de l'apprendre ? J'aurais aimé vous voir, c'est même la seule chose… Je pars, oui, pour les îles… Mon mari est mort, je vais rejoindre mes enfants, mon fils. Ce n'est pas seulement Jacquot qu'on a tué… On a tué trop de choses avec lui… Vous avez l'espoir chevillé au cœur… Pas moi… Pourquoi voulez-vous que je revienne, pour qui ?… Je ne suis d'aucun secours… Pourquoi dites-vous ça, Rolland ?

La voix de Rolland était nette, cela arrive parfois dans le téléphone comme à la radio, tous les parasites disparaissent, et la voix se fait proche, humaine :

– Anne-Marie, disait-elle, vous n'allez pas abandonner Jenny, Raoul, Jacquot… Le meurtrier est le même… Vous n'allez pas m'abandonner. C'est une chaîne ininterrompue, la mort ne peut pas la rompre. C'est une dynastie qui vaut toutes les maisons royales… Le roi est mort, vive le roi ! Anne-Marie, on vous passe la main, vous n'allez pas laisser tomber ce qu'on vous confie. Vous reviendrez, je vous attends. Anne-Marie ! Vous êtes là ? Anne-Marie !… Anne-Marie… Je vous attends !

Elle avait posé le récepteur. Elle sanglotait dans le fauteuil, la première fois depuis la mort de Jacquot, elle s'en allait en larmes... On sonnait à la porte. Ne pas ouvrir! Elle perdait des larmes comme du sang. Elle ouvrit la porte sans allumer l'électricité dans l'entrée. La haute stature de Célestin s'inscrivit à contre-jour dans le rectangle de la porte.

– Un instant, dit Anne-Marie, je m'habille...

Célestin n'eut pas le temps de dire : « Restez comme ça... » Elle avait disparu. Pendant qu'elle s'habillait, elle l'entendait qui tournait en rond dans le petit salon encombré, il remuait les chaises pour passer. Cela ne se voyait pas trop qu'elle avait pleuré, mais le rouge n'arrivait pas à masquer la pâleur de ses joues. Elle prit une robe dans l'armoire, au hasard, beaucoup trop large tant elle avait maigri.

– Vous êtes en deuil ? demanda Célestin quand elle revint au salon.

– Pourquoi ? Parce que je suis en noir ? Je suis en deuil, mais ce n'est pas parce que je suis en noir... Cela vous dérangerait que je sois en deuil ?

– Qu'est-ce que tu as ? Pourquoi me parles-tu comme ça ?... Célestin déploya les bras comme des ailes.

– Parce que je sais pourquoi vous me demandez si je suis en deuil ! Vous savez que Jacquot a été tué !

– Oui, je le sais... Oui... Et alors ?

– C'est tout ce que vous avez à dire ! Il n'y a qu'une chose qui vous intéresse, c'est si j'ai couché avec Jacquot ! Vous n'êtes même par un archange déchu, vous n'êtes que sa statue, son image, vous n'avez rien de vivant en vous !...

– Comme vous me haïssez... Célestin plia ses ailes et s'assit au coin de la cheminée : Anne-Marie, je suis venu vous demander de faire de moi tout ce que vous voulez, votre mari, votre amant, votre domestique... Je vois que vous ne voulez qu'une chose : ne jamais me revoir...

Anne-Marie ne dit rien. Célestin, Laurent, Yves, Lebeau, Félix… Une chaîne, un réseau. Le cadavre de Jacquot… C'était vrai ce qu'il disait : tout ce qu'elle souhaitait, c'était de ne jamais plus le revoir. Ne plus jamais revoir cette bande. Les barricades n'avaient que deux côtés, et peut-être y aurait-il un jour à nouveau des barricades. Avec ou sans barricades, il fallait une autre victoire, et Anne-Marie avait à nouveau envie de vivre assez longtemps pour la voir, comme pendant l'Occupation elle n'avait eu qu'une peur, celle de mourir avant que les Allemands ne fussent partis. Une autre victoire, qui ne serait peut-être à nouveau pas la bonne, et Anne-Marie voudrait encore une fois ne pas mourir avant d'avoir vaincu, et encore une fois, et encore… Parce que rien n'est jamais gagné ni tout à fait, ni pour toujours…

– Nous sommes des ennemis, Célestin, dit-elle, parce que Jacquot est mort, et que c'est de votre faute, de la faute des vôtres, même si vous n'êtes pour rien dans sa mort… Je vais partir. J'aurais voulu vous embrasser pour vous dire adieu, mais je ne peux pas, c'est au-dessus de mes forces.

Célestin, la tête contre le marbre de la cheminée, pleurait :

– Tout ça n'est rien, dit-il, rien du tout… Tu ne m'aimes pas !… Tu ne m'aimes pas !…

– Allez à vos affaires. Anne-Marie ne voyait même peut-être pas qu'il pleurait. Vous êtes un guerrier, allez faire votre guerre…

Célestin se leva :

– Adieu, Anne-Marie, adieu, mon amour !…

Debout, près de la porte, de loin, il la serrait dans ses bras…

– Juliette, toi…

Il sortit. Anne-Marie entendit la porte qui se fermait doucement. Elle se mit à feuilleter fébrilement l'annuaire du téléphone : elle commençait à préparer son départ.

Et son retour.

Paris, décembre 1946.

Premier volume du cycle d'Anne-Marie, disponible en librairie.

IMPRIM'VERT®

Achevé d'imprimer en avril 2014 par EMD S.A.S. – 53110 Lassay-les-Châteaux
N° d'impression : 29232 – Dépôt légal : avril 2014

Imprimé en France